R&B

Marie Cardinal

DIE IRLANDREISE

Rogner & Bernhard

Aus dem Französischen von Angela Sussdorf

Umschlagfoto Thomas Höpker
Titel der Originalausgabe: *Une vie pour deux*

Satz: Max Vornehm, München
Druck und Verarbeitung: Ebner Ulm
Printed in Germany
ISBN 3 8077 0110 9

Für meine Tochter Bénédicte.
Und für Dorian.

Irland, denn unsere Geschichte spielt in Irland: ein Land, grün und regnerisch. Und launisch.

Das Paar Simone und Jean-François, denn von diesem Paar wird die Rede sein: ein Film von Chaplin, zum Lachen und zum Weinen. Und zum Fürchten. Ein Film, ungewöhnlich und ruckartig in seinem Ablauf, der sich aus tausend alltäglichen, flüchtigen und scheinbar zusammenhanglosen Bildern doch zu einem Ganzen zusammenfügt.

Jean-François und ich waren mehr als zwanzig Jahre verheiratet, als wir an einem Junimorgen in einem kleinen Hafen nicht weit von Dublin an Land gingen. Zu so früher Stunde war es noch ungewiß, wie das Wetter an diesem Tag werden würde.

An der nordafrikanischen Mittelmeerküste, wo ich geboren bin, kenne ich das Wetter genau. Jede Lichtveränderung, jeder Farbwechsel am Himmel und auf dem Meer, jeder Luftzug, jedes Geräusch, jeder Schatten, alles verrät mir dort, wie der Tag sein wird. In diesem Rhythmus bin ich geboren, er pulsiert in mir – er ist das einzige, dessen ich mir sicher bin. Jean-François kommt aus Nordfrankreich. Er hat seine Wurzeln in einem Land des Nieselregens und Kohlestaubs, in einem Boden, der voll harter Arbeit steckt und getränkt ist vom Blut vieler Kriege, und dessen Gleichförmigkeit nur unterbrochen wird von den künstlichen Erhebungen rostiger Schrotthalden und schlammiger Rübenhaufen. Das Meer ist ihm so fremd wie Sonne und Strand.

Bevor ich Jean-François kennenlernte, glaubte ich, man könne die Schönheit eines Landes nur in sonnigen Gegenden erfahren. Er aber erzählte mir vom Flachland, vom Grau, von den Kanälen, den kühlen Farben, den Städten aus Backstein und Granit. Ich begriff allmählich, daß er sein Land liebte, daß er es schön und harmonisch fand, aber ich war unfähig, diese Liebe zu teilen. Mir fehlte der Sinn für diese Schönheit, und das trennte uns.

Und dann in Irland, in Corvagh, wohin ich aus beruflichen Gründen zweimal allein gefahren war, entdeckte ich plötzlich den Norden, den Regen, das Grau, die Herbheit, seine ganze verborgene Schönheit – ich war verzaubert.

Später hatte ich dann Jean-François überredet, in Irland Ferien zu machen, besonders ausgedehnte Ferien, fast zwei Monate lang. Ich hoffte, dort würden sich unsere Geographien vereinen.

Auf dem Weg nach Irland fuhren wir mit dem Wagen kreuz und quer durch England, verloren uns in der Weite der Landschaft. Glückliche mäandrische Irrfahrt, zwischen hohen Bäumen, duftenden Blumen, grünem Gras, vorbei an Dörfern, auf holprigen engen Straßen. Zwei Tage verflogen in fremden Ortschaften, in fremden Häusern, mit anderen Sitten, in einer anderen Zeit, mit einer anderen Schrift, mit fremd klingenden Worten. Wir waren aus der Woche, aus dem Monat, aus dem Jahr herausgetreten, bewegten uns anderswo, außerhalb unser selbst. Unsere Gewohnheiten verloren ihren Sinn, sie prallten auf andere Gewohnheiten. Wir waren uns selbst fremd, waren andere Menschen geworden.

Schließlich erreichten wir die Küste von Wales. Wir fuhren durch unvorstellbar neblige Häfen, wo Boote mit Frauennamen lagen, die jedem Eissturm trotzen würden, wo kreischende Möwen über dem Strand hingen wie ein schwebendes Dach, wo Fischer am Ufer saßen mit Wollmützen auf dem Kopf und ihre kurzen Pfeifen rauchten.

In Holyhead nahmen wir eines der kleinen bauchigen Schiffe, die ihre Passagiere eine Nacht lang über die rollende Irische See schaukeln.

Wir näherten uns einem schieferfarbenen, kahlen Stück Land, das sich in verwitterten Buckeln zum tiefhängenden Himmel hob. Von dicken grauen Wolken verhangen, schien er ein Abdruck der Erde. Nur eine fahlweiße Linie, die langsam breiter wurde, zeigte uns an, wo der Himmel sich von der Erde löste. Dort im Osten dämmerte langsam der Morgen.

Unser Schiff glitt zwischen rostigen Wracks hindurch, die an ausgedienten Pontons vertäut waren, auf eine Kette flackernder Lichter zu, die langsam erloschen, als wir an Land gingen, denn der neue Tag kam schnell. Die Luft war schwer von Salz und Jod, lau und weich. Geruch von Teer und gedörrtem Fisch. Und wieder Möwen mit ausgebreiteten Flügeln, sanft, schön, durchsichtig.

Hier begannen unsere Ferien wirklich. Fröhlich und unbeschwert fuhren wir nach Corvagh auf die Nordspitze der Insel.

Corvagh scheint mit dem Meer zu verschmelzen. Das Meer greift ins Land mit langen, wässrigen Fingern, feingliedrige Finger, beladen mit Inseln wie mit kostbarem Schmuck.

Verführt von der verborgenen Schönheit dieses Ortes, in dem Rhythmus von Tag und Nacht, den die Gezeiten skandierten, bildete ich mir ein, unsere Ehe könnte die endgültige Form annehmen. Dort könnte sie zu etwas Vollkommenem werden, schön, voll und rund – wonach wir seit Jahren gesucht hatten. *Wir* ... oder suchte nur *ich* danach?

Wir hatten in gegenseitigem Einverständnis nach altem

Brauch geheiratet, uns abgeschmackten, unverständlich gewordenen Traditionen unterworfen. Wir hatten uns sozusagen vorgenommen, unsere Beziehung auszuloten, die Wurzeln unserer Ehe zu suchen, die Mann und Frau zu Einem machen – bis daß der Tod Euch scheide. Damit wollten wir unseren Familien und uns selbst beweisen, daß unsere Ehe beständig sein würde und wesentlich. Wir wollten Kiesel und Sandgeröll sein, das Kontinente formt, winzig klein und doch Teil eines großen Ganzen. Von welchen Felsküsten kommen sie, aus welchen Tiefen der See? Fragen über Fragen. Pflichtbewußtsein und Instinkt für das Wesentliche – so glaubten wir – seien Bestandteil der Basis einer Familie, die Voraussetzung für das Glück unserer Kinder. Wir sind beide nach moralischen Grundsätzen erzogen worden, die zwar falsch waren, aber nie von uns in Frage gestellt wurden. Wir waren erfüllt von dieser idiotischen Gewißheit, daß jedes Ding seinen gerechten Lohn hat und daß der Weg zum Glück mit Dornen besät ist.

Folgsam beugten wir uns der Tradition, und selbstverständlich trug ich, der alten Sitte gemäß, zu unserer Hochzeit etwas »aus der Familie«, etwas »Neues« und etwas »Blaues«. Ich habe völlig vergessen, welches Kleidungsstück blau war, aber ich weiß noch genau, daß ich es irgendwo unter meinem makellosen Brautkleid ängstlich versteckt hatte. Neu war natürlich im Grunde meine ganze Garderobe, außer dem besagten Stück »aus der Familie«, von dem ich nicht mehr weiß, ob es Unterhose oder Hüftgürtel war.

Wir hatten uns fest vorgenommen, als Mann und Frau zusammenzubleiben bis ans Ende unserer Tage.

Ich schreibe *wir*, und damals dachte ich auch *wir*. Heute kommt mir dieses *Wir* wie ein Verrat vor. Seit unserer Irlandreise kann ich mich nicht mehr in Jean-François hineinversetzen. Ich kenne weder seine Wünsche, noch seine Gefühle, ich weiß nicht mehr, was ihm Freude macht oder Kummer, und ich weiß nicht mehr, was unsere Ehe für ihn bedeutet. Davor glaubte ich ihn zu kennen wie mich selbst. Heute weiß ich, daß wir aus Milliarden Fasern gewebt sind, von denen jede einzelne wichtig ist, aber ich kann nicht mehr sagen, welche das Muster unseres Zusammenlebens bilden, welche das Muster des gleichgültigen Nebeneinanderhers.

Und doch verwickelte sich unser Leben im Laufe der Jahre wie Schlingpflanzen. Heute verstehe ich unsere Ehe dank vieler Berührungspunkte und auch dank gemeinsamer Narben besser als vor dreiundzwanzig Jahren. Diese gleichgearteten Bande bilden eine Furt, die uns hilft, den Fluß der Zeit gemeinsam zu durchschreiten, der mit seiner Strömung *unsere* Vergangenheit erzeugt hat, diese augenblicklich in Erinnern oder Vergessen erstarrte Gegenwart. Unsere Vergangenheit – das ist unser beider Leben und das unserer Kinder. Aber jeder hat auch eine Vergangenheit für sich selbst, ein eigenes Leben voll Begegnungen, Gefühlen, Entdeckungen, Wünschen und Ängsten.

Wo ist die Grenze zwischen der Wahrheit und der Wirklichkeit? Wo beginnt und endet die Fiktion? Was ist ein Roman?

Erst in Irland lernte ich, daß die Zeit, die wir zusammen verbracht haben, mehr war als ein Kornfeld, auf dem die Ähren reifen. Diese dreiundzwanzig Jahre waren fruchtbarer Boden, der reiche Ernte brachte, aber auch Steine, Feldblumen und Unkraut, der Erdöl barg und Diamanten, Grabstätten und den verborgenen Kronschatz eines phönizischen Prinzen ...

Da erst konnte ich auf dieses aufgezwungene *Wir* verzichten und das einfache Miteinander entdecken, etwas Erstarrtes in Bewegung bringen.

Unsere *Geschichte* begann auf einem Motorrad. Wir fuhren die Uferstraße am Meer entlang, die Maison-Carrée mit Algier verbindet. Wir fuhren sehr schnell und konnten kein Wort miteinander sprechen. Jean-François hielt sich am Lenkrad fest, und ich mich an ihm. Es war Abend.

Irgendwann muß ich Jean-François fragen, ob es da auch für ihn begonnen hat. Vielleicht erinnert er sich nicht einmal daran. Vielleicht war er so mit seinem Motorrad beschäftigt, daß er auf nichts anderes achten konnte. Oder die Scheinwerfer der entgegenkommenden Wagen irritierten ihn so, daß er nichts anderes mehr sah. Wer weiß.

Aber ich hielt mich ganz eng an ihm fest, schlang meine Arme um seinen Körper, verbarg mein Gesicht vor dem Wind hinter seinem Rücken, sah auf das Meer: unendliches Dunkel, Wellen, die sich an der Uferstraße brachen, Nacht. Das Motorrad knatterte und vibrierte unter uns. Links vor uns lag Algier in einem Lichterkranz wie aus Perlen und Rubinen, ein Amphitheater unserer Zeit. Ich kannte diesen Blick genau und liebte ihn, liebte jedes Detail. Er bedeutete für mich immer einen wundervollen Ferienabschluß, das Ende jedes Sonntags, jedes schulfreien Tags. Wenn ich vom Spielen nach Hause kam oder vom Schwimmen, wußte ich, daß irgendwo zwischen den vielen Lichtern auch die Lichter unseres Hauses flackerten, da, mittendrin ...

Ich hielt mich mit beiden Händen an seinem Hemd fest, meine Finger schlüpften zwischen zwei Knöpfen durch, streichelten ihn, zärtlich, behutsam. Sein Körper in meinen Armen war die wichtigste Sache der Welt. Ich nahm diesen Mann mit nach Hause, stolz und glücklich.

Wir hatten ein Picknick gemacht, geschwommen, gelacht, geredet und am Strand geschlafen. Aber war das wirklich mehr als ein erster Versuch, unsere Körper und unsere Bewegungen zu belauern? Wir waren uns erst wenige Tage zuvor begegnet und wollten – nein, mußten – einen Augenblick allein zusammensein. Einen Augenblick.

Ich war betroffen von der Schönheit seiner Augen, stahlblaue Augen, mit einem goldenen Schimmer. Klar, aufrichtig und hell wie der Mantel der Heiligen Jungfrau, wie der Himmel, der sich über das Jesuskind wölbt und über Frankreich. Golden wie die Sonne, wie ein Schatz, wie Champagner, wie Blütenstaub. Meine Augen sind schwarz wie die einer Spanierin oder einer Araberin, dunkel wie unterirdische Grotten mit zartem Moos und wuchernden Schlingpflanzen. Seine Augen sind Klarheit, meine Geheimnis.

Aber ich sah mehr als diese Augen aus Brokat und Azur. Ich sah sein offenes Gesicht, seinen freundlichen Blick, der geradeaus und ehrlich war und mir Respekt und Gehorsam einflößte. Aus dem unverfänglichen Spiel zwischen Jungen und Mädchen, das ich mit ihm spielen wollte, war plötzlich Ernst geworden.

Und was gefiel ihm an mir? Mein Rücken, meine Fingernägel, meine großen Brüste, meine langen Beine? Mein Hunger nach Liebe? Meine Lebensangst oder meine Lebensgier? Wir sprachen nicht miteinander. Ganz schamhaft zogen wir uns am Strand aus und stürzten uns sofort ins Wasser, als wollten wir Verlegenheit und Neugier von uns abspülen.

Er konnte nicht so gut schwimmen wie ich. Aber das war normal, denn ich war ja hier am Meer zuhause. Ich kann mich nicht erinnern, jemals Schwimmen gelernt zu haben – wahrscheinlich konnte ich es einfach von Anfang an. Schwimmen ist für mich wie Atemholen oder Schlukken, selbstverständlich und automatisch. Aber Jean-François kam aus dem Kohlestaub des französischen Nordens. Für ihn war Schwimmen ein schwieriger Sport, den man erst in einem lauten, verchlorten Hallenbad mühsam erlernen mußte. Wenn er schwamm, bewegte er sich wie auf Kommando: »Arme strecken! Beine anziehen! Jetzt Arme und Beine gleichzeitig! Locker bleiben! Entspannen! Und eins ... zwei ... drei ... vier ... und von vorn!« Für mich war Schwimmen wie das zärtliche Gespräch mit einem Geliebten: Komm in meine Arme, Wasser, fließ zwischen meine Beine, streichle meine Lenden, küsse meinen Mund. Spiel mit mir! Du machst mich leicht und sanft, du trägst mich, und ich halte dich, meine Hände wühlen in dir, ich trinke dich und spucke dich wieder aus. Du bist das Meer und ich die Quelle, ich versinke in dir, ich bin glücklich. Das Meer und ich gehörten zusammen. Jean-François hatte nichts mit dem Wasser zu tun. Sein Körper war zum Gehen geschaffen, zum Rennen, zum Springen, seine Lungen waren voller Luft. Kannte er überhaupt diese Sehnsucht, unterzutauchen und zu ertrinken?

Wir benahmen uns brav wie Lehrer und Schüler: ich brachte ihm Schwimmen bei oder besser die Freude am Wasser. Ich glaube, es machte uns auch deshalb so großen Spaß, weil ich, das Mädchen, die Überlegene war, der Lehrer. Je mehr er sich unterwarf, desto zärtlicher war ich zu ihm und verlor meine Schüchternheit. Plötzlich hatte ich den Mut, seinen Bauch zu berühren (so hart! Und dieser Flaum, der um seinen Nabel wuchs wie ein Fächer), um ihm zu zeigen, wie er sich entspannen sollte. Ich führte seine Arme und Beine und sogar seinen Kopf: er mußte wirklich alles von Anfang an lernen! Damit er die

Schwimmbewegungen mit den Beinen machen konnte, hielt er sich an meinen breiten Hüften fest, an meinen Bekkenknochen, dort, wo der Körper einer ganz jungen Frau noch zart und fast kindlich ist, wo eines Tages ein kleiner Mensch entstehen könnte – vielleicht ...

Und dann hatten wir keine Angst mehr. Wir nahmen uns in die Arme und küßten uns. Mit den Füßen standen wir noch im Wasser, Schaum spielte um unsere Knöchel wie leichte Sommerwellen. Salzige Küsse. Unsere Lippen schmeckten nach Meer. Austern schlürfen.

Als der Abend kam, gehörten wir zusammen. Wir waren ein Paar. Den ganzen Tag hatten wir nichts anderes gemacht als uns zu suchen, zu spüren und zu finden. Die Zeit war wie im Flug vergangen, es war Nacht geworden. Wir jagten das Motorrad zurück nach Hause. Ich preßte mich gegen seinen breiten, braungebrannten Rücken, drückte meine Schenkel gegen seine. Jetzt wußte ich, wie zärtlich und stark er war.

An der ersten Ampel passierte es. Wir waren noch an der Peripherie der Stadt, wo die Straßen in alle Richtungen auseinanderlaufen. Dort zweigen auch die kleinen Gassen ab, kreuzen die Eisenbahnschienen, ein Straßengewirr von Brücken und Gabelungen. Ein Stück weiter hinten krochen bereits die ersten Häuser den Steilhang hoch, flackerten die ersten Lichter in bunten Reihen, säumten die Straßen oder Uferwege in gewundenen Linien. Leichter Knoblauchduft drang aus den Küchen, die Sommerluft trug kleine häusliche Geräusche aus den geöffneten Fenstern zu uns.

Die Ampel blieb lange auf Rot stehen. Wir mußten einen Zug abwarten. Die Füße hatten wir aufs Straßenpflaster gestellt und das Motorrad zwischen unseren Beinen festgeklemmt. Mir kam dieser Moment vor wie ein tiefes

Aufatmen, verträumte Stille nach dem Wind, dem Lärm und Geknatter der Maschine. Ich konnte meine Arme von Jean-François lösen, brauchte mich nicht länger an ihm festzuhalten – aber ich tat es nicht.

Ich redete, ohne zu denken, die Worte kamen von allein, und ich hörte mich plötzlich fragen:

»Wollen wir heiraten?«

Er sagte:

»Ja. Das wäre gut.«

Um ehrlich zu sein – ich weiß gar nicht mehr, ob wir das wirklich so gesagt haben. Ich weiß nur, daß wir in diesem Moment beschlossen hatten zu heiraten, und daß ich es zuerst aussprach. Ja, es war kurz bevor wir in die Stadt einfuhren, in der ich geboren bin, in meine Stadt, verklärt und beladen von Erinnerungen; Kindheit und Pubertät, Schule, Familienprobleme, erste Liebe, mein Zimmer, Vaters Tod, Kriegsahnung. Algier ist eine strenge Stadt. Sie hat ihre eigenen Gesetze und prägt die Menschen.

Als wir weiterfuhren, waren wir »verlobt«. Ich haßte dieses Wort, vor allem so, wie es im Süden ausgesprochen wird, gedehnt und näselnd, was dies gezierte Getue noch schlimmer macht.

Hier begann unser gemeinsames Leben. Ich kleidete Jean-François von Kopf bis Fuß neu ein, natürlich nach dem Geschmack meiner Eltern, damit er um mich anhalten konnte. Ich glaube, daß er diese Einkäufe, das Gehetze von Laden zu Laden nicht besonders mochte, aber er schwieg dazu. Er unterwarf sich den Regeln eines Lebensstils, den er nicht kannte, weil er aus einer typischen französischen Provinzfamilie kam, schwerfällig und mausgrau von oben bis unten. Ich bin fast sicher, er fand es völlig unnötig, daß man sich so viel Mühe gab, den richtigen Tweed zum richtigen Flanell zu finden, Krawatten und Socken aufeinander abzustimmen, und das alles von dem Gehalt eines jungen Lehrers. Für mich war es nur die Umsetzung eines Stils, einer Ästhetik, die man mir seit meiner frühesten Kindheit eingetrichtert hatte. Ich fühlte mich dabei in meinem Element wie ein Fisch im Wasser. Endlich hatte ich einen Mann für mich allein, den ich anziehen konnte, wie ich wollte – ein Ersatz für meine Puppen. Und was das Geld anging ... du lieber Himmel, es kostet eben, was es kostet – schließlich heiratet man nicht zweimal im Leben!

Dann nahmen unsere Eltern Kontakt miteinander auf und begannen zu korrespondieren. Mein zukünftiger Schwiegervater schrieb an unseren Gemeindepfarrer und bat um Auskünfte über uns. Der stürzte Hals über Kopf zu uns nach Hause, den Brief in der Hand. Sie waren ganz schön entrüstet, meine Mutter und er. Auskünfte! Über uns! Als ob *man* uns nicht kannte! Als ob nicht jeder wußte, daß wir unsere Betstühle in der ersten Reihe hatten, mit dezenten Kupferschildchen, die dem Holz unseren Namen eindrückten, es für alle Zeiten kennzeichneten, damit nur niemand auf die Idee käme, sie zu benutzen, wenn wir selbst am Gottesdienst nicht teilnahmen! Doch war der Brief im Grunde ja ein gutes Zeichen. Zumindest interessierten sich diese Leute zuerst für den Glauben, und dann für das Geld ...

Dann kam die Mitgift, die Laken, Tischtücher, Hauswäsche, alles bestickt mit den Initialen unserer beider Familien. Meine Mutter und ich hatten lange nach einem Muster gesucht, das modern und doch zeitlos sein sollte. Eine merkwürdige Angst überkam mich, preßte mir fast das Herz zusammen, wenn ich mir diese nagelneue Wäsche ansah, die da im Schrank lag, mit Seidenpapier geschützt, aufgeschichtet neben der Wäsche meiner Mutter, meiner Großmutter, meiner Urgroßmutter ... Damit alles Platz hatte, mußten wir ehrfürchtig verwahrte Familienreliquien ausräumen: die Sonntagsdecken aus Spitze, die Taufkleidchen, die Wäsche fürs Wochenbett, alles so alt, so brüchig, daß man sie nur noch in ihren vergilbten Kartons betrachten konnte. Zeugen von Generationen von Frauen, die jede mit ihrem Leben und ihrem Blut zu meinem Leben beigetragen hatten und denen nun schließlich auch ich die Hand reichen sollte, um die Reihe fortzusetzen.

Ich mußte tief Luft holen. Es war alles so schwierig, und ich fühlte die Verantwortung auf mir lasten, während ich von einem Geschäft zum anderen hetzte. Geschenklisten mußten aufgestellt und bei Juwelieren und Antiquitätenhändlern hinterlegt werden, natürlich nur bei den besten, damit das Silberbesteck und die Kristallaschenbecher, die Vasen, Uhren, Teller, Gläser ... alle die Geschenke, die ich bekommen sollte, gut zueinander paßten. Welches Kopfzerbrechen! Wir bestimmten den Stil meines Heims, bevor es überhaupt existierte. Ganz egal, wo ich in Zukunft wohnen und leben würde – meine Familie hatte auf jeden Fall die Gewißheit, daß ich ein Haus »führen« könnte, das ihrer würdig war.

Jean-François mischte sich nicht ein; er ließ uns gewähren.

Als ich heiratete, wußte ich, daß wir uns alle freudig zu einem Hochzeitsfoto, farbig oder schwarzweiß, würden aufstellen müssen. Die Braut im weißen Kleid, den Brautkranz aus Orangenblüten im Haar, mit Schleier und Brautstrauß, ein wenig kleiner als der Mann, auch er im Hochzeitsanzug und mit Schnurrbärtchen.

Das Paar posierte für den Künstler ein wenig steif, feierlich, aber lächelnd, umgeben von beiden Familien, die nun Verwandte geworden waren. Die Älteren, wohlwollend und weise auf die Neuvermählten blickend, auf hochlehnigen Stühlen, die geäderten Hände im Schoß verschränkt. Zu ihren Füßen, aufgereiht wie die Orgelpfeifen, die Kinder: blonde, brünette, rothaarige; Mädchen und Jungen, Babies und Kleinkinder, bunt durcheinander. Aufrecht im Kreis um das Brautpaar, Beschützer des Alters und der Jugend, die Erwachsenen in der Blüte ihrer Jahre: Soldaten, Bauern, Angestellte, Notariatsgehilfen – und Frauen: Ehefrauen, Mütter, alte Jungfern; dicke, dünne, schöne und häßliche; junge Mädchen. Lächeln. Ewigkeit. Tod zeichnet schon manche Gesichter, schließt den Kreis zu neuem Leben, das da und dort sich ankündigt. In ihrer Mitte der Mann und die Frau, bereit zur Ehe, voll Hoffnung auf ein langes Leben, weiße Kiesel auf dem ehrenvollen endlosen Pfad der Familiengeschichte. Wahrzeichen für Sicherheit und Zukunft, mit Eintopf und Schweiß, Kuchen und Kölnisch Wasser. Edles Abbild des Anstands, des Lebens in einfachen Farben: das Weiß der Tugend, blutiges Rot, das Schwarz der Trauer, Rosa der Neugeborenen. Holdes Bild des Glücks für alle, die sich abrackern und still leiden für ein bißchen Glück.

So viele Jahre sind seither vergangen. Und doch ist mir dieses Hochzeitsbild immer in Erinnerung geblieben, blasser und blasser zwar, aber umso rührender. Ich sehnte mich nach der Schlichtheit, dem Anstand, der Harmonie und Eintracht dieses Paares und entfernte mich mehr und mehr davon. Unsere Ehe war chaotisch, unsicher, ständig gefährdet, immer kurz vor dem Scheitern. Ich kannte nun alle Höhen und Tiefen, alle Fallen und Fußangeln im Leben einer Ehefrau, wußte, was Eifersucht war, Betrug, Sich-Gehen-Lassen, Gewohnheit. Aber ich hatte auch die

Tugenden einer Mutter gelernt: das Opfer, den Verzicht auf eigene Wünsche, die ständige Sorge um den geregelten Ablauf des Haushalts. Ich klammerte mich an diese Familie, die wir gemeinsam gegründet hatten, wie ein Schiffbrüchiger an einen Rettungsring. Manchmal hatte ich fast das Gefühl zu ertrinken. Jetzt, da wir älter wurden, dachte ich, daß alles wieder ins Lot käme, unser Leben gleichmäßiger sein würde, daß nichts verloren wäre.

Auf diesem Hochzeitsfoto sind wir nun nicht mehr die Jungvermählten, aber vielleicht rechtschaffene, zuverlässige Leute, fruchtbare Eltern, Garanten der Fortpflanzung.

Mit aller Verbissenheit wollte ich das!

Und Jean-François? Ihm schien das gleichgültig zu sein. Aber er hätte nie etwas gegen meinen Willen getan.

Unsere Ankunft in Corvagh stand unter einem guten Stern. Ich fühlte mich fantastisch und spürte sofort, daß auch Jean-François die Gegend gefiel.

Heute versuche ich mich zu erinnern, ob es an diesem ersten Tag irgendein Anzeichen, einen winzigen Hinweis, eine Vorwarnung für jenes Ereignis gab, das unser Leben bestimmen sollte. Aber da war nichts. Nichts, außer, daß der Himmel schon früh am Morgen ganz blau war, die Sonne schien, alles grünte und blühte, Schafe mit schwarzen Köpfen nach ihren Jungen blökten, daß Flut war und das Meer weit.

Wir hatten von unserem Freund Hans, einem deutschen Schriftsteller, der nach Irland ausgewandert war, ein funkelnagelneues Ferienhaus mit drei Zimmern gemietet. An unserem ersten Abend gab es noch nicht einmal Wasser, erst am nächsten Morgen spuckte und spritzte es aus den Hähnen, rostrot. Das Wohnzimmer hatte ein großes

Terrassenfenster aufs Meer, das direkt bis an das Grundstück reichte.

In dieser Gegend glich das Meer fast einem Teich. Es zwängte sich zwischen den Hügeln durch und formte sich dann zu einem Kreis, zwischen grünen Hügeln, wo Kühe und Schafe grasten. Kleine Wellen kräuselten sich um flache, bewachsene Inselchen. Rechts standen zwei oder drei Fischerhütten, die kaum hinter der Böschung zu sehen waren. Ein Boot und Netze lagen am Strand. Der Blick reichte bis zu den Hügeln, die sich am Ende mit dem Horizont verwischten.

Vor dem Fenster waren Tisch und Stühle aufgestellt, luden zu diesem ländlichen Idyll ein. Sieben lange, gemütliche Ferienwochen wollten wir in dieser Umgebung verbringen – Wochen voll Leben, voll Zärtlichkeiten, voll wichtiger Gespräche.

Mit dem Haus hatte ich unbewußt meine Identität wiedergefunden. Ich kam mir vor wie Nabob, wenn ich mich in die Sonne legen konnte, Kopf und Schultern weich auf ein Kissen gebettet, genüßlich ausgestreckt! Und doch ließ mich irgendwo der Gedanke nicht los, daß ich ja wieder einen Haushalt zu versorgen hatte. Dauernd redete ich mir ein: »Du bist zu spät dran, du darfst keine Zeit verlieren, beeile dich ...«

Woher kommt es eigentlich, daß ich immer mehr Schwierigkeiten als Jean-François hatte, einfach nichts zu tun? Vielleicht, weil ich grundsätzlich mehr zu tun habe und meine Zeit mit tausend Erledigungen ausgefüllt ist. Vielleicht habe ich über dem Mann, den Kindern, dem Haus und einem Beruf einfach verlernt, hin und wieder etwas nur für mich zu tun.

Wie auch immer – an jenem Morgen hatte ich mir vorgenommen, das Frühstücksgeschirr abzuwaschen, dann die Koffer auszupacken, die Wäsche einzuräumen und die Kleider in den Schrank zu hängen. Ich wollte das hinter mich bringen und mich dann ausruhen. Außerdem wollte ich auch Jean-François nicht die Freude verderben, die Umgebung allein zu entdecken, ich wollte ihm *»mein«* Corvagh nicht aufzwingen.

»Geh doch schon mal los, ich räume noch ein bißchen auf. Den Strand findest du leicht allein, man hört das Meer ja überall. Ich komme gleich nach, wenn ich fertig bin.«

Ich wußte, daß er gern allein loszog. Ich schaute ihm nach, wie er den Kiesweg hinunterging, zwischen Wiesenblumen, im strahlenden Sonnenschein. Ich schaute ihm nach, bis er hinter den Bäumen verschwunden war. Ich beobachtete seinen muskulösen, mageren Körper. Er trug nur eine knappe rote Badehose. Mehr als zwanzig Jahre kannten wir uns nun schon! Die kleine, fast unsichtbare Falte über seinen Schenkeln rührte mich – er wurde älter. Auch seine Haare waren schon grau, aber noch immer dicht und lockig. Ich mußte lachen, als ich ihn so tapfer barfuß über den steinigen Boden balancieren sah. Ich wußte, daß es ihm wehtun mußte. Man konnte sehen, wie sich seine Muskeln manchmal leicht zusammenzogen. Wenn ich dabei gewesen wäre, hätte er ganz sicher zu mir gesagt: »In drei Tagen spüre ich nichts mehr. Man muß nur wollen.« Das war typisch für seinen Stoizismus, eine Charaktereigenschaft, die mir schon lange auf die Nerven ging. »Pfadfindernatur« nannte ich das. Ich beneidete ihn, weil er schon nach ein paar Stunden dunkelbraun wurde.

Es war ein schönes Gefühl, daß er da draußen war und mir doch nahe, während ich meinen weiblichen Pflichten nachkam, meinen Nestinstinkt befriedigte. War das nun angeboren oder anerzogen? Unwichtige Frage. Es mußte eben sein; mir war es völlig egal, ob dieser Hausmütterchentrieb nun ein Geschenk der Natur oder das Produkt eines mütterlichen oder ehelichen Erziehungsprozesses war.

Ich habe mir angewöhnt, bei der Hausarbeit nachzudenken. Manchmal frage ich mich, ob ich überhaupt noch ohne einen Staubsauger in der Hand, ohne Wäsche, ohne Abspülen, ohne Nähzeug denken kann. Je mehr ich mich auf diese Tätigkeiten konzentriere, desto besser arbeitet mein Kopf. Meine Gedanken können sich dann frei entfalten, sozusagen auf Entdeckungsreise gehen, sich sehr gründlich mit einem Problem befassen, sich in einer Welt der Fantasie, des Traums, der Freiheit verlieren. Ich habe lange gebraucht, bis ich perfekt war. Früher weinte ich, wenn ich den Haushalt machen mußte, weil er mich von all dem abhielt, was für mich das Schönste war: lesen, studieren, geistig arbeiten. Alles, was keine intellektuelle Beschäftigung war, schien mir sterbenslangweilig. Aber ich kam nicht auf den Gedanken, mich aufzulehnen. Ich hatte gelernt, mich zu fügen. Also erfand ich einen Ausweg: ich dachte mir ein Rätsel aus oder addierte eine Zahlenreihe. Ganz einfache Dinge anfangs – aber es funktionierte. Nie war ich weiter von meiner Familie entfernt, als wenn ich den Haushalt machte. Ich bin ganz sicher, daß es vielen Frauen genauso geht. Meine Großmutter sagte oft: »Ja, wenn mein Strickzeug reden könnte …!« Im Lauf der Jahre erledigte ich den Haushalt, ohne groß darüber nachzudenken. So, wie man Auto fährt. Man schaltet in einen anderen Gang, kuppelt ein oder aus, bremst, ganz instinktiv, ein Reflex.

Sobald ich allein war, packte ich unsere Sachen aus. Das Haus war neu und noch nicht bewohnt worden, alles roch nach Farbe und frisch geleimtem Holz. Es war wieder wie am Anfang: ich wohnte in unserem ersten Haus, war gerade mit Jean-François verheiratet – und ich war jung, ganz jung. Ich machte Sträuße aus den Blumen, die um unser Haus herum blühten, und steckte aromatische, stark duftende Kräuter und Stechpflanzen dazu. Ich machte Tee. Der Geruch parfümierte alle Räume, durchzog das ganze Haus bis ins Schlafzimmer.

Und dann bekam ich Lust, Jean-François nachzulaufen.

Ich hatte Corvagh noch nie in solch strahlendem Licht erlebt. Keine Wolke am Himmel, windstill, eingetaucht in Sonnenwärme. Strahlen tanzten wie kleine Irrlichter durchs Unterholz, wo der Weg zum Gartentor vorbeiführte. Ich schlenderte an großen Ahornbäumen, hohen Kastanien, mächtigen Buchen vorbei, der Pfad schlängelte sich zum Fluß hinunter, der jetzt schnell dahinzog, weil die Ebbe eingesetzt hatte. Ich hörte ein leises Klatschen, blieb ganz ruhig stehen und blickte gespannt auf das Wasser. Was war das? Eine Forelle? Ein Lachs? Auf jeden Fall ein Fisch, der hochgeschnellt war. Dann nur noch viele kleine runde Wellen, die sich eilig zum Ufer hin kräuselten. Der Fisch war schon davongeschwommen, flink im klaren, meergrünen Wasser, von der Strömung mitgetragen. Wenn ich doch meine Angel dabei gehabt hätte! Der Gedanke, am Abend zu angeln, machte mich ganz aufgeregt. Fast hörte ich jetzt schon das leise Zischen, wenn die Leine ausgeworfen wird, das eintönige Schnurren, wenn die Spule abläuft, und ich fühlte das winzige Zucken der Fliege, die ans andere Ufer treibt. Warten. Dann das regelmäßige, leise Surren, während ich die Spule wieder aufdrehe, die Fliege heranhole. Je näher sie kommt, desto größer wird meine Spannung, meine Hoffnung, daß ein Fisch angebissen hat. Ich bin genauso gierig, grausam und tückisch wie mein Angelhaken. Nichts. Immer wieder werfe ich die Angel aus, bis ein heftiger Ruck anzeigt, daß etwas angebissen hat. Ich fühle das Zittern, die Todesangst meiner Beute. Zeit zerplatzt in Schweigen.

Gelbe Lilien, Rhododendron in schreiendem Rosa, die letzten im Jahr. Schafe glotzen mich an, blöken, weichen nicht von der Stelle, bis ich da bin. Dann rennen sie plötzlich alle davon, wackeln grotesk mit dem Hinterteil, die Jungen folgen auf staksigen Beinen. Im Unterholz, drunten beim Gartenzaun, nisten graue Fischreiher. Man sieht sie nicht. Aber man hört ihre Schreie, trocken, immer wieder. Kein Mensch.

Weiter unten taucht der Weg schnurgerade in dichtes Gestrüpp wie in einen Tunnel und führt über eine Steinbrücke zum Tor. Auf der anderen Seite ist die Landstraße, dort ist draußen, dort ist nicht mehr mein Corvagh.

Als ich an dem hohen weißen Gartenzaun ankomme, fährt gerade ein irischer Wagen heran, in dem zwei zierliche alten Damen sitzen, kokett, korrekt und sehr britisch. Der Wagen bremst abrupt. Jean-François stürzt heraus, fast nackt, nur in seiner winzigen roten Badehose, die nicht größer ist als ein Taschentuch. Das irritiert mich ein bißchen. Warum muß er sich so zeigen! Wahrscheinlich geht mir sein Anblick nur wegen der entzückenden feinen alten Damen auf die Nerven. Vielleicht auch, weil er mich fast gar nicht ansieht, nur so ein bißchen von der Seite und dann gleich wegschaut, als ob ich überhaupt nicht da wäre. Warum? Was habe ich getan?

Jean-François rennt zum Tor, zieht den schweren Riegel mit solcher Kraft auf, daß sich die Muskeln auf seinem Rücken spannen. Obwohl er nur zwei Stunden in der Sonne war, hat er schon Farbe bekommen. Jean-François gestikuliert, bittet die beiden Damen offensichtlich einzutreten. Ich spüre, wie aufgeregt er ist, wirklich aufgeregt. Ich habe diese Erregung sofort gespürt, als er aus dem

Auto sprang. Vielleicht habe ich ihm seine Aufgeregtheit deshalb sofort angemerkt, weil er mich so völlig übersah. Er wollte also etwas für sich allein behalten, einen großen Spaß, irgend etwas Interessantes, Spannendes, ein Geheimnis, das ihn fesselte und faszinierte. Jean-François ist im Grunde ein ruhiger Mensch, einer, der nie die Beherrschung verliert und nie eine Miene verzieht. Auf seinem Gesicht wird das kleinste Zucken zur Explosion.

»Was ist denn los?«

Er rennt zum Auto zurück und ruft mir über die Schulter zu:

»Ich habe eine Leiche gefunden!«

Dann stürzt er ins Auto, rast los und ist sofort hinter dem Hügel verschwunden, wo die Reiher nisten.

Eine Leiche!

Er hatte das Gartentor offen gelassen. Ich machte es zu und schob den dicken Riegel in das Loch in der Mauer.

Jean-François hatte mich überhaupt nicht beachtet!

Das war etwas, was er nicht mitteilen wollte, etwas, was nur ihm gehören sollte. Aber was wollte er für sich behalten? Was wollte er nicht mit mir teilen? Er war mir entglitten, hatte sich aus der Vertrautheit herausgestohlen, mit der gleichen Anmut und Wendigkeit wie kurz zuvor der Fisch. Wie konnte es passieren, daß all die tausend Fäden, die ich seit so unendlich langer Zeit zwischen Jean-François und mir gesponnen hatte, die uns aneinander banden, daß diese Fäden in einer einzigen Sekunde, durch einen einzigen Blick einfach zerrissen waren, ohne daß ich auch nur den Grund kannte? Ich wollte mir das nicht zerstören lassen, ich konnte das nicht ertragen.

Eine Leiche! Aber was für eine? Wessen Leiche? Er hatte nur gesagt: »Ich habe eine Leiche gefunden.« Das war alles.

Ich wollte diese Verwirrung nicht, die Jean-François' Blick in mir ausgelöst hatte. Um mich abzulenken, versuchte ich, mich auf Äußerlichkeiten zu konzentrieren: ich überlegte jeden Schritt, achtete peinlich genau darauf, wo ich hintrat, suchte jedes Fleckchen Weg mit den Augen ab. Ich wehrte mich verzweifelt gegen die Gedanken und Bilder, die mir durch den Kopf schossen, blitzartig und völlig durcheinander: ich war verlassen, allein, sah den nackten Körper von Jean-François, den ein lebloser Körper aus *unserem* Tag entführt hatte, halbverwestes Aas, Verrat, Flucht, Sprachlosigkeit, Tod. Und Liebe . . . Liebe. Kann man die Sehnsucht danach unterdrücken? Ist sie nur ein flüchtiger Augenblick? Die Liebe, die große Liebe, die schöne Liebe! Ich empfinde sie mit meinem ganzen Körper, möchte mich vollstopfen mit ihrem Glück, bin berauscht wie nach einem phantastischen Fest. Ich will sie, will sie immer. Solange ich mich erinnern kann, wollte ich sie. Meine Sehnsucht nach Liebe ist älter als meine Erinnerung.

Der beste Freund meines Bruders hieß Alain. Er war klein, fast mickrig. Seine Arme und Beine waren so dünn wie Heuschreckenbeine, und wie diese Tierchen hüpfte er manchmal beim Gehen. Das war ein Zeichen seiner guten Laune.

Was mich an ihm so anzog, war nicht sein Aussehen, seine Augen oder seine Nase – hatte nichts mit seinem Körper oder seinem Äußeren zu tun. Es war er selbst, seine Ausstrahlung. Ich sah ihm gern zu, wenn er am

Strand herumtobte, hörte ihn gern sprechen, ich mochte, wenn er schwieg und den anderen zuhörte, ich mochte, wenn er Gitarre spielte.

Ich liebte ihn schon lange. Ich liebte ihn schon als ganz kleines Mädchen und liebte ihn noch, als ich in die Pubertät kam.

Ich brannte darauf, ihn zu sehen. Dafür nahm ich alle Demütigungen in Kauf, die mein Bruder sich ausdachte, denn ich brauchte ihn, damit ich in Alains Nähe sein konnte. Alain war vier Jahre älter als ich und hatte nicht den geringsten Grund, sich mit einem Gör wie mir abzugeben.

Ein glücklicher Zufall wollte, daß mein Bruder sich ein Spiel ausgedacht hatte, das man nur in meinem Zimmer spielen konnte, weil mein Teppich wie ein Damebrett gemustert war, mit braunen und weißen Karos. Es war eine Mischung aus Schach, Dame und »Schiffchen Versenken«. Man mußte es zu zweit spielen, mit Zinnsoldaten und Murmeln. Alain und mein Bruder spielten es stundenlang, wenn es draußen regnete. Aber schließlich und gottseidank war der Teppich in *meinem* Zimmer, und ich weigerte mich kategorisch, das Zimmer zu verlassen. Also entschied mein Bruder ein für allemal, daß ich mich auf mein Bett zu setzen hatte, zusammen mit den Möbeln, damit der Teppich frei war. Ich saß wie in einem Käfig zwischen den Tischbeinen und den drei Stühlen. Aber das war mir egal. Ich machte es mir so gemütlich wie möglich und blieb den ganzen Nachmittag dort, sagte keinen Pieps, schaute immer nur Alain an. Wenn er nachhause mußte, befreite er mich von dem Zeug und schüttelte mir die Hand. Abends in der Badewanne hielt ich den Arm in die Luft, an dessen Ende die Hand war, die Alain berührt hatte. Meine Mutter fragte mich:

»Was ist denn das für eine neue Mode?«

Ich antwortete:
»Das ist ein Periskop.«
Als Frau mit Grundsätzen belehrte mich meine Mutter, daß Unterwasserboote kein Spielzeug für kleine Mädchen seien, und daß ich lieber meinen Puppen etwas stricken sollte:
»Du kannst doch schon aufnehmen und abketteln, dann strick' doch mal was.«
Ich hatte nicht den Mut zu sagen, daß ich meine Puppen haßte, und daß ich Stricken sterbenslangweilig fand.
Ich wollte nur ganz schnell ins Bett, die Hand gegen meine Wange pressen, sie küssen und so einschlafen. Ich stellte mir vor, ich wäre bei Alain, in seinem Bett, meine Hand war sein Gesicht, ganz nahe bei mir, wir lagen fest aneinandergepreßt. Die Küsse in meinem Traum waren heiß und trocken.

Als ich zehn Jahre alt wurde, beschloß meine Mutter, mich nicht mehr selbst zur Schule zu bringen. Mein Bruder sollte mich von nun an begleiten.
Das Schicksal war mir gnädig! Mein Bruder war mit Alain in einer Klasse. Jeden Tag trafen sie sich auf dem Schulweg und gingen dann gemeinsam zum Gymnasium. Ich würde Alain jetzt also jeden Tag sehen können! Das einzig Dumme daran war, daß mein Bruder mir verbot, neben ihm zu gehen. Ich hatte mich zehn Schritte hinter ihm zu halten, und auf dem ganzen Weg tat er, als ob er mich nicht kannte, als ob ich gar nicht existierte. Er hatte mir klargemacht, daß es unter der Würde eines Jungen seines Alters sei, sich mit einer »Pißnelke« wie mir abzugeben.
Ich verstand das durchaus. Nie wäre ich auf die Idee gekommen, ihm nicht zu gehorchen. Er war wesentlich grö-

ßer als ich und terrorisierte mich wegen jeder Kleinigkeit. Er wischte mir immer mal schnell eine – offensichtlich machte es ihm Spaß, mich zu quälen. Unser Korridor zuhause war an einer Stelle ganz dunkel, ein bißchen ausgebuchtet wie ein Erker. Dicke rote Samtportieren trennten die »Wirtschaftsräume« von den »Gesellschaftsräumen«. Jeden Tag mußte ich durch diesen Korridor gehen; mein Herz stand fast still vor Angst. Unter Garantie hatte sich mein Bruder hinter dem Vorhang versteckt und überließ mich meinen Alpträumen. Manchmal stürzte er sich auf mich und drehte mir den Arm um oder kniff mich in die Nase, manchmal hatte er sich auch als Gespenst oder als Räuber verkleidet. Manchmal schrie er ganz einfach nur wie ein Verrückter. Es half nichts, wenn ich schon im voraus sagte: »Ich weiß, daß du da bist, ich hab' keine Angst undsoweiter ...«, er hatte immer wieder eine neue Idee, mit der er mich so erschrecken konnte, daß ich wie gelähmt war. Er war sehr groß, sehr dünn, sehr dunkel und trug runde Brillengläser mit einem Nickelgestell. Er baute sich vor mir auf, machte fürchterliche Grimassen, verrenkte seine knochigen Arme und Beine und stöhnte: »Ich bin der Tod, der schreckliche Tod! Ich will dich foltern und mit mir nehmen, in die Hölle auf ewig!« Dann schleppte er mich in mein Zimmer und drohte mir: »Schrei bloß nicht! Sonst muß ich dich bestrafen, und das ist noch schlimmer.« Ich glaubte es ihm, weil er einmal meinetwegen bestraft worden war. Seine Rache war schrecklich gewesen.

Meistens konnte ich mich wehren, indem ich mich in eine Ecke fallen ließ, und dort mit angezogenen Beinen auf ihn wartete, um sie ihm mit voller Wucht in den Bauch zu stoßen. Aber er war eben ein Junge. Er hatte das Raufen auf dem Schulhof von seinen Kameraden gelernt. Wenn ich versuchte, ihn zu kneifen oder zu beißen, schrie er triumphierend: »Du kannst dich ja nicht wehren. Du kämpfst wie ein Mädchen, Mädchen können nicht kämpfen, bääh, Mädchen!« Ich verlor immer ...

Er quälte mich so lange, bis es wirklich weh tat und ich ihn anflehte aufzuhören. Dann sagte er hämisch: »Und jetzt mußt du dich entschuldigen.« Alle unsere Kämpfe endeten mit der gleichen demütigenden Szene. Ich mußte mich vor ihn knien, die Stirn auf den Boden legen und um Vergebung bitten. Er nahm die große Siegerpose ein, setzte seinen Fuß auf meinen Rücken oder klatschte mir so eine auf den Hintern, daß ich flach auf den Bauch fiel. Dann schritt er aufrecht und würdevoll aus meinem Zimmer, als wäre nichts geschehen.

Mein Bruder erwartete völlige Unterwerfung, und deshalb ging ich eben zehn Schritte hinter ihm auf der Straße, wenn er es so wollte. Mir kam das ganz normal vor: ein Junge kommandierte nun mal ein Mädchen. Ich kam gar nicht erst auf die Idee, mit ihm darüber zu streiten oder einfach einen anderen Weg zu wählen.

An Rache war nicht zu denken. Außerdem war mir sowieso alles egal, weil ich wußte, daß wir Alain treffen würden. Wer zuerst am Treffpunkt war, wartete auf den anderen. Normalerweise war das mein Bruder, und ich wartete gespannt, bis ich Alain kommen sah, mit dem Hüpfschritt, den ich so gut kannte. So früh am Morgen sah er richtig adrett aus; die widerspenstigen Haare klebten ordentlich am Kopf. Ich stellte mir vor, daß er nach Lavendelwasser roch. Manchmal nickte er mir von weitem flüchtig zu.

Jeder Morgen brachte für mich einen Augenblick absoluter Glückseligkeit. Ich war hingerissen von allem, was mein Angebeteter machte und tat, gerührt und erregt von seinen Bewegungen, von der Art, wie er sich ausdrückte. Gelegentlich und trotz des morgendlichen Straßenlärms, dem Kreischen der Straßenbahnen, dem Gebrumme der Automotoren, drang ein Wort von ihm, ein Lachen, ein Zuruf, bis zu mir. Er war mitten im Stimmbruch. Seine Stimme, die gerade erst einen männlichen Klang bekam, kippte manchmal um, die Worte brachen sich und hüpften aus seinen Lippen wie kleine Wellen. Er sprach ein bißchen abgehackt. Aber ich mochte seine Stimme, für meine Ohren war sie Liebkosung.

Ich habe mich oft gefragt, worin sich wohl meine Liebe zu Alain, die Liebe einer Zehnjährigen, von der unterschied, die ich als erwachsene Frau für meine jeweiligen Geliebten empfand. Ich konnte nur einen Unterschied finden: ich kannte einfach die Worte nicht, um diese tiefe innere Freude auszudrücken, die mich in Alains Nähe erfüllte. Ich wußte kein Wort für das Gefühl, das ich empfand, wenn ich erfüllt war von seinen Gedanken, seinem Geruch, seinen Bewegungen, seinem Schlaf, seinem Leben. Ich wußte keinen Namen für die Sehnsucht und die Angst, die mich beschlichen, wenn ich ihn lange nicht gesehen hatte. Ich wußte nicht, daß das Liebe war. Ich dachte, Liebe sei nur für Erwachsene reserviert.

Wahrscheinlich ganz gut, daß ich damals noch nicht ahnte, was Liebe war. Vielleicht hätte ich sonst die langen Jahre der Kindheit nicht überstehen können, die Zeit, die sich so unendlich schleppend dahinzog und von meiner geheimen Leidenschaft, meiner verzehrenden Neigung überschattet war, unaussprechlich und unausgesprochen. Ich glaubte, mein Kindsein schützte mich vor dieser Leidenschaft, die ich für eine Mitgift des Erwachsenwerdens hielt. Deshalb lebte ich ganz einfach damit, ohne darunter zu leiden. Sie war unauflöslich mit meiner Rechentafel, meinem Katechismus, den lateinischen Deklinationen, den Ferien, mit Himmel- und-Hölle-Spiel verbunden, mit Kuchen, Wasser, Luft und Träumen – und mit dem Heranwachsen meines Körpers, der nun an manchen Stellen runder oder schmaler wurde.

Das alles änderte sich schlagartig an einem Tag. Ich war dreizehn Jahre alt.

Noch immer bestand meine Mutter darauf, daß ich mit meinem Bruder zusammen zur Schule ging: »Ich finde es nicht schön, wenn ein junges Mädchen sich allein auf der Straße herumtreibt.« Sie wußte ja nicht, daß ich ohnehin zehn Schritte hinter meinem Bruder hergehen mußte ... Er war fast schon ein junger Mann, und ich wurde langsam ein Mädchen, ohne es zu merken. Aber der Blick eines Jungen an einem schönen Morgen genügte, damit ich es erfuhr.

An diesem wie an jedem anderen Schultag hatte mein Bruder Alain unterwegs getroffen. Es war das Jahr, in dem die beiden Abitur machten. Danach sollten sie mit dem Studium beginnen. Sie gingen mit langen Schritten voraus, unterhielten sich die ganze Zeit, und ich stapfte hinterher, memorierte meine Schularbeiten, ließ aber meinen Liebsten die ganze Zeit nicht aus den Augen. An diesem Morgen hatte er mir nicht das kleinste Zeichen seiner Aufmerksamkeit gegönnt. Es war Frühsommer, in der Sonne war es schon warm, und ich trug meine leichte Schuluniform mit dem blauen Rock, der weißen Bluse und dem Strohhut mit schwarzen Bändern.

Ich sah einen Jungen auf die beiden zukommen, der sich ihnen anschloß. Er war ein sportlicher Typ mit breiten Schultern und braunen Locken, die ihm über die Stirn und in den Nacken fielen. Er strotzte vor Gesundheit. Gewiß hatte ihm sein athletischer Körper schon bei manchem Wettkampf – und auch bei mancher Party – einige Lorbeeren eingetragen. Obwohl er eigentlich noch ein Junge war, war er doch schon ein Mann. Man sah es an seiner Art zu gehen, die Hände in den Hosentaschen, die Muskeln spielten unter seinem Hemd. Es war ihm offensichtlich egal, welchen Eindruck er machte, zumal er sich seiner Wirkung sicher schien.

Alle drei waren stehengeblieben, diskutierten über irgend etwas. Ich stellte meine Schulmappe auf den Boden, klemmte sie zwischen die Beine und lehnte mich an einen der Feigenbäume, die die Rue Michelet säumten und Schatten spendeten. Ich holte meine lateinische Grammatik heraus, um noch ein bißchen zu lernen. Latein war meine schwache Seite. Während ich paukte, wußte ich genau, daß ich das niemals begreifen würde. Meine Gedanken glitschten über die regelmäßigen Verben wie über Wachstuch, ich begriff nichts, verstand nichts – noch nicht einmal »einer, eine, eines« oder »als da weil obgleich« und schon gar nicht, was der Unterschied zwischen »Gerundiv« und »Genitiv« war ... Latein war für mich eine unüberwindliche Hürde. Dabei war ich sonst in keinem Fach schlecht – warum ausgerechnet in Latein? Miraculum.

Da stand ich also unter meinem Baum, das Lateinbuch in der Hand, und wartete, daß die Jungen weitergingen. Als zukünftige Abiturienten trugen sie natürlich keine Schulmappen mehr. Sie banden ihre Bücher und Hefte nur mit einer Kordel zusammen – was für Passanten das unübersehbare Zeichen war, daß sie es mit Abiturienten zu tun hatten. Die Sonnenstrahlen drängten durchs Blätterwerk und wärmten mich hier und da. Im Schatten war es morgens um acht noch ziemlich frisch. Durch den Straßenlärm hörte ich, wie mein Bruder rief: »Simone,

Mensch, Simone!« und sah, daß er mich mit den Armen herwinkte. Was war denn in den gefahren? Die drei schauten mir entgegen, mein Bruder und Alain mit merkwürdiger Neugier, der andere – es war kaum zu glauben, aber ich täuschte mich nicht – zuvorkommend, fast einladend. Nun verstand ich überhaupt nichts mehr.

»Komm her«, schrie mein Bruder, »bißchen dalli!«

Zum erstenmal in meinem Leben hatte ich das Gefühl, zwei Personen zu sein. Ich war ich und ich war jemand anderes: ein junges Mädchen. Wie bewegt man sich da? Wie trägt man da seine Schulmappe? Wie sollte ich mich jetzt verhalten? So wie meine Mutter mir seit eh und je eingetrichtert hatte; unauffällig, höflich, leise: »Man darf den Menschen nie ins Gesicht starren und sich nie auf der Straße nach jemandem umdrehen. Ich mag keine geschwätzigen, ungezogenen Mädchen, die dummes Zeug plappern, nur um zu reden.« Oder mußte ich es so machen wie die *Großen* aus der Schule, die sich die Lippen mit Rosenpomade bestrichen, sobald sie außer Sichtweite der Lehrer waren? Auch gingen sie plötzlich ganz anders und wackelten mit dem Po, daß man seinen Augen kaum traute. Je mehr sie den Hintern rausstreckten, desto verschämter blickten sie zu Boden. Ich mochte das nicht, es war mir widerlich. Und nicht nur wegen der Erziehungsprinzipien meiner Mutter, mit denen ich überdies völlig einverstanden war, sondern weil ich ein solches Verhalten einfach entwürdigend fand. Mädchen, die sich so benahmen, kamen mir wie Marionetten vor. Stolz war mein großer Fehler. Ich würde nie diese Komödie der *Großen* mitmachen, die sich auf dem Nachhauseweg für einen doofen Jungen die Beine ausrissen.

Ich gehe also auf meinen Bruder, Alain und deren Freund zu, verlegen wie nie zuvor in meinem Leben. Ich bin kein kleines Mädchen mehr, ich bin noch keine Frau, und ein junges Mädchen will ich nicht sein. Was bin ich denn nun eigentlich? Nichts, eine staksige, dumme Gans.

»Das ist Goetzinger, wir nennen ihn einfach Goetz.«

Dann setzten wir den Schulweg gemeinsam fort. Ich war glücklich, nachdem ich meine erste Verlegenheit überwunden hatte. Sie nahmen wieder ihr Gespräch auf. Ich fand sie frech, freimütig, witzig – ich wünschte mir, ich würde in ihre Welt gehören.

Erst am Abend erfuhr ich, weswegen ich in den erlauchten Kreis aufgenommen worden war. Mein Bruder sagte grinsend zu mir: »Mensch, du wirst ja langsam. Heute morgen sagte doch Goetz: ›Seit einigen Tagen läuft da immer ein ziemlich hübsches Mädchen hinter euch her‹, und wie ich merke, daß er dich meint, haben Alain und ich laut gelacht. Es gibt ja wirklich hübschere Mädchen als dich. Goetz ist scheint's nicht besonders anspruchsvoll. Aber eins muß man dir lassen: du bist nicht mehr ganz so mickrig und doof wie früher.«

Von da an ging ich mit ihnen zusammen zur Schule. Alain schaute mich anders an als früher. Etwas Weiches war in seinem Blick, das mich glücklich machte.

Endlich kamen die Ferien. Ich sollte sie in einem Pfadfinderlager auf einem Bauernhof an der Küste von Douaouda verbringen und später, für den Rest des Sommers, in Sidi-Ferruch, wo auch Alain war.

Das Pfadfindercamp lag in einem typisch mediterranen Pinienwald, neben einem Weingut.

Wir waren auf Fahrrädern hingefahren. Am Anfang machte mir das riesigen Spaß: ich radelte wie der Teufel. Nach einer Stunde war ich erledigt: mein Rucksack zog mir die Schultern nach hinten; die Zeltausrüstung auf dem Gepäckträger, ein Riesenpaket, drückte gegen meinen

Fahrradsattel. Als ich ankam, war ich so erschöpft, daß mir alles wehtat und ich nicht mehr richtig sehen konnte. Unsere Gruppenleiterinnen waren eitel Frohsinn: »Los, los, Mädchen, beeilt euch, wir müssen die Zelte aufbauen, bevor es Nacht wird!« Sofort begann eine große Geschäftigkeit, Zeltpflöcke und Heringe waren einzuschlagen, hungrige Bäuche zu füllen, Lagerfeuer anzuzünden, die alles Holz verbrannten, und nichts garkochten. Lagerfeuer. Nachtgebet. Und zum Abschluß das schöne Lied: »Und wieder ist ein Tag zuende, Herr Jesus, unser guter Hi-hi-hirte ... es ist Abend, alles geht zur Ruh, über den Bergen, den Höhen und unten im Tal, alles schweigt, unser Jesus wa-ha-hacht.« Dann gingen wir als brave Pfadfinderinnen in unsere Zelte, eine Gruppe nach der anderen. Die Mädchen schliefen sofort, ich dachte noch lange an Alain. Wir lagen so eng nebeneinander, daß wir uns nicht bewegen konnten, Sardinen in der Büchse. Aus dunklen Schatten stiegen leise Düfte auf, es roch nach Fußsohlen und Achselhöhlen. Weil wir so eng zusammengepfercht waren, hörte man sanft grunzendes Schnarchen, Schlucken und Schmatzen. Unser Zelt glitt wie ein Schiff ins nächtliche Dunkel. Seine Fracht waren höhere Töchter in tiefem Schlaf, die für ein paar Tage das gesunde, rauhe Leben in der Natur, in rustikaler Umgebung kennenlernen sollten.

Kaum war ich am nächsten Morgen aufgewacht, dachte ich wieder an Alain, hatte nur ihn im Kopf und freute mich darauf, daß ich ihn bald sehen, und wir den Rest der Ferien zusammen verbringen würden. Diese Freude half mir, den ganzen langen Tag zu überstehen. Das Pfadfinderleben gefiel mir nicht. Die Mädchen waren eigentlich fast alle dumm, Angeberinnen, hinterhältig und verschlagen. Es machte ihnen Spaß, sich wie Jungen zu benehmen; ich verstand das nicht. Wir sind doch keine Jungen, warum sie also imitieren. Ich fand das albern, aber vielleicht nur, weil ich selbst so groß und kräftig war, daß es mir viel zu leicht – und im Grunde lächerlich – vorkam, zu tun, als wäre ich ein Junge. Die Tage vergingen damit, daß wir unser Zeug hin- und herschleppten, Ausflüge machten, von denen wir erschöpft zurückkamen, uns wüste Spiele ausdachten, nichts Anständiges zu essen bekamen und die täglichen Predigten unseres Kaplans ertrugen, die nicht einen Deut anders waren als die, die ich jahraus, jahrein in der Schule über mich ergehen lassen mußte.

Wir Pfadfinderinnen durften ihm bei der Messe helfen – allerdings mit einigen Ausnahmen: wir durften weder die Tücher und geweihten Gefäße berühren, noch durften wir die Heilige Schrift zum Altar bringen – diese Meßdienste waren für Mädchen verboten. Wegen dieser gottgewollten Verbote hatte jedes Mädchen, das die Meßglocken läuten oder die Meßkännchen tragen durfte, das Gefühl, zum Kreis der Auserwählten zu gehören – und war natürlich mächtig stolz darauf. Der schönste Lohn für einen Tag, an dem man sich Pfadfinderverdienste erworben hatte, kam abends, wenn die Gruppenleiterin sagte: »Du darfst dem Herrn Kaplan morgen helfen.« Wenn ich dann meine Stimme hörte, meine Stimme ganz allein, morgen in aller Hergottsfrühe, wenn der Priester die Liturgie eingeleitet hatte »introibo ad altarem Dei ...« und ich mich dann antworten hörte: »ad Deum qui laetificat iuventutem meam«, schwamm ich auf einer Woge von Glückseligkeit ... Ich sollte zum Altar des Herrn schreiten, des Gottes, der sich meiner Jugend erfreute! ... Mein Gott war Alain, mein kleiner, spindeldürrer, wunderbarer Freund. Der Gottesdienst fand immer schon ganz früh im Schatten der höchsten Pinie statt. Nach jedem Abschnitt der Handlung wurde die Sonne ein bißchen heißer, die Zikaden rieben ihre Beinchen, alle auf einmal. Die Luft wurde schwer, wabernd vor Hitze. Die alles umfassende Stille, die der Heiligen Kommunion vorausgeht, erlebten wir mitten im Heidenlärm afrikanischer Insekten. Nur die Stimme des Priesters erhob sich gelegentlich. Dann ging sie wieder unter im Getöse der Natur. Orate fratres ... Hic ... est ... corpus ... ecce agnus Dei. Ecce qui tollit peccata mundi ... die heißte Luft war geschwängert von Harzgeruch, Staub und dem Duft verdorrter Kräuter. »Orate fratres«, die Sonne küßte die Schmetterlinge und Zikaden, die Grillen, die kleinen grünen Eidechsen, Fliegen, Ameisen und Wespen wach, alles summte, brummte, stach. »Orate fratres.« Betet, meine Brüder. Wir beteten, vereint als Schwestern ...

Ich mochte diese Art zu leben nicht, für mich war das ganz einfach Heuchelei. Wenn dies hier wirklich stimmte, dann war unser Leben zuhause ein großer Irrtum. Aber wenn die Erziehung unserer Eltern richtig war, was sollte dann das ganze Getue?

Ich war ein folgsames Mädchen. Und wenn man mich bei den Pfadfindern angemeldet hatte, mußte es einen guten Grund dafür geben. Ich zwang mich dazu, Sachen zu tun, die mir zuwider waren, ich wollte meinen Willen stählen, mich zusammennehmen. Eines Tages sagte unsere Leiterin: »Monsieur Sanchez (das war der Bauer, auf dessen Grundstück wir zelteten) ist so freundlich, uns ein paar Hühner zu schenken. Aus jeder Gruppe soll sich ein Mädchen melden, das freiwillig ein Huhn schlachtet. Wir standen da in akkuraten Reihen hinter unserer Fähnleinführerin. Schweigen. Plötzlich trat ich mit einem Schritt aus der Reihe: ich meldete mich freiwillig, für meine Gruppe ein Huhn zu töten. Dabei wußte ich genau, daß ich nicht dazu fähig war. »Sehr gut, Mädchen; ein paar von euch sind doch recht mutig. Wer sich gemeldet hat, darf morgen Abbé Devault helfen. Jetzt geht ihr alle zu Monsieur Sanchez, der hat schon alles vorbereitet.« So stand ich also plötzlich mit drei anderen Mädchen in Monsieur Sanchez' Hühnerhof, hatte ein Schlachtmesser in der Hand und rannte hinter Hühnern her, die ich nicht sehen wollte, sollte so ein Tier fangen, das ich gar nicht haben wollte. Dann legte ich wie die anderen mein Huhn auf einen Klotz, klemmte den Körper zwischen die Beine, zog seinen Kopf mit der linken Hand auf den Pflock und hackte ihn mit der rechten Hand ab, mit einem Schlag. Mit geschlossenen Augen. Die anderen schauten durch das Gitter zu. Manche lachten. Manche gruselten sich auch ein bißchen. Das Huhn mit dem abgeschlagenen Kopf zuckte noch ein paarmal konvulsivisch mit den Beinen. Staub wirbelte auf. Ich rannte weg, versteckte mich, weil ich mich übergeben mußte. Ich habe kein einziges Stück von diesen Hühnern essen können. Außerdem waren sie, selbst nachdem sie vierundzwanzig Stunden lang im Kochtopf geschmort hatten, noch zäh wie Leder.

Am letzten Tag des Ferienlagers wachte ich sehr früh vor allen anderen auf. Der Morgen war zart und frisch, mit allen Anzeichen eines glühend heißen Tages: ein paar Zikaden sangen schon, nicht der kleinste Windhauch war zu spüren, und die Luft begann über dem Boden, zwischen den Weinstöcken zu flirren.

Ich stellte mir ganz intensiv vor, wie ich nachmittags mit Alain im Meer baden würde. Ich malte mir aus, wie zuerst nur meine Füße im Wasser sind, wie ich dann mit den Beinen über die Wellen springe, mal höher und mal niedriger, je nachdem, wie hoch die Wellen auflaufen. Ich renne so weit ins Meer hinaus, bis es mir an die Hüfte reicht und gegen den Bauch schlägt, wenn ich mich kopfüber hineinstürze. Alain läuft noch ein Stück weiter hinein und läßt sich dann in den aufspritzenden Schaum fallen, lacht laut vor Freude wie ich. Das Wasser tut so gut, wenn der Körper von der Sonne erhitzt ist.

Ich mußte von hier fort. Keine Stunde länger konnte ich diese Mädchen mehr aushalten, die in ihren Zelten zusammengepfercht waren; diese falsche Begeisterung, diese gezwungene Kumpanai, diese ganze wohlerzogene Heuchelei war mir unerträglich geworden.

Ich brauchte nicht lange, um meine Sachen in den Rucksack zu stopfen, den Schlafsack zusammenzurollen und auf mein Fahrrad zu steigen. Nur weg von hier! Ich hinterließ einen Zettel, damit die anderen Bescheid wußten. Grüße an alle. Die werden mir später schön die Hölle heiß machen. Was soll's!

Zuerst bin ich wie eine Verrückte losgestrampelt, um so schnell wie möglich vom Lager wegzukommen. Dann ließ ich das Lenkrad los, legte die Hände auf die Oberschenkel, damit ich die Pedale kräftiger und ganz regelmäßig treten konnte. Ich war von der Schönheit dieses Morgens gefangen, zum Weinen glücklich. Die Bänder meiner Pfadfindergruppe und die Abzeichen an meiner rechten Schulter, die ich beim Erste-Hilfe-Kursus gewonnen hatte, flatterten im Wind . . . Kinderkram – na klar, und dennoch bunte, lustige Farbtupfer! Aber ich hatte nur einen Gedanken: ich wollte die Uniform, meine blaue Filzmütze und meine Wanderstiefel loswerden, mindestens ein halbe Stunde lang lauwarm duschen, dann meinen Bikini anziehen und zum Strand laufen.

Wie schön war dieser Sommer gewesen!

Der Blick, mit dem Goetzinger mich angeschaut hatte,

war nicht ohne Wirkung geblieben, auch bei den anderen nicht. Und ich selbst betrachtete meinen Körper mit ganz neuen Augen. Alain behandelte mich nicht mehr wie ein kleines Mädchen. Wenn wir am Strand waren, setzte er sich neben mich. Er wollte genau wissen, wann ich Zeit hatte (ich mußte während der Ferien Schularbeiten nachholen und bekam nur ganz selten die Erlaubnis, abends auszugehen), und richtete sich so ein, daß er dann auch Zeit hatte. Das hieß schlicht und einfach: er interessierte sich für mich.

Ich fühlte mich wie im siebenten Himmel. Ich glaubte, daß ich nun bis zu meinem Lebensende glücklich sein würde. Ich würde Alain heiraten, ihm Kinder schenken, ihn glücklich machen. Meine Liebe zu ihm würde ohne Ende sein. Auch die Absichten meiner Eltern und meine eigenen Wünsche paßten so gut zusammen. Diese absolute Sicherheit machte mich sanft, fröhlich und schön. Mein Körper veränderte sich von Tag zu Tag. Ich schaute mich oft in unserem Badezimmerspiegel an. Es war kaum zu glauben, wie schnell meine Brüste rund und fest wie Äpfel geworden waren, wie schlank und biegsam meine Taille jetzt war, so schmal, daß ich fast ein bißchen zerbrechlich aussah, trotz meiner Vitalität und Sonnenbräune. Die schlanke Taille betonte meine Hüften und meinen straffen Bauch, der sich unter dem Nabel nur ein wenig wölbte. Meine Beine waren lang, sehr lang, und ich entdeckte blonden lockigen Flaum unter meinem Bauch und meinen Armen ... Ich war eine Frau geworden. Das war etwas Wichtiges, Ernsthaftes, Beglückendes.

Ich wußte, daß ich schön war, und ich war glücklich darüber, weil meine Schönheit nur Alain gehörte. Ich liebte es, wenn ich die Blicke der Männer und Jungen auf mir spürte, denn sie waren ja ein Kompliment an meinen

Angebeteten, an seinen Geschmack und die Wahl, die er getroffen hatte. Für unsere Freunde waren wir jetzt ein Paar. Es war klar, daß wir zusammen gingen, und es hieß einfach: »Du und Alain, Alain und du ...«

Alles war einfach und vollkommen. Nachmittags gingen wir in den Wald. Wir hatten uns gemeinsam eine weit abgelegene, verwunschene kleine Lichtung ausgesucht. Wir schlenderten den schmalen Sandweg entlang, der sich zwischen den Pistazienbäumen, den Immortellen und Oleanderbüschen durchschlängelte. Alain nahm meine Hand. Plötzlich waren wir allein. Die anderen ließen uns stehen, verschwanden, paarweise, lautlos wie wir.

Ich weiß noch genau, wie hell der Himmel in der Hitze war, wie gekrümmt die Bäume von Herbst- und Winterstürmen. Ihre Zweige ineinander verschlungen, zur Wehr bereit, wie Dünen. Ich erinnere mich an Geißblatt und Heckenrosen, deren Duft das Unterholz durchzog, ganz zart und fast wie Honig, an den starken Harzgeruch der Pinien, der Kräuter, Pflanzen und Sträucher eines heißen Landes. Ich erinnere mich an die winzigen, goldglitzernden Eidechsen, die über glatte Steine huschten. Ich weiß noch, wie feucht unsere Hände waren, ineinander verschlungen. Ich erinnere mich, daß Alain endlich eine Stelle gefunden hatte, die ihm gefiel, und weiß noch, wie plötzlich die reife Frucht zwischen meinen Schenkeln zu zukken, wie diese saftige Feige, dieser samtene Pfirsich, diese pralle Mispel zu beben begann. Alain wollte, daß ich mich neben ihn lege. Mein Herz schlug wild. Die Frucht wurde immer reifer. Ich mußte die Schenkel zusammenpressen. Alain rückte näher zu mir, ich spürte sein Gesicht, ich liebte diesen Geruch eines Jungen aus guter Familie, Schweiß mit Lavendelduft. Als er ganz nahe war, roch ich den männlichen Rauch seiner Bastos.

»Ich kann dich nicht küssen.«

Es war gefährlich. Zum Verrücktwerden gefährlich.

»Warum denn nicht?«

»Weil es eine Sünde ist.«

»Alle tun es.«

»Ich nicht. Ich flehe dich an. Laß mich. Alain, ich liebe dich, seit ich ein kleines Mädchen bin. Ich will dich heiraten, aber ich kann dich nicht küssen.«

Meine Erklärungen schienen ihn zu überraschen. Er insistierte nicht weiter, sondern rückte von mir ab. Wir spielten mit dem Sand. Ich war ihm dankbar, daß er mich respektierte, daß er nicht darauf bestand – und doch zerriß mich innerlich diese namenlose Lust.

Als die Ferien zuende waren, fuhren wir in die Stadt zurück. Hier konnten wir uns nicht mehr jeden Tag sehen. Ich lebte wieder wie jedes andere Schulmädchen auch, jedoch allein. Alain und mein Bruder waren jetzt Studenten. Ich trug wieder die Schuluniform. Eine ganz neue diesmal. Mein Körper hatte sich während der Ferien unglaublich verändert! In diesem Jahr war es nicht mehr damit getan, eine Falte aufzumachen, den Saum auszulassen oder die Knöpfe ein bißchen zu versetzen. Nein, nichts paßte mehr. Ich war eine andere geworden.

Mein Bruder war mein »Verbindungsmann« zu Alain. Ich glaube, er war gar nicht böse über das, was sich in jenem Sommer zwischen mir und seinem Freund angesponnen hatte. Es schien mir sogar, als hätte er eine gewisse Achtung vor mir bekommen.

Wir waren kaum eine Woche aus den Ferien zurück, da flüsterte mein Bruder mir eines Abends zu:

»Alain möchte mit dir morgen ins Kino. Das ist doch dein schulfreier Nachmittag. Ich sage, daß ich mit dir zum

Sportplatz gehe. Wir treffen uns dann am Abend und gehen zusammen nach Hause.

Eine schöne Geschichte! Das hieß also, daß ich die Pfadfinder sein ließe und von nun an Notlügen erfinden mußte. Egal. Ich wollte nur Alain wiedersehen, ihn ganz nah bei mir spüren, seine Hand in meiner fühlen. Ich gehörte ihm, ich war seine Frau, er sollte bestimmen.

Als ich ihn am nächsten Tag traf, kam er mir ein bißchen komisch vor: in Flanellhosen, Hemd, Krawatte und Weste – ein Mann. Also war ich mit einem richtigen Mann verabredet! Ausgerechnet ich! Eigentlich hätte ich Strümpfe tragen müssen, eine Handtasche mit Puderdose, Schuhe mit Absätzen. Aber das hatte ich alles nicht. Für Mädchen meines Alters und meines Standes gehörte sich das nicht. Ich kam mir reichlich albern vor mit meinen flachen Schuhen, dem Schottenrock und dem marineblauen Twinset. Ganz zu schweigen von der Schleife, mit der ich mein Haar zusammengebunden hatte. Ich sah sehr jungmädchenhaft aus.

Wir standen uns gegenüber, vor dem Kino, Herbstwetter in den Kleidern, Fremde. Als wären wir nicht vor wenigen Tagen nackt, oder fast nackt, Hand in Hand ins Meer gerannt. Da hatte ich keine Angst vor ihm gehabt. Hier hatte ich plötzlich Angst. Er war ein Mann, ich eine Frau. Vorher waren wir verliebte Kinder.

Aber etwas fehlte noch. Wie wird man eine Frau? Wann beginnt man, eine Frau zu sein? Eines war mir ziemlich klar: als ich im Sommer neben ihm gelegen hatte, war ich noch keine Frau. Jetzt wußte ich nicht mehr, was ich war.

Ob Alain gespürt hat, wie verlegen ich war? Es wäre leicht für ihn gewesen, mir die Unsicherheit zu nehmen. Er tat nichts. Er strahlte eine Entschlossenheit aus, die ich nicht an ihm kannte.

Da es unser schulfreier Nachmittag war, standen viele Jungen und Mädchen wie wir vor dem Kino. Sie schienen alle nur mit sich beschäftigt, redeten, lachten. Alain rauchte ungerührt seine Bastos. Wir hatten uns nichts zu sagen. Und doch war ich ganz erfüllt von der Freude, ihn wiederzusehen, mit ihm zusammen zu sein. Die Nacht zuvor hatte ich kein Auge zugetan. Noch nie im Leben war mir ein Vormittag so lang vorgekommen; ich konnte es nicht erwarten, ihn wiederzusehen.

Wir standen mitten in der Schlange, die sich nur langsam und schrittweise auf den Kassenschalter aus Glas zu bewegte. Alain hatte mich nicht einmal gefragt, ob ich meine Karte selbst bezahlen wollte. Er wußte genau, daß junge Mädchen aus meinen Kreisen kein Taschengeld bekamen. Was hätten sie schon damit anfangen sollen?

»Zweimal Parkett.«

Auch das machte mir Angst: er war so sicher, erledigte das Alltägliche mit solcher Leichtigkeit, wußte immer genau, was man sagen mußte. Mir wurde klar, daß er solche Situationen gewöhnt war und sie beherrschte. Ich kam mir maßlos plump vor. Er bezahlt und wir gehen hinein.

Die Vorstellung muß gleich beginnen. Langsam erlöschen die Lichter im Saal. Die vergoldeten Gipsrosen, die Lorbeerkränze, Satyre und Musen, die neckisch ihre gipsernen Leiern und Panflöten spielen, verschwinden allmählich im Dunkel, das nun auch den Stuck über der Leinwand verhüllt. Es war ein schönes, modernes Kino.

Die Platzanweiserin bringt uns zu unseren Sitzen in der Saalmitte. Alain gefällt das nicht. Er gibt ihr ein Trinkgeld und zieht mich nach hinten, in die letzte Reihe, wo es völlig dunkel ist. Hinter uns ist die Wand, über uns, ganz knapp über unseren Köpfen, die Decke des Balkons. Ich spüre, wie sein Herz schlägt, und habe das Gefühl, ich sei in eine Falle getappt. Ich sehe nichts mehr. Ich lasse mich von Alain ziehen und schieben. Er zwängt sich an den Knien der Sitzenden vorbei, bis wir endlich zwei freie Plätze gefunden haben. Langsam gewöhne ich mich an die Dunkelheit. Rundherum sind nur die Schüler, die wir vorhin draußen stehen sahen. Jetzt sitzen sie da, pärchenweise, und haben es sich gemütlich gemacht, ihre Jacken und Mäntel ausgezogen, sie flüstern, lachen und essen Bonbons. Die Jungen haben ihre Arme um die Mädchen gelegt, um uns kümmern sie sich nicht. Ihnen scheint das alles vertraut – nur ich begreife nichts. So läuft das also zwischen Mädchen und Jungen im Kino?

Die Vorstellung beginnt mit Nachrichten, genau gesagt, mit der Wochenschau. Zuerst werden Turner gezeigt, die exakt wie ein Ballett von einem Fuß auf den anderen springen. Die vielen Beine sehen aus wie Fächer, die sich öffnen und wieder schließen. Ein Doppeldecker rast im Sturzflug vorbei und zeichnet dabei eine Figur in den strahlend blauen Himmel. Ein Motorboot zischt durch die Wellen, hinter ihm sprühen Tropfen wie ein Feuerwerk. Ein Bergsteiger erreicht den Gipfel, endloser Himmel. Alles saust mit unglaublicher Geschwindigkeit vorbei, untermalt von durchdringender Musik. Ich liebte die Wochenschau. Ich ging nur selten ins Kino, weil meine Mutter der Meinung war, daß es da nichts Interessantes für ein Mädchen meines Alters zu sehen gäbe, und mein Vater den Standpunkt vertrat, das Kino sei der größte Bazillenherd der Welt. Aber wenn ich dann einmal gehen durfte, fand ich einfach alles herrlich. Ben Hur, Marco Polo, King Kong und Schneewittchen ließen mich träumen und schaudern zugleich.

Alain nimmt meine Hand, legt sie auf seine, faltet meine Finger zwischen seine und hält sie fest. Sekundenschnell geht das. Ich kann nicht mehr auf die Leinwand schauen, so aufgeregt bin ich. Er läßt meine Hand los und legt sie in seine andere Hand, dann schiebt er einen Arm hinter meinen Nacken, ganz zärtlich. Ich schmiege mich in die Beuge zwischen seiner Schulter und seinem Ellbogen. Ich sehe ihn an. Er lehnt sich zu mir herüber, sein Gesicht ist ganz nah bei meinem. Sein geliebtes Gesicht, das ich so oft in meinen Träumen gestreichelt hatte. Aber wie war das denn in meinen Träumen? Welche Liebkosungen habe ich mir ausgedacht? Was ist das überhaupt, eine Liebkosung? Ich bin voll Unruhe, durcheinander, will nicht darüber nachdenken, will keine Antwort finden! Es gehört sich nicht, es ist einfach unmöglich! Jeder Gedanke daran ist verboten. Ich kann nur flüstern: »Alain, ich liebe dich, ich liebe dich wirklich, aber ich darf nicht, ich kann nicht.« Aber jetzt ist es anders als in Sidi-Ferruch, er läßt sich nicht durch meine Worte abweisen, er drückt mich noch enger an sich und versucht, mich zu küssen. Ich drehe den Kopf weg, nach links und nach rechts, will seinen feuchten, warmen Lippen ausweichen, die meine Lippen suchen. Es kommt mir vor, als sei mein ganzes Gesicht naß von seinem Mund. Manchmal, wenn das Licht plötzlich heller wird, sehe ich die anderen Schüler eng umschlungen. Sie küssen sich endlos, sind Welten entfernt von dem Film, der vorne abläuft und sie für Augenblicke in weißes, flakkerndes Licht taucht. Spotlights auf ihre Versunkenheit, auf zärtliche Bewegungen. Ich sehe, wie sie sich umarmen, ihre ineinander fließenden Haare, Augen ohne Ausdruck, halbgeöffnete Lippen, die sich voneinander lösen und gleich wieder finden. In meinem Bauch ist wieder die reife Frucht, diese saftige Feige. Ich presse die Beine zusammen, bis die Schenkel schmerzen. Ich sitze in der Falle! Alain, der Mann im Flanell, hat mich wissentlich und willentlich in eine Falle gelockt!

Ich wehre mich so lange, bis er mich losläßt. Verdrossen und sauer drückt er sich in seinen Sessel zurück und schaut sich schlecht gelaunt den Film an. Ich kann nichts mehr sehen.

Später sind wir wieder auf der Straße; es ist hell, Menschen sind um uns herum, der spätherbstliche Tag leuchtet golden. Plötzlich kneift Alain die Lippen zusammen, schaut an mir vorbei und schießt aus seinen weißen, scharfen Zähnen Worte wie schwirrende Pfeile: »So geht das nicht weiter, verstehst du. Es ist aus, ich hab' genug von diesem Theater. Ich mach' Schluß.«

Die alten Damen kehren plötzlich um. Ihr Auto kommt mir auf der Landstraße entgegen, ein freundschaftliches Zeichen mit der Hand, dieses typisch britische »hello«, das etwas bedeutet und Kontakt herstellt – ganz im Gegensatz zu unserem »Guten Tag« und »Auf Wiedersehen«.

Von weitem sehe ich Hans, Heidrun und Jean-François zusammen auf der Terrasse stehen. Jean-François hat also genug Zeit gefunden, zu unserem Ferienhaus und wieder zurück zu fahren. Er trägt seine Segelhosen und ein Hemd. Wozu diese Eile?

Mein Tag ist hin. Und ich wollte doch schwimmen, am einsamen Strand entlang spazieren, im Sand sitzen und mit Jean-François schwatzen!

Als ich ankomme, hat Hans schon sein Auto aus der Garage geholt. Heidrun sitzt auf dem Gartenmäuerchen, Jean-François spricht mit ihr, wendet mir den Rücken zu.

Sie ist kräftig, groß, hat ein Kindergesicht, er wirkt sehr klein neben ihr. Als er mich kommen hört, dreht er sich nicht um. Heidrun sagt zu mir, mit lüsternen Augen:

»Eine tolle Geschichte!«

Da dreht er sich endlich zu mir um, mit dem gleichen, verschlossenen Blick wie vorhin, reckt den Kopf ein wenig in die Höhe. Ich kenne ihn gut. Ich weiß, jetzt nimmt er seine Kampfhaltung ein. Das macht er immer, wenn er glaubt, daß ich ihm etwas wegnehmen will oder wenn er Angst hat, seine Freiheit sei in Gefahr. Warum sollen wir uns streiten? Ist es die Leiche, die er für sich behalten will? Oder will er nur nicht zeigen, was ihm an dieser Geschichte so zu schaffen macht? Mir fällt nichts anderes ein, als ihn zu fragen:

»Ist es ein Mann oder eine Frau?«

»Schwer zu sagen. Mir sind die schönen Hände aufgefallen und lange, schwarze Haare. Aber hier haben ja fast alle Männer lange Haare.«

Während er das sagt, streckt er die Arme in die Luft, läßt die Hände herunterfallen. Dann macht er mit den Fingern eine Bewegung wie mit einem Kamm. Spreizt sie zu einem Fächer. Kämmt imaginäre Haare.

Hans ruft ihm vom Wagen aus zu:

»Beeil dich, wir müssen vor Dienstschluß bei der Polizei sein.«

Jean-François rennt die Treppe hinunter, immer vier Stufen auf einmal. Als er im Auto sitzt, ruft Hans lachend zu mir herüber:

»Der Zeuge ist der erste Verdächtige!«

Dann verschwinden sie hinter dem Hügel, wo die Reiher nisten. Wir beiden Frauen bleiben zurück und warten. Warten. Ich weiß, daß das für Heidrun anders ist als für mich. Sie ist gewohnt zu warten, sie wartet gern und hat sich darauf eingestellt zu warten. Ich hasse diese Leere. Sie ist glücklich und ausgeglichen, wenn ihr Mann seinen Geschäften nachgeht. Für mich ist es das Chaos.

»Komm, wir machen uns einen guten Tee und trinken ihn im Garten. Wir können uns ja unter den Kastanienbaum in den Schatten setzen. Es ist so heiß heute, daß man gar nichts essen mag. Findest du nicht auch?«

»Ja.«

Ich will nicht, daß sie mir sagt, was Jean-François ihr erzählt hat. Ich finde es nicht richtig, daß er mit anderen Menschen in allen Einzelheiten über eine Sache spricht, die er mir ohne jeden ersichtlichen Grund verschweigt. Also tue ich eben so, als interessiere mich das Ganze nicht und bringe das Gespräch auf das Wasser von Corvagh, mit »dem der Tee so gut gelingt«, auf Heidruns Leben, auf ihre kleine Tochter. Schließlich gehe ich unter dem Vorwand, noch aufräumen zu müssen, zu unserem Ferienhaus zurück.

Kaum habe ich unsere Haustür hinter mir zugemacht, setze ich mich ans Fenster. Es ist Ebbe; vor mir liegt weiter, flacher Sand, durch den sich der kleine Fluß von Corvagh schlängelt, um Schilfgras spielt. Das Meer hat beim Ablaufen schmale Rillen und Pfützen hinterlassen, die in der Sonne glitzern. Das ganze Land ist feucht, vollgesogen mit Wasser wie ein Schwamm. Überall ist das Wasser abgelaufen, in den kleinen Fluß gesickert, der jetzt daliegt, als könne die Natur nicht ohne ihn sein. Die Reiher haben sich in grauem, gemächlichem Flug links vom Haus niedergelassen. Lange Zeit stehen sie unbeweglich am Flußufer, man könnte meinen, sie wären ausgestopft. Dann stolzieren sie zögernd weiter, mit knickenden Beinen, behutsam. Jetzt fischen sie: sie biegen den endlos langen Hals, vergraben den Schnabel im Algengewirr, recken dann den Kopf in den Himmel und verschlingen die Beute mit heftigem Rucken.

Jetzt sehe ich von meinem Fenster aus nur Land, festen, soliden Boden, grüne Hügel um eine helle Fläche, durch die sich ein Fluß schlängelt. Kühe kommen zur Tränke, Enten schnattern. Heute morgen ist alles ganz anders gewesen: da war das Meer, ein See, Wasser, nasses Element: das Reich unsichtbarer, silberschuppiger Fische. Kaum fester Boden, nur Inselchen und eine kleine Landzunge. Totale, erschreckende Veränderung.

Ein anderes Land, ein anderer Mann.

Wenn ich nur wüßte, warum sich meine Laune so schnell verändert, so schnell, daß ich manchmal vor mir selbst davonlaufen möchte. Was mir eben noch beständig schien, verändert sich im Bruchteil einer Sekunde, und plötzlich ergeben die Dinge keinen Sinn mehr, alles ist ganz anders. Meine Gedanken sind völlig durcheinandergeschüttelt, ich versuche, sie zu ordnen, mich an Dingen festzuhalten, an die ich gewöhnt bin, aber da ist nichts mehr. Nur Panik, Angst, Chaos.

Das Bekannte nicht mehr, das Neue noch nicht kennen. Versuchen, auf einem rutschigen, klebrigen, stark unwegsamen Grat die Balance zu halten. Der Gefahr vollauf bewußt; entsetzliche Anstrengungen, oben zu bleiben. Sich sowenig wie möglich bewegen. Der kleinste Tritt, der winzigste Schritt kann mich aus dem Gleichgewicht bringen, totale Verwirrung stiften.

Wer ist Jean-François? Wo ist Corvagh?

Unsere Ferien, gerade noch so wunderschön und jetzt so düster – warum habe ich mich so darauf gefreut?

Kälte kriecht in meinen Körper, schleicht sich in meine Gedanken, bringt Leere und schließlich erlösenden Schmerz. Tränen würgen im Hals, steigen in die Augen, die Augäpfel schwimmen. Ein lauer Strom, der aus den Tiefen der Kindheit, der Zärtlichkeit kommt, sich in den winzigen Tränenkanal zwängt und aus mir heraus will, zwischen den Wimpern durch. Eine Träne löst sich, kullert über das Lid wie über einen Fenstersims und schwebt dann wie eine gute Fee über meine Wangen, bis in den Mundwinkel. Andere Tränen drängen nach: innere Befreiung. Sie überschwemmen mein Gesicht, lassen es glänzen, ebnen meinem Kummer den Weg. Endlich braucht er sich nicht mehr zu verstecken und schafft sich Platz mit heftigem Schluchzen und Schlucken, Rotz und Wasser, süß ... Ich möchte sein wie ein Neugeborenes, an der Mutterbrust saugen und satt einschlafen, an nichts mehr denken, ganz zufrieden sein.

Aber ich bin kein Säugling: ich bin eine erwachsene Frau, gequält von Unsicherheit und Furcht. Auf diese Ferien habe ich einen großen Einsatz gewagt. Ich habe mein Glück gesetzt. Wenn es diesmal nicht gelingt, wird es nie mehr gelingen.

Ich glaube, daß es im Leben solche Grenzsituationen, unüberwindliche Schranken gibt – und Schutzmechanismen. Ich glaube, daß uns diese Ferien in Corvagh alles das geben können, was Jean-François und ich brauchen, um wieder zusammenzufinden, wieder zusammenzuwachsen zu einem Zeitpunkt, da wir gezwungen sind, unseren Lebensrhythmus zu ändern, weil unsere Kinder erwachsen, fast selbständig sind und bald schon selbst Kinder haben werden.

Keiner von uns beiden will sich mit fünfundvierzig Jahren vom Leben pensionieren lassen, auf Zukunft verzichten. Was können wir dagegen tun? Wie sollen wir jetzt zusammenleben? Es gibt so viele Mißverständnisse zwischen uns, wir machen beide so viele Fehler. Und dennoch muß es etwas geben, das uns zusammenhält, weil wir beide hier sind, wir beide ganz allein. Aber was? Was ist es?

Ich weiß, daß es Situationen gibt, die völlig verworren erscheinen. Aber alles kann sich wieder lösen. Unser Leben enthält genug Säure, um unsere Vergangenheit auszulöschen, und genügend aufgestaute Aggressivität, mit der einer sich auf den anderen stürzen möchte. Zwei Raketen, die zuerst langsam von der Rampe abheben, einen Augenblick zu schweben scheinen, als stünden die Triebwerke still, und dann losschießen, jede für sich, auf ihrer Flugbahn, ins galaktische Blau hinein.

Diese Vorstellung tut mir so weh, daß sich alles in mir verspannt, die Schenkel verkrampfen sich, mein Herz ist schwer wie Stein, meine Hände sind zu knöchernen Kugeln geballt.

Der Boden ist jetzt ganz trocken. Drei Fischer haben ein Boot in den Fluß gelassen und sind dabei, ein Netz von einem zum anderen Ufer zu spannen. Einer ist im Boot geblieben und rudert gegen den Strom, um die Barke in der Mitte des Flußbettes zu halten. Die beiden Männer am Ufer ziehen das Netz aus dem Rumpf. Die Korkschwimmer gleiten auf der Wasseroberfläche. Alle drei arbeiten hart. Ich kann nicht verstehen, was sie reden, sie sind zu weit entfernt, aber ich spüre, wie gut sie aufeinander eingespielt sind.

Arno, der Hund unseres Freundes Hans, rennt in der Nähe vom Haus wie ein Verrückter hinter einer Krickente her, die ihre Jungen vor ihm schützen will. Sie lockt den Hund von der Stelle weg, wo ihre Kleinen die ersten unsicheren Schwimmversuche machen. Er glaubt, die Ente sei eine leichte Beute für ihn – sie schlägt mit den Flügeln und flattert nur wenig über dem Boden, ein verwirrendes, schnatterndes Federknäuel –, er stürzt sich auf sie und schnappt mit seinem Maul ins Leere, weil die Ente im letzten Moment, leicht und behend, ans andere Ufer geflogen ist. Arno ist gierig, unermüdlich, blind vor Jagdeifer. Er schwimmt durch den Fluß – ich sehe seinen Kopf aus dem Wasser auftauchen –, und dann beginnt der Zirkus wieder von vorne. Die Jungen lassen's sich solange wohl sein. Sie tauchen unter, verschwinden für eine kleine Weile und tauchen dann woanders wieder aus dem klaren Wasser auf. Jedesmal bin ich überrascht, wenn sie irgendwo hochkommen, wo ich es nicht vermutet hätte. Die Strömung trägt die kleine Schar langsam weiter, aber es dauert noch lange, bis sie an der breiten Flußmündung sind, dort, wo der Strand endet und wo Arno keine Gefahr mehr für sie sein wird. Ob die Entenmutter ihn so lange in Schach halten kann?

Wird denn unser Leben nur vom Tod bestimmt? Gibt es keine Ausflucht?

Mir fällt eine Szene auf einem Bahnhof ein: auf dem Gleis gegenüber steht ein abgehängter, leerer Waggon. Ich entdecke zwei junge Leute auf einer schwarzen, abgewetzten Sitzbank. Sie sind glücklich. Sie küssen sich, gurren dabei wie die Tauben und lachen miteinander. Das Mädchen küßt den Jungen einmal, zweimal, zehnmal, hundertmal. Dann lachen sie wieder. Einer schubst den Kopf des anderen beim Küssen ein bißchen zurück, der erwidert den Kuß genauso. Sie sitzen in einer Schaukel des Lachens und der Freude, wiegen sich in ihrem Glück; schlafe, mein holdes, süßes Mädchen, schlaf ein ...

Was werden sie tun, wenn der Zug weiterfährt? Vielleicht rudert der eine wie der Fischer vor meinem Fenster, rudert und rudert, mit aller Kraft, bis ihm fast die Luft wegbleibt, damit sein Boot nicht von der Strömung abgetrieben wird? Vielleicht wird sich auch das Mädchen wie eine Verrückte wehren, alles versuchen, immer wieder, endlos, um ihre Jungen zu retten?

Ach, das GLÜCK! Glück ist so zerbrechlich, so groß, so klein, so herrlich. So VOLLKOMMEN!

Wer kennt es nicht, das Glück, und sei es nur für einen kleinen Augenblick. Wer sehnt sich nicht danach? Wer wünscht sich nicht, es möge dauern, noch ein wenig, nur noch ein wenig länger?

Ich weine nicht mehr. Jean-François' Blick brennt in mir wie eine glühende Nadel, quält mich, schmerzt mich so tief, daß ich nicht mehr weinen kann. Warum tut mir dieser eine einzige Blick so weh? Ich weiß, was dieser Blick bedeutet, was er für mich bedeutet. Schmerzen und Angst, alte Bekannte, die ich für wenige Tage vergessen glaubte, die ich hier, gerade hier, vergessen wollte. Ich bin gewöhnt daran, daß Jean-François mich nicht mehr mag, einfach verschwindet, mich vergißt.

Aber was würde ich tun, wenn er nicht mehr wiederkäme? Was würde ich tun, ganz allein? Ein Leben habe ich damit verbracht, mich um ihn, um die Kinder und das Haus zu kümmern. Nie hatte ich Zeit für mich, für ein eigenes Leben. Sie waren mein Leben. Jetzt ist er es, jetzt, wo die Kinder aus dem Haus sind oder uns bald verlassen werden, nur er. Wir beide sind ganz allein. Wie am Anfang.

Was für ein Tag! Was für ein Ferienanfang! Diese Augen!

Ich kenne diese Augen, wenn ihr goldener Glanz verwischt, nur noch kaltes Blau, blau und weiß, eine Schranke, Ende, Tod, Leblosigkeit. Wenn ich diesen Blick in seinen Augen sehe, steigt mein südländisches Blut in mir hoch, das Mittelmeer, ich möchte laut klagen und schreien, »aïe, aïe, aïe«, ich möchte in meiner Trauer schaukeln, die Hände in mein Gesicht schlagen, mir die Haut zerfetzen.

Aber genau das darf ich nicht. Jean-François haßt solche Ausbrüche. Und sie passen auch nicht hierher, sie brauchen Sonne, Hitze, Patschuli. Sie brauchen den feinen, weichen Sand, in den man die nackten Füße vergraben und hinknien kann, damit der Schmerz, der in den Eingeweiden wühlt, sich aus dem Gefängnis des Körpers befreit.

Hier geht das nicht. Hier ist alles anders, hier – das ist mein Leben als erwachsene Frau, hier hat das Leben einen Anfang und ein Ende, hier hat alles seinen Sinn und Zweck, hier muß ich stark sein, meine Pferde im Zaum halten. Ich muß wissen, wie man sie lenkt, wie man sie im richtigen Moment loslaufen, im richtigen Moment ausruhen und sonst gleichmäßig vor sich hintraben läßt. Aber meine Pferde gehorchen mir nicht, sie bäumen sich auf, gehen mir durch oder grasen friedlich – immer im falschen Moment. Fast kommt es mir vor, als würden sie von einem Fremden gelenkt. Ein anderes Ich, das sich über mich lustig macht. Meine Pferde lassen ihren Mist fallen, wo sie gerade sind, mitten auf der Straße. Ich bin verlegen, geniere mich, weil sie dreckig sind, ich schäme mich und weiß nicht, wo ich mich verstecken soll. In meinem tiefsten Inneren herrscht Chaos. Ich will etwas mit aller Gewalt und weiß nicht einmal, warum ich es so sehr will.

Liebe ich Jean-François?

Ja, ich liebe ihn. Weil ich Angst habe, ihn zu verlieren. Jetzt, da ich vor meinem Heft sitze und versuche, die ganze Geschichte niederzuschreiben, jetzt ist es leicht, diese Frau so einfältig sagen zu lassen: »Ich liebe ihn, weil ich Angst habe, ihn zu verlieren.« Wenn einer weiß, wie eine Geschichte ausgeht, kann er leicht lachen über den, der das Ende noch nicht kennt. In unserem Wortschatz gibt es eine Reihe von Ausdrücken, die vorfabriziert sind – Ausdrücke für Gedanken, die ebenfalls vorfabriziert sind, abgenutzt vom allzu häufigen Gebrauch, die nur dazu dienen, auf peinliche Fragen zu antworten. Pirouetten. In dem Moment, in dem man diese Ausdrücke benutzt, ist man sich allerdings nicht bewußt, daß man im Grunde einem Problem ausweicht. Man ist davon überzeugt, eine ehrliche Antwort gegeben zu haben, aber eigentlich wollte man nur der Form genügen. Eine Antwort also, mit der man Ritzen zuschmiert, eine Flucht verhindert, für einen Augenblick eine starke Blutung stillt. Man stopft die große Qual, aus der die Frage kam, aber man kann nicht verhindern, daß die Qual im Inneren weiterbohrt. Liebe ich Jean-François? Liebe ich Jean-François? Liebe ich Jean-François?

Was heißt das, lieben?

Da saß ich, mitten in Irland, mit meiner gekränkten Liebe, den eingetrockneten Tränen, die Schneckenspuren auf meinem Gesicht hinterlassen hatten, da saß ich mit einem Berg voll Fragen, den Jean-François' Blick vor mir aufgetürmt hatte. Ein mächtiges Zauberbuch, in dem Stück für Stück, bis ins kleinste Detail, jeder Betrug, all seine Heucheleien, Heimlichkeiten, Lügen aufgezeichnet waren. Aber auch meine Rache, mein Kleinkrieg, meine Retourkutschen. Er hat angefangen. Wenn er nicht angefangen hätte, wäre es nie dazu gekommen ...

Und die gefährlichen Frauen, die ihn mir nehmen, von mir weglocken: weibliche Kurven, Hüften, Nacken. Heiße, schwülstige Frauenbrüste, oben, unten, wie Äpfel, wie Birnen, zusammengepreßt, ausladend, schwer, dick, klein, schwarzviolett, rosa, rot, braun. Frauen mit Bäuchen wie Wannen, wie Wiegen, wie Weihwassergefäße, wie Windbeutel, wie Wasserschalen, wie Muscheln. Frauenhaare, Mähnen, Locken, Löckchen, Wuschelköpfe, schwarz, blond, rot, leuchtend, fein. Frauenlippen, aufgesprungen, zart, rissig, weich, feucht, glänzend, dünn, blaß, schmal, empfindlich; Lippen, die wie Kirschen, wie Aprikosen, wie Pflaumen geformt sind, über die schnell eine Zungenspitze fährt, feucht und frech.

Und die Körper dieser Frauen: die Glieder, Arme, Beine, Füße, Hände; ihre Finger, ihre Ellbogen, ihre Knie, mit denen sie ihn umfangen wie im Tanz, gleitend wie im Ritornell, sich um ihn winden wie eine Schlange, ihn einschnüren wie ein Bündel. Laszive, schnelle Bewegungen, mit denen sie sich ausziehen, ins Bett schlüpfen, das Bekken hochheben, ihm ihre Brüste entgegenstrecken. Fleischwolf. Windmühle. Ziehbrunnen. Fächer. Scheren. Frauen wie Torfmoor, wie Dünen, wie Flugsand, wie Wüste, wie Strand, wie Berge, wie Täler, wie Ebene. Namenlose Geographie. Landschaften ohne Ende.

Und ich, was mache ich in dieser Pavane der Versuchungen? Ich, mit meinem Bauch, der drei Kinder geboren hat, mit Brüsten für meine Babies, meinen Waschfrauenhüften, meinen Bohnerarmen, meinen Köchinnenschenkeln. Wie schön bin ich! Der Alltagskram hat mich verführerisch gemacht, aufreizend bin ich geworden in all den einsamen Nächten, so köstlich ist meine Milch, mein Blut, mein Schweiß. Was für eine Komödie! Was für ein Affentanz!

Wo bin ich, wo ist mein Glück, solange all diese Frauen mir auf Häusermauern, im Kino, in den Zeitungen, im Radio, auf Fotos, auf Litfaßsäulen, auf Plakaten, auf Schallplattenhüllen Konkurrenz machen? Vollkommene, frische, junge, fröhliche, heitere, willige, reiche Frauen. Was bin ich denn, gemessen an diesen Frauen? Sie haben keine Scham, keine Tugend, keinen Anstand, keine Skrupel. Und ich bin so unscheinbar, so mittelmäßig! Abends bin ich müde, morgens immer auf Trab. Ich habe nicht die Zeit, mich im Spiegel zu betrachten. Nicht die Zeit und nicht das Geld.

Frauen interessieren ihn immer – sogar, wenn sie schon tot sind. Er sieht die Leiche einer schönen Frau am Strand, und schon ist es aus mit meinen Ferien. Aber was ist denn so besonders an dieser Ophelia mit den schönen Händen und den langen Haaren? Was hat sie, was ich nicht auch hätte? Sie ist weniger wert als ich, denn sie ist tot.

Ich lebe. Wir beide haben zusammen so viel erlebt und gesehen. Nicht nur Langweiliges oder Belangloses und Häßliches. Auch Schönes, Überraschendes, Fröhliches, Glück. Zuerst war es natürlich Entdeckerfreude. Aber auch später gab es Augenblicke und Phasen, in denen unser Zusammensein schön und gut war. Wie glücklich waren wir, als unsere Kinder geboren wurden! Manchmal, in kurzen, flüchtigen Momenten, waren wir Komplizen, steckten unter einer Decke, fast wie Verschwörer. Da war der Tod seiner Mutter: er kniete vor dieser hageren alten Dame, kalt und ganz in Weiß, wie ein kleiner Junge von Schluchzen geschüttelt. Und der Tod meiner Mutter. Etwas war in mir zersprungen. Da war er meine Zuflucht und ich seine. Manchmal hatten wir bei einem beruflichen Erfolg das Gefühl, wir hätten ihn gemeinsam errungen, auch wenn er offiziell nur ihm zukam. Oder ein Himmel über Spanien, ein Regen in Algerien. Eine Bewegung, ein Wort von einem unserer Kinder: die Ähnlichkeiten, Zuneigungen, Vorlieben, die sich in unserer fünfköpfigen Familie entwickelten. Improvisierte Festessen. Aus heiterem Himmel ein Glas Champagner. Ein Film, ein Musikstück, ein Buch, ein schönes Bild, das wir beide gleich intensiv aufnahmen. Ausbrüche, die sich aufstauten, Spitzen, die sich häuften, Bruchstücke, Seufzer, zerspellendes Echo, das war der Boden, auf dem wir standen, fester als Beton, das waren unsere Wurzeln, die tiefer reichten als die eines jeden Baums.

Ein Paar – das sind zwei Menschen, ein Mann und eine Frau, die zu einem werden. Wenigstens hat man mich das gelehrt und mir eingetrichtert. Aber ist es auch das, was ich wirklich wünsche? Will ich das denn wirklich? Ist ein Paar nicht noch mehr – und etwas ganz anderes?

Ich war noch nicht lange eingeschlafen, da wurde ich durch ein seltsames Gefühl wach. Etwas, das unsichtbar und doch gegenwärtig war: das Kind in meinem Leib wollte heraus. Ich kannte es gut, es lebte ja schon so lange Zeit mit mir zusammen. Doch in dieser Nacht verhielt es sich ganz anders als sonst. Ich war nicht mehr das Versteck, das Ruhekissen, die Komplizin – ich war das Gefängnis. Doch was ich empfand, war nicht brutal und nicht schmerzhaft. Es war nur eine Last, wie ein Lot, das sich in Abständen langsam nach unten zog, fast unmerklich, aber fremd.

Ich wußte, daß nun mein Kind zur Welt kommen würde, aber es war nicht mehr »mein« Kind. Es war ein Kind, das seit neun Monaten in mir gelebt hatte; nicht mehr das, was ich in dieser Zeit beschützt, sondern das, was sich von mir ernährt hatte, ein völlig unbekanntes Wesen. Würde es ein Mann werden? Oder eine Frau? Ich wußte es nicht. Ich wußte überhaupt nichts von ihm. Bis zu diesem Moment hatte ich mich getäuscht, hatte in dem Glauben gelebt, es sei eins mit mir, mit seinem Vater, mit uns. Aber es war ein ganz anderes Wesen.

Ich lag ausgestreckt in meinem Bett, war hellwach und beobachtete aufmerksam meinen Organismus, der als erster gespürt hatte, daß ich mich nun von diesem Kind würde trennen müssen. Es war Nacht, Schatten über der Erde, die Stadt war still. Jean-François schlief im Nebenbett, auf der Seite, mit dem Gesicht zu mir. Wer sind wir eigentlich? Welche Bande halten uns zusammen? Handschellen, Ketten, Vorhängeschlösser, Schlingen? In diesem Moment schien es mir, als könnten wir nie mehr das Paar sein, das wir einmal waren. Denn da war dieses Kind, das jetzt geboren werden sollte, aus uns entstanden und doch ganz anders als wir. Während ich dies fühlte und meinen Mann schlafen sah, den Mund leicht geöffnet, ein bißchen Speichel im Mundwinkel, wurden mir plötzlich zwei Dinge bewußt: einmal, daß wir beide nie mit diesem dritten Wesen, das nun zur Welt kommen sollte, eins werden würden, denn ich wußte aus der Art, wie es sich ankündigte, daß es anders und fremd war. Und zum anderen, daß ich in diesem Moment allein war, daß ich unser Kind allein, physisch allein, zur Welt bringen würde. Ein Ablösungsprozeß, den ich spürte und von dem ich wußte, daß er uns voneinander befreien würde – das Kind von mir und mich von dem Kind.

Ich ließ meinen Mann schlafen und versank in das Unterseeboot der Natur, dieses Gefährt, so rund und glatt wie ein Getreidekorn, ein Regentropfen, ein Blutstropfen, ein Ei. In ihm begann ich die geheimnisvolle, rasende, endlose, unlogische und doch notwendige Seereise, bei der die Atome so hart aufeinanderstoßen. Meine Reise ging dorthin, wo die Planeten ihre Bahn ziehen, wo Wasser sich zu Wellen kräuselt, wo Strahlen die Atmosphäre durchdringen, wo Materie sich in Partikel spaltet. Ich erlebte die Entstehung des Lebens, den Moment, da die Zelle sich teilt. Aus eins wird zwei.

Er schlief, und auch wenn er wach geworden wäre, hätte er an diesem Vorgang nicht teilhaben, hätte sich nur vorstellen können, was ich erlebte. Der Körper eines Mannes kann kein Nest und keine Wiege sein.

EINHEIT, das Kind und seine Mutter. ZWEIGETEILT, das Kind und seine Mutter.

Ich war ein lebendes Laboratorium, Versuchskaninchen und Forschungsergebnis zugleich. Ich war nicht der, der durch das Okular des Mikroskops schaut, ich war das Präparat unter der Glasplatte.

Die Krämpfe kamen, ohne zu schmerzen, in kürzeren Intervallen. Ich wußte weder, wann sie kamen, noch konnte ich sie steuern. Das Kleine bewegte sich überhaupt nicht mehr, es duckte sich, wartete wie ein Pfropfen in meiner Gebärmutter, eine drückende Masse, die ich nur ertragen konnte, wenn ich die Beine auseinanderbog. Als die Wehen einsetzten und mein Bauch sich von selbst ruckartig zusammenzog, hart wurde, hoch wie ein Kirchdach, dachte ich an die Schleier der Medusen, die Tentakeln der Kraken, die sich öffnen und wieder schließen und mit diesen instinktiven Bewegungen das Tier vorwärts bewegen. So glitt ich, ohne mich zu bewegen, durch die Nacht meiner ersten Geburt, mit langsamen, weit ausholenden Schwimmstößen, ein exotischer Fisch im Aquarium.

Dann graute der Morgen mit seinen dumpfen Geräuschen: erst vom Hafen und dann aus den Straßen, Echo fröstelnder, klammer Geschäftigkeiten, die sich Tag für Tag in der Stille des frühen Morgens wiederholen: das Tuten der ersten auslaufenden Schiffe, das Kreischen der ersten Straßenbahnen – von weit her. Der Tag brach an. Mein Kind würde im ersten Morgenlicht geboren werden, wenn die Gemüsekarren auf den Markt gefahren und in den ersten Buden säuberlich zerlegtes Lammfleisch und frische Blumen verkauft werden.

Das ganze Universum war erfüllt vom Schwingen, das von mir Besitz genommen hatte. Ich war mit ihm identisch geworden: auch ich war Luft, Pflanze, Stein, Tier.

Ich irrte durch das Labyrinth des Lebens, durch die Tiefen, über die Gipfel und die Weiten der menschlichen Existenz. Mir schien, als könne ich Anfang und Ende, Tod und Ewigkeit umschließen, als wäre ich eins mit dem Endlosen, mit dem Niegezählten, und merkte dabei nicht, daß sich dieses Ich währenddessen verändert hatte.

Jetzt kamen die Wehen regelmäßig und häufig. Zäsuren in meiner Ausdauer, meiner Geduld. Mit einemmal wußte ich ganz sicher, daß diese Wehen das Wichtigste waren, was sich in diesem Raum ereignete, in dem ein Mensch schlief und ein anderer gebar. Ich war wie ein Metronom, Ordnung, gut funktionierende Mechanik. Ich war etwas anderes geworden, war nur auf dieses Kleine in seiner schwarzen Tiefe, in seinem Fruchtwasser konzentriert, in dieser Höhle, die ein Teil meines Körpers war und die mein Geist doch nicht fassen, nicht einmal erkennen, nur erahnen konnte.

Ein Gefühl der Demut überkam mich, die Größe dieses Mysteriums überwältigte mich. Und ich fühlte die Gefahr, daß ich vor mir selbst flüchten und mir einreden könnte: »Das geht vorbei, das ist nun mal so, du kannst nichts daran ändern, versuch, wieder einzuschlafen, vergiß alles.« Als wäre Vergessen eine Möglichkeit, Gefühle und Ereignisse ungeschehen zu machen. Vergessen – das ist wie die Höhle, die den Fötus umschließt – es ist auch ein Teil meiner selbst.

Doch jetzt war nicht mehr der Augenblick, diesen Gedanken nachzuhängen. Die Wehen kamen zu oft. Aber das Kind bewegte sich nicht! Ob es leidet? Ob es unglücklich ist? Mein Kind, das tief in meinem Inneren liegt, ist vielleicht in Not. Wie kann man nur so zusammen und gleichzeitig so getrennt voneinander sein?

Ich mußte aufstehen, aktiv werden, in die Klinik fahren, zu den Ärzten, zur Hebamme, zu den Krankenschwestern.

Jean-François wurde wach und begann auch, sich fertig zu machen. Er bewegte sich wie ein Vogel, der ins Netz gegangen war, der bald hierhin, bald dahin flattert. »Bist du sicher? Ist es wirklich soweit?« Er wollte alles auf einmal, sich anziehen und gleichzeitig losfahren. »Vergiß deinen Koffer nicht.« Er war unglücklich und wagte nicht, mich anzusehen. Er versuchte, eine Situation in den Griff zu bekommen, die er nicht verstehen konnte, für die er keine Worte und keinen Ausdruck fand. In seinen Augen lag Ohnmacht und Verlegenheit. »Das Kleine bewegt sich ja wie wild, tut es dir weh?« – »Es bewegt sich überhaupt nicht.« Er wußte nun, daß das, was zwischen dem Kind und mir passierte, mehr war als die normalen Beziehungen zwischen Menschen. Es war etwas viel Wichtigeres, viel Tieferes, viel Innigeres – als wäre diese Einheit, die das Kind und ich bildeten, Teil des Universums, der Ewigkeit, der Unendlichkeit, Vollkommenheit. Jean-François stand außerhalb. Wir waren das Leben. Er hatte keinen Zugang dazu. Wie sollte er das begreifen.

Als wir aus dem Haus gingen, war es noch dunkel, doch die Schwärze der Nacht zerfloß schon in den Straßenschluchten, im Osten der Widerschein des Morgens. Woher wußten wir, daß diese Nacht keine Nacht mehr war? Waren wir Wölfe, die aus dem Wald geschlichen kamen, um die Milch der ersten Frühe zu trinken? Woher kam es, daß wir fühlten, wie die Menschen ihren Schlaf nicht aus den dunklen Räumen schleichen lassen wollten? Waren wir Fische, die aus den Tiefen aufsteigen, um an der Wasseroberfläche die winzigen Mücken der ersten Dämmerung zu schnappen? Woher kam es, daß wir wußten, daß unser Kind bald zur Welt kommen würde? Die Harmonie mit dem Universum ist etwas ganz Großes!

Für eine Entbindungsklinik gibt es nichts Alltäglicheres, als daß eine Frau wie ich mit ihrem Mann und ihrem Koffer mitten in der Nacht ankommt. Kein Mensch zeigt sich besonders interessiert. Man muß nur Formulare ausfüllen, den ganzen Papierkrieg über sich ergehen lassen. Man steht neben der Telefonistin, die in einer Frauenzeitschrift blättert und nicht einmal den Kopf hebt, um die Neuankömmlinge anzusehen. Warum kommen sie? Sie sehen alle gleich aus: die Frau mit Augen wie ein Inkubator, der Mann unrasiert, schuldbewußt. Künstliches Tageslicht, wenn man sich nach Dämmerdunkel sehnt, wenn man sich wünscht, durch Dampf und Nebel ans Ende dieser fabelhaften Schwangerschaft zu gelangen. Im Warteraum sitzt man wie beim Zahnarzt. Die Sessel sind zu tief, aber man nimmt eine korrekte, kontrollierte, zivilisierte Haltung ein, sitzt vor einem Tisch, auf dem sich monatealte Zeitungen häufen, die inzwischen voller Eselsohren und zerrissen sind. Das Neueste von gestern, Mord, Kidnapping, eine Königin, Krieg, Schauspielerinnen. Verwelkte Geschichten, deren Anfang man kennt, vom Zahn der Zeit zernagt. Aber in meinem Leib ist die Zukunft, er ist dick und hart wie ein zum Zerplatzen aufgeblasener Ballon, ich fühle, daß meine Scheide wie eine Dahlie aufblüht, daß ein unermeßliches Leuchten aus meinem Unterleib strahlt, sich meiner Knochen, meiner Eingeweide, meines Kindes bemächtigt ... meines Kindes, dieses neuen Menschen, der sich ganz allein durch eine Welt schlagen muß, die aus den Fugen geraten, voller Schrecken ist und sich ständig verändert.

Die Krankenschwester kommt. Sie ist alert, sicher, beruhigend. Sie will mich glauben machen, daß meine Geburt nicht anders ist, als wenn man ein Flugzeug besteigt: man schnallt den Sicherheitsgurt um und läßt alles Weitere auf sich zukommen. Kein Grund zur Beunruhigung. Sie werden jetzt rasiert. Der kahle Schamhügel ist schamlos. die Scheide wird zu dem, was sie lange nicht mehr war: Tunnel, Wiege, Nachen. Weiße, farblose Finger, Leichenfinger, dringen in sie ein. Alles in Ordnung. Das Atemgerät wird eingeschaltet. Kleine Lokomotive, neueste Errungenschaft der modernen Geburtshilfe. Eine große durchsichtige Spritze wird in dieses zarte Versteck eingeführt, das plötzlich entdeckt, auf so schreckliche Weise aufgerissen und bloßgelegt ist. Die Fruchtblase wird durchstochen. Das Fruchtwasser läuft, schießt heraus. In dieser Flüssigkeit spiegelt sich das Wesentliche, es ist der Widerhall des Anfangs, es ist die Wärme, die das Leben zum Entstehen braucht. Gerade richtig, nicht mehr kalt, lauwarm. Nährflüssigkeit, in der ein Reifungsprozeß entstehen kann, in der Bewegungslosigkeit in Bewegung gerät, Lebloses zu leben beginnt.

Dann war plötzlich alles um mich herum verschwunden. Ich bringe mein Kind zur Welt. Ich bin die Geburt selbst. Mein Körper und ich strengen uns gemeinsam an, das Embryo auszutreiben. Es findet seinen archaischen Weg ganz mühelos, aber ich folge ihm ohne jede Orientierung, wie betäubt. Manchmal bewegt es sich so schnell, daß ich fast keine Luft mehr bekomme. Ich will nicht mehr, und ich kann nicht mehr. Mir ist, als würde mein Becken auseinanderkrachen. Das Embryo quält mich mit seiner Hartnäckigkeit, aber ich weiß nicht, ob nicht auch mein Kind leidet. Wie lange werden wir beide noch so aneinander gefesselt sein? Wann kommt endlich der präzise, unwiderrufliche, entscheidende Moment?

Mir wird absolut klar, daß mein Körper und mein Ich nur gemeinsam den richtigen Rhythmus finden können. Aber mein Kopf sperrt sich dagegen, ist in Vorurteile und Erziehungsprinzipien verstrickt, verwundert und verwirrt darüber, wie es möglich sein kann, daß ich so ganz und gar mit diesem unglaublichen, schamlosen Schlund verbunden bin, der jetzt größer und größer wird und ganz gegen meinen Willen dieser Geburt Würde verleiht. Ich versuche, mich zu widersetzen, und spüre doch gerade dadurch, daß mein Leib zu zerspringen droht, daß er rissig wird und wie ein reifer Granatapfel platzt. Mein sinnloser Widerstand bereitet mir große Schmerzen, aber das Kind findet dennoch seinen Weg. Es wird zur Welt kommen, ob ich will oder nicht.

In manchen Momenten sehe ich das männliche Geschlechtsteil vor mir; es ist lang, seidig, dick und hart. Da unten war es vor neun Monaten in mich eingedrungen, tief in das Haus der Lüste, das hohe Gemach der Freuden, auf der Suche nach einem verborgenen Schatz. Lügner! Heuchler! In den Augenblicken, in denen Jean-François und ich uns näher waren als in jedem anderen, dachten wir nicht an unser gemeinsames Kind. Nie.

Endlich kamen die Preßwehen. Ich hatte gehört, daß man dazu auch »Austreibung« sagt. Drei riesige Wehen, drei Schübe wie aus der Tiefe des Magma. Etwas Unvorstellbares, Kolossales. Drei Schläge, als wollte etwas meinen Bauch mit dem Mörser zerstoßen. Ich wurde hochgetrieben und dann wieder auf den Rücken gestoßen. Ich war wie ein Schiff mitten in einem Orkan, dessen Balken krachen und dessen Segel alle eingeholt sind. Einsam, den Bug gegen die Wellen gestemmt, im Kampf gegen die Unendlichkeit, die so viel stärker und mächtiger ist.

Ein einziger Gedanke hält mich in diesem Alptraum aufrecht, der Gedanke, daß mein Kind, das ich mir so sehr gewünscht habe, bald geboren sein wird.

Und doch wehrt sich alles in mir gegen dies so heiß ersehnte Kind, weil es mir zu weh tut und einfach zuviel ist. Kampf gegen den geliebten Fremdling.

Pressen! Ja, ich presse, ich treibe dich aus, ich stoße dich von mir, mein Liebling! Mach, daß du rauskommst!

Pressen! Der Kopf ist schon durch. Ich will dich sehen, ich will wissen, wer mich so quält, wen ich so liebe.

Pressen! Du kommst auf die Welt! Rötlich, runzlig, verschmiert. Du mein häßliches Schönes, ich werde dich behüten! Hab keine Angst!

Er schreit! Was ist das für eine Stimme? Ich kenne sie nicht. Hört ihr die Stimme meines Kindes genauso wie ich? Für euch ist es der Schrei eines Neugeborenen, aber für mich ist es die Stimme, die Sprache, das Vertrauen und die Klage des Unbekannten, das so lange in meinem Leib gelebt hat.

Hier bin ich, hier bin ich. Gebt ihn mir, legt ihn auf mich, ich möchte ihn an mich drücken, ich will ihn mit meinen Armen und mit meinen Augen vor allem Unheil bewahren, weil ich zu schwach bin, um aufzustehen und mit ihm fortzugehen, weit weg. Wir wollen zusammenbleiben. Ich habe genug von dieser Sauberkeit, von all dem Weiß und Chrom, den Gerüchen und Desinfektionen, von dieser ganzen Hygiene. Ich will mit ihm Wurzel schlagen im Mutterboden der Liebe, im Tau der Küsse, im Schmelz einer Berührung, im Humus der Blicke und Gerüche. Wir wollen atmen, spüren. Wir brauchen niemanden! Wir sind eins!

Hans' Wagen rollte über den Schotter vor dem Haus. Eine Tür schlug zu. Dann hörte ich Schritte, aber nur von einem einzelnen Menschen, auf unser Haus zukommen.

Ich fühle mich in flagranti in meinen Träumen, meiner Unruhe und meiner Untätigkeit ertappt. Also stehe ich auf und gehe in die Küche, um Teewasser aufzustellen.

Jean-François kommt herein, ich höre sein leises »Huhu«. Das ist immer ein Zeichen, daß er guter Laune ist, daß er froh ist, wieder zuhause zu sein, und daß er sich freut, mich zu sehen.

Noch ehe ich ihm antworten kann, fühle ich, wie heiße Zärtlichkeit in mir aufsteigt, die dieser Zuruf in mir ausgelöst hat. Er streicht über Schulter und Nacken, über mein Gesicht und zaubert ein Lächeln um Mund und Augen wie ein glitzernd bestickter Schleier. Ich ziehe ihn schnell weg und schaue wieder ernsthaft, fast gleichgültig drein. Ich will nicht nachgeben, er war gemein zu mir, und er weiß es; er weiß, daß ich es weiß, und daß ich nicht den ersten Schritt tun muß.

»Ich bin in der Küche und mache uns einen Tee.«

»Ich hab' vielleicht geschuftet! Komm, das muß ich dir erzählen! Hör auf, in der Küche herumzuwursteln!«

»Vorhin hast du es nicht so eilig gehabt, mit mir zu sprechen!«

»Wann?«

»Als du mit den Engländerinnen ankamst.«

»Mit welchen Engländerinnen?«

»Ach, du weißt schon, was ich sagen will. Mit den Irinnen, mit den alten Damen in der Klapperkiste.«

»Was habe ich denn getan?«

»Du bist mir ausgewichen.«

»Was soll denn das nun schon wieder heißen? Du hast wirklich ein Talent, aus jeder Mücke einen Elefanten zu machen!«

Er braucht immer Ausflüchte und Winkelzüge. Er kann nie direkt sein. Er kommt aus dem Norden und ich aus dem Süden. Er fühlt sich wohl im Nebel, und ich bin gewohnt, daß die Sonne strahlend scheint, wenn die Schatten der Nacht vorbei sind ... So war es schon, als wir uns kennenlernten. Wahrscheinlich gefällt ihm der Nebel und mir die sengende Sonne ... Und trotzdem rege ich mich jedesmal auf, daß immer ich Wasser in meinen Wein schütten muß. Außerdem lasse ich ihn bei solchen Anlässen deutlich spüren, wie sehr ich mir Mühe gebe, mit der Situation in aller Ruhe fertig zu werden. Wie viele Schikanen haben ihren Ursprung in meiner falschen Unterwürfigkeit? ... Aber auch in Jean-François' stoischer Gelassenheit. Er ändert nie sein Verhalten, er kommt nie aus sich heraus. Je mehr sich meine Laune verschlechtert, je mehr ich in Rage gerate, desto schweigsamer wird er, bis er schließlich stumm und verschlossen ist wie ein Stein.

Ich stelle das Tablett mit der dampfenden Teekanne und zwei weißen Tassen auf den Tisch. Ich bin dankbar, daß mir das heiße Getränk und all diese Gegenstände Gelegenheit geben, Atem zu holen, ich bin dankbar über den Duft des Tees, der wie ein Kometenschweif in goldenem Strahl aus der Kanne fließt und sich langsam in den Tassen ausbreitet. Wie oft habe ich durch diese winzigen Kleinigkeiten mein inneres Gleichgewicht wiedergefunden! Ich kann gar nicht mehr zählen, wie oft.

»Mir ist dein Blick aufgefallen, weißt du. Ich habe mich nicht getäuscht.«

»Was für ein Blick?«

»Den du mir am Gartentor zugeworfen hast, als du mit den alten Damen vom Strand zurückkamst.«

»Und was hat dir dieser Blick gesagt?«

»Er hat mir gesagt, daß ich überflüssig bin.«

»Was du dir nicht alles zusammenspinnst! Das ist einfach toll . . . Ich war durcheinander wegen der Leiche und sonst gar nichts.«

»Das kann ich ja verstehen.«

»Anscheinend hast du doch nichts verstanden.«

»Ich verstehe nur nicht, daß du nicht mit mir reden und mich nicht einmal ansehen wolltest.«

»Richtig. Ich hielt es für unnötig.«

Er kann manchmal so brutal sein, daß mir die Luft wegbleibt; eine Brutalität, die immer verletzender wird, je leiser er spricht, fast nur noch murmelt, als würde er etwas ganz Banales und Nebensächliches sagen. Schon der Ton, in dem er redet, ist einfach beleidigend und höhnisch. »Ich hielt es für unnötig, mit dir darüber zu sprechen«, sagte er mit der selben Stimme wie »ich nehme Tee ohne Zucker.« Dem ist nichts hinzuzufügen.

Um mein inneres Gleichgewicht nicht wieder zu verlieren, muß ich irgendetwas tun. Der Tee ist noch zu heiß zum Trinken. Also verschwinde ich in meine Küche, in der alles schon aufgeräumt ist, und wische mechanisch mit einem Schwamm herum. Wie all die anderen hunderttausend Male reibe ich das verchromte Abwaschbecken gedankenlos und doch sorgfältig trocken. Chrom ist empfindlicher als alles andere. Man sieht jeden Fleck darauf. Das müssen Leute erfunden haben, die Scheuerpulver herstellen.

Ich muß aufhören, mich von diesem Schweigen zwischen uns beiden quälen zu lassen, weil ich es einfach nicht ertragen kann. Er läßt sich in dem Gewitter, das zwischen uns aufzuziehen droht, wie ein Fisch treiben, der im seichten Wasser laicht. Und ich? Ich platze, ich gerate aus den Fugen, ich werde immer massiver, unerträglicher und unfähiger, mich zu verteidigen, je mehr er sich in seiner inneren Ruhe sonnt.

Zum Glück fällt mir ein, daß wir noch gar nicht zu Mittag gegessen haben.

»Du hast noch nicht gegessen. Soll ich dir etwas kochen?«

»Nein danke. Ich habe mit Hans ein Sandwich gegessen. Jetzt habe ich keinen Hunger mehr.«

»Vielleicht ein weiches Ei und einen Toast?«

»Nein, es ist lieb von dir, aber ich möchte nichts. Vielleicht ein bißchen Obst, wenn was da ist.«

Also gehe ich wieder zu ihm ins Zimmer und bringe ihm einen Suppenteller mit drei Orangen und zwei Bananen.

»Ich konnte keinen richtigen Obstteller finden. Du, wir müssen auch zum Einkaufen ins Dorf gehen. Es ist nur noch das im Haus, was Hans und Heidrun gestern abend vorbeigebracht haben.«

»Gut. Wir können auch etwas zu trinken kaufen und mit den anderen unsere Ankunft feiern.«

»Wie ich euch kenne, bleibt das nicht bei einer Flasche. Ihr pichelt beide ganz gerne. Ich glaube, ein guter Rotwein wäre besser als Champagner oder Whisky.«

»Natürlich. Hans ist sowieso nicht so anspruchsvoll. Ein guter Rotwein ist genau das Richtige ... Du glaubst ja nicht, was wir beide hinter uns haben!«

»Erzähl.«

Es ist doch immer das gleiche. Er kriegt mich genau dorthin, wo er mich haben will.

Ich höre mir Jean-François' Erlebnisse mit der irischen Polizei an. Es ist wirklich eine gute Geschichte. Am Schluß muß sogar ich lachen.

Nachdem sie sich fast in den unzähligen kleinen Straßen verfahren hatten, die sich zwischen Hecken und Weiden durchschlängeln, erreichten sie schließlich die Polizeistation. Sie ist ziemlich weit von Corvagh entfernt. Davor saß würdevoll ein Gendarm mit Schnurrbart und Gewehr. Offensichtlich hatte er den Befehl, sich nicht von der Stelle zu rühren, denn hinter der Tür waren Sprengkörper gestapelt.

Es kommt oft genug vor, daß nordirische Freischärler Wachposten im Süden angreifen und die Munition klauen. Da die Überfälle meist stillschweigend von der Bevölkerung gebilligt werden, passieren sie so oft, daß nicht einmal mehr die Zeitungen etwas bringen. Aber aus prinzipiellen Gründen, des Ansehens wegen und aus Diplomatie, vielleicht auch einfach der Form halber, wird immer ein Polizist abgestellt, der das Sprengstofflager zu bewachen hat.

Der Gendarm durfte sein Gewehr nicht loslassen und war daher natürlich nicht imstande, die Aussagen von Jean-François und Hans zu Protokoll zu nehmen, geschweige denn, mit ihnen zu kommen. Außerdem war er nicht der Chef. Der war nicht da. Er gab ihnen eine Adresse, wo sie den Chef wahrscheinlich finden würden. Also wieder zurück über die kleinen Landstraßen bis zu dem angegebenen Lokal. Der Chef war zwar nicht mehr da, aber die Mühe hat sich doch gelohnt. Sie kommen mit ein paar alten Säufern ins Gespräch, die wissen wollen, was es mit der Leiche auf sich hat. Unversehens sitzen sie also mit Bauern und Fischern in der Kneipe und trinken Bier wie richtige Iren.

Das Ereignis erregt einiges Aufsehen. Selbst die ältesten Leute können sich nicht erinnern, daß in den letzten zwanzig Jahren jemand aus der Grafschaft ertrunken oder eines unnatürlichen Todes gestorben ist. Offensichtlich werden die Menschen nicht dazugezählt, die Tag für Tag – oder doch fast täglich – in den Straßenkämpfen zwischen Katholiken und Protestanten ihr Leben lassen. Das ist etwas ganz anderes. Schrecklich, aber unabänderlich. Man spricht nicht darüber, denn das hat nichts mit dem Alltagsleben hier in der Grafschaft zu tun. Es ist das Schicksal von Irland, kein Thema für Geschichten. Es bleibt in den Seelen verschlossen, ein Geheimnis, das seit Jahrhunderten von Generation zu Generation weitergetragen wird. Seine Sprache ist gälisch. Ausländer geht das nichts an. Aber die Leiche eines Ertrunkenen, das lockert die Zunge und läßt das Bier fließen. Da prostet man sich zu und ruft den nächsten, der hereinkommt, heran: »Hey, Patrick!« Und wieder macht die Geschichte die Runde, immer noch etwas mehr ausgeschmückt. Da war vielleicht was los!

Wo der Polizeichef ist? Wahrscheinlich zuhause. Also steigen Jean-François und Hans leicht angesäuselt wieder in ihren Wagen und fahren hin. Wieder Kühe, kurvige Sträßchen, Strohdachhütten und schließlich das Haus des Chefs mit Stockrosen vor der Tür. »Die hellen, die so ein bißchen schimmern, die du so gerne magst.« ... Und einem Rhododendronstrauch, der aber schon verblüht ist.

Der Polizeichef war natürlich nicht zuhause, aber seine Frau – zur großen Überraschung von Hans das frühere Freudenmädchen des Ortes. Auf französisch erzählt er

Jean-François, daß er sie aus jenen Tagen kennt ... Dann macht er ihr den Hof, wie das auf dem Lande eben so Sitte ist: er tätschelt ihr den Nacken, entschuldigt sich natürlich und läßt sie merken, daß sie nun als Frau des Polizeichefs eine Respektsperson geworden ist. Auch für ihn. Sie ist ein gutes Mädchen, nimmt nichts übel, holt eine Flasche und etwas zu essen, damit die Zeit schneller vergeht, bis ihr Mann zurückkommt. Jean-François berichtet zum soundsovielten Mal, wie er die Leiche entdeckt hat, und spricht dank des Bieres ein Spezial-Anglo-Irisch, als wäre es Französisch. Hans flirtet derweil mit der Frau, unverfänglich und immer in den Grenzen des Anstands. Er macht ein paar Bemerkungen über die Zeit, die verfliegt und alles im Leben ändert. Jean-François flüstert er zu, daß die Frau des Polizeichefs seinerzeit lange nicht so ausladend gewesen sei wie heute.

»Wenn du ihre Titten gesehen hättest! Richtig zum Reinbeißen! Und einen Hintern hatte die! Enorm! Alles richtig knackig, weißt du – und lachen konnte die! Diese Frau war ein Phänomen. Außerdem konnte sie sich einen hinter die Binde gießen wie ein Mann ... Hans war in einer Stimmung, in der ich ihn noch nie erlebt hatte. Es tut ihm gut, wenn er aus sich herausgeht, findest du nicht?«

»Doch, das tut ihm sehr gut. Dann ist er auch am lustigsten ... Und wie ging's dann weiter?«

»Also – wir haben schließlich den Chef doch nicht gesehen und konnten auch unsere Aussage nicht machen. Das heißt, wir sind genauso weit wie am Anfang. Aber alle haben uns versichert, man würde ihm sofort Bescheid geben, wenn er zurück sei. Er käme dann gleich bei uns vorbei ... Und was hast du gemacht?«

»Ach, nichts Besonderes. Ich bin zuhause geblieben und habe über dich, oder vielmehr über uns beide nachgedacht. Und aus dem Fenster geschaut.«

»Ist das nicht unglaublich?«

»Was?«

»Wie sich alles seit heute morgen verändert hat?«

»Ja, es ist unglaublich. Aber schön, findest du nicht?«

»Doch.«

Auch der Himmel hat sich jetzt verändert. Winzige Wolkenflocken überziehen ihn wie zerzupfte Wattebäusche. Sonnenstrahlen suchen sich glitzernd ihren Weg und tauchen alles in ein zartes Licht. Die Sicht ist weit, alle Konturen sind klar. Ich erkenne Dinge, die ich vorher nicht wahrgenommen habe. In der Ferne sehe ich auf einem Hügel ein kleines Bauernhaus im Schutz eines riesigen Baumes. Es schmiegt sich in seine Zweige wie in ein Nest. Ich sehe es zum erstenmal. Die Berge am Horizont zeichnen sich scharf ab. Die Gipfel reihen sich wie Perlen aneinander.

»Der Himmel hat sich bezogen. Das ist ein Zeichen, daß das Wasser wieder aufläuft.«

»Glaubst du?«

Ich habe das nur so dahingesagt, denn im Grunde verstehe ich überhaupt nichts von Ebbe und Flut. Das Mittelmeer kennt fast keine Gezeitenunterschiede, aber auch dort ändern sich Meer und Himmel zu bestimmten Tageszeiten. Man spürt den Rhythmus der Erde – und etwas von dieser großen Bewegung ist auch in den kleinen Wolken hier ... Eine Brise ist aufgekommen. Auch das ist ein Zeichen dafür, daß sich etwas verändert.

Der Fluß, der sich durch die Ebene zieht, sieht jetzt nicht mehr wie eine glitzernde Schlange, sondern eher wie Wellblech aus. Also kann er auch gefährlich sein und nicht mehr so sanft, wie es am Morgen schien. Die Blätter der Espe vor dem Haus rascheln alle zur gleichen Zeit, flüstern, als wollten sie sich gute Neuigkeiten erzählen.

»Können wir uns denn nie vertragen?«

»Was soll denn das heißen?«

»Du läßt dich von jeder Kleinigkeit und wann es dir gerade paßt von mir ablenken! Es kommt mir so vor, als wäre ich dir völlig unwichtig, als wäre ein Leben mit mir nur ein notwendiges Übel oder sogar ein Schicksalsschlag.«

»Die Tatsache, daß ich nach mehr als zwanzigjähriger Ehe mit dir hier bin, beweist das Gegenteil.«

»Aber du nimmst es hin wie ein notwendiges Übel.«

»Ich will diese Diskussion nicht fortsetzen. Ich bin zwar kein Heiliger, aber ich bin mit dir hierher gekommen, weil es mir Spaß macht.«

»Du wolltest mir diesen Urlaub nur nicht abschlagen, weil ich dich schon so lange darum gebeten habe.«

»Ich hätte ja nicht mitkommen brauchen. Schließlich kannst du allein auf dich aufpassen, du bist ja kein Kind mehr ... Aber warum machst du ausgerechnet heute, an unserem ersten Tag, so eine Szene!«

Er hat alles umgedreht. Jetzt bin ich es wieder, die eine Szene macht, alles in den Dreck zieht. Ich bin die Spielverderberin. Dabei hat er doch angefangen.

»Aus irgendwelchen Gründen, die ich nicht kenne und über die du nicht mit mir sprechen willst, beschäftigt dich diese Tote. Du willst etwas für dich behalten und benimmst dich wie jedesmal, wenn dich eine Frau interessiert. Du kannst keiner Versuchung widerstehen und entfremdest dich mir immer mehr.«

»Warum redest du bloß immer von ›dieser Toten‹? Woher weißt du, daß es eine Frau ist – ich weiß es ja selbst nicht – und ich habe die Leiche schließlich gesehen. Du regst dich immer sofort auf und hörst mir gar nicht zu. Dabei habe ich dir noch bei Hans gesagt, daß ich nicht weiß, ob es ein Mann oder eine Frau ist. Ich erinnere mich sogar an meine Bemerkung, hier hätten alle Männer lange Haare ... Komm, laß das doch, wir wollen es uns schön machen und unsere Ferien genießen. Sollen wir uns nicht lieber ausruhen, statt zu streiten?«

Er lachte, dann steht er auf und nimmt mich liebevoll in die Arme. »Komm, meine schöne Stute, meine Löwin, laß uns ins Bett gehen.«

Ich lasse mich mitziehen. Wir liegen auf dem Bett. Die Zeit beginnt zu schwingen.

Der Körper eines Mannes, mit dem eine Frau oft und über lange Zeit hinweg schläft, wird ihr so vertraut, daß sie sich durch ihn die Sprache, den Geist und all die vielen Signale, die sein Wesen ausmachen, gleichsam erschleicht. Daraus entsteht eine Beziehung, die echter und umfassender ist als alles, was Worte vermögen. Ich glaube, daß ich nicht nur die Lust mit Jean-François teile, sondern auch seine Sorgen, seine Hoffnungen und seinen Überdruß. Aber es tut mir weh, daß diese Gewißheit sich mir manchmal entzieht, daß ich Angst habe, sie zu verlieren. Er ist zwar da, er schläft auch mit mir, und doch ist er ganz woanders, versinkt in Teilnahmslosigkeit, die ich nicht begreife. Hartnäckig behält er den einmal gefundenen Rhythmus bei, schaukelt sich in die Tiefen des Unbewußten. Vertrautheit schlägt in grenzenlose Einsamkeit um. Von einem zum anderen überträgt sich nur Sperma.

Ganz anders ist es, wenn zwei die Augen weit aufmachen, um den anderen wirklich zu sehen. Nicht nur den Körper, die Physis, sondern das ganze Wesen des anderen. Sich total aufnehmen. Versuchen, den gleichen Rhythmus zu finden, und wenn das von Anfang an gelingt, wenn die Muskeln, der Schweiß, die Knochen, das feuchte Reiben sich ungestört mit den Stößen, der Phantasie und den

Wunschträumen eines Paares verbinden, dann erreicht die Liebe ihren Höhepunkt.

Ich spüre den Penis in meinem Leib wie ein ungeborenes Kind. Etwas Fremdes. Auch wenn wir miteinander verschmelzen und einen Augenblick lang glauben, eins zu sein. Nur einen Augenblick ...

Ein Augenblick. Das sind ein paar Sekunden, vielleicht ein paar Minuten, ein paar Stunden, manchmal sogar ein paar Tage – nie eine Ewigkeit. Ich aber will, daß dieser Augenblick Ewigkeit wird. Die Ewigkeit, die man Liebe nennt.

Was ist Liebe?

Lebt man vielleicht nur deshalb zusammen, weil man zu zweit weniger Angst hat? Ist Liebe vielleicht nichts anderes als eine Zuflucht?

Ich weiß nicht, ob ich eifersüchtig bin, weil ich glaube, daß mich jemand aus dieser Zuflucht vertreiben will, daß für mich kein Platz mehr in ihr ist – oder weil ich Angst vor dem Alleinsein habe.

Ist »Liebe« nicht auch etwas anderes? Aber was?

Meine »Liebe« ist alt geworden. Der Alltag hat sie angefressen. Jetzt ist sie nur noch Gewohnheit. Ich habe meine »Liebe« vergessen, weil mir die Zeit fehlte, über sie nachzudenken. Die Zeit ist so schnell und so zäh. Erstickende Lava. Das macht mir Angst.

Vor allem die Zeit einer Frau rast davon. Wie kann ich vergessen, daß die Zeit rast, daß ihr Rhythmus in meinem Körper ohne zu stocken, ohne anzuhalten pulst. Mein Blut fließt oder es fließt nicht – und sagt mir die Zeit genauer an als jede Uhr. Die Zeit strömt durch meine Adern, Gezeiten steigen in meinem Leib auf und ab. Jetzt fließt sie auch durch die Adern meiner Töchter, jetzt rollen die Gezeiten auch in ihren Körpern. Ein steter Rhythmus skandiert das Leben einer Frau: erst ist sie Kind, dann junges Mädchen, dann Frau, dann Gattin, Mutter, Greisin, tot. Der Übergang von einem Stadium zum anderen vollzieht sich in rasender Eile. Wir haben keine Zeit, darüber nachzudenken. Uns bleibt nur Zeit zu gebären, zu füttern, zu versorgen, zu putzen und zu nähen. Wann haben wir Zeit ... zu »lieben«?

Und ich? Noch bin ich Mutter, bald Greisin. Nein – es ist zu früh, ich hatte noch keine Zeit zu leben, und die Antworten auf alle meine Fragen fehlen noch.

Was ist Liebe?

Ich weiß es nicht.

Wer ist Jean-François?

Ich weiß es nicht.

Wer bin ich?

Ich weiß es nicht.

Abgrund. Sturz in die Tiefe. Haltet mich fest.

Die Abgeschiedenheit und Einsamkeit von Corvagh sind der Abgrund. Wie konnte ich so dumm sein, die Konfrontation heraufzubeschwören!

Wir hatten uns geliebt und lagen danach da, ohne ein Wort zu sagen.

Die Sommertage in Irland sind lang. Bei schönem Wetter scheint die Zeit hier stillzustehen.

»Wie spät ist es?«

»Ich weiß es nicht. Vier Uhr vielleicht.«

»Wir müssen einkaufen gehen.«

»Das hat doch noch Zeit.«

Kaum hörbare Geräusche erfüllen die Stille: Zweige streichen über das Dach, Krähen ziehen krächzend vorbei, manchmal hört man sie ganz nah, und dann wieder ganz fern, ein Hund bellt, Schafe blöken. Lebendige Pastorale.

Nichts steht still. Mein Blut kreist durch den Körper wie die Sonne durch den Tag. Ich presse mein Ohr auf das Kissen und höre mein Herz schlagen.

Für einen Mann würde Jean-François sich nie so interessieren. Das hat mich eigentlich erst stutzig gemacht. Aber ich wollte ihm nicht zuhören, weil mir nicht paßte, was er sagte – und es paßt mir immer noch nicht. Nur eine Frau kann sich zwischen uns drängen. Das gibt mir immerhin eine gewisse Sicherheit, denn dadurch ist meine Operationsbasis überschaubar. Trotzdem erinnere ich mich daran, daß er sagte: »Ich weiß nicht, ob es die Leiche eines Mannes oder einer Frau ist.«

Der Gedanke verwirrt mich. Dieses Problem ist mir zu groß. Ich bin unfähig, es zu lösen.

»Was sollen wir im Dorf einkaufen?«

»Das werden wir ja sehen.«

»Worauf hast du denn Lust?«

»Ach, darüber will ich mir doch jetzt nicht den Kopf zerbrechen. Wir kaufen ein bißchen Reis, Nudeln, Eier, Käse und was ich zum Angeln brauche. Wir können doch die Fische essen, die ich fange, oder?«

»Natürlich.«

Ich schmiege mich an ihn, presse meinen Körper an seinen, drängle meine Knie in seine Kniehöhlen, spüre meine Brüste an seinem Rücken, lege meine Wange an seine Schulter. Laß uns schlafen. Laß uns nicht reden, nur aneinander geschmiegt daliegen, mit geschlossenen Augen in unsere Träume trudeln.

Wir wollen offen sein für unsere Empfindungen, Worte und Träume. Über Meere, Ströme, Wogen segeln. Wünsche und Phantasmagorien auf uns einstürmen lassen. Wir wollen schwebende Medusen sein und mit unseren Fühlern fächeln, uns von Düften überfluten lassen. Wir können über alles nachdenken und sind doch ständig in Gefahr zu analysieren. Gedanken können Schlangen, Konfetti, Perlen und Pailletten sein; Millionen an der Zahl, gleiten sie, schweben, glitzern. Aber sie ziehen auch leicht wieder davon, werden schnell verbraucht, sind bald erstickt. Man muß aufpassen, wenn man ihnen die Tür öffnet, es sind neugierige Gäste. Erinnerungen und Gedanken können uns als Freunde, aber auch als Diebe besuchen; manchmal sogar als Mörder. Man muß die Kraft haben, sie zu verjagen, wann immer man will. Man darf entweder gar nicht nachdenken, oder man muß das Abenteuer herausfordern und akzeptieren, daß Sicherheit sich mit einem Schlag in Nichts auflösen kann. Denken ist gefährlich, und befriedigend.

Ein Mann. Zwei Männer.

Eine Frau. Zwei Frauen.

Die Erinnerung brennt. Ich will sie nicht wahrhaben. Mein Gewissen schlägt. Ich will diesen Film nicht sehen, der in meinem Gehirn abläuft.

Eines Tages zog Jean-François aus. Es war das Ende einer Krise, die schon seit Jahren zwischen uns schwelte und damit begann, daß ich ihm Szenen machte, wütend wurde, schrie, weinte, wenn er wieder einmal vor mir geflohen war. Für mich war er ein »Deserteur«. Man konnte nie im voraus wissen, wie er sich verhalten würde. Er haute einfach ab, wenn es ihm zuviel wurde, ohne jede Vorwarnung. Ich fand immer, daß gar nichts Besonderes passiert war, nichts, was schlimmer gewesen wäre als an anderen

Tagen. Er sagte nur: »Ich hole Zigaretten« oder »Ich fahre das Auto in die Garage« – und kam die ganze Nacht nicht nach Hause. Manchmal verschwand er sogar für ein paar Tage. Ich wußte, daß sich in den Augen anderer rein äußerlich nichts in seinem Leben verändert hatte. Daß er nicht zuhause war, merkte niemand, weil er seinen Tageslauf einhielt. Ich wußte, daß er zu irgendeinem Mädchen ging. Es waren immer die gleichen Typen: unabhängig, lebenslustig, allzeit zu einem Drink und zur Liebe bereit. Meine Großmutter hätte sie »billige Dirnen« genannt.

Mich interessierte an der ganzen Geschichte nur eines: die Leiche mußte eine Frau gewesen sein. Ich verfluchte sie und Jean-François. Er wollte einfach nicht begreifen, daß ich in vier Jahren drei Kinder geboren hatte, daß ich nicht mehr frei und ungebunden war, daß ich nicht mehr einfach drauflos trinken und lieben konnte. Ich fühlte mich wie im Zentrum eines Orkans, in dem Gerechtigkeit, Tugend, Mutterliebe, Sparsamkeit, alle diese angeblichen Zeichen einer guten Hausfrau wüteten. Was wollte er eigentlich? Ich spielte meine Rolle doch tadellos!

Wenn er nach Hause kam, baute ich mich wie ein Dragoner vor ihm auf. Ich erstarrte zur Statue – zu einer dikken, milchigen, nach Babies riechenden Statue mit rauhen Hausfrauenfingern, zum ehernen Standbild einer Frau und Mutter. Ich fand diese Rolle nicht toll, aber ich spielte sie trotzig weiter, denn sie war die einzige, die mir geblieben war. Dieses Spiel hatte ich mir aufzwingen lassen, damit ich mein Leben überhaupt durchstehen konnte. Magerer Ersatz für Freiheit, Lebenslust, Muße und Sorglosigkeit!

Heute, zwanzig Jahre älter, betrachte ich diese junge Frau mit einem gewissen Zynismus; ich verachte sie fast ein wenig. Trotzdem habe ich sie gern. Sie tut mir leid. Ich habe mich recht tapfer durchs Leben geschlagen, die schwere Last der Prinzipien im leichten Gewand der Gutgläubigkeit und des kindlichen Vertrauens geschleppt. Ich glaube fest, daß meine Familie, mein Mann, meine Kinder – und folglich auch ich selbst – glücklich sein würden. Aber damit kam ich nicht weit. Müdigkeit und Kälte waren schneller, denn auf dem Weg, den ich gehen mußte, kann man sich nicht oft ausruhen.

Wenn er wiederkam, war er immer ein bißchen verlegen, wich meinem Blick aus und tat, als wäre nichts geschehen. Mit anderen Worten: er war wie sonst auch. Das konnte ich nicht mehr ertragen. Ich verlangte von ihm, daß er mir meinen Tribut als gute Gattin, sparsame Hausfrau und besorgte Mutter zollte. – Damals waren wir achtundzwanzig Jahre alt.

Er sagte kein Wort, blieb wie gelähmt vor mir und meinem Zornausbruch stehen. Ich spürte, daß hinter seiner Stirn, seinen Augen, seinen Lippen Antworten lauerten, aber er blieb stumm, wie paralysiert. Ich wollte doch nur wissen, woran ich war, er sollte mir erklären, was los ist, und mich beruhigen. Dabei hatte ich gleichzeitig Angst, er könnte sagen: »Du bist weder jung, noch schön, noch charmant.« Das stimmte, aber war auch falsch. Ich wollte noch immer tanzen, lachen, glücklich sein. Ich war noch immer voll Liebe und südländischer Lebenslust, voll maghrebinischem Witz. Das alles war noch in mir. Aber wie soll man einen Haushalt führen, einen Beruf ausüben, drei kleine Kinder großziehen und gleichzeitig eine »bezaubernde und verführerische junge Frau« sein? Das ist einfach unmöglich. Das Leben hatte mich während der vergangenen vier Jahre gezähmt, zerbrochen und kaputt gemacht. Jemand hatte mich mit einem groben Hammer auf einem mächtigen Amboß so lange bearbeitet, bis mir die stählernen Formen der »idealen Gattin« und »gütigen Mutter« schließlich paßten. Ich fühlte mich deformiert, zerschlagen – und irgendwie betrogen. Aber ich fand keinen Ausweg, es sei denn mit Hilfe von Geld.

Jean-François wußte das alles, kam jedoch nie auf den Gedanken, sich mit meiner unbefriedigenden Situation auseinanderzusetzen. So war es eben. Das war die Bestimmung des Weibes. Er war ein »guter Ehemann« und »guter Vater«, aber letztlich ein Mann, und er sah nicht ein, daß er sich Zügel anlegen sollte, nur weil ich durch die Umstände gezwungen war, auf vieles zu verzichten. Das alles beruhte auf einem riesigen Mißverständnis. Wir schätzten uns zu sehr, als daß wir nicht erkannt hätten, an welchen Marionettendrähten wir beide zappelten. Also blieb er weiterhin stumm, und ich hatte meine Wutanfälle. Die Macht der Gewohnheit.

Bei meinen Ausbrüchen sagte ich nie, worauf ich eigentlich eifersüchtig war und was mir fehlte – daß ich ihn nämlich beneidete: um seine Nachmittage am Strand, um die Sonne, um Diskussionen über Bücher und Schallplatten, um die Gespräche in einer verrauchten Kneipe bis zum frühen Morgen oder um den Körper eines anderen Menschen. Ich mißgönnte ihm seinen Schlaf und die Stille, die Zeit zum Träumen. Ich schämte mich, darüber zu sprechen, denn ich durfte ja die ersten Schritte meiner Kinder erleben, ihre Ärmchen um meinen Hals fühlen, sehen, wie sie allmählich größer, ihre Augen wacher und ihre Bewegungen anmutiger wurden; ich wußte, wann sie Fieber hatten, und kannte jeden Winkel ihrer Seelen. Wen das nicht ausfüllt, der muß doch ein Monstrum sein!

Du bist schuld an allem!

Deine Schuld!

Schuld!

Wir waren so in unserer Scham und unserem Schweigen gefangen, daß wir immer weniger miteinander kommunizierten. Das Eis wich zurück, die Stürme flauten ab. Unsere gute Erziehung hatte die Oberhand gewonnen. Wir hatten eine bestimmte Idiomatik entwickelt, um die Stille auszufüllen. Kinderworte. Umgangssprache. Kanzelpredigt. Staatsadressen. Beisetzungsgemurmel. Hochzeits- und Tauftexte. Das Ritual der großen Einsamkeit. Masken, um die Verzweiflung zu verbergen. Geschnatter. Gekeife. Unfähigkeit, miteinander zu leben.

Wir resignierten in allen Ehren. Für andere waren wir vermutlich das »nette junge Ehepaar«.

Jahrelang lebten wir als Fremde unter einem Dach, schliefen miteinander, zogen unsere gemeinsamen Kinder groß und hatten nicht die geringste Gemeinsamkeit. Wir kapselten uns gegenseitig ab. Was sollte uns schon verbinden? Und aus welchem Grund?

So lebten wir bis zu dem Tag, da Jean-François mir erklärte, er habe für drei Jahre einen Auslandsposten angenommen. Er wolle vorausfahren und mich mit den Kindern eventuell nachkommen lassen. Da sein Gehalt angehoben worden sei, könne er mir ungefähr die gleiche Summe schicken, die ich bis jetzt zur Verfügung hatte.

Er stieg in einen Zubringerbus der Air France und setzte sich ans Fenster. Wir sahen uns lange an und sagten uns mit diesem einen Blick mehr als in sieben Jahren. Er saß unbeweglich da, blickte starr hinaus. Aber die Äste, die sich im Fenster spiegelten, bewegten seine Züge, ohne daß er es wußte. Es war mir, als wären wir zum erstenmal zusammen am Strand, als hielte er mich in seinen Armen, als fühlte ich zum erstenmal seinen Atem, seine Lippen, seinen Speichel. Ich war in ihn verliebt, weil er so klug und so schön war. Ich weiß nicht, was in ihm vorging, aber ich bin sicher, daß er bei mir war – wenn auch an einem anderen Ort und weit weg, vor langer Zeit.

EINS SEIN. Ein paar Sekunden lang waren wir EINS, Sekunden wie Sternschnuppen, die den düsteren Himmel unseres traurigen, zerstörten Lebens auch mit ihrem Strahlenlauf nicht erhellen konnten.

Der Bus fuhr los.

Es ist nicht einfach, als Frau allein drei kleine Kinder großzuziehen. Bald wurde das Geld knapp. Jean-François hatte geglaubt, das Leben im Ausland sei billiger, als es tatsächlich der Fall war. Er konnte mir nicht genug zum Unterhalt schicken, so daß ich mir eine zusätzliche Arbeit suchen mußte und sie auch fand. Ich nähte Püppchen in Heimarbeit. Es machte mir Spaß, auch wenn ich viele Stunden Schlaf opferte und mein Leben sehr anstrengend wurde. Das Geld, das ich damit verdiente, gab mir ein Gefühl der Eigenständigkeit und Unabhängigkeit, wie ich es nie zuvor gekannt hatte. Ich konnte Feste, Geburtstage und Sonderausgaben damit bestreiten und war daher irgendwie unbekümmerter und sorgloser.

Trotzdem fehlte mir ein anderer Mensch, ein Partner, obwohl mich die Kinder mit ihren Spielen, ihren aufgeschlagenen Knien, ihren guten oder schlechten Zeugnissen, ihren Windpocken, ihren Masern, ihren Sorgen, Freuden und dann mit ihren Pubertätsschwierigkeiten voll ausfüllten. Sie wuchsen heran wie Pflanzen.

In den Ferien kam Jean-François. Wir hatten uns nicht viel zu sagen. Er war ganz Vater, und das machte sich schnell bezahlt: die Kinder waren verrückt nach ihm.

Eines Tages lag ich mit einem Mann im Bett – und mit einem abgrundtief schlechten Gewissen. Es kam mir so vor, als hätte ich nur meine niedrigsten Instinkte befriedigt und wäre in der Gosse gelandet. Ich glaubte, meine Kinder müßten sich ihrer Mutter schämen, erführen sie davon.

Ich arbeitete für diesen Mann. Wenn ich eine Arbeit bei ihm ablieferte, gingen wir zusammen ins Bett. Das erstemal stürzte ich mit geschlossenen Augen und Ohren in das »Abenteuer«. Als ich mich anzog, war ich niedergeschlagen. Auf dem Nachhauseweg am Spätnachmittag, in der hellen, belebten Straße, fühlte ich mich klebrig, schmierig, schleimig und widerlich. Ich hatte nur noch das Bedürfnis, vor meinen Kindern daheim zu sein, zu baden und mich neu anzuziehen. Ich verstand nicht, wie das überhaupt passieren konnte, wie ich nackt unter dieses schwitzende, schnaufende nackte Wesen geraten war. Ich erinnere mich an nichts mehr, ich weiß nur noch, daß ich mich klebrig fühlte und daß er mich von Kopf bis Fuß betatschte. Einmal und nicht wieder.

Aber dabei blieb es nicht. Der Mann gab mir mehr und mehr zu tun, so daß ich ihn immer öfter sah.

Jetzt, nachdem alles längst vorbei ist, versuche ich, mein Verhalten von damals zu begreifen. Ich glaube, die einzige Erklärung dafür ist, daß mir Zärtlichkeit und Vertrauen fehlten, denn eine Mutter ist nie die Vertraute ihrer Kinder, zumindest nicht von so kleinen. Der Mann unterhielt sich mit mir, nachdem wir miteinander geschlafen hatten. Und genau das fehlte mir damals, dieses miteinander reden, schwatzen, wenn man zusammen im Bett liegt. Diese Art Kumpanei kann nur zwischen zwei Menschen entstehen, die miteinander geschlafen haben, ohne sich zu lieben. Uns verband ja auch nichts außer der gemeinsamen Arbeit. Mehr wollten wir beide nicht.

Ich wußte, daß er viele Affairen hatte. Er sprach zwar nie darüber, aber die Frauen hinterließen heimliche Spuren: einen Hauch von Parfum, Wattebäusche im Papierkorb, einen Ring oder eine Kette. Manche blieben die ganze Nacht bei ihm. Ich merkte es an einer gewissen Unordnung, kleinen Veränderungen, wenn ich nachmittags kam. Solange ich dort war, klingelte häufig das Telefon. Meist waren Frauen am Apparat. Manche mit Kleinmädchenstimmen, die so zuckersüß ins Telefon flöteten, als lutschten sie ein Fruchtbonbon. Ich muß zugeben, daß mich diese Anrufe irritierten, obwohl ich diskret wegzuhören versuchte. Trotzdem entging mir in dem ruhigen abgelegenen Zimmer kein Wort. Ich lernte allmählich, was Frivolität ist. Manche riefen nur an, um sich kurz und bündig, ohne Umschweife zu verabreden. Eine war sehr kurz angebunden und gab im Grunde nur Befehle. Wahrscheinlich war das seine ständige Geliebte oder seine Ehefrau. Ich hatte den Eindruck, daß sie ihn samt seinen Fehlern lange und gut kannte. Sie wußte, daß er unpünktlich, vergeßlich, ungeschickt, ungepflegt und unordentlich war. Dieser Stimme wegen bekam ich plötzlich Mitgefühl mit ihm, denn er antwortete wie ein kleiner Junge: »Ich tu' das nicht mehr«, »ich passe schon auf«, »nein, ich vergesse es nicht«, »es tut mir leid«, »das ist doch nicht meine Schuld« oder »es war doch nicht böse gemeint.« Ich merkte, daß er lieb sein konnte, auch wenn er keineswegs so aussah. Er war groß und dick, ziemlich verschlossen und sprach schleppend. Daß er nie einem anderen Menschen in die Augen schaute, war der Grund, weswegen ich ihn am Anfang abstoßend fand. Aber er war gar nicht so ungehobelt, wie ich gedacht hatte, sondern eher schüchtern.

Nach ein paar Monaten kam ich wirklich gerne zu ihm, und er freute sich auch. Er beauftragte mich, für ihn zu recherchieren, was für seine Arbeit sehr wichtig war.

Ich war mit Feuereifer bei der Sache, denn um ihm eine wirkliche Hilfe sein zu können, mußte ich genau wissen, in welcher Richtung ich weiter nachforschen sollte. Folglich kannte ich nach zwei Jahren seinen Beruf genauso gut wie er selbst und war ihm fast unentbehrlich geworden. Ich war zwar kein Teil seines Lebens, aber ein Mensch, der für seine Arbeit unentbehrlich war. Eine Art wandelndes Lexikon, eine lebende Bibliothek, ein Mensch mit Bleistiftfingern, ein Dokument mit Haaren, ein Ordner mit Gehirn, eine Bürolampe mit Seele. Eines Tages merkte ich, daß er nicht mehr auf mich verzichten konnte, nur er selbst hatte es noch nicht begriffen. Ich war ebenso Teil seines Werkes wie die Akten, die er vollkritzelte. Er dachte, er könne mit mir umgehen wie mit seinen Bürosachen. Er machte sich nicht klar, daß er nicht nur ein guter Freund, sondern vor allem auch mein Brötchengeber war, ich aber keineswegs die Absicht hatte, bis zum Ende meiner Tage für ihn zu arbeiten. Ich wollte irgendwann einmal wieder mit Jean-François und den Kindern zusammenleben, ich wollte, daß wir alle fünf wieder eine Familie würden. Das war mein Traum . . .

Ich verdiente also mein Leben, und was Jean-François' Seitensprünge anging – wir waren quitt. Ich war toleranter, weniger aufbrausend und ausfallend, wenn wir unsere Ferien zusammen verbrachten. Er wußte von diesem Mann, kannte die Art meiner Beziehungen zu ihm genau. Doch was sollte er schon dazu sagen, da er doch selbst nicht imstande war, ein gemeinsames Leben mit mir und den Kindern zu führen. Allerdings paßte es ihm nicht.

Der Mann hatte mir einen Büroschlüssel gegeben. Über sein und mein Privatleben redeten wir nie. Es war abgesprochen, daß ich jederzeit zwischen eins und sieben abends meine Arbeit erledigen konnte. Die Arbeit machte mir Spaß, weil sie kreativ war. Manchmal war ich so aufgeregt über meine Entdeckungen in den Bibliotheken und Fachbüchereien, daß ich ihm sofort berichten mußte, und dann war ich so ungeduldig, daß mir Bus und Metro immer zu langsam fuhren.

Ich stürzte in sein Büro. Er saß mit roten Ohren in einer Rauchwolke hinter seinem Schreibtisch, in seine Arbeit vertieft, und er nahm kaum wahr, wenn ich zur Tür hereinkam. Ich zeigte ihm meine Aufzeichnungen und erläuterte sie. Er hakte nach, wollte Genaueres wissen, trug mir auf, in dieser oder jener Richtung weiterzuforschen, genaue Daten und exakte bibliographische Hinweise zu liefern. Auf seine Art war er genauso aufgeregt wie ich, schloß die Augen und rauchte eine Zigarette nach der anderen. Es arbeitete in ihm. Manches wurde deutlicher, was erst nur eine vage Vermutung gewesen war, so wie ein Synthesizer die Töne, mit denen er gespeichert wurde, entweder verzerren und auflösen, oder entzerren und verschärfen kann. Ich sprach mit ihm darüber, wie meine Recherchen von heute verwendet werden könnten. Er war nicht meiner Meinung und erklärte mir seine. Ich lernte seine Gedankengänge kennen, und er merkte, daß ich ihnen folgen konnte. Nie war ich mit jemandem vertrauter als mit ihm, nie habe ich eine vollkommenere Übereinstimmung zwischen zwei Menschen erlebt.

Eines Tages ging ich früher als sonst zu seinem Büro, weil ich etwas besonders Interessantes entdeckt hatte. Während ich in meiner Handtasche nach dem Schlüssel suchte, kam es mir so vor, als hörte ich ein Stöhnen. Doch das mußte ein Irrtum sein, wahrscheinlich hatte ich mich verhört.

Sein Arbeitszimmer war von der Eingangstür durch einen kleinen Vorraum getrennt, so daß man nicht vom Treppenhaus direkt in seinen Schreibtisch stolperte. An diesem Tag war die Tür zum Arbeitszimmer verschlossen. Einen Augenblick lang glaubte ich, ich wäre im falschen Raum, weil ich mich in der unvermuteten Dunkelheit nicht mehr zurechtfand. Ich suchte den Lichtschalter, und als ich etwas sehen konnte, stellte ich fest, daß alle Türen, die von dem Vorraum abgingen, verschlossen waren. Das überraschte mich. Ich horchte einen Moment in die Stille. Ich hörte nichts, und dennoch war da etwas. Vielleicht der Kühlschrank? Aber es war kein elektrisches Geräusch, es war nicht so mechanisch. Dann überlegte ich, ob er vielleicht Gymnastik machte, aber auch das war unwahrscheinlich, denn der Mann war zwar groß und stark, aber ausgesprochen unsportlich. Er lebte mit dem Kopf, nicht mit dem Körper.

Ich mache die Tür auf. Da liegt er, auf dem großen Bett im Arbeitszimmer, mit einer ganz jungen Frau und liebt sie. Ich bin schon mit einem Fuß im Zimmer, die Hand noch auf der Türklinke. Ich bin völlig verstört und weiß nicht, wie ich mich verhalten soll. Beide lächeln mich freundlich an und machen weiter. Ihre Oberkörper berühren sich nicht, aber ihre Becken sind aneinandergeschweißt. Ihre Beine sind verschlungen, und mit langsamen Stößen ihrer Lenden bewegen sich ihre Unterkörper auf und ab. Ich bin unfähig wegzuschauen, obwohl es ganz offensichtlich ist: sie wußten, daß ich kommen würde, sie haben es absichtlich gemacht, und wie sie grinsen, diese Schweine!

Ich bin wie vom Blitz getroffen, zu Stein erstarrt, bringe kein Wort hervor. Sittsam und tugendhaft stehe ich da. Es ist lächerlich! Ich hätte sofort gehen sollen, als ich sie da herumhuren sah. Warum blieb ich wie festgenagelt stehen? Ich habe nur den blödsinnigen Wunsch, sie merken zu lassen, wie schockiert ich bin und gleichzeitig so zu tun, als wäre nichts. Ich will ihnen zeigen, daß ich diese Situation abstoßend und verletzend finde, aber daß sie mir nicht neu ist. Ich habe schlimmere Sachen erlebt, die mich auch nicht umwarfen. Aber ich habe noch nie zwei Menschen gesehen, die sich gerade liebten.

Da stehe ich verlegen in der Tür. Zum Umkehren ist es zu spät. Der große Schwengel des Mannes – den ich so gut kenne – setzt hartnäckig seine Arbeit fort. Es kommt mir vor, als wäre er in mir, als mache er mir's im Stehen, als vergewaltige er mich. Ich will das nicht!

Abstoßend, schweinisch, säuisch, zum Kotzen!

Der Mann bewegt sich langsamer, wird ruhiger. Das Mädchen hebt vorsichtig sein Becken, als wolle es sich befreien, aber dann zieht sie den Mann mit einer einzigen, wilden Bewegung in sich hinein und stöhnt auf. Ein kleiner herrlicher Schrei.

Ich kann es nicht mehr ertragen. Das ist zuviel. Der Mann hat wohl das Entsetzen in meinen Augen gesehen. Vielleicht denkt er, ich wäre wütend, zornig oder ich hätte Angst. Also zieht er die Decke mit einer schwungvollen Bewegung über sich und die Frau, so daß nur noch ihre Köpfe auf nackten Schultern herausschauen. Sie tun, als wäre nichts geschehen.

Der Mann stützt sich auf den Ellbogen, während das Mädchen sich in seine Achselhöhle kuschelt. Sie hält die Augen geschlossen, als gehe sie das alles gar nichts an. Sie will noch in ihrer Wollust eingesponnen bleiben wie in einem Kokon.

Als Kind konnte ich stundenlang die Seidenraupen beobachten. Ich war fasziniert, mit welcher Hartnäckigkeit sie die Fäden, die aus ihrem Unterleib kamen, mit ihren Beißwerkzeugen um sich herumwickelten. Manchmal hörten sie einen Augenblick lang damit auf und splissen den Faden, um ihn um so sorgfältiger weiterzuwickeln, damit auch nicht ein Millimeter freiblieb. Immer weiter spannen sie sich in ihr Dunkel ein.

Der Mann sagt lächelnd:

»Wir tun nichts Böses. Bist du schockiert?«

»Überhaupt nicht. Aber ich habe keine Lust, meine Zeit hier zu vertrödeln. Ich bin zum Arbeiten gekommen ... Wie man sieht, bist du jetzt nicht in der Stimmung dazu.«

»Täusch dich nicht. Schieß los. Stört dich Angèle?«

Ich gehörte zu den Frauen, die man gelehrt hat, den Willen eines Mannes zu respektieren und sich auch seinen Fehlern und Launen zu unterwerfen. Äußerlich lehnte ich mich nie gegen diese Willkür auf, auch wenn ich sie innerlich nicht akzeptierte oder darunter litt. Irgendwo war der Grundsatz fest in meinem Gehirn verankert, daß Männer stärker, intelligenter, logischer sind, und daß ich ihnen daher zu gehorchen hatte.

Also blieb ich stumm und unfähig, das einzig Richtige zu tun, nämlich selbständig zu handeln – und zu gehen. Um meine Unterwürfigkeit vor mir selbst zu rechtfertigen, redete ich mir ein, ich müsse diese Sache durchstehen, um nicht meinen Broterwerb zu verlieren. Ich sah mich als doppeltes Opfer. Gleichzeitig ergriff mich dieselbe Neugier, mit der ich als Kind wie gebannt den Seidenraupen zugeschaut hatte. Ich wußte, daß dieses Interesse ambivalent war, aber ich war nur bereit, die entomologische Seite zu akzeptieren. Die andere wollte ich einfach nicht wahrhaben und weigerte mich einzusehen, daß hinter dieser Neugier noch mehr steckte.

Der Mann unterbricht das Schweigen.

»Darf ich dir übrigens Angèle vorstellen.«

Angèle murmelt mit geschlossenen Augen brav »guten Tag« und kauert sich noch mehr zusammen, als wolle sie sich unserer Anwesenheit entziehen. Ich antworte ebenfalls höflich »guten Tag«, als wäre nichts geschehen.

»Hast du etwas herausbekommen?«

»Ja.«

Nun gut, dann arbeiten wir eben, was sollen wir uns mit Kleinigkeiten aufhalten, wir sind doch keine Kinder mehr. Ich setze mich auf meinen Platz, auf den Stuhl vor dem Arbeitstisch. Während ich mit ihm rede, ziehe ich mein Notizbuch aus der Tasche und blättere in meinen Aufzeichnungen. Ich rede, um meine Aufregung zu verbergen, um nicht zu zeigen, wie sehr ich mich geniere. Aber die Peinlichkeit bleibt. Sie schnürt mir die Kehle zu. Ich stottere, kann mich nicht konzentrieren.

Ich starre auf die Dinge, die ich kenne: da steht die Schreibmaschine, die kleine Dose mit Bleistiften und Kugelschreibern, das rote Lacktellerchen mit Gummis, Büroklammern und Nadeln, die Bleistiftspitzer. Ich halte mich an diesen Kleinigkeiten fest, um meine Sicherheit wiederzugewinnen, aber auch, damit ich wieder so klar und normal wie sonst formulieren kann. Meine Sprache ist mir abhanden gekommen. Ich verstehe nicht mehr, was ich sage. Meine Gedanken laufen hin und her.

– Wie kann so ein junges Mädchen nur Angèle heißen? Was für ein altmodischer Name.

– Was wollen die eigentlich von mir?

– Worauf warte ich denn?

– Worauf?

Der Mann läßt mich reden, unterbricht mich gelegentlich, verlangt präzisere Auskünfte. Aber hört er mir überhaupt zu?

Ich drehe meinen Kopf nach links und schaue zu ihnen hinüber. Doch, er hört mir zu – aber sie haben wieder angefangen, sich zu lieben. Er hört auf zwei Dinge, auf mich und auf seinen Körper, er registriert meine Worte und lauscht den Geräuschen seines Körpers, der Angèle will, Lust sucht. Sein Blick ist gespannt. In der Aufmerksamkeit, mit der er mir zuhört, schwingt noch etwas anderes, und das macht mir fast Angst. Warum gehe ich denn nicht endlich?

Ich bin den Tränen nahe, weil ich die Kränkung nicht mehr ertragen kann, weil ich meine eigene Ohnmacht nicht verstehe und weil ich nicht zugeben will, daß dieses Paar mich fasziniert.

Ich fühle mich dabei ertappt, daß ich so tun wollte, als sei ich jemand, der alles weiß, alles kennt, dem nichts fremd ist und der auf alles eine Antwort hat, jemand, der sich trotzdem über alles Unbekannte, alles Unerklärbare entrüstet und es für unzivilisiert und unzulässig hält ... und doch stehe ich nur vor meiner eigenen Unwissenheit und meinen Grenzen.

Ich will aufspringen und gehen, aber das käme mir feige vor. Also schaue ich noch einmal zu ihnen hinüber.

Ich habe noch nie in meinem Leben etwas so Schönes gesehen wie Angèles Körper. Sie hat die Liebe erfunden und zelebriert. Angèle ist Liebe. Angèle ist Schönheit.

Ihr Körper ist eine Landschaft: feste, helle Erde, Täler, Vulkane, Schluchten. Sanfte, weite Ebene, die den Pflug tief in sich aufnimmt, reiche Ernte verspricht, gedüngt mit fruchtbarem Schweiß. Ströme, Flüsse, Bäche. Dünste aus den Tiefen des Magma, aus dem alles entspringt, dringen bis zu mir. Gerüche aus dunklen Höhlen, aus dem Versteck von Füchsen, Bären, Maulwürfen, von Ottern und Schlangen.

Fleischfressende Pflanze.

Vegetabiles Gestein.

Der Körper einer Frau liegt vor mir ausgebreitet. Zarte,

kräftige Glieder strecken sich mir wie zerfließende Nebelschwaden entgegen, umschlingen mich in Spiralen, wühlen meine Seele auf, schüren Feuer in meinen Eingeweiden. Mein Blut kocht. Mein Herz klopft.

Ich stehe da wie gebannt, schaue, starre auf den Nabel, Urgestirn der Menschwerdung, und höre, wie aus der Mitte des Leibes ein endloses, weiches »ah« zu den Lippen strömt. Nein, das ist kein Seufzer und keine Klage. Das ist Gesang, Hymne, Kantate, Lebensfreude, Liebeslust.

In Angèles Körper pulsiert das Leben. Sie liegt ganz ruhig da, und doch vibriert alles an ihr, öffnet und schließt sich wieder, krümmt sich, schäumt über, überschlägt sich wie eine riesige Welle, kringelt sich wieder zusammen wie eine Schlange.

In welchen Tiefen entsteht dieser archaische Rhythmus? Was kriecht da aus grauer Vorzeit herauf?

Alles, was ich bisher über den menschlichen Körper erfahren, was man mir beigebracht hatte, macht Angèles Anblick zunichte, zerfällt zu Staub. Angèle ist offen, bereit, sich zu vereinigen, zu verschmelzen, alles zu vergessen, sich aufzulösen. Ich wußte nicht, daß ein Körper ein so herrliches Kunstwerk sein kann, daß sich in diesem Wesen aus Haut und Knochen, Nägeln und Haaren, Schweiß und Blut Wünsche wiegen, Lüste tanzen, Phantasien Pirouetten drehen.

Da ist das Loch – diese Öffnung, über die man nicht sprechen darf, die den Augen verschlossen bleiben muß. Es ist schöner als jede Rose, zarter als die Schamröte eines jungen Mädchens. Leuchtende Lippen, schattiger Trost ... Ich habe nie gewußt, wie es wirklich aussieht. Die runde geheimnisvolle Tiefe nimmt den kraftvollen Körper des anderen in sich auf, hält ihn gefangen. Noch nie habe ich diese glänzende Muschel, diese weit geöffnete

Perlmuttschale, diese satte Auster gesehen. Sie ist ohne Furcht, öffnet sich voll Vertrauen und Lust. Dann zieht sie sich begierig zusammen, verändert sich plötzlich, zuckt. Schlingpflanze. Löwenmaul. Feuerschlund. Wer wagt es, in einen Vulkan zu tauchen? Züngle, züngle, schöne Schlange, räkle dich sacht, schaukle den Seidenfisch. Wiege ihn, streichle ihn, damit er nicht schmerzt.

Angèles Körper ist glühender Lavastrom auf bebender Erde. Der Mann sucht diese Hitze, will in ihr verglühen, in diesem Feuermeer ertrinken. Er klopft leise, zart, tastend mit seinem Blindenstab, als suche er ein freundliches Haus. Ein blinder Fisch huscht arglos in unbekannte Tiefen, dorthin, wo er sich fortpflanzen muß.

Angèles Beine sind angewinkelt und gespreizt, zwei hohe Berge, die verbunden sind durch die weiche, feuchte Schlucht ihrer Scheide. Der Mann dringt in sie ein. Dicker, fleischiger Stab, der die Vorhänge beiseiteschiebt, das Haus füllt.

Versteck dich, Fuchs, Biber, Luchs, versteck dich, du schönes, wildes Tier! Gleite, gleite hinein wie ein Löffel voll Brei in den Mund eines Kindes. Fülle ihren schönen Körper, tränke ihn, daß er wie schweres fruchtbares Land im Glanz des Mondes träumen kann.

Ich hatte noch nie das Geschlecht einer Frau gesehen und noch nie beobachtet, wie ein Mann stöhnend in sie eindringt, wie seine Augen starr und undurchsichtig werden. Wie Teiche vor dem Sturm. Noch nie habe ich einen Schamhügel gesehen, noch nie die steile Schlucht, in der sich die Klitoris versteckt. Starres Glöckchen, zitternder Fühler. Ich hätte nie gedacht, daß meine Scheide so schön ist. Ich hatte geglaubt, sie wäre schlaff und hilflos, unwichtig. Ich hatte vergessen, daß die Scham von der Schönheit eines vollkommenen Körpers umschlossen ist, eingebettet in steile Brüste, dichte Haare, ausgestreckte Glieder, in gurrende, schmatzende, schmeichelnde Laute, in die Beuge des Beckens. Sanft schwingende Wiege des Lebens.

Ich möchte Angèle in meine Arme nehmen, sie mit goldenem Champagner netzen, mit Rosenblüten bestreuen, ihren Mund, ihre Brüste, ihre Fotze liebkosen, ich möchte sie küssen, ich möchte sie lieben, ich als Frau ...

Jemand klopft ein paarmal kurz hintereinander an die Tür und rettet Simone vor verwirrenden Erinnerungen. Sie löst sich aus Jean-François' Armen und hat das schreckliche Gefühl, sich dabei selbst loszulassen.

Sie schlafen in der Veranda vor dem Wohnzimmer. Wenn man aufrecht im Bett sitzt, kann man durch die großen Fensterscheiben ins Freie sehen.

Simone will wissen, wer gekommen ist. Sie rutscht zum Fußende des Bettes und sieht vor der Haustür einen Mann in Uniform. Sie erschrickt, als wäre sie in flagranti ertappt worden, schlüpft schnell wieder ins Bett, zieht die Decke hoch bis unters Kinn und rüttelt Jean-François an der Schulter. Die Berührung der Haut, die sie mit jeder Pore kennt, schmerzt. Sie verweigert sich den quälenden Erinnerungen, verjagt die peinigenden Gedanken.

»Jean-François, wach auf, da steht jemand in Uniform vor der Tür.«

Jean-François schreckt hoch. Er hat tief geschlafen. Seine Haare kleben auf der Seite fest, auf der er gelegen hat. Wenn er aufwacht, hat er immer so ein schiefes Gesicht. Das ist nicht schön, aber lustig.

»Hat er geklopft? Wer kann das sein?«

»Keine Ahnung. Einer in Uniform.«

»Ach, der Polizeichef. Ich gehe schon.«

Er springt aus dem Bett, steigt in die Hosen, zieht sich ein Hemd über, rennt die Holztreppen hinunter und fährt sich dabei schnell noch über die Haare.

Simone rollt sich in ihrem Bett zusammen. Hier ist es dunkel. Sie ist froh und erleichtert. Seit Jean-François aufgestanden ist, sind die quälenden Gedanken verflogen. Es ist schön so allein. Sie streckt sich auf dem Bett aus, spreizt die Beine, räkelt sich.

Aber die Erinnerung ist noch da, eingegraben in ihren Körper, Angèle geistert durch dieses fremde, irische Haus. Simone kann sie unter der gewölbten Decke schweben sehen, nackt, mit weit geöffneten Beinen, zuckend.

Simone schließt die Augen. Sie will vergessen, was sie erlebt hat. Sie will nicht mehr an Angèle und diesen Mann denken, nicht mehr wissen, daß sie den beiden zugesehen hat. Sie will verdrängen, wie schön die Frau war, auf die der Mann sich preßte, in die er sich ergoß. Die Erinnerung ist gefährlich, denn sie stellt die eigene Identität in Frage. Was für eine Frau ist sie, was für eine Mutter, was für eine Ehefrau? Sie redet sich ein, sie sei unwissend und unschuldig in eine Falle getappt, reiner Zufall. Mit ihrem eigenen Leben hat das nichts zu tun. Außerdem wußte sie am nächsten Morgen nicht mehr, was ihr eigentlich daran Spaß gemacht hatte. Zurück blieb nur ein bitterer Nachgeschmack. Eine ihrer negativen Erfahrungen – so wie der junge Mann, der sich vor ihren Augen unter die Métro gestürzt hatte, oder die mörderischen Straßenkämpfe in Algerien, der Betrunkene, der sich vor ihrer Haustür übergab, jener Morgen, an dem sie zum ersten Mal getrocknetes Sperma auf dem Laken ihres Sohnes entdeckte, und ihr Blut, das an einem besonders anstrengenden Tag Flecke auf der Sitzbank im Autobus hinterließ (sie hatte versucht, sich zur Tür durchzudrängeln, ihr Platz in dem überfüllten Bus war leergeblieben, und um sie herum, mitten im Verkehrslärm, schien es merkwürdig still geworden zu sein).

Aber im Grunde hatte das alles nichts mit ihr zu tun. Man konnte es erzählen – aber sie weigerte sich, es auf sich zu beziehen; sie verschüttete den kleinsten Zugang zu diesen Erinnerungen. Alles war Zufall, reiner Zufall.

Verlogenes Schweigen. Eisige Verweigerung. Versteckte Angst. Simone will sich nicht als unteilbares Ganzes akzeptieren, will nur ein Teil von sich sein. Den Rest verheimlicht sie nicht nur anderen Menschen, sondern vor allem sich selbst.

Sie ist verwirrt, unruhig und unglücklich. Die Erinnerung, die sie von sich wegschieben möchte, lähmt sie. Sie hat das Gefühl, irgend etwas tun zu müssen, um wieder atmen zu können. Sie öffnet die Augen und überlegt sich, womit sie sich beschäftigen könnte, um auf andere Gedanken zu kommen. Aber alles ist nagelneu in diesem Haus. Nichts, mit dem sie sich ablenken, kein Loch, das sie flicken, kein Stäubchen, das sie wegwischen könnte. Hier ist kein Platz für heuchlerische Geschäftigkeiten. Alles ist so neu, daß man sich am liebsten nicht bewegen, am liebsten nicht atmen möchte, damit nur ja nichts beschädigt wird.

Sind Anfang und Ende immer gleich?

Die Männer reden unten. Simone versteht sie kaum. Der Polizist redet schnell und nuschlig. Jean-François sagt nur ein dürftiges »yes« oder »no« oder »excuse me«. Er wird wohl nie Englisch lernen, denkt Simone.

Angèle ist wieder da. Sie ist befriedigt. Ihr Körper ist jetzt schlaff und schwer, sie verschwindet fast in der Matratze. Ihr Mund ist halb geöffnet, ihr Blick starr, ruhig, entrückt. Zerfließen. Sich auflösen. Neu entstehen.

Simones Gedanken wandern zu der Leiche von Corvagh. Sie gleicht Angèle. Das ist es, was Jean-François gesehen hat: diese Schönheit, dieses Mysterium! Simone sieht Angèle am Strand, der Wind spielt mit ihren Händen, ihre Haare sind schweißnaß, schlängeln sich über den Sand, die Wellen streicheln ihre Füße. Sie liegen weit auseinander. Ihre Scheide ist voll Sand. Algen und Austern haben sich darin festgesetzt.

Aber er sagte doch, es könnte auch ein Mann sein!

Ihren eigenen Körper, dieses Machwerk aus Fleisch, Knochen und Geist – wie soll sie ihn einordnen? Wo gehört er hin? Sie fragt sich, wo sie ihn finden kann, ob sie ihn überhaupt finden will. Und wenn sie ihn entdeckt, wo wird das sein? Auf dem Jahrmarkt der Vorurteile? Hinter Schminke und Maske der guten Vorsätze, in der Uniform der Moral oder im Narrengewand des Anstands? Welchen Tod wird sie sterben – den natürlichen? Oder den anderen? Ihren eigenen?

Was für eine Qual!

Sie hört lieber zu, worüber die Männer reden. Sie setzt sich auf und sieht die beiden Köpfe hinter den Verandagittern. Der Polizist hat seine Mütze aufbehalten.

Er berichtet, die Leiche sei vom Strand weggebracht worden. Es sei eine Frau gewesen, die jedoch nur kurze Zeit im Wasser gelegen haben könne. Wer die Frau sei, wisse man allerdings nicht.

Dabei erfährt sie auch, wie Jean-François die Leiche gefunden hat. Mit dem bißchen Englisch, das er kann, will er alles genau erzählen, unaufhörlich wiederholt er die gleichen Worte wie beach, body, hair, hands, dead ... Er versucht, seinen Bericht für die Polizei so klar wie möglich abzufassen, aber da sein Wortschatz nicht ausreicht, muß er Gesten, Intonationen und Ausdrucksweisen zu Hilfe nehmen, die der Polizist höchstwahrscheinlich nicht versteht. Doch Simone versteht ihn und damit auch seine Gefühle.

Er ist schon ein ganzes Stück vom Haus entfernt, schlendert am Strand entlang und freut sich über die Sonne, die ihm ins Gesicht scheint. Er genießt die Wärme. Er genießt den Tanggeruch, die Brandung, Möwengeschrei, Sand zwischen den Zehen, unendliche Weite: der endlose, einsame Strand liegt im Schutz einer hohen Düne. Er sieht nur Himmel und Meer, ist allein – allein mit dieser großartigen Natur. Er gibt sich ihrer Schönheit hin, läßt sich treiben, nimmt Einzelheiten kaum wahr. Die Luft, das Wasser, die Flut von Empfindungen machen ihn trunken. Er hält die Augen halb geschlossen, denn es ist ja gleichgültig, wohin er geht – er hat kein bestimmtes Ziel. Das Leben ist einfach da und vollzieht sich ohne sein Zutun. Alles um ihn herum ist Harmonie. Er geht nah ans Wasser, wo der Sand schon feucht ist. Die nächtliche Flut hat in geschwungenen Linien die verschiedensten Muscheln, Schnecken, Herzmuscheln, lange grüne Algen und Tang niedergelegt. Sie gleichen Posamenten an Fürstengewändern. Da fällt sein Blick plötzlich und unerwartet auf die Fingernägel einer Sirene, goldene Finger, Medusenhände. Sie greifen in die Girlanden, wie in ein Füllhorn ozeanischer Gaben. Aber nun sind sie leer, matt und schön wie der Strand, der nach dem Bade ruht.

Jean-François will die Hände nicht wahrhaben, aber sie haken sich in seinen Gedanken fest und lassen ihn nicht wieder los. Er will nicht aus seinen Träumen aufgeschreckt werden, geht weiter und kämpft gegen diese Hände vor seinem inneren Auge. Korallen, Kiesel, Meergeröll – nicht Ende, Tod, Verbrechen. Aber etwas zieht ihn zurück, denn es bleiben Menschenhände. Er geht hin und sieht den Leichnam, den die Ebbe sanft ans Ufer gespült und mit Schlick zugedeckt hat. Schwarze Haare ringeln sich im Sand. Die Leiche ist nicht groß. Sie hat eine Lederjacke an, darunter schauen Hosen hervor – wahrscheinlich Bluejeans. Plötzlich weiß er genau, was er tun, wie er reagieren, daß er helfen muß.

»Ich wollte die Polizei verständigen.«

»Ihre Beschreibung trifft genau auf den Ort und die Leiche zu, die wir soeben geborgen haben. Well, wir werden unsere Nachforschungen fortsetzen, bis wir die Leiche identifiziert haben. Dabei sind wir auf Ihre Aussagen angewiesen. Bleiben Sie eine Zeitlang hier?«

»Noch sieben Wochen.«

»Ferien?«

»Ja.«

»Sehr gut. Wenn sie Corvagh früher verlassen sollten, müssen Sie uns informieren.«

»Sie können sich auf mich verlassen.«

Die Männer stehen auf, plaudern noch ein bißchen über das schöne Wetter, die wundervolle Landschaft, das gute, braune Bier. Sie lachen. Jean-François begleitet den Polizisten zur Gartentür, und sie verabschieden sich mit einem fröhlichen »Cheerio«.

Simone steht auf und zieht sich schnell an. Sie hört, wie der Polizist seinen Wagen anläßt, und gleich darauf ruft Jean-François von unten:

»Es war eine Frau. Aber sie wissen noch nicht, wer ... Kommst du mit zum Schwimmen? Es ist ein herrlicher Abend. Schon sechs Uhr, nicht zu glauben! Und wie hell für diese Zeit ... wie nachmittags.«

»Hier wird es doch fast nie dunkel.«

»Kommst du mit?«

»Wir wollten doch noch einkaufen.«

»Ach ja. Laß uns schnell machen, bevor die Läden schließen.«

Simone geht hinunter.

»Siehst du, ich wußte doch, daß es eine Frau ist. Ein Mann hätte dich nie so beschäftigt.«

»Warum? Interessieren dich denn Frauen überhaupt nicht?«

»Nicht so sehr.«

Das war gelogen.

War es gelogen? Kannte sie die Frau, die eines Abends Angèle geliebt hatte? War das dieselbe Frau, die Alain liebte? Ist Liebe diese ausschließliche Zuneigung, die man für sein neugeborenes Kind empfindet? Wer war, wer ist diese Frau? In ihrem Kopf flattern Verlassenheit und Ohnmacht wie tausend Nachtfalter.

Das Meer läuft auf, der Fluß schwillt an, tritt an manchen Stellen über seine Ufer und hinterläßt Flecken auf dem Watt. Krakelspuren von Möwen und Reihern zeichnen den Sand ganz dicht beim Haus. In gleichmäßigen Abständen, Zeugnisse flüchtiger Rast, feine, tiefe Gravuren, die in der untergehenden Sonne glitzern. Das Wasser kriecht über die Erde, sickert aus jeder Pore, wird sie bald ertränken.

Die Veränderung ist Simone aufgefallen. Sie scheint fröhlicher und unbeschwerter.

»Die Flut kommt«, sagt sie vergnügt.

»Na fein. Dann können wir ja direkt vor dem Haus baden, wenn wir vom Einkaufen zurück sind.«

Die Stille ist voll unausgesprochener Worte. In den nächsten Tagen reden Simone und Jean-François wenig miteinander. Über die Leiche fällt kein Wort, obwohl sie inzwischen erfahren haben, daß die Tote im städtischen Leichenhaus aufgebahrt ist. Unnötig, darüber zu sprechen, daß die Tote mit ihnen zusammen lebt – beide wissen es.

Für sie war die Tote noch immer am Strand, an derselben Stelle, die Jean-François am Tag nach seiner Entdekkung Simone zeigte. Männer hatten den Sand zur Seite geräumt, so daß es fast so aussah, als wäre dort jemand vergewaltigt worden, als hätte ein Kampf stattgefunden. Jean-François wollte Simone erklären, wie euphorisiert er am Strand entlanggegangen war, die Hände vor Glück in die Luft gestreckt hatte.

»Aber gestern sah alles ganz anders aus. Der Strand war breiter, denn die Ebbe hatte schon eingesetzt. Alles war viel weiter.«

»Du bist weit gelaufen. Wahrscheinlich ist hier noch nie jemand gewesen.«

»Es war herrlich!«

Ja, Corvagh ist wirklich schön. Überall verschlingen sich Erde und Wasser ineinander. Ozeanland. Ackermeer. Es ist, als wären Mensch und Natur ohne Furcht, ohne Geheimnis, stets miteinander in Einklang. Das Starke schützt das Zerbrechliche, das Unbedeutende verzaubert das Grandiose. Alles ist schön, veränderlich, vielfältig, namenlos. Was grün ist, wird blau, was blau war, wird grün. Ocker wird grau, und grau wird ocker. Die Nacht wird zum Tag, der Tag zur Nacht, wenn die schweren Wolken aufziehen. Unbegreifliche, stürmische und sanfte Schönheit. Erde ohne Alter, jahrtausendelang von Sturmfluten zerfurcht, du krümmst dich mit runden Buckeln, auf denen junges Seegras wächst. Majestätische Fluten. Rollende, brausende Fugen von Erdteil zu Erdteil. Der Himmel verhüllt die Hütten, Barken kämpfen gegen die Wogen. Wut und Zärtlichkeit. Friede und Kampf.

Simone und Jean-François schlafen, lesen und essen, wann es ihnen paßt. Sie leben von dem, was sie angeln, fischen oder auf einem Spaziergang finden. Der Küstenstrich ist reich an Muscheln, Krebsen, Krabben und Fischen. Bei Ebbe ziehen sie mit Eimern und Schüsseln los und sammeln Austern oder Muscheln. Bei Flut gehen sie zum Fluß und angeln Forellen.

Abends macht Jean-François am Ufer, mitten zwischen Kräutern und Kieselsteinen, ein großes Feuer. Er sammelt altes Holz, Zweige und Wurzeln, die vom Sand und Meersalz so ausgebleicht sind, daß sie wie Gebeine schimmern.

Gemeinsam kochen sie Muscheln im Sud, Reis mit Krabben, ein Fischragout oder kleine Lachse, bei deren Fang sie den Fischern zugeschaut haben. Auf dem Rost bekommt der Lachs schnell die zartrosa Farbe und duftet mit Zitrone und Butter beträufelt auf dem Teller. Hans und Heidrun sind bei diesen Schlemmermahlen oft Gäste. Sie machen sich zwar immer über die Franzosen lustig, bei denen sich alles ums Kochen dreht, aber dann langen sie doch ganz kräftig zu. Man schwatzt noch ein bißchen, während die Sonne langsam versinkt.

Spät am Abend, wenn es endlich dunkel ist, gehen sie oft noch in die Fischerkneipe auf ein Bier oder einen irischen Whiskey. Alle Leute wissen inzwischen, daß es Jean-François ist, der die Leiche gefunden hat. Dort erfahren sie auch, daß die Tote aus der Gegend stammt, von den grünen Hügeln, die man an klaren Tagen hinter der gegenüberliegenden Küste ahnt, also auf der anderen Seite des Sees oder der Wiese – je nach Gezeiten.

Außerdem erzählt man ihnen, daß sie Mary MacLaughlin hieß.

Allmählich nahm sie Gestalt an. Sie hatte ein Geschlecht, einen Namen, eine Familie. Ihr Bruder war Pferdehändler. Hans erinnerte sich, daß er Schafe bei ihm gekauft und ein Pferd gemietet hatte. Dabei hatte er auch das Haus gesehen. Wahrscheinlich war sie sehr menschenscheu, womöglich sogar anomal gewesen.

Mein Leben ist immer von Frauen bestimmt worden. Erst waren es die Frauen in meiner Familie, dann die Lehrerinnen und später andere. Vor den meisten hatte ich Angst. Sie waren unsensibel und entsprachen völlig den gängigen Frauenklischees. In ganz intimen, stillen Momenten, in Gesprächen unter Frauen ließen manche allerdings durch winzige Gesten, Bewegungen, Worte – oder auch nur durch ihren Tonfall ahnen, daß noch etwas anderes in ihnen steckte. Sie entpuppten sich plötzlich als kämpferische Wesen, entwickelten Jagdfieber, waren eiserne Minerven oder perfide Dianen, deren viriles Naturell durch ihr einfaches Frauendasein hindurchschimmerte, und zwar immer in den Augenblicken, in denen eine Konfrontation zwischen ihnen und mir unvermeidbar war. Ich habe auch andere Frauen – allerdings wenige – kennengelernt, die durch und durch feminin waren. So schwach und zerbrechlich sie auch wirken mochten – das waren gefährliche Gegnerinnen. Ich mußte die Erfahrung machen, daß Frauen stärker, unbeherrschter, aber auch verlogener als Männer sind. So oder so – alle brachten mir Unglück.

Ich habe mich solange als Opfer gefühlt, bis ich in Corvagh einer Frau begegnete, deren Opfer noch größer war als meines, denn während sie verweste, lebte ich noch.

War sie umgebracht worden, oder hatte sie Selbstmord begangen? Was auch immer die Todesursache sein mochte, es mußte etwas Furchtbares sein, denn die Untersuchungen ergaben: es war kein Unfall.

Warum konnte ich sie nicht als Schwester, als meinesgleichen akzeptieren? Warum war sie selbst als Tote, im Leichenschauhaus, noch meine Feindin? Was war das Geheimnis ihrer Macht?

Jean-François und ich verlebten glückliche Tage miteinander – zumindest, was man so »glückliche Tage« nennt. Aber die Tote war eine ständige Bedrohung, auch wenn wir sie nie erwähnten. Unser Glück hatte nichts mit ihr zu tun, doch daß wir nicht über sie redeten, wenn wir allein waren, verriet, daß wir beide an sie dachten. Wir wußten, daß sie immer anwesend war, aber wir konnten nicht über sie sprechen – er nicht mit mir und ich nicht mit ihm. Was mochte der Grund dafür sein?

Erst der Aufenthalt in Corvagh brachte mir zu Bewußtsein, daß eine Ehe, wie ich sie mir seit meinem zwanzigsten Lebensjahr gewünscht hatte, nicht der Ehe entsprach, die ich mit Jean-François führte. Ich hatte mehr als zwanzig Jahre gebraucht, um mir darüber klar zu werden, daß die Idealvorstellungen von einer Ehe, die man mir anerzogen hatte, nichts mit der Realität zu tun hatten.

Der Weg, den diese Überlegung vor meinen Augen öffnete, schien mir so gefährlich, daß ich die Augen schloß, den Gedanken verdrängte und mich so verhielt, wie es der tägliche, mühselige, kleinmütige, aber gewohnte Kodex vorschreibt: ich stürzte mich in meine Eifersucht.

Doch der Gegenstand meiner Eifersucht war gar nicht da. Sie konnte keine Verabredung treffen. Er konnte nicht mit ihr zusammen sein. Sie konnte ihm nicht schreiben. Sie konnte sich nicht herausputzen, um ihm zu gefallen. Sie konnte weder lachen noch weinen, und er konnte sie weder berühren, noch mit ihr sprechen. Es war ganz einfach eine hoffnungslose Verbindung.

Worauf war ich also wirklich eifersüchtig?

Von allen möglichen Arten, eifersüchtig zu sein, hatte ich mir die demütigendste, entwürdigendste, quälendste ausgesucht, denn ich war auf die Schönheit eifersüchtig, die man in diesem Zusammenhang so gern die »weibliche Schönheit schlechthin« nennt.

Fabriken. Knochenarbeit. Werksmäntel.

Weg mit den fetten, trockenen, leuchtenden, schimmernden Lippenstiften. Weg mit den Knutschflecken.

Sonne. Blut.

Weg mit der ganzen Schminke! Ich hasse Lidschatten, Rouge, Puder.

Nachtgestirne. Lebensquell.

Tag und Nacht auf dem Antlitz der Schönheit, Paletten, auf denen sich vierundzwanzig Stunden die rosige Frische des frühen Morgens, das zarte erste Blau, die goldene Mittagssonne, das helle Ocker langer Nachmittage, das Grün der Abenddämmerung, die dunkle Nacht und der Mond spiegeln, der über das Firmament zieht. Gesichter schöner, gepflegter Frauen.

Sie sind wie farbige, leuchtende, klare, zarte, scharf umrissene, klar geschwungene, strahlende Regenbogen. Jedes Gespräch verstummt, wenn sie vorüberschweben. Tief im Herzen spürt man die Lust, die sie verströmen. Man ist stumm vor Angst, man könne übersehen oder einfach nicht wahrgenommen werden.

Kosmetikfabriken. Schminke, Salben, Wässerchen, Cremes, Reinigungsmilch, Gesichtsmasken, Lotionen, Parfums.

Millionen von Menschen arbeiten von früh bis spät, damit es diese einzigartige, vollkommene, ersehnte, erträumte Schönheit geben kann, die von Männern begehrt und von Frauen beneidet wird ... Nofretete, die Kreterin, Tse-Hi, die schöne Otero, die Garbo! Wie grausam.

Gewichtsprobleme. Die Haut wird gezogen, gestrafft, zusammengenäht. Apparate, Prothesen. Die Muskeln werden geknetet und gestreckt, die Knochen gebrochen und wieder zusammengesetzt, Haar für Haar wird ausgerissen. Hohe Absätze, eingebundene Füße, beschnittene Klitoris. Massagen. Der Körper wird gequetscht, gesalbt, aufgeweicht, gedrechselt, ionisiert, elektrifiziert. Höllenqualen, Strecktorturen, Wellholzrollen. Dampfbäder, Paraffinbäder, Schlammbäder. Dauerwellen. Die Haare werden mit Brenneisen gelockt, mit Säure geglättet, gefärbt, entfärbt, gesprayt. Nägel werden geschnitten und gefeilt.

Hoffart muß leiden. Schlauchhosen, aufgerollte Büstenhalter, Hüftgürtel zwicken, Krägen sind zu eng, überall Spitzen, Ketten, Marterpfahl, Flechtrad, Folter ... Auf spitzen Absätzen trippeln Frauen auf den Stegen der Haute Couture, halten das Gleichgewicht mit merkwürdigen, schlingernden Armbewegungen. Gefallsucht. Betrug. Befriedigung grausamer Schlüpfrigkeiten. Gift für Verhungernde. Phantastische Kriegsmaschinerie, die über das Schlachtfeld schlaffer Phalli zieht. Küsse, die nach Zigarren stinken. Köpfe, die vor Langeweile schmerzen. Frustrationen, die jedes Bedürfnis deformieren.

Uniformen. Frisuren, Haltung, Sprache, Benehmen – alles gleichgeschaltet. Was die schönste Frau trägt, ist Gesetz und wird tausendmal nachgeahmt, vervielfältigt, fotokopiert, reproduziert, plagiiert, imitiert, am Fließband produziert, en gros verkauft. Vorfabrizierte Mode, vorfabriziertes Essen, vorfabrizierter Sex, vorfabrizierte Koketterie. Viehfutter. Auf Fernsehschirmen und Hauswänden. Ärsche, Herzen, Schönheit, Patente der Adonis GmbH, Kosmetik – allzeit bereit.

Wer ist die Schönste im ganzen Land? Wer gleicht ihr am meisten?

ICH! ICH!

Wer ist die Schönste im ganzen Land? Die perfekte Frau, die Verkörperung des Frühlings, Inbegriff der Jugend, der Unberührtheit. Schön wie ein Stein, ein Ei, eine Knospe.

Schaff' ich das? Es braucht so viel Zeit und Geld. In meinem Alter müßte ich viel mehr für mich tun – aber je weniger Geld, desto weniger Schönheit.

Schön. Irgend etwas an einem muß schön sein, damit man wenigstens sagen kann: »Na ja, immerhin hat sie schöne Hände, oder schönes Haar, oder schöne Augen, oder ein freundliches Lächeln, oder graziöse Bewegungen ...« Schön. Damit der Dicke mit seinem Bierwanst, der Dünne mit den Pickeln, der Alte mit dem faulen Atem, der Junge mit dem hilflosen Penis sagen kann: »Sie ist schön.« Die Schönheit ist zufrieden, schnurrt, gurrt und kuschelt sich in die Begierde und Eifersucht, die sie hervorgerufen hat.

Allerweltsschönheit. Vielliebchen.

Frauen kann man fabrizieren, organisieren, planen. Sich schön zu machen, ist die weibliche Tugend schlechthin. Ich habe so sehr versucht, schön zu sein, aber es war umsonst. Ich war zu kompakt, zu groß, zu eckig und nicht sehr feminin. Ich hatte immer eine gewisse Neigung zu kraftvollen, manchmal auch abrupten Bewegungen, mir machten Sportarten Spaß, die den Körper trainieren, aber wenig anmutig sind. Ich hatte weder Zeit noch Lust, mich jeden Tag mit dem neuesten Make-up, der neuesten Frisur oder der neuesten Mode herumzuschlagen, und außerdem war es mir einfach nicht so wichtig. Ich dachte, mein Charme und meine Anziehungskraft lägen in meiner Natürlichkeit ... wenigstens sagte meine Mutter das immer (ohne allerdings die Bemerkung zu vergessen: »Du hast doch eigentlich recht hübsche Ohren«. Aber zu meiner Zeit waren Ohren nicht gefragt ...).

Auch als ich vierzig war, änderte sich nichts. Ich hatte darauf gewartet, daß die Zeit vorüber sei, wo ich schön sein mußte, daß ich nun in Ehren alt werden und Rache an den tausend Schönheiten nehmen könne.

Wie lange soll ich mich diesen Demütigungen, diesem Wettkampf noch aussetzen? Wie lange soll ich noch darauf warten, daß mich jemand um meiner selbst willen begehrt, liebt und mir nicht ein obskures Schönheitsideal vorzieht? Ich bin schön, aber diese Schönheit zeigt sich weder in meiner Figur, noch auf meinem Gesicht.

Wie soll ich gegen eine Tote kämpfen, wie gegen Erinnerungen? Was verband ihn denn überhaupt mit der Ertrunkenen?

Mit der Zeit wurde Simones Bedürfnis immer größer, etwas über diese Frau zu erfahren. Sie las die regionale Zeitung, ging zu Heidrun, um Nachrichten im Radio zu hören. In dieser Gegend passierte so wenig, daß die Tote ein Lokalereignis war. Jeder sprach von ihr, alles, was die Polizei ermittelte, wurde laufend bekanntgegeben. Aber es stand noch immer nicht fest, ob es sich um ein Verbrechen oder um Selbstmord handelte.

Die Frau war 38 Jahre alt, also gar nicht mehr so jung. Sie mußte sehr schön gewesen sein, wenn das Alter ihr so wenig anhaben konnte.

»Nichts ist besser als eine Frau in der Blüte ihrer Jahre ...« Kleine Fregatten mit kräftigen Schenkeln, knackigen Brüsten, tiefem Nabel, Grübchen im Hintern.

Aber das war es nicht. Jean-François hatte gesagt, er wisse nicht, ob die Leiche männlich oder weiblich sei. Für eine Frau hätte sie wenig Busen gehabt.

»Die beste Suppe kocht man immer noch in alten Töpfen ...« Lüsterner Leib, der das Vergnügen kennt, der sich ihm angepaßt hat. Saftige Lippen, harte braune Brustwarzen, weiche warme Hände mit kurzen, gepflegten Nägeln, die zärtlich kraulen können.

Aber das konnte auch nicht stimmen. Er hatte doch gesagt: »Schmale nervöse zarte Hände ...« Er hatte sie nicht berührt, war noch nicht einmal ganz nah zu ihr hingegangen. Sie war kalt und leichenstarr.

In der Fischerkneipe erfuhr Simone, daß Mary MacLaughlin schwanger gewesen und von ihren Eltern – gläubigen Katholiken, wie alle Iren – aus dem Haus gejagt worden war. Sie wanderte nach Amerika aus, hatte einen Sohn und arbeitete als Krankenschwester.

Niemand sprach von ihrer Schönheit. Ihr Aussehen war keinem Menschen in Erinnerung geblieben.

Aber alle Auskünfte, die Simone zusammentrug, halfen ihr nicht weiter. Das war nicht die Frau, die Jean-François gesehen hatte, das war nicht diese Irin mit ihrem armseligen Leben, die ihn so aufgewühlt hatte. Die Frau, die Simone suchte, lebte in Jean-François' Erinnerung. Aber wie kann man in die Gedanken des anderen dringen, wie seine Erinnerungen teilen? Ist das überhaupt möglich?

Erinnerung – ein Fächer, der sich öffnet und schließt. Ein Fächer mit Falten wie endlose, durchsichtige Arme mit Händen, die gierig nach jeder anderen, flüchtigen Erinnerung greifen. Alte und neue, frische und vergilbte Muster trägt der Fächer in seinen Falten. Beim Nachdenken verändern sich die Farben. Erinnerung ist eine flüchtige Last.

Wenn ich etwas wissen will, muß ich fragen.

Ich warte einen schönen Nachmittag ab. Wir machen einen langen Spaziergang und ruhen uns ein bißchen in der kleinen Bucht aus. Jean-François liebt das.

Es war ein wolkiger Tag. Ebbe. Das Watt, durch das sich der Fluß schlängelte, glitzerte golden oder silbrig – je nachdem, ob die Sonne durch die Wolken drang.

Unser Spaziergang war ergiebig gewesen: wir hatten einen Eimer mit großen Muscheln und ein Sieb voll Krabben gesammelt. Und natürlich drehte sich unsere Unterhaltung darum, wie wir unsere Beute zum Abendessen zubereiten würden, ob mit Reis, ohne alle Zutaten, oder auf Seemannsart. Kochen ist Jean-François' Lieblingsbeschäftigung in den Ferien.

Alles war friedlich. Die Enten schnatterten, die Reiher fischten, die Schafe blökten, eine Brise spielte in den Sträuchern.

Im Haus war es warm und duftete nach Tee.

Im Leben eines Ehepaares, das sich lange kennt und sich nicht gerade haßt, gibt es Augenblicke, die ein wenig an Hängematten, an Wiegen oder Ballons erinnern – schwingende Ruhe. Das war so ein Moment – nur daß mir der Gedanke, Jean-François zu fragen, nicht aus dem Kopf ging. Ich muß ihn überrumpeln. Er mag es nicht, wenn ich insistiere und versuche, hinter seine Geheimnisse zu kommen.

Hatte er denn Geheimnisse? Würde ich ihn nicht mit meinen Fragen zwingen, sich über seine eigenen Unsicherheiten, seine Verdrängungen, seine Grenzen klar zu werden, das heißt also, über all das, was man sich selbst ungern eingesteht – und erst recht nicht anderen?

Nach wieviel Jahren wurde mir erst klar, daß Jean-François' Sicherheit keineswegs größer war als meine, daß er sein Schicksal nicht besser zu meistern vermochte als ich, und daß wir beide trotz unserem zivilisatorischen Mimikri gleich hilflos sind. Schwindelnde Tiefe. Erschreckender Abgrund, der sich auftut mit der Erkenntnis, daß auch Jean-François mir keine Sicherheit geben kann.

Ich dachte nie daran, wie perfide meine Attacken waren, und fühlte mich noch nie so allein und verlassen wie jetzt, wo ich zum erstenmal mein Ziel in Ruhe anvisieren, meine Strategie überlegen und abwarten konnte. Ich war auf der Hut, beobachtete Jean-François. Da ich alle seine Angewohnheiten, alle seine Verhaltensweisen so gut kannte, observierte ich ihn wie ein Entomologe ein Insekt. Ich wartete auf den Augenblick, da er seinen männlichen Panzer, die dicke Rüstung, an die er ein Leben lang gewöhnt war, ablegte. Ich lauerte auf den Moment, wo er verwundbar sein würde.

Und dann stach ich zu wie eine Hornisse.

»War sie sehr schön?«

Er wußte sofort, wen ich meinte, und daß ich die Wahrheit wissen wollte. Ein paar Sekunden lang schaute er mich an, als hätte er meine Taktik genau verstanden und meine listigen Überlegungen durchschaut. Sein Blick war ein wenig traurig, ein leiser Vorwurf lag darin und das Wissen, geschlagen zu sein. Ich hatte den richtigen Augenblick erwischt.

Er schlug die Augen nieder und antwortete mir ernst, fast unterwürfig:

»Ich weiß eigentlich nicht, ob sie schön war . . . Mund

und Augen waren doch schon von den Möwen zerfressen . . . es lauerten so viele um sie herum.«

In Quebec kann man Elche jagen. Elche sind große Tiere. Sie sehen wie riesige Rentiere aus, sind Paarhufer, aber größer und schwerer als Pferde. Ihr Kopf ähnelt ein wenig dem eines Esels oder eines Kamels. Sie haben ein enormes Geweih, das sich nach beiden Seiten von der Stirn in den Himmel reckt und an den Enden flach wird wie ein türkisches Bajonett. »Schaufeln« sagt man dazu. Der Elch ist ein Einzelgänger; manchmal schließt er sich auch für eine Weile einer Gruppe von Damwild, Hirschen oder Rehen an. Er ist ein Waldtier und lebt vorwiegend von Blättern.

Ich habe noch nie einen Elch gesehen, nur seine Fährte, merkwürdige runde Trittsiegel, von seinem Gewicht tief in den Boden gedrückt. Das weibliche Tier hinterläßt die typischen Abdrücke eines Paarhufers – fast wie ein großer Hirsch.

Zahlreiche Legenden spinnen sich um den Elch. Ich glaube, er ist für die Leute aus Quebec so wichtig wie Kriegerdenkmäler für die Franzosen – Zeugen männlichen Muts. Man entdeckt eine Elchspur, und sogleich machen Geschichten von Gefahren, Gewehren, von Krieg und Heldentum die Runde.

Was mich betrifft, ich habe Angst vor dem Elch, aber ich muß gestehen, daß dieses Tier mich fasziniert, und daß ich es gern einmal sehen würde – von weitem. Bisher habe ich mir allerdings noch nicht viele Gedanken über den Elch gemacht. Für mich war er einfach ein monströses Vieh. Ich weiß, daß er Angst vor Menschen hat, ihn jedoch gelegentlich attackiert. Mit seinen großen Schaufeln pflügt er durch die dichten kanadischen Wälder, so daß man ihn von weitem hören kann. Er reißt Zweige und Sträucher aus und rennt so lange gegen die Tanne an, auf die sich der Jäger – rette sich, wer kann! – geflüchtet hat, bis der Baum umfällt.

Nicole und Vladimir, ein Ehepaar aus Quebec, sind Freunde von mir. Sie passen gut zusammen, weil sie beide leidenschaftliche Jäger sind. Wenn der Herbst rot leuchtet oder der Winter weiß glänzt, ziehen sie auf Schneeschuhen in ihr kleines Holzhaus, das ganz einsam im Wald liegt, acht Fußstunden von der nächsten Ansiedlung entfernt. Von dort gehen sie auf Bären- oder Elchjagd.

Eines Abends, als wir um das Lagerfeuer saßen, das in den sternbesäten Himmel loderte, fragte ich Nicole:

»Sag mir doch mal, wie man einen Elch jagt.«

Sie hatte mir zwar schon ausführlich von ihrem Blockhaus und der majestätischen Einsamkeit dieser Gegend, aber noch nie über die Jagd selbst erzählt. Es war fast so, als redete sie von einem Geliebten, ohne zu erwähnen, wie er im Bett ist.

Sie wirkte fast ein bißchen verlegen, als sie endlich zu erzählen begann – als ginge es um etwas sehr Intimes.

Man muß ungefähr wissen, wo der Elch sich aufhält, und sich am Ufer eines Sees einen Anstand suchen. Man muß lange rudern, behutsam und ausdauernd. Die Seen in der kanadischen Wildnis sind wie ein Labyrinth; immer wenn man glaubt, am Ende eines Sees angekommen zu sein, entdeckt man einen kleinen Verbindungsfluß, so flach, daß der Kahn fast auf Grund schleift. Die Flüsse schlängeln sich durch Sumpfgebiet mit Seerosen und Wasserlilien und öffnen sich schließlich wieder zu einem See, womöglich noch größer und breiter als der erste. So geht es weiter und weiter, immer tiefer dringt man ein in die Wildnis, die Einsamkeit, in jungfräuliches Gebiet. Unter Tannen, Birken und Ahorn, auf sumpfigem, moorigem Boden oder auf Gletschergestein, wuchert eine Vegetation, die um jeden Preis überleben will. Der Herbst hat flammende Farben. Jeder Baum leuchtet rot, ocker oder golden, aber es ist bereits sehr kalt.

Am frühen Morgen, noch vor Sonnenaufgang, geht es los. Man zieht weite Hosen und dicke Socken an, Flanellhemden und imprägnierte Wolljacken, meist rot-schwarz kariert, und steigt in hohe Gummistiefel. Je tiefer man in die Wildnis eindringt, desto mehr wird die Natur zum Reich der Tiere, desto weniger gehört sie den Menschen – und desto schöner ist sie. Wenn der Tag anbricht, steigen Nebelschwaden von der Wasseroberfläche auf, entschleiern das dichte Unterholz, die weißen Stämme der Birken, die schwarzen der Tannen, sie kriechen an den Bäumen hoch und hängen sich in die Wipfel. In diesem majestätischen Schweigen machen nur die Ruder, obwohl sie ganz ruhig bewegt werden, beim Eintauchen ein kleines Geräusch.

An einer geeigneten Stelle am Ufer macht man fest, holt Gewehre, Munition und Verpflegung aus dem Boot. Der Ansitz muß so liegen, daß der Wind die Witterung des Menschen nicht in die Richtung des Wildes trägt. Dann wartet man. Lange.

Zuerst muß man locken – das heißt, man muß in regelmäßigen Abständen den Ruf des männlichen oder weiblichen Elchs imitieren, bis das Tier aus größerer oder kleinerer Entfernung antwortet.

»Kannst du locken?«

»Natürlich. Das mache sowieso immer ich. Vladimir

kann nur schießen. Am leichtesten ist der Ruf der Elchkuh nachzuahmen.«

»Zeig mir mal, wie du das machst.«

Diese unvermutete Aufforderung ist ihr nicht recht. Nach einer kleinen Pause sagt sie:

»Hier geht das nicht.«

Sie schaut sich wie verloren um. Damit ihr der Ruf gelingt, müßte sie allein sein, der Elch in der Nähe, an einem frostigen Morgen. Hier ist nicht der richtige Ort, es fehlt die Motivation, die Spannung und auch ein bißchen Angst vor der Begegnung mit dem Wild.

»Versuch's doch. Ich würde es so gerne hören.«

»Es ist nicht dasselbe.«

»Aber dann kann ich es mir besser vorstellen.«

Sie wölbt die Hände um ihren Mund, konzentriert sich, atmet tief ein und stößt einen unmenschlichen Klageschrei aus, ein Geräusch wie Steine, die sich im Flußbett aneinander reiben, ein langgezogener, wehmütiger, durchdringender Laut.

»Das ist der Ruf der Elchkuh.«

Der Schrei trug mich fort. Ich war in der Welt der Eingeweide, im Universum der Gedärme, im Leben der Wiederkäuer. Ich sah junge Tannen auf großen Felsen wachsen, über denen sich langsam der Morgennebel lichtete. Ich fühlte das unbändige Bedürfnis des Tieres nach neuem Leben in seinem Leib. Samen, dann ein Junges. Das Bedürfnis ist so elementar, daß es mit einem Klageruf ausgestoßen, mit einem Brunftschrei signalisiert werden muß.

Nicole formt ihre Hände wieder zu einer Kugel, zu einer Art Horn und macht »book, book«. Ein kurzer, voller, tiefer Schrei, als müsse das Tier seine Begierde, seine Potenz aus sich herausbrüllen, ein Brunftschrei wie ein monströses »miau, miau«, grausig-schön.

»Das ist der Ruf des männlichen Tiers.«

Tiere begatten sich im Wald und fressen sich auf. Wasser, Luft, Steine, Pflanzen und Tiere bilden eine Einheit, die der Mensch mit seinem Gewehr »Wildnis« nennt. Ein Miteinander von Fleisch- und Pflanzenfressern, die sich gegenseitig töten müssen, um sich zu ernähren, fortzupflanzen und die eigene Art zu vermehren. Schlaue, erhabene, spielerische Schöpfung. Liebevoll reiben sich Felle und Mähnen, wetzen sich Hörner und Hufe, bohren und stoßen Eicheln und Ruten, versprüht sich samtiger Pollen, locken Brunftschreie, damit immer wieder neues Leben entsteht.

Nicole und ich sagen kein Wort. Wer weiß, zu welchen Jagdgründen wir aufgebrochen sind.

Aber dann wollte sie mir den schönsten Moment der Jagd beschreiben – den Fangschuß.

»Ich locke das männliche Tier mit dem Ruf der Elchkuh. Dann warte ich. Später locke ich noch einmal . . .«

Stunden vergehen. Wenn keine Antwort kommt, lockt sie das weibliche mit dem Ruf des männlichen Tiers.

»Manchmal kommt es vor, daß ein Elch in der Nähe ist, der schon eine Kuh hat. Dann reagiert auch die Elchkuh, weil sie glaubt, sie hätte eine Nebenbuhlerin.«

Sobald ein Tier geantwortet hat, darf man sich nicht mehr rühren und muß warten, bis es sich nähert. Man muß auf seinem Platz bleiben und warten.

»Es gibt einen Trick, um ein männliches Tier ganz nah heranzulocken. Man muß einen großen Eimer Wasser in den See gießen. Dann glaubt der Elch, daß die Kuh pißt, daß sie ihn ruft und pißt.«

»Und was macht Vladimir während der ganzen Zeit?«

»Er wartet, oder er schläft. Oder er putzt die Gewehre.«

Manchmal dauert es vier Tage, bis der Elch auftaucht.

Und dann ist er plötzlich da, ganz nahe. Reckt den Kopf in die Richtung, aus der die Rufe kommen, legt die Schaufeln zurück, streckt den Hals. Nicole hört, wie die Zweige unter seinen Hufen brechen, und weiß, daß er nicht mehr weit sein kann. Sie greift vorsichtig, fast ohne sich zu bewegen, nach ihrem Gewehr, bleibt weiter in Deckung und wartet. Erst im allerletzten Moment, wenn das Tier aus dem Wald tritt und vor ihr steht, die Hufe auf Stein oder Sand gestemmt, das Geweih zurückgelegt, richtet sie sich auf. Dann hebt sie das Gewehr und legt an.

»Man muß in die Brust schießen, ins Blatt, niemals in den Bauch.«

»Warum?«

»Weil es höllisch stinkt, wenn der Magen aufreißt.«

Der Elch ist von vorn erlegt. Er war nicht darauf gefaßt, denn er glaubte, das Weibchen gefunden zu haben, das ihn seit drei Tagen lockte. Er sieht nichts, aber sein ausgeprägter Geruchssinn sagt ihm, daß er nicht auf seinesgleichen, sondern etwas Fremdes gestoßen ist. Es ist auch kein anderer Elch, mit dem er auf Leben und Tod kämpfen könnte. (Manchmal entdecken Trapper im Frühling die Skelette von zwei Elchen, die sich im Kampf mit den Geweihen so ineinander verhakt hatten, daß sie nicht mehr voneinander loskamen.) Der verwundete Elch hat Angst, er will flüchten oder kämpfen. Er setzt einen Huf vor, dann wieder zurück. Er ist tödlich getroffen. Er macht ein paar hilflose Schritte, kann kaum noch stehen, bricht in die Knie, versucht, sich wieder aufzurichten, bringt aber nur die Hinterläufe hoch. Er rutscht über die Steine, will in den Wald zurück, aber das Wasser zieht ihn magisch an. Er hat nicht einmal mehr die Kraft, die kleine Böschung hinunterzuklettern, er gleitet ab und stürzt in den See. Einen Augenblick lang sieht es aus, als wolle er niesen. Dann streckt er die Läufe. Steif und starr rutscht er auf allen Vieren ins Wasser, sein Körper ist aufgeblasen, ein großer runder Felsen, der aus dem See ragt. Der Elch ist tot.

Nicole erzählte mir alles ganz genau, jede Einzelheit, während ich sie mit meinen Fragen immer wieder unterbrach. Ich spürte, daß sie nicht gerne darüber sprach, sondern mir lieber erzählen wollte, was danach geschieht: man muß das schwere Tier, das mehr als eine Tonne wiegt, mit einer Haspel aus dem Wasser ziehen. Dann wird es aufgebrochen, aus der Decke genommen und in große Stücke zerlegt, die man in Ölpapier einwickelt und später in die Tiefkühltruhe packt.

»Elchfleisch ist zart, aber es hat wenig Geschmack. Man muß eine gute Sauce dazu machen.«

»Was geschieht mit der Haut?«

»Die läßt man mit dem Gescheide liegen. Man nimmt nur Fleisch und Schaufeln.«

Schwer beladen zieht das Kanu durchs schwarze Wasser nach Hause zurück. Es ist dunkel geworden. Die Schaufeln als Jagdtrophäe vorn am Bug. Wie siegreiche Wikinger rudern sie durch Eis und Schnee in den Hafen ein.

Am Ufer bleiben die grauen, blutigen Eingeweide zurück. Heute nacht werden die Wölfe sie verschlingen. Verschlungene Gedärme, stinkender Pansen, Geruch des Todes, der im Wald schnell verfliegt. Morgen wird nichts mehr von diesem Liebesdrama künden als die schweren Knochen, die wie große Äste langsam vermodern.

Nicole träumt vor sich hin. Dann lacht sie plötzlich und sagt: »Manchmal locken Vladimir und ich zuhause aus Spaß. Ich locke, und er antwortet wie ein Elch . . .«

Als Jean-François näher kam, flogen die Möwen kreischend davon, ließen ihren Schmaus schimpfend zurück. Nun stand er vor der Leiche, die da im Sand lag; geschlechtslos, ohne Augen und Mund, sah die langen, bleichen Hände. Sein Schatten fiel auf den angeschwemmten Leichnam. Die aufgescheuchten Vögel zeterten um ihn herum.

Jean-François stand da wie gebannt, verstört und völlig durcheinander. Noch nie hatte er ein Wesen gesehen, das sich so ungeniert, so intim und so bar jeder Scham zur Schau stellt wie dieser Kadaver, den nichts mehr berührte, der nur sich selbst gehörte. Nichts schien Jean-François bindungsloser und unverschämter als der Tod.

Er war nicht der Schönheit begegnet, sondern dem Tod. Simone hätte nie vermutet, daß Jean-François über den Tod nachdachte. Sie glaubte, er wäre ihm etwas Fremdes, weit Entferntes. Noch nie war er mit dem Tod in Berührung gekommen, und wenn darüber gesprochen wurde, schob er das Thema von sich weg. Das sei nicht sein Problem, pflegte er zu sagen. Simone war überzeugt, daß er sich mit dem Phänomen des Todes nicht beschäftigt hatte.

Beide schwiegen. Erschrocken stellte sie fest: ich kenne ihn nicht. Ich weiß nicht, wer er ist. Unsere Geschichte ist eine andere als die, die ich erzählt habe – aber wie konnten wir zwanzig Jahre zusammenleben?

Der Tod ist so groß, so hoheitsvoll, so lebensnah! Er säumt das Leben, kränzt es mit Girlanden, schmückt es mit Federn, beendet es, wenn die Frist abgelaufen ist.

Jetzt war Simone sicher, daß sie sich selbst auch nicht kannte und nicht wußte, wer sie in Wirklichkeit war. Mein Leben ist anders, als ich dachte. Wie habe ich nur so leben können?

Es ist keine Kleinigkeit, wenn man unerwartet mit einer

neuen Realität konfrontiert wird. Man glaubt, auf dem richtigen Weg zu sein – der auf einer Generalstabskarte eingezeichnet ist – und muß feststellen, daß man sich doch verirrt hat. In wenigen Minuten verlöscht ein Leben, ein anderes drängt nach und fordert: »Beeile dich, beeile dich, die Zeit verfliegt!« Aber man weiß nicht, wie man das neue Leben leben soll. Es ist ein Abenteuer . . . Wenn man sich dagegen wehrt, so tut, als wäre alles »beim alten«, dann ertrinkt man im Chaos, erstickt. Nimmt man es an, dann entdeckt man die große Ungewißheit, die Morgenröte der Zukunft, den Puls des Lebens . . . Aber man hat auch Angst.

Da lebte sie seit mehr als zwanzig Jahren mit einem Mann zusammen, den sie in- und auswendig zu kennen glaubte, und erfuhr erst durch eine Wasserleiche, daß sie weder ihn noch sich selbst kannte. Es traf sie wie ein Blitz aus heiterem Himmel – riß ihr den festen Boden unter den Füßen weg. Natürlich hatte es in ihrem Leben Momente gegeben, in denen sie ahnte, daß sich irgend etwas ändern werde. Aber sie wollte diese Vorahnung nicht wahrhaben und sperrte sich dagegen. Doch dieses Mal gab es kein Entkommen.

Die Flut war aufgelaufen, Hochwasser. Ein leichter Wind kam auf und kräuselte die Wasserfläche, die einer Schafherde glich. Unten am Haus hörte man die Brandung. Die Landschaft hatte sich während ihres langen Schweigens verändert.

Was verband sie nur miteinander?

In diesem Moment gab es nur eine Gemeinsamkeit für Jean-François und Simone, nur einen Berührungspunkt, das war der Tod. Eine andere Gewißheit gab es in ihrem Leben nicht.

Plötzlich waren sie sich so nahe, als wäre ihr und sein

Leben ein und dasselbe!

Mary MacLaughlin war da, eingehüllt in Freund Heins wallendes Gewand, stummer Gast bis ans Ende der Zeit. Schnitter Tod wartet geduldig auf Ernte.

Sie brauchten sich nicht zu fürchten, denn sie war nicht böse; nur weise. Das neue Gewand kleidete sie gut, in tiefen, weichen Falten umspielte es ihren zarten Körper. In ihren leergeschlürften Augenhöhlen lag tagblindes Staunen. Der Tod ist knochig. Er schreitet langsam und gemessen. Er bewegt sich auf allen Feldern, wie die Dame im Schach. In den Bergen, auf den Meeren, den großen Seen und Feldern ist er zuhause . . . er hütet eine riesige Herde, die ohne ihn verloren ginge. Er ist hier und dort, allgegenwärtig. Er ist sacht und sanft. Er kommt zu denen, die ihn herbeisehnen, und zu denen, die ihn lieben, denn er ist voll Zärtlichkeit und Liebe.

Keine ist so verführerisch wie Mary MacLaughlin. Sie ist Ruhe, Friede, himmlische Heiterkeit. Sollen die Möwen sie fressen, die Fische sie verschlingen – sie kennt das Geheimnis des Lebens, sie kennt ihre Macht. Sie ist Weisheit geworden. Sie irrte durch Ozeane, das Meer war ihre Wiege, es sang sie in ewigen Schlaf, spülte sie sanft an den Strand, bedeckte sie mit Sand bis auf ihre langen Hände, die den Tod anzeigten: »Ich bin da, habt keine Furcht, seht mich nur an.«

Jean-François war ganz allein in dieser irischen Landschaft. Er schaute einer Lerche nach, die hoch in den Himmel stieg. Die Sonne blendete ihn, legte einen gold und weiß durchwirkten, rosigen Schleier über seine Augen. Er ließ es geschehen. Er ließ geschehen, daß Meer und Dünen in seine Gedanken eindrangen, durch das Gitter kühler Überlegungen hindurch. Meer und Dünen, aber auch Feuer, Regen, Feuerwerk, Glut und Gischt, Feuer und Wasser zugleich. Die Luft liebkoste seine Haare, die Erde lag zu seinen Füßen. Bewußtes und Unbewußtes schienen zu verschmelzen, der Augenblick der Erkenntis war nicht mehr weit. Da sah er die Hände – aber er wollte sie nicht sehen, er wollte nicht, daß sie den rosigen Schleier von seinen Augen zerrten. Er war König eines Königreichs ohne Untertanen. Kein anderer durfte darin leben: sie hätte sein Königreich verwüstet. Jeder andere Mensch hätte mit seinem Geruch, seinem Schweiß, seinen eigenen Erinnerungen, seinem eigenen Rhythmus, mit einem leisen »Guten Tag« das Gleichgewicht gestört, seine Macht zerschlagen.

Aber was war es, das in seine rosarote Welt einbrach, ihn bewog stehenzubleiben und sogar ein paar Schritte zurück zu machen. Die fahlen Nägel? Das blutleere Gesicht? Die leblose Starre? Oder alles zusammen? Wie konnte er wissen, daß diese Hände seinen Traum nicht verjagen würden? Das ist sein Geheimnis. Niemand außer ihm wird diese Frage je beantworten können.

Vielleicht lag es an den Möwen, die weder ihn noch sie fürchteten. Eine Welt, in der Vögel keine Angst vor Menschen haben, war einfach nicht in Ordnung.

Auf jeden Fall betrachtete er Mary MacLaughlin, und in seinem Blick war Liebe und Wiedererkennen. Nur dem Tod konnte er sich in diesem Augenblick öffnen – und da war der Tod, zu seinen Füßen.

Je mehr Simone in diese Begegnung hineindichtete, desto weiter entfernte sich Jean-François von ihr – desto näher fühlte sie sich ihm. Sie wußte nicht mehr, wie sie mit ihm reden sollte.

Sie schwiegen lange. Das Abendessen war beendet. Abendrot spiegelte sich auf dem Meer, das zur Ruhe gekommen war. Goldene Flecken tanzten auf dem Wasser.

Beide hatten sich in ihr Schweigen zurückgezogen, aber zum erstenmal war Simone nicht mehr von Jean-François' Sprachlosigkeit beunruhigt. Zum erstenmal hatte sie nicht mehr das Gefühl, er sei gar nicht da. Sie mußte mit ihm sprechen.

»Hast du keine Angst vor dem Tod?«

»Nein, eigentlich nicht. Und du?«

»Ich hab' Angst.«

Sie saßen an einem rechteckigen Tisch, Jean-François am Kopfende, Simone an der Längsseite. Jean-François beugte sich über die Ecke des Tisches zu ihr, streckte seinen Arm aus und öffnete die Hand. Simone ebenso. Sie beugte sich so weit über die hölzerene Platte, daß ihre Wange den Tisch berührte, bis sie Jean-François' Hand greifen konnte. Sie fühlte die festen Knöchel, die breiten Nägel, den harten, kurzen Handrücken und die weiche Innenfläche. Sie teilten sich den guten und den schlechten Tod.

»Warum hast du Angst vor dem Tod, Simonette?«

»Weil er unmenschlich ist . . . Ich glaube, der intensivste Augenblick meines Lebens war, als ich unser erstes Kind zur Welt brachte . . . Ich kann den Gedanken nicht ertragen, daß dieses Kind eines Tages sterben und verwesen muß.«

»Hast du auch Angst vor deinem eigenen Tod?«

»Ja . . . Auch der Gedanke daran ist mir unerträglich . . . Er wird fast zur Besessenheit. In der Nacht vor meiner Entbindung überfiel er mich, plötzlich fühlte ich die eigene Gesetzmäßigkeit meines Körpers, der mit oder gegen meinen Willen handelte. Ich spürte, daß ich mit dem Leben auch den Tod gebar. Von diesem Moment an wurde alles viel schwieriger für mich . . . Wahrscheinlich verlor ich dabei auch die Sorglosigkeit meiner Kindheit.«

Und dann erzählte Simone zum erstenmal von dieser Geburt. Lebendige Starre. Lärmendes Schweigen. Eins sein und gleichzeitig zwei.

Als sie schwieg, hatte Jean-François feuchte Augen. Er sah fremd aus.

»Warum hast du mir nie davon erzählt?«

Simone wußte keine Antwort darauf, denn für sie war diese Geburt wie ein Betrug. Sie war so weit weg von ihm gewesen . . . so ganz anders als die Simone, die er kannte . . . Deshalb log sie:

»Ich dachte, es würde dich nicht interessieren.«

»Du irrst dich.«

»In Wahrheit wollte ich dich einfach nicht dabeihaben. Ich wollte allein sein, nur mit meinem Baby . . . und sonst niemand, auch du nicht – obwohl es dein Kind war.«

»Ich hätte es vielleicht verstanden.«

»Ich weiß nicht . . . Ich konnte es nicht gleichzeitig erleben und erklären.«

Zum erstenmal gab ich meine Rolle als eifersüchtige Ehefrau und unschuldige Mutter auf. Ich fühlte mich nackt und völlig durcheinander, denn ich ließ meine Maske nicht nur vor Jean-François, sondern vor mir selbst fallen. So viele Jahre lang hatte ich mich in dieser Rolle bewegt, daß ich gar nicht mehr wußte, wie ich ohne sie existieren sollte. Ich fröstelte. Ich konnte nichts mehr sagen, ich konnte Jean-François nicht mehr in die Augen sehen, ich konnte nicht mehr lügen. Die Rolle der Ehefrau und Mutter waren für mich Wächter und Krücken gewesen, die mich beschützten und mich stützten. Ohne sie war ich nichts. Ich war dazu erzogen worden und wußte seit meiner frühesten Kindheit, daß ich dies und nichts anderes zu sein hatte.

Als kleines Mädchen mochte ich nicht mit meinen Puppen spielen. Sie waren nicht lebendig und hatten gläserne Glotzaugen. Wenn sie die Lider zuklappten, gab es ein Geräusch in ihrem Kopf. Durch einen Spalt konnte ich sehen, wie der Mechanismus funktionierte. Die Arm- und Beinbewegungen waren genauso. Ich wußte, daß sie festgenäht waren und nicht wie bei richtigen Babies zum Körper gehörten. Diese Mißgeburten interessierten mich. Ich montierte sie auseinander, um nachzusehen, was in ihrem Bauch war, und fand es widerlich, daß sie leer waren, alles Lug und Betrug. Ich hatte keine Lust, die Mutter von diesem Pack zu sein. Ich wollte Mutter von richtigen Menschen, nicht von solchen Hampelmännern sein. Doch spürte ich irgendwie, daß sich meine Verachtung nicht mit meiner Rolle des wohlerzogenen kleinen Mädchens vertrug – also tat ich so, als spielte ich mit ihnen, und gelobte mir, später eine gute Mutter zu sein. Ich träumte davon. Ich war erst fünf oder sechs Jahre alt, und doch dachte ich jeden Abend vor dem Schlafengehen daran, welch hübsche, niedliche Kinder ich eines Tages haben würde, welche Freude sie mir – und vor allem meiner Mutter – bereiten würden.

Jetzt in Corvagh weigerte ich mich, die Rolle der Ehefrau wie damals die der Puppenmutter zu spielen. Nur diesmal war es ernst; ich konnte nicht einfach einschlafen und davon träumen, was ich machen würde, wenn ich erwachsen wäre. Ich war erwachsen.

Es gibt immer wieder solche Einschnitte in meinem Leben, solche Erschütterungen: im Bruchteil einer Sekunde gerät alles durcheinander, Geräusche, Gerüche, Lichter, die mir eben noch vertraut waren, sind plötzlich verändert. In mir ist etwas Unbekanntes, Fremdes entstanden: eine Wilde, die meine schönen, gepflegten Beete zertrampelt, ein Kräuterweib, das mich verhexen, eine Besessene, die mich zerstören will. All das bin ich, äußerlich dieselbe und doch eine völlig Fremde. Dabei ist es die Fremde, die ich in diesem Augenblick zurücklasse, deren Schlupfwinkel ich zu kennen glaubte und von der ich doch nicht mehr die geringste Ahnung habe, weil ich bereits die andere bin.

Wie kann ich mich in einem solchen Zustand verständlich machen, wie kann ich weiterleben? Ich muß warten, bis sich die Wogen geglättet haben und bis ich in meiner neuen Situation zuhause bin.

Aus der Verwirrung, in der ich mich in jenem Augenblick befand, trat nur das Phänomen des Todes klar erkennbar hervor. Meine Mutter mit ihrer Todessehnsucht hatte mich von frühester Kindheit an gelehrt, daß man vom Tod nur in hochdramatischen Tönen sprechen könne, nämlich genau so, wie ich jetzt mit Jean-François über ihn sprach. Meine Mutter pflegte und hätschelte den Tod wie eine kostbare Orchidee, verschloß ihn in ihrem heißen Herzen und sprach in allen Lebenslagen, zu jeder Zeit von ihm. Der physische Tod, die Agonie, der Übergang vom Leben zum Tod faszinierte sie über alle Maßen. Sie konnte den letzten Atemzug eines Menschen und dessen Leiche minutiös beschreiben: den weit offenen Mund von Tante Angèle, die langen Füße von Cousine Blandine unter dem Laken, das verklärte Lächeln von Freundin Therese. Sie war dem Tod wie eine Vestalin ergeben, die am Altar ihres Gottes betet. Mir war all das unheimlich, ich hatte Angst vor dem Tod.

Jean-François hatte dieses moribunde Anekdoten-Repertoire nicht. Er wußte nichts über seinen kleinen Bruder, der noch vor der Geburt gestorben war. In seiner Familie wurde darüber nicht gesprochen. Alles, was er vom Tod seiner Mutter in Erinnerung behalten hatte, war der

Schmerz, den er empfunden hatte. Der Tod war für ihn ein Abstraktum. Die Leiche von Corvagh war seine erste Konfrontation mit dem Tod. Dieses Erlebnis entsprach all dem, was Tod für ihn bedeutete. Der zerfressene Mund und die ausgepickten Augen hatten ihn nicht abgestoßen, weil sie angesichts der Ruhe und Friedlichkeit, die Mary MacLaughlins Leichnam mitten im Sand, bedeckt von Algen, unter freiem Himmel, am Rande des Ozeans verkörperte, nichts, aber auch gar nichts bedeuteten.

»Jedes abgeschlossene Leben ist auch ein vollkommenes Leben. Nichts kann mehr hinzugefügt, nichts mehr weggenommen werden . . . Es ist einfach vollbracht und damit vollkommen.«

Ich sah die Ertrunkene vor mir liegen und begriff, daß der Tod für die Lebenden unwiderbringlichen Verlust bedeutet. Für die Toten ist alles in Ordnung . . . Wir wissen ja alle, daß wir einmal sterben müssen. Sie war tot – und damit war ihr alles Menschliche und alles Außermenschliche vertraut . . . Weshalb davor Angst haben? In ihrem Tod lag eine Notwendigkeit, etwas Befriedigendes, eine gewisse Sicherheit. Du hättest bestimmt nicht anders reagiert als ich, wenn du sie dort gesehen hättest.«

»Da bin ich nicht sicher.«

»Warum nicht?«

»Weil ich meinen Vater sterben sah, Hunderte von Soldaten und Edith, meine beste Jugendfreundin . . . Für mich hatte ihr Tod überhaupt nichts Befriedigendes.«

»Du bist ihm immer in einer dramatischen Umgebung begegnet, was in unserer Zivilisation ja auch nicht anders möglich ist . . . Aber das ist nicht der Tod. Ich wünschte, ich hätte meine Mutter nicht im Leichentuch im Sarg liegen sehen. Das hat sich in meinem Kopf festgesetzt: ›Leichentuch‹, ›Sarg‹, ›Totengräber‹ . . . Aber für sie war der

Tod sicher etwas ganz anderes.«

Das eigentümliche Licht, das die anbrechende Nacht ankündigte, lag über Corvagh. Jede Wolke hatte zwei Gesichter: dunkel im Osten und rosafarben im Westen. Die Sonne verlor ihre Kraft und verglühte langsam am aufflammenden Horizont.

»Warum leben wir miteinander, Jean-François?«

»Ich weiß nicht. Ich glaube, irgendeine geheimnisvolle Kraft hält uns zusammen . . . ich weiß auch nicht, warum ich so an dir hänge.«

Er schwieg einen Moment und schaute mich dann mit dem Lächeln an, das bedeutete, daß er sich nun mit einer eleganten Kehrtwendung aus der Diskussion zurückziehen würde.

»Ich hänge eben an dir, weil du so bösartig, dumm und häßlich bist!«

»Klar. Und du bist so lieb, so intelligent – und so schön!«

Wir müssen lachen. Unsere Hände liegen noch immer zärtlich ineinander.

Meine Gedanken sind wie die Reiher von Corvagh. Sie nähern sich scheu, verharren lange Zeit unbeweglich und ziehen unversehens mit großen Flügelschlägen davon. Ich wußte nicht, auf welches Terrain ich mich begeben würde; also sagte ich zögernd:

»Jean-François, unsere Kinder sind nicht die Kraft, die uns verbindet.«

»Nein.«

»Manchmal fühle ich mich durch sie gezwungen, mich auf mich selbst zu besinnen, weil sie eine Verbindung zwischen mir und meinem anderen Ich bedeuten, aber nicht zwischen dir und mir. Wir haben sie uns gewünscht, sie sind aus einem winzigen Teil von dir und einer einzigen Zelle von mir entstanden, aber wir haben sie nicht wirklich gemacht. Sie sind uns ähnlich, weil sie – wie wir – von überall und nirgends stammen. Sie sind sie selbst, und wir sind wir.«

»Ich würde gerne etwas mit dir zusammen machen – aber nicht Kinder.«

»Was denn?«

»Ich weiß nicht recht . . . aber wir verstehen uns doch zum Beispiel sehr gut, wenn wir zusammen kochen.«

»Das ist doch nicht dein Ernst!«

»Doch . . . findest du nicht, daß wir dann wirklich harmonieren?«

»Mhm.«

»Ich hätte Lust, irgendetwas mit dir zusammen auf die Beine zu stellen.«

»Laß uns ne Kneipe aufmachen.«

»Lach doch nicht!«

Sonntag vormittags ist Markt. Dann ist die Stadt noch ruhig, weil jeder länger schläft. Man räkelt sich ein bißchen in seinem warmen Bett, träumt ein wenig, ist noch nicht ganz wach. Dann wird man munter, streckt sich, bewegt Arme und Beine, reibt sie aneinander, dehnt den ganzen Körper. Gemurmel, leises Lachen, Küsse.

»Wir könnten doch heute etwas Gutes kochen und ein paar Leute zum Essen einladen.«

»Ja, ja, ja, ja, ja, ja, ja, ja, ja.«

»Fällt dir 'was ein?«

»Das können wir uns doch auf dem Markt überlegen, mal sehen, was es gerade gibt.«

»Vielleicht ein Pot-au-Feu?«

»Oder einen gegrillten Fisch.«

»Oder ein Couscous!«

»Mal sehen.«

Der erste Händler verkauft Blumen, der zweite Käse und Butter, der dritte Obst. Auf der anderen Seite ist der Metzger, zwei Gemüsestände und der Fischhändler.

Wonach soll unsere Mahlzeit duften, welche Farben, welche Zutaten soll sie haben? Das hängt von der Jahreszeit ab. Sie kann rötlich, golden, weiß oder braun aussehen. Wir können junges, reifes oder schon welkes Gemüse bekommen, trockene oder saftige Früchte. Sie kann fest oder flüssig sein, rustikal oder raffiniert.

»Schau, heute gibt es frische Steinpilze! Hoffentlich finden wir auch Schnittlauch!«

»Schöner Salat, schöner grüner Salat, kommen Sie, junge Frau, kaufen Sie Endivien, Lattich, Kopfsalat! Für so nette Kunden haben wir noch etwas ganz Besonderes . . .«

Die Erde ist warm oder kalt. Es gibt Regen und Gewitter. Es gibt Schnee, Wind, Thymian und Zikaden. Der Himmel kann blau oder bewölkt sein. Es gibt Bäume, Felder und Berge. Es gibt Meer und Flüsse.

»Nur zu, nur zu! Suchen Sie sich das Schönste aus, junge Frau!«

Was sollen wir nehmen? Etwas aus der Auvergne oder aus dem Elsaß, aus Flandern, aus der Bretagne, den Pyrenäen, dem Loiretal? Aus Südfrankreich, aus dem Rhonetal, aus den Alpen? Oder etwas aus Italien oder Deutschland? Oder Afrika? Warum nicht aus Amerika?

Wir können auch Neufundland, die Balearen oder die île d'Ouessant nach Hause tragen.

Unsere Schätze haben wir gut in die schweren Körbe verstaut. Noch zwei frische Roggenbrote aus dem Bäckerladen, wo es so herrlich duftet und man am liebsten in den

Ofen schlüpfen möchte.

»Rotwein fehlt. Wir brauchen Bordeaux zu unserem Pot-au-Feu.«

Im großen, schwarzen Eisenkessel wird Wasser zum Kochen gebracht. Wir spicken Zwiebeln mit Nelken, es tränen unsere Augen. Gewaschener Sellerie glänzt. Ein großes Stück Fleisch wird gerollt und zusammengebunden. Es darf weder zu fett noch zu mager sein. Die Kalbshaxe ganz hell. Die Markknochen werden in ein Mullsäckchen eingenäht.

»Wenn du die Karotten schrappst, schäle ich die Rettiche.«

»Gut. Und wann kommt der Lauch rein?«

»Später.«

»Meinst du?«

»Ja. Du nicht?«

»Doch, später, du hast recht.«

Über die Hände rinnt der Saft der Karotten wie feiner Regen. Der scharfe Rettichgeruch beißt in der Nase.

»Wir dürfen den Pfeffer nicht vergessen.«

»Das hat noch Zeit.«

»Ich tue ihn lieber jetzt rein, solange ich dran denke.«

»Ich habe das grobe Salz genommen.«

»Prima. Das ist ganz wichtig.«

Kristall. Quelle. Öl. Alles zersetzt sich in der Wärme, und alles entsteht aus Zersetzung. Durch langsame Fermentation bilden sich Kristalle. Eis schließt alles, Feuer öffnet alles. Vulkane und Wüsten.

»Eins, zwei, drei, vier, fünf, sechs, sieben –
Eine alte Frau schnitt Rüben.
Eine alte Frau schnitt Speck –
Schnitt sie sich den Finger weg.«

»Ist dir eigentlich schon einmal aufgefallen, daß wir

immer singen, wenn wir zusammen kochen?«

»Ja. Oder: Wenn ich in mein Gärtlein geh', will mein Zwiebel gießen, steht ein bucklig' Männlein da, fängt gleich an zu niesen . . . Liebes Kindlein, ach ich bitt', bet fürs bucklig Männlein mit.«

Das Pot-au-Feu blubbert geschwätzig, schäumt. Abschäumen. Abschäumen. Das Feuer kleiner stellen. Den Topf tiefer hängen, damit Köstliches, Wunderbares, nie Gekostetes im schwarzen Kessel siede.

Draußen regnet es, aber im Haus ist es gemütlich.

Ganz allmählich zieht der Duft in dünnen Schwaden aus dem dampfenden Kessel. Zuerst Sellerie. Im Gang und im Wohnzimmer riecht es schon wie in einem Kräutergarten. Dann Lauch und Fleisch. Wir sind auf dem Land. Es ist Herbst. Die Bauern sind mit der Arbeit fertig, die Erde ist gepflügt. Feuer glimmt im Kamin. Wir heizen mit frisch geschnittenem Rebenholz. Es knackt und knistert.

»Ich finde, es fehlt noch ein bißchen Salz.«

»Kann sein. Ich werde gleich abschmecken.«

Schließlich ist es Abend geworden. Die Freunde kommen, alle trinken kräftig und genießen das kulinarische Meisterwerk.

Jean-François und Simone tragen vergnügt die dicke weiße Suppenschüssel, in der heiße Fettaugen schwimmen, und die große Platte herein, auf der Gemüse und Fleisch dampfen. Das ist nicht irgendein, sondern ihr, ihr spezielles Pot-au-Feu. Sie haben den ganzen Tag nichts anderes gemacht, als dieses Gericht vorzubereiten.

Viele Ferientage lagen noch vor Simone und Jean-François; nichts unterbrach ihre Ruhe und ihre Gewohnheiten. Die Tote hatte ihren Urlaub in zwei Teile geteilt und sich als Dritte zu ihnen gesellt. Sie sprachen wenig über die Leiche. Jeder beschäftigte sich zwar in Gedanken mit ihr, aber keiner verriet es dem andern.

Sie machten ausgedehnte Dünenwanderungen, spazierten am Strand entlang, sprachen ein bißchen miteinander, oder sie legten sich in den Sand und träumten vor sich hin.

Simone hatte das Gefühl, daß ihr Leben etwas Zerbrechliches, eine Art Magma, ein Spinnennetz geworden sei, ein flüchtiges, fragiles Gewebe aus Worten und Gedanken, ein totales Durcheinander, ein Wirrwarr, in dem jeder Wunsch und jedes Bedürfnis des anderen Feind geworden war.

Jean-François spürte, daß Simone sich quälte, er wußte, daß sich irgend etwas in ihr veränderte, und daß diese Veränderung ihn selbst, seine eigene Existenz, auf die Probe stellen würde. Er lehnte diese erzwungene Konfrontation mit sich ab. Sie verletzte und beraubte ihn seiner Selbstsicherheit. Er wußte nicht, ob Simone ihm Mary wegnehmen wollte. . . oder Mary ihm Simone.

Wieder unterbrach Simone als erste ihr Schweigen:

»Wir könnten doch über Mary MacLaughlin sprechen.«

»Was denn?«

»Wie sie uns beschäftigt. Ich versuche mir unentwegt ihr Leben vorzustellen.«

»Du hast sie doch noch nicht einmal gesehen.«

»Nein. Aber ich weiß, was die Leute reden, ich habe die Zeitungen gelesen, und außerdem weiß ich ja, was du mir erzählt hast.«

»Das ist nicht gerade viel.«

»Sie ist eine Frau, wie ich. Ich kann mich recht gut in das Leben einer anderen Frau hineinversetzen.«

». . . Du willst sie mir im Grunde nur wegnehmen.«

»Nein. Ich will sie mit dir teilen.«

Er verstand nicht, worauf sie hinauswollte. Die Tote mit ihm teilen? Was sollte das!

Wahrscheinlich war es wieder einer von Simones merkwürdigen Einfällen, sich Mary MacLaughlins Leben auszudenken. Aber er wollte seiner Frau die Freude machen und ihr das Spiel nicht verderben. Also ging er auf sie ein. Er hoffte, daß sie es nicht zu einem Roman aufbauschen würde.

In Wirklichkeit wußte keiner von beiden, wohin diese Sache sie führen würde. Simone machte sich nicht klar, daß dieses Spiel die Wurzeln ihrer Existenz angriff, und Jean-François ahnte nicht, daß er ihr half, sie wieder einzupflanzen.

So erfanden sie in aller Unschuld, Tag für Tag, die GESCHICHTE DER MARY MACLAUGHLIN.

DIE GESCHICHTE DER MARY MACLAUGHLIN

Das Hinterland im irischen Norden ist rauh. Auf dem Torfmoor wächst nur hartes, kurzes Gras. Am Tag, als Mary MacLaughlin geboren wurde, regnete es – wie so oft in dieser Gegend. Sie kam in einem Bauernhaus zur Welt, das sich in nichts von den anderen Bauernhäusern der Umgebung unterschied. Alle ducken sich in den Schutz eines kahlen kleinen Hügels. Ringsherum zieht sich eine dichte Rhododendron-Hecke, die der Wind im Laufe der Jahre zu einer runden Mauer zurechtgestutzt hat. Dieser undurchdringliche Pflanzengürtel stand an jenem Tag Ende Mai, als Mary zu Welt kam, in voller Blüte. Auch die anderen Gebäude, die zum Hof gehörten, die strohgedeckten Scheunen und Ställe waren mit diesen violetten und rosafarbenen Hecken umgeben.

Mary MacLaughlin war das elfte Kind, das ihre Mutter in die Welt setzte. Als der Arzt eintraf, war schon alles vorbei, das Zimmer sauber, und das Baby lag frisch gewikkelt in seiner hölzernen Wiege. Die Hebamme hatte nichts zu tun, außer den prächtigen Gesundheitszustand der kleinen Mary Patricia Tara zu bestätigen. Sie sollte Mary der Heiligen Jungfrau zu Ehren heißen, Patricia, weil der

Heilige Patrick der Schutzpatron Irlands ist, und Tara, weil die Iren gälischer Abstammung sind und daher wissen, daß man ein wenig Heidnisches mit ein wenig Himmlischem mischen muß, um ein guter Katholik zu sein.

Noch am Tage ihrer Geburt wurde sie getauft. Eine Woche später fand die offizielle Feier statt. Damit war dieser armen Welt wieder eine kleine Christin mehr geschenkt. Am Abend der Taufe war ihr Vater voll wie eine Haubitze. Bier und irischer Whiskey hatten ihn umgeworfen. Bewußtlos wurde er auf seinen Hof zurückgebracht. Der Nachtwind tobte, Gespenster aus verfallenen Burgen und die Geister ertrunkener Seeleute gaben sich ein Stelldichein. Sie strafen die Lebenden für ihre armselige Ruhelosigkeit und wollen ihre stolzen Seelen wiederhaben. Der Mann wurde neben seiner Frau aufs Bett gelegt, die gerade das Neugeborene stillte. Die anderen zehn Kinder lagen auf zwei großen Betten Kopf an Fuß wie die Sardinen unter rotem Rupfen und betrachteten zufrieden das Familienidyll. So war es immer schon gewesen, seit sie sich erinnern konnten, und die Geburt der kleinen Schwester hatte nichts in ihrem Leben verändert. Sie konnten beruhigt weiterschlafen, denn ihr Vater und ihre Mutter waren zuhause, so wie immer. Die kleinen Mädchen träumten von ihren zukünftigen Ehemännern und ihren hübschen Kindern, die für die Ehre der Katholiken kämpfen würden. Die kleinen Jungen träumten von Raufereien mit Protestanten. Die Welt war in Ordnung, und der Schlaf vertrieb den Wind.

Im Gegensatz zu den meisten anderen Kindern dieser Gegend war Mary MacLaughlin weder pausbäckig, noch rothaarig, noch grünäugig. Sie hatte braune Haare und Haselnußaugen, die an stürmischen Tagen gelb funkelten. Sie sprach wenig und war ein stilles Kind. Die ersten Jahre verlebte sie hinter den Rhododendronhecken und krabbelte zwischen Hühnern, Schafen und Kühen im Schlamm. Außerdem gab es zwei niedliche Ponies, auf die ihre Brüder sie zum Reiten setzten. Später ging sie mit ihnen zu einem kleinen See, der rings von Schilfrohr umgeben war, um Forellen zu angeln. Er lag tief im Hinterland und war nur klein, aber er wimmelte von Fischen.

Sie angelte nicht gerne, sondern saß lieber auf der Böschung, die den See vor Fremden verbarg, schaute auf das schwankende Torfmoor, das sich bis zum Horizont hinzog, und lauschte dem Wind, der ihr Märchen zuflüsterte.

Was mag im Kopf eines kleinen katholischen Mädchens, das ganz sich selbst überlassen ist, herumgespukt haben? Märchen?

Als sie zwölf Jahre alt war, schickte man sie auf die Klosterschule, damit sie außer Nähen und Beten noch ein bißchen mehr lernte.

Fünf Jahre lang – außer in den Sommerferien – träumte sie jeden Abend in ihrem hohen Eisenbett vor sich hin, so wie damals mit ihren Brüdern am Forellenteich. Der Schlafsaal war lang und schmal, sechs hohe Fenster ließen die Nacht, die niemals richtig dunkel wurde, zu beiden Seiten herein. Marys Augen gewöhnten sich allmählich an das Halbdunkel und wanderten in dem milchigen Licht herum, das aus den dichten weißen Vorhängen quoll, die die triste Landschaft von Sligo verdeckten. Dunkel war es nur unter den vierzehn Betten, die rechts und links an der Wand entlang aufgereiht standen. In einer Ecke des Dormitoriums stand ein Hausaltar mit einer Madonna. Die Muttergottes ragte aus runzligen Wölklein, die ein wenig wie Hirn aussahen und von einem krummen Halbmond zusammengehalten wurden. Unter dem langen Gewand der Heiligen Jungfrau schaute ein nackter Fuß hervor und hielt eine sich windende Schlange in Schach. Sie stand graziös da, mit geschwungenen Hüften. Ihre hübschen Arme waren bis zu den Ellbogen züchtig verhüllt. Die Unterarme und die zarten, schmalen Hände bloß. Sie schlossen sich wie Muschelschalen und verdeckten fromm die süße Stelle, wo ihr langes Gewand unschuldig über die beiden runden Brüste floß. Ein weites, blaues Tuch war über Schulter und Oberkörper geschlungen, in der Taille geknotet, und verlor sich dann über ihren kräftigen Schenkeln in den Falten des Kleides. Ihr Hals war leicht gebogen, der Kopf rückwärts geneigt. In der Heiterkeit ihrer Züge lag dennoch der Ausdruck schmerzvoller Ekstase. Hinter zierlichen Ohren fielen die Haare leicht und lockig über die Schultern. Die Augen blickten himmelwärts und erflehten göttlichen Segen. Aus dem rosigen, fast ein wenig schmollenden Mund schien ein gehauchtes Gebet oder eine zarte Liturgie zu Gott emporzusteigen, so weiblich, daß der Herr sich nicht entziehen konnte. Ein vergoldeter Draht hielt eine Girlande mit fünf zackigen Sternen, die als Aureole über der Stirn der Jungfrau schwebte. In manchen Nächten erstrahlten sie im Vollmondglanz. So wachte die Muttergottes über Schlaf und Vergessen.

Marys Bett stand ganz in der Nähe der Statue. Sie kannte jedes Detail, hatte tausendmal die schönen Hände betrachtet, aber auch entdeckt, daß der Gips am linken Nasenflügel abblätterte. Mary glaubte, die Heilige Jungfrau litte an einer Hautkrankheit, was in ihren Augen den innig flehenden Ausdruck jedoch nicht im geringsten beeinträchtige.

An manchen Abenden war Mary traurig, daß der Blick nie auf sie, nur stets und unabänderlich gen Himmel gerichtet war. Gab es denn nur dort Erbarmen und Liebe? Mary war zwar in sich gekehrt und nachdenklich, aber

Mystik war ihr fremd.

So gingen die Jahre im Schatten der Heiligen Jungfrau dahin. Mary war eine fleißige Schülerin. Sie mochte das Getuschel ihrer Schulkameradinnen nicht. Sie zog ihre Bücher und ihre Träume vor. Sie war nicht besonders beliebt, aber auch nicht verhaßt. Sie galt einfach als Einzelgängerin.

Man behauptet, daß jemand, der sich so abkapselt, eigentlich nur in die Höhe schießen kann. Sie wuchs in der Tat, nahm aber nicht zu, obgleich sie kräftig und besonders gut in Gymnastik war, die unter den Augen der frommen Schwestern in züchtigen weißen Röckchen, die bis über die Knie reichten, abgehalten wurde; die Nonnen selbst befestigten einen Zipfel ihrer schweren Röcke mit einer Sicherheitsnadel an dem Ledergürtel, der den groben Wollstoff in der Taille raffte und an dem auch der Rosenkranz aus Ebenholz mit einem silbernen Kruzifix und ein paar Heiligenblechlein baumelte. Bei jeder Bewegung machten die frommen Kostbarkeiten ein leises »bim, bim« und skandierten den Turnunterricht mit klingelndem Stakkato.

Sie war groß geworden, aber ihre Hüften waren so schmal und ihre Schenkel so dünn und fest, daß sie von hinten wie ein Junge aussah. Ihr Busen blieb flach, die Brüste wurden nicht voller, auch wenn die Warzen braun und der Mond mit einem Kranz winziger kleiner Punkte breiter geworden war. Ihr Oberkörper war platt wie ein Brett, aber im Innersten ihres Herzens war sie ganz zufrieden damit. Daß ihre Freundinnen Busen und Hüften bekamen, interessierte sie nicht. Sie liebte ihren Körper und steichelte sich abends vor dem Einschlafen von den Knien bis zu den Schultern, strich sanft zwischen ihre festen Schenkel, über ihren flaumigen Schamhügel und ihren flachen Bauch bis zu ihren kleinen Brüsten, die auf jede Berührung ihrer Finger reagierten. Dann kreuzte sie die Arme, umschloß die muskulösen Schultern mit den Händen und schlief endlich ein.

Kurz bevor sie das Internat verließ, ereignete sich etwas Wichtiges in Marys Leben. Im Mai, dem Monat der Heiligen Jungfrau, wurde Mary siebzehn. Jedes Jahr veranstaltete die Gemeinde ein großes Fest, um die Krönung der Muttergottes zu feiern. Dabei spielten die Mädchen und Jungen der Klosterschulen eine große Rolle. Die Mädchen trugen weiße Kleider und einen Kranz künstlicher Margueriten im Haar, die Jungen steckten in dunklen Anzügen. Im Kirchenschiff stellten sich die Knaben rechts, die Mädchen links auf. In feierlicher Prozession waren sie, zuerst die Knaben, dann die Mädchen, in die Kirche eingezogen. Paarweise schritten sie durch das Mittelschiff – ein Mädchen in Weiß, ein Junge in Schwarz – zum Altar, um das Abendmahl zu empfangen. Dann trennten sie sich wieder und gingen einzeln zu ihren Plätzen zurück – die einen durchs linke, die anderen durchs rechte Seitenschiff. Nach der Messe trafen sich die Paare wieder zur Prozession durch die ganze Stadt. Die wenigen Orangisten, die das Pech hatten, hier zu leben, zogen sich tunlichst in ihre Häuser zurück.

Damit alles einwandfrei ablaufen konnte, mußte die Zeremonie einige Male geprobt werden. Die Schüler und Schülerinnen gingen dreimal zur Kirche, um alles genau einzustudieren. Die Jungen kamen am Montag, Dienstag und Mittwoch, die Mädchen am Donnerstag, Freitag und Samstag. Erst am Sonntag, dem Tag des Festes also, trafen sie zusammen.

Während der ganzen Woche herrschte in Marys Schule eine auffallende Unruhe. Die Mädchen schlossen Wetten ab, wer ihr »Kavalier« sein würde. »Ich bin sicher, er ist groß, oder blond, oder dunkel . . .« oder »Hoffentlich ist er nicht so doof wie der im letzten Jahr . . . Ich habe mich mit ihm geschämt auf der Straße . . .« und so weiter. Mary fand das albern. Ihr war es völlig gleichgültig, mit welchem Jungen sie zusammen gehen würde. Jungen interessierten sie nicht besonders, weil sie von ihren Brüdern nur die rauhe Herzlichkeit, von ihrem Vater nur die griesgrämige Fürsorglichkeit kannte. Es gefiel ihr nicht, wenn sie besoffen und fluchend nach Hause torkelten. Aber sie freute sich insgeheim, wenn sie nachts von einer Rauferei zurückkamen. Dann half sie, ohne ein Wort zu sagen oder zu fragen, ihrer Mutter, sie zu behandeln. An solchen Abenden hielt sie ihnen auch den Kopf, wenn sie das Übermaß an Alkohol in die Rhododendronhecken kotzten, und stützte sie mit ihren kräftigen Schultern.

Am Tag der Krönung der Heiligen Jungfrau war Mary völlig gelassen. Das Schuljahr würde bald zu Ende sein. Sie würde das Kloster mit guten Zeugnissen verlassen und in die Schwesternschule eintreten, das stand fest. Sie hatte keine Lust, auf dem Hof zu bleiben und irgendwann einen Bauern zu heiraten. Sie liebte das Land, aber Ackerbau und Viehzucht konnte sie nichts abgewinnen. Wenn sie weiter lernte, brauchte sie nicht Hausfrau zu sein oder als Arbeiterin in die Fischfabrik zu gehen. Nonne oder Schneiderin wollte sie nicht werden. Also blieb nur die Schule für Krankenschwestern. Und warum auch nicht.

Mary zieht ihr weißes Kleid an und stellt sich in die Reihe vor Schwester Dorothée, die den Schülerinnen den Kranz aus Kunststoff-Margueriten aufs Haar drückt.

Dann treten sie auf die Straße, ernst und gesammelt, machen sich auf den Weg zur Kirche. Schwester Adelaide läßt sie den Rosenkranz beten. Wie ein summender Bienenschwarm ziehen sie an den blauen, violetten und hellgrünen Häusern vorbei. Die Leute beugen sich aus den Fenstern oder treten vor ihre Türen und bekreuzigen sich, wenn die weißen Seidenfahnen mit der goldenen Heiligenstickerei vorbeiflattern. Es ist ein schöner Tag.

In der Kirche läuft alles ab wie geplant. Aus dem Schiff dringt der fromme Lobgesang. Vorn am Altar stehen die Kinder, weiter hinten, fast bis zum Hauptportal, die Erwachsenen. Die hohen Stimmen der Mädchen und der Nonnen vermischen sich mit den tiefen der Jungen und der Mönche.

Nun folgt das Hochamt. Mary steht ziemlich weit hinten und hat einen langen Weg zum Altar. Sie wartet geduldig und träumt vor sich hin. Der Weihrauch, die bunten Kirchenfenster, die Orgelmusik und die Kerzen verleiten zum Träumen.

Was mag sie beschäftigen? Die ständigen Gärungsprozesse, die Heranwachsenden das Leben so schwer machen, aber ihnen auch Kraft geben? Was bewegt und beunruhigt sie? Die Furcht, die Ohnmacht gegenüber den Erwachsenen, oder die Lust, die Wünsche, die verrückten Hoffnungen, das überschäumende Glück, von dem junge Menschen inbrünstig glauben, es allein werde ihr Leben bestimmen, wenn sie selbst erwachsen sind?

Jetzt ist Mary an der Reihe, zum Altar zu schreiten. Die Mädchen stellen sich hintereinander auf. Sie können es kaum erwarten, bis sie im Mittelgang auf »ihren« Jungen treffen. Trotz ihrer gefalteten Hände und der niedergeschlagenen Augen entgeht ihnen nicht die geringste Kleinigkeit. Mary läßt sich Zeit. Sie betrachtet den Rücken und den gebeugten Nacken des Mädchens vor ihr.

Der Gang vor ihr mit seinen weißen, nackten Platten gleicht plötzlich einem Flußbett. Ihr gegenüber tritt ein großer Junge mit dichten blonden Locken aus der Reihe. Er hat blitzende grüne Augen und verneigt sich artig vor ihr. Sie schauen sich an und sind sofort ineinander verliebt – so heftig, wie es nur ganz jungen Menschen widerfährt. Tief, aufrichtig, grenzenlos. Sie schreiten langsam den Mittelgang entlang durch eine Welt der Leidenschaften. Sie brauchen sich nicht anzusehen, denn sie spüren sich durch die kleinsten Bewegungen. Einer kennt die Gedanken des anderen. Sie trennen sich vor dem Altar, kehren auf ihren Platz zurück in der köstlichen Gewißheit, daß sie die lange Prozession gemeinsam machen werden . . . Das ganze Leben gehört ihnen. Jahre, Jahrhunderte, Jahrtausende.

Der Sand von Corvagh ist sehr weiß und fein. Wieviele Millionen Körnchen mochten durch Simones und Jean-François' Finger gerieselt sein, während sie sich Mary MacLaughlins Leben ausdachten? Kaskaden aus Sand rauschten aus ihren Händen, schwemmten Gedanken und Worte, mal stockend, dann wieder voller Erregung über den einsamen Strand.

Die einzigen Anhaltspunkte waren das Bauernhaus und die Klosterschule von Sligo. Ein kleines katholisches Bauernmädchen war Mary am Beginn ihres Lebens – soviel stand fest.

Weder Simone noch Jean-François hatten die leiseste Ahnung vom bäuerlichen Leben, andererseits waren beide katholisch erzogen. Simone wußte, was es heißt, als Mädchen aufzuwachsen – und sie machte von diesem Vorteil reichlich Gebrauch.

Sie kannte beispielsweise eine Klosterschule, weil sie zehn Jahre lang ein Konvikt als interne Schülerin besucht hatte. Auch dort hatte es ein Dormitorium, eine Statue

Unserer Lieben Frau von Lourdes und die Krönung der Heiligen Jungfrau gegeben. Und natürlich fromme Schwestern, das Getuschel, die Pubertätsprobleme ...

Zu Beginn ließ Jean-François sie gewähren. Sie spazierten Arm in Arm; er behandelte sie wie ein Mann, der seiner Frau eine Laune nachsieht. Er hänselte sie:

»Dachte Madame etwa auch an junge Männer, als sie ein junges Mädchen war?«

»Aber selbstverständlich. An nichts anderes. In meiner Klasse war ein Mädchen, die Huguette Maunier hieß. Du glaubst nicht, was die uns alles in unseren Freistunden erzählt hat. Aber mich machte das immer verlegen, ich mochte diese Geschichten nicht . . . Und du, hast du dich nicht etwa auch für Mädchen interessiert?«

»Ja, aber anders. Pubertät ist für Jungen nicht leicht, weißt du. Man spielt rum, kriegt einen Steifen, ejakuliert, alles ins Leere. Man sagt sich, eines Tages wird es irgendwo drin passieren. Man hat Lust dazu; aber ›drin‹, das ist abstrakt, weil man es noch nicht erlebt hat. Man kennt das Geheimnis noch nicht, will es auch nicht kennen, weil man Angst davor hat, und um die Angst zu verbergen, spielt man sich mächtig auf.«

Irgendwo am Strand war die Stelle, wo Jean-François Marys Leiche gefunden hatte. Die Gezeiten hatten längst den Strand gereinigt, wieder Algen und leere oder zerbrochene Muscheln angeschwemmt, die jetzt das Ufer säumten.

Was Jean-François zunächst für ein Spiel, eine Laune von Simone gehalten hatte, wurde immer bedrohlicher, schikanöser, führte fast zu einer Art Duell. Simone bestand darauf, Tag für Tag darüber zu sprechen, während Jean-François es allmählich unerträglich fand.

»Ich frage mich, warum Mary MacLaughlin braune Augen hatte. Weißt du etwas darüber?«

»Ich bin sicher, daß sie dunkle Augen hatte.«

»Ich habe nur zwei Löcher gesehen, die Möwen bis zum Gehirn ausgepickt hatten.«

». . .«

»Bist du dir eigentlich klar darüber, daß du dich als Mary MacLaughlin siehst und so tust, als wärest du an ihrer Stelle?«

». . .«

»Sie war dir kein bißchen ähnlich. Im Gegenteil. Sie sah weder aus wie du, noch glich sie dir charakterlich. Ihren Körper habe ich gesehen, und ihren Charakter kann ich aus dem, was man uns erzählt hat, erkennen. Sie war ungesellig, schweigsam, verschlossen . . .«

»Wie du.«

»Ja, wenn du so willst – ein bißchen wie ich.«

Auf diese Weise erschufen sie sich einen Bastard, dessen Leben aus Ereignissen aus Simones Vergangenheit bestand, dessen Art zu leben jedoch Jean-François verwandt war.

Sie stritten sich über Marys Leben wie zwei Hunde, die sich um einen dicken Knochen mit viel Fleisch balgen. Dieser Knochen war Marys Körper, Marys Charakter, Marys Gott.

»Dein Gott kommt aus dem Mittelmeer, so eine Art katholischer Neptun.«

»Und deiner erst! Ein nordfranzösischer Obersteiger, ein gekreuzigter Grubenarbeiter.«

Simone verstand nicht, warum Jean-François offensichtlich nicht wollte, daß sie sich mit Marys Leben beschäftigte.

Jean-François dagegen verstand ganz einfach nicht, welchen Sinn dieses Spiel haben sollte.

»Du bist verrückt. Aber echt verrückt.«

»Kein bißchen. Wenn wir über sie sprechen, dann kommt es mir so vor, als schaffe sie ein Band zwischen uns. Sie steht nicht zwischen uns beiden.«

»Du peinigst mich mit dieser Geschichte, und sie auch.«

»Man könnte meinen, sie gehöre dir. Als hättest nur du das Recht, sich mit ihr zu beschäftigen. Aber sie gehört uns beiden, mein Lieber, ob dir das nun paßt oder nicht!«

»Aus welchem Grund?«

»Ich weiß nicht.«

Simone war nicht klar, warum sie sich Mary teilen sollten; es war für sie zu einer vitalen Notwendigkeit geworden. Sie spürte, daß ihr Leben mit Jean-François und auch ihr eigenes, kleines Leben davon abhing. Sie mußte darüber sprechen.

Fortwährend ging ihr eine dumme, unangenehme und peinliche Erinnerung durch den Kopf. Eines Tages entschloß sie sich, Jean-François davon zu erzählen.

Es war vor einigen Jahren im Supermarkt ihres Viertels passiert. Sie stand in einer Schlange vor der Kasse. Mindestens zehn Leute waren vor ihr dran. Sie war müde, der Tag schien kein Ende zu nehmen.

Ein Vertreter warb für ein neues Produkt und versuchte, dafür Stimmung zu machen. Er hielt ein Mikrofon in der Hand und redete pausenlos. Er riß Witze und forderte zum Mitmachen bei einem Wettbewerb auf. Während Simone an der Kasse wartete, setzte er für die richtige Antwort auf eine Preisfrage ein Kilo Salami aus.

Ein Kilo Salami ist nicht schlecht!

»Also hört her! Jetzt kommt meine Frage. Erstens: was sagen die Korsen, wenn sie Napoleon sehen . . . Zweitens: was sagt Napoleon, wenn er Korsen sieht . . . Drittens: was sagt eine Mutter, wenn sie ihr Kind in den Schlaf wiegt . . . Viertens: was sagt ein Kind, wenn es seine Mutter ansieht . . . Alle Antworten zusammen ergeben den Namen eines köstlichen Likörs.«

»Ich kannte das Rätsel schon aus meiner Schulzeit.«

»Hast du es beantwortet?«

»Ich schämte mich, weil es so töricht war. Und noch dazu vor all den Frauen aus unserem Viertel.«

Aber schließlich haben wir wenig Geld, und ein Kilo Salami, das ist schon was. Also entschließt sich Simone, mit ihrem vollen Einkaufskarren zu der Balustrade zurückzugehen, auf der der Vertreter steht, ein kleiner junger Mann mit einem italienischen Blazer, einer grellgelben, mit Reitpeitschen und Hufeisen gemusterten Krawatte und mit ausgetretenen Schuhen. Hoffentlich, denkt sie, gibt jemand vor mir die Antwort und erlöst mich aus dieser Situation.

»Nun, meine Damen! Wer hat des Rätsels Lösung! Schwer, nicht wahr? Wer findet sie . . . ich wiederhole noch einmal. Wenn die Lösung innerhalb einer Minute nicht gefunden wird, verfällt mein Angebot. Leb wohl, schöne Wurst! Also überlegen Sie schnell!«

Sie stand vor ihm. Die vielen Leute erschreckten sie, und der Blödsinn, den sie sagen sollte, wollte ihr nicht über die Lippen kommen. Sie stand wie angewurzelt da und wartete geduldig, bis der kleine Mann mit seinen Albernheiten endlich fertig wäre. Plötzlich fällt sein Blick auf sie:

»Aha! Hier haben wir eine Hausfrau, die vielleicht die richtige Antwort weiß. Kennen Sie die Lösung, Madame?«

»Ja.«

»Kommen Sie näher, näher, keine Angst! Und jetzt lassen Sie uns Ihre Antwort hören!«

Simone geht ganz nah zu ihm hin, weil die Antwort so dämlich ist, daß sie nicht den Mut hat, sie laut auszusprechen:

»Sirop d'écorce d'orange amère.«

»Noch einmal bitte, noch einmal bitte!«

Er hält ihr das Mikrofon unter die Nase.

»Noch einmal.«

»Sirop d'écorce d'orange amère.«

Simone hört ihre Stimme durch das ganze Geschäft. Der Vertreter bittet sie zu sich hinauf auf die Balustrade. Von dort kann sie den ganzen Laden überblicken und sieht über die Regale hinweg, wie die Obst- und Gemüseverkäufer, nachdem sie sie erkannt haben, über sie tuscheln.

Männer und Frauen, vor allem Frauen, sind mit ihren Einkaufskörben stehengeblieben. Sie schauen neidisch zu ihr herauf. Aber worauf sind sie neidisch? Auf die Wurst? Oder darauf, daß sie hoch über ihnen steht mit einem Mikrofon vor dem Mund wie eine Fernseh-Ansagerin?

»Herzlichen Glückwunsch. Die Wurst gehört Ihnen!«

Der kleine Mann ist ganz beglückt über sein geistvolles Rätsel und zufrieden über den Erfolg, den er damit hat. Er läßt die einzelnen Worte auf seinen Lippen zergehen: »Sire«, »Oh des Corses«, »Dors, ange«, »Ah, mère«, also »Sirop d'écorce d'orange amère«.*

Er findet sich gut und seine Aktion wirklich gelungen, vor allem für Damen. Es kommt ja nicht oft vor, daß ein Witz geistreich und gleichzeitig anständig ist. Man spürt

---

* Ein Pomeranzenlikör (aus der Schale von Bitterorangen). Lösungen der einzelnen Rätselteile, wörtlich übersetzt: »Sire«, »Oh, Korsen«, »Schlaf, Engelchen«, »Ah, Mutter« (Anm. d. Ü.).

förmlich, wie sehr er es bedauert, daß jemand die richtige Antwort gegeben hat, denn sonst wäre sein einmaliger Geist noch mehr zur Geltung gekommen. Daß er sich so aufführt, ist Simone sehr lieb, solange muß sie sich nicht als Mittelpunkt fühlen. Doch dann hat er das Gefühl, sein Publikum sei voll auf seine geistreiche Art, Geschäfte zu machen, abgefahren, und dreht sich zu Simone um:

»Sehr schön, Madame! Madame wer? Wie heißen Sie mit Vornamen? Wir sind doch hier unter Freunden.«

»Simone.«

»Simone, Sie haben Ihre Sache hervorragend gemacht. Sind Sie von ganz allein darauf gekommen? Erzählen Sie uns, wie Sie auf die Lösung kamen.«

»Ich kannte das Rätsel schon.«

»Ach so. Vielleicht von Ihrem Mann?«

»Nein, nein.«

Sie hatte nicht den Mut zu sagen, daß sie es aus der Schule kannte und immer schon ziemlich blöd gefunden hatte. Sie wollte ihn nicht verärgern, sondern nur ihre Wurst einpacken und gehen. Aber er ließ sich Zeit, denn für ihn war es der letzte Auftritt für heute. Seit neun Uhr früh bot er seine Kostproben an und machte seine Witzchen, dafür wurde er bezahlt. Aber auch er hatte um halb sieben nicht mehr viel Kraft. Die schüchterne Frau kam ihm gerade gelegen.

»Haben Sie Kinder, Simone?«

»Ja.«

»Redselig sind Sie gerade nicht. Wieviel?«

»Drei.«

»Drei Kinder! Fabelhaft! Glauben Sie, sie werden sich freuen, daß ihre Mutter eine Wurst gewonnen hat?«

»Ja, ja, sicher.«

»Sind Sie berufstätig, Simone, oder an Heim und Herd

gebunden?«

»Nein, ich bin Sekretärin.«

»Hervorragend! Und Ihr Mann?«

Sie wollte wirklich nicht ihr ganzes Leben erzählen. Deshalb antwortete sie knapp, ohne nachzudenken:

»Lehrer.«

»Na also – das habe ich mir doch gedacht! Intellektuelle! Wissen Sie, daß die Produkte aus dem Haus XYZ den Intelligenzquotienten steigern, und zwar nicht zu knapp, meine Damen und Herren, denn sie enthalten Phosphat, und Phosphat bedeutet . . .«

Damit war er wieder bei seiner albernen Verkaufsstrategie. Er schlug den Leuten kluge Worte um die Ohren und erklärte, daß Madame Simone das Rätsel nur habe erraten können, weil sie Phosphate einnehme – ebenso wie ihr Mann, der ja immerhin Lehrer sei. Für ihn war Simone ein Objekt, um sein Produkt an den Mann zu bringen. Sie war wütend, daß sie ihm nicht ins Wort fiel, nicht den Mut hatte, ihn zu unterbrechen, und nicht wußte, wie sie sich in dieser Situation zur Wehr setzen sollte. Das alles für eine Wurst! War es das wert?! Ihre Nachbarin aus dem ersten Stock sah sie neugierig an . . .

»Prima, daß du eine Wurst gewonnen hast.«

»Es war Knoblauchwurst, stell dir vor, die wir alle nicht mögen. Ich habe sie der Hausmeistersfrau geschenkt.«

Jean-François mußte irrsinnig lachen. Plötzlich liebte er sie zärtlich.

»Das ist überhaupt nicht komisch!«

Sie hatte Tränen in den Augen. Sie wollte nicht, daß Jean-François diese Geschichte komisch fand, nur komisch. Sie schüttelte den Kopf, als wolle sie etwas abstreiten. Wie eine Fünfzehnjährige sah sie in diesem Augenblick aus.

»Jean-François nahm sie bei den Schultern und zog sie an sich.

»Meine Süße. Was ärgert dich denn so daran?«

»Daß ich nicht reden konnte.«

»Ausgerechnet du, du schwatzhaftes Wesen . . .«

»Das bin ich nicht immer . . . nicht in wichtigen Dingen.«

Die Geschichte der Mary MacLaughlin (Fortsetzung)

Während des ganzen Sommers nach der Schulentlassung schwankte Mary zwischen Lebhaftigkeit und Passivität. Manchmal gab sie ihre gewohnte Zurückhaltung auf, kam aus sich heraus, alberte mit ihren Geschwistern und half ihrer Mutter. An anderen Tagen verschwand sie nach dem Frühstück und kam erst abends wieder nach Hause. Sie war den ganzen Tag lang herumgestrolcht. Allein.

Niemand sagte etwas, niemand fragte sie direkt oder versteckt, ob sie verliebt sei, obgleich die ganze Familie davon überzeugt war. Mary MacLaughlin war in der Tat verliebt. Manchmal glaubte sie fest daran, ihrem schönen Helden wieder zu begegnen, und diese Überzeugung machte sie so glücklich, daß sie sich mit allen anderen Menschen verbunden fühlte und fähig war, anderen zu helfen und sie gern zu haben. Doch an manchen Tagen war sie völlig verzweifelt, weil sie ihn nicht mehr zu Gesicht bekam und weil sie weder seinen Namen noch seine Adresse wußte. Seinem Platz bei der Marienfeier nach zu schließen, mußte er wie sie von der Schule abgegangen sein. Nächstes Jahr würde er vielleicht in Dublin studieren. Dann wäre er verloren für sie, die Welt würde ihn verschlucken. Die Zukunft erschien Mary unendlich weit und schal, aber auch das Leben auf dem Hof war ihr unerträglich geworden.

Als der Herbst kam, war sie froh, in die Schwesternschule eintreten zu können. Sie war interne Schülerin, aber ihr Leben dort verlief ganz anders als im Konvikt. Die Tage waren mit den theoretischen Lektionen, die in der Schule abgehalten wurden, und dem nachfolgenden praktischen Unterricht im Krankenhaus ausgefüllt. Samstag nachmittags und sonntags hatte sie frei und durfte bis Mitternacht ausbleiben.

Die Stadt gefiel ihr genauso gut wie das Land. Es machte ihr Spaß, durch die Straßen und am Hafen entlang zu bummeln.

An einem verregneten, düsteren Samstagspätnachmittag, wo der Tag der Nacht nicht nachgeben wollte, ging Mary zum Fischerquai hinunter, als gerade die kleinen bauchigen Schiffe einliefen. Milchig weißes Licht kam aus den hohen dünnen Neonlampen, spiegelte sich auf dem nassen Hafenquai und beleuchtete die schimmernden Bäuche unzähliger Möwen, die mitten im Flug innehielten und auf den günstigsten Augenblick warteten, um hinunterzustürzen und leichte Beute aus den Kisten zu machen, die die Fischer aus ihren Booten entluden. Ein fröhliches Treiben.

Aus einiger Entfernung betrachtete Mary die Vögel, die Fische und die Fischer mit ihren dicken Wollmützen, die sich von Boot zu Boot lauthals unterhielten und froh waren über ihren guten Fang. Die Händler in schaffellgefütterten Parkas hatten Notizbücher in der Hand, begutachteten die Kisten und sprachen mit den Bootseignern.

Ein paar verkaufte Kisten wurden in das Zwischenlager am anderen Ende des Hafenquais getragen. Mary, an der die Ware vorbeigetragen wurde, stellte fest, daß es nur Heringe waren.

Nach Marktschluß wurde es still. Fast alle Kisten waren weggebracht worden, und nur noch vereinzelte Möwen waren auf Lauer. Mary ging ein Stückchen weiter und kam an dem langen Gebäude vorbei, in dem die Heringskisten gestapelt worden waren. Das Lagerhaus war lang und schmal. Es hatte schmutzige, blinde oder zerbrochene Glasscheiben. Innen schimmerte trübes Licht aus alten Birnen. Mary ließ sich Zeit und schaute den Männern bei ihrer Arbeit zu. Sie standen vor großen Steintischen, nahmen die Heringe aus den Kisten und putzten sie.

Die Mittelgräten wurden entfernt, dann die Filets unter klares Wasser gehalten, das wie eine Quelle aus der Mitte des Tisches floß. Sie arbeiteten unglaublich schnell und geschickt. Langsam kam Mary näher. Sie bewunderte, mit welcher Gewandtheit die Männer, die dicht an dicht zu beiden Seiten der Tische standen, die Fische zurichteten. Manche redeten, andere machten einen Moment Pause, lachten oder wischten sich mit dem Arm übers Gesicht. Plötzlich blieb sie stehen: sie hatte ihren »Angebeteten« entdeckt. Er war noch viel schöner als in ihren Träumen. Sie hatte ihn nur in seinem Sonntagsstaat gesehen, aber jetzt trug er ein offenes Hemd und hatte die Ärmel hochgekrempelt. Er kam ihr sehr jung vor, fast wie ein Kind, zugleich aber kräftig und tüchtig. Er lächelte, als er seinem Nachbarn, einem rothaarigen Burschen, zuhörte, der während der Arbeit pausenlos redete, aber seine Heringe schneller filetierte als alle anderen.

Mary hätte gerne mit ihnen zusammen gelacht. Sie war an diesem Abend vergnügt und fröhlich und schaute unablässig ihren Helden an. Endlich hatte sie ihn gefunden! Wie lange hatte sie in den Straßen von Sligo nach ihm gesucht, durch die Fensterscheiben der Kneipen gespickt, in die überfüllten Autobusse geschaut, überall hatte sie Ausschau nach ihm gehalten, und nun war er hier in der Fischfabrik! Das hätte sie niemals für möglich gehalten. Sie hatte sich ihn als Student in Dublin vorgestellt . . .

Leiser Nieselregen fiel mit winzigen glitzernden Tropfen auf ihren dicken weißen Pullover, ihre Mütze und ihre Handschuhe. Sie war völlig durchnäßt, aber sie nahm es nicht wahr. Nichts hätte sie davon abhalten können, ihrem Liebsten zuzusehen. Die Nacht verbarg sie vor seinen Augen. Sie stand da, schaute ihm zu und genoß ihre Neugier.

Plötzlich änderte sich der Arbeitsrhythmus, die Bewegungen der Männer verlangsamten sich. Mary wußte, daß das das Zeichen für den Feierabend war und die Männer sich nun auf den Nachhauseweg machen würden. Mary wurde von Panik ergriffen. Sie fühlte sich außerstande, ihrem Angebeteten jetzt zu begegnen. Vielleicht würde er sie nicht wiedererkennen? Der Quai war menschenleer, die Lampen erloschen. Nur schwaches, trübes Licht drang aus den Docks oder von den Leuchtschildern der Kneipen weiter oben durch die Nacht. Sie rannte über schlammigen Boden und naßglänzende, gepflasterte Wege. Mary floh.

In den folgenden drei Wochen ging sie nicht mehr zum Fischerquai. Sie wollte sich auf die Begegnung vorbereiten, sich innerlich stark machen, wie es ihrem Charakter entsprach. Wo andere Mädchen verrückt gespielt hätten, zog sie sich in sich selbst zurück und wartete, bis sie in ihrem Innersten spürte, daß der richtige Zeitpunkt gekommen war. Drei Samstage waren vergangen. Am vierten fühlte sie sich soweit.

Andere hätten einen solchen Tag mit einem Gefühl

überschwenglicher Freude begonnen, ihre schönsten Kleider ausgewählt, ihr Haar gebürstet, die Nägel gefeilt, wären aufgeregt gewesen, hätten gelacht, wären über jeden fehlenden Knopf und jeden schiefen Saum in Verzweiflung geraten.

Mary jedoch nahm ein Buch und setzte sich nach dem Mittagessen mit ein paar anderen Schülerinnen, die krank waren oder ihre Regel hatten, in den Leseraum. Trübselig hockte die kleine Gruppe in dem Raum, der plötzlich viel zu groß erschien. Erst gegen Abend beschloß Mary zu gehen.

Sie war gekleidet wie immer. An ihrem Äußeren war nicht das kleinste Anzeichen für ihre innerliche Nervosität zu erkennen; dabei kam sie sich wie eine eingesperrte Fliege vor, die immer wieder gegen die Fensterscheibe prallte, hinter der ein Film ablief – der Film ihrer Liebe. Je nach ihrer seelischen Verfassung lief der Film langsamer oder schneller, führte wieder und wieder dieselben Bilder vor, die sie auswendig kannte: der Angebetete in seinem Sonntagsanzug, dann, wie er mit den Arbeitern lacht, während er Heringe filetiert, dann seine Hände, seine Haare, seine Arme, seine Haut, seinen Blick. Tausende von Blicken, die ihr tausend Botschaften sandten. Würde es ihr gelingen, ein Schlupfloch zu finden und den Eingang in den Film?

Sie hatte vor, so spät wie möglich zur Fischfabrik zu gehen und im Dunkeln zu warten, bis die Männer herauskamen. Dann wollte sie ihrem Angebeteten nachgehen. Würde er ein Bier trinken gehen, würde sie es auch tun. Sie hatte keine Angst, allein ein Pub zu betreten.

Die Neonlaternen erloschen, als Mary zum Quai hinunterging. Je dunkler, je besser. Sie schaute durch die Fenster und sah ihn am gleichen Platz stehen wie an jenem Abend.

Sie beobachtete ihn lange und versuchte herauszufinden, was er mit seinen Kollegen redete, ob ihn die anderen akzeptierten. Sie hatte den Eindruck, daß sie ihn mochten. Das machte ihr Freude.

Als sie sah, daß die Arbeit zuende war, lehnte sie sich in einer dunklen Ecke mit dem Rücken gegen einen Stapel Heringskisten, die kräftig nach Fisch rochen. Von dort aus konnte sie den Eingang erkennen, aus dem die Männer in kleinen Gruppen schwatzend und lachend herauskamen. Ihr junger Mann war nicht dabei. Sie hörte Geräusche von fließendem Wasser und sagte sich, er sei wohl mit ein paar anderen zurückgeblieben, um Tische und Boden mit dem Schlauch abzuspülen. Dann war Stille. Wieder kamen ein paar Männer aus dem Gebäude heraus. Er war unter den letzten und trat in dem Augenblick vor die Tür, in dem drinnen die Lichter ausgingen. Sie warteten noch auf einen, der die Tür abschloß, und nahmen dann den gleichen Weg wie die anderen. Mary blieb zurück. Feuchter Glanz schimmerte wie mattes Silber über den Hafenanlagen. Plötzlich hatte sie das widersinnige Gefühl, als sei gerade das Glück ihres Lebens an ihr vorbeigezogen, und sie empfand, eine Sekunde lang, den Wunsch zu bleiben, wo sie war, allein mit sich.

Doch das ging nicht.

Also folgte sie den Männern in einem gewissen Abstand. Sie gingen die Straße hinauf und zogen in eine Kneipe, vor der ein großes Wirtshausschild hing: »Zum Lachs«. Es war ein fast modernes Lokal mit einer großen Glastheke und einer Drehtür. Drinnen saßen Fischer und Arbeiter dicht gedrängt vor ihren Bierkrügen. Mary konnte keine Frau entdecken. Nur die beiden Serviererinnen, die ihre Tabletts durch den Raum jonglierten und jeden zu kennen schienen. Mary ging trotzdem hinein.

Sie setzte sich an einen Tisch in der Nähe der Drehtür und bestellte ein schönes dunkles Bier mit viel Schaum. Es war ihr klar, daß die Männer sehr schnell auf sie aufmerksam werden und versuchen würden herauszubekommen, warum sie ganz allein in der Kneipe saß. Sie nahm sich vor, höflich und knapp auf ihre Fragen zu antworten, um damit zu verstehen zu geben, daß sie in Ruhe gelassen werden wollte. Sie hoffte, daß niemand versuchen würde, ihr irgend welche Grobheiten quer durch das ganze Lokal zuzurufen, wie sie es schon bei ihren Brüdern erlebt hatte, wenn ein Mädchen ihre Annäherungsversuche zurückwies. Es war ihr peinlich, wie Männer den starken Mann markieren, wenn ein Mädchen sie abblitzen läßt. Dann lassen diese Kerle nichts aus. Es ist nicht einfach für ein Mädchen, sich in einer Kneipe richtig zu verhalten, wenn es allein ist. Sobald Männer merken, daß es nichts von ihnen wissen will, werden sie um so unflätiger, je verlegener das Mädchen wird. Sie spielen sich derart auf, daß man nur noch weggehen kann.

Aber das war an diesem Abend nicht nötig. Die Männer waren, obgleich es Samstag war, ganz friedlich. Vielleicht hatten sie noch nicht zu viel getrunken, oder vielleicht beeindruckte sie Marys Zurückhaltung. Sie war ganz einfach da und trank ein Bier. Der junge Mann saß an einem Tisch in der Mitte des Lokals. Sie hatte ihn flüchtig gesehen, als sie sich setzte. Mary schaute nicht zu ihm hinüber. Sie starrte auf ihr Bier oder blickte zur Tür, durch die die sternlose Nacht drang.

Wie damals bei der Prozession in der Kirche hatte Mary das Gefühl, daß sie den jungen Mann gar nicht anzusehen brauchte, es genügte ihr, da zu sein, wo er war, nur in seiner Nähe zu sein.

Sie schaute mal auf den Schaum in ihrem Bierkrug, mal

in die Nässe draußen hinter den Scheiben der Drehtür, die ständig Gäste hinaus- und hereintransportierte.

Plötzlich sah sie, wie der junge Mann aufstand und zu ihrem Tisch kam. Ihr Herz schlug wild. Einen Augenblick lang sah sie ihn nicht, weil sie durch die Scheinwerfer eines vorbeifahrenden Autos geblendet war. Dann stand er vor ihrem Tisch.

»Kennen Sie mich noch?« fragte er.

»Ja.«

Und weil er nichts darauf entgegnete, sagte sie schnell:

»Wollen Sie sich nicht setzen?«

Einen Augenblick lang schien er zu zögern und sagte dann unvermittelt:

»Ich würde lieber ein bißchen spazierengehen. Ich wollte sowieso nach Hause.«

»Gern.«

Ein bißchen ungeschickt versuchte er, Mary zu ihrem Bier einzuladen, aber sie sagte:

»Ich habe schon bezahlt.«

Wortlos gingen sie nebeneinander her. Der Weg war so holprig, daß ihre Gedanken ins Stolpern kamen. Nur an ihren Träumen konnten sie sich festhaken, die jeder für sich geträumt hatte und dem anderen nicht vermitteln konnte. An diesem Abend, mit ihren schmutzigen Schuhen, ihren Alltagkleidern, in der kalten, klaren Nacht waren sie einander fremd.

Jemand mußte das verlegene Schweigen brechen. Also faßte Mary sich ein Herz:

»Ich heiße Mary und gehe auf die Schwesternschule.«

»Ich heiße Jeremy und arbeite in der Heringsfabrik.«

Sie verriet mit keinem Wort, daß sie ihm bei der Arbeit zugeschaut hatte, weil das zu viel von ihr offenbart hätte. War das eine Lüge? Sie machte sich Vorwürfe, nicht die

Wahrheit gesagt zu haben, aber sie wußte auch, daß es ihr unmöglich war, sich so auszuliefern. Und sie spürte deutlich, daß sie sich nach dem uralten Rezept verhielt, das Frauen überall und immer in solchen Situationen anwenden: »Hüte dich vor den Männern«.

Dann sagte er:

»Ich will auf dem Schiff meines Onkels anheuern; deshalb arbeite ich in der Konservenfabrik.«

»Ist die Arbeit schwer?«

»Nein, viele alte Seeleute arbeiten bei uns. Viele sind schon angeheuert, viele warten darauf, daß sie angeheuert werden, wie ich.«

»Sie fahren wohl gerne zur See?«

»Das wollte ich immer schon. Es liegt bei uns in der Familie.«

»Wir kommen vom Land. Bei uns sind alle Bauern.«

»Mögen Sie das nicht?«

»Doch, aber ich will keine Bauersfrau werden. Ich werde lieber Krankenschwester, weil mir die Stadt genauso gut gefällt. Samstags und sonntags, wenn wir keinen Unterricht haben, spaziere ich gerne durch die Stadt. Ich gehe auch oft zum Hafen.«

»Und wenn es Abend wird, gehen Sie irgendwo ein Bier trinken.«

»Ja, manchmal . . . aber nicht häufig.«

Sie waren schon in der Stadtmitte, als Mary sagte, daß sie zur Schule zurück müsse. Jeremy begleitete sie. Sie sprachen nur wenig und wagten auch diesmal, wie während der Prozession, nicht, sich in die Augen zu schauen. Sie gingen Seite an Seite. An der Haustür, als Mary klingeln wollte, sagte Jeremy:

»Wir könnten uns am nächsten Samstag so wie heute treffen, wenn Sie wollen.«

Mary antwortete schnell:

»Ja, sehr gern.«

Nach und nach wurde es zur Gewohnheit, daß sie sich am Samstag trafen. Sie sprachen wenig, gingen nur zusammen spazieren. Ihre Schweigsamkeit störte sie nicht. Beide waren stille Menschen. Ein paar Wochen später aßen sie abends zusammen in einem Gasthaus in der Nähe des Bahnhofs. Und auch das machten sie zu ihrer Gewohnheit. Dort fanden sie den Mut, sich in die Augen zu sehen, kurz und tief. Es machte sie glücklich. Sie waren gern zusammen und duzten sich jetzt. Fünf Minuten vor zwölf mußte Mary zu ihrer Schule zurück.

Herbst, Winter und Frühjahr gingen so ins Land, bis Jeremy eines Samstags während des Spaziergangs plötzlich stehenblieb. Sie waren den Weg an der alten Stadtmauer entlang gegangen, über die Moos, Flechten und Efeu wucherte. Wäre es nicht schon dunkel gewesen, hätten sie von dort aus das Meer sehen können, das sich grün und weit unter den Klippen erstreckte.

Jeremy war größer als Mary. Er sah ihr direkt in die Augen:

»Nächste Woche gehe ich an Bord und bleibe während der ganzen Fangsaison auf See.«

Mary wollte das Herz aus der Brust springen, es krampfte sich zusammen. Eine Laterne beleuchtete den Kieselweg. Mary schaute unablässig auf ihren Schuh, mit dem sie die kleinen Steine wegkickte. Sie hoffte inständig, ihr Herz möge wieder ruhiger werden. Dann erst konnte sie sagen:

»Gut. Du hast erreicht, was du immer schon wolltest.«

»Ja. Ich freue mich, und ich hoffe, daß du auch erreichst, was du dir wünschst. Zum Jahresende wirst du ja dein Examen hinter dir haben.«

Sie mußte lachen, ohne zu wissen, warum.

»Hoffentlich. Schließlich arbeite ich sehr dafür.«

Und dann, mit diesem Lachen, das ihr unerklärlich war:

»Ich werde traurig sein, wenn ich dich nicht mehr sehe.«

Er sah sie mit einer Direktheit an wie nie zuvor, und auch Mary hatte plötzlich den Mut, ihn ganz offen anzuschauen.

Er nahm sie in die Arme und preßte sie eng an sich. Sie hatte so lange auf diese Umarmung gewartet, es war, als tauche sie in warmes Wasser. Sie wußte nicht, was sie mit ihren Armen machen sollte, und ließ sie hilflos hängen. Mary und Jeremy zitterten. Die Begierde, die sie beide so lange zurückgehalten hatten, durchdrang sie beide, erschütterte sie, rüttelte sie auf, ließ sie schaudern, erregte sie durch und durch. Mary legte ihr Gesicht an Jeremys T-Shirt. Zum erstenmal roch sie durch Schweiß- und Meergeruch hindurch den Duft des Mannes, den sie haben wollte, von dem sie geträumt hatte und den sie jetzt mehr als zuvor liebte. Entschlossen nahm sie ihre Arme hoch und krallte sich an Jeremys Rücken fest. Sie spürte seine starken Muskeln. In dem Bedürfnis, ihre Bewegungen aufeinander abzustimmen, gleichsam ineinander zu verschmelzen, verloren sie fast das Gleichgewicht. Sie mußten sich gegen die alte Mauer am Ende der kleinen Straße lehnen.

Als Mary den Kopf hob, begegneten sich ihre Lippen, die Nasen, die Wangen, ihre Augen, die Spitzen ihrer Haare, die Wimpern, die Ohren, ihre ganze Haut. Die Sehnsucht hatte tausend Mündungen gefunden, der Schmerz ihrer Körper Linderung. Ihre Gesichter waren mit Speichel und Tränen bedeckt.

Lange blieben sie so stehen, wie angewurzelt, unersättlich, bis sie sich schließlich erschöpft losließen.

Es war Zeit, zur Schule zurückzugehen. Jeremy begleitete Mary. Sie hielten sich bei den Händen. Über ihre aufgewühlten Gesichter zogen sie die Maske der Wohlerzogenheit.

Die Stunde des Abschieds war gekommen. Jeremy sagte:

»Wir sehen uns wieder.«

»Wann?«

»Ich weiß nicht.«

Als Mary das Schulgebäude betrat, wußte sie, daß sie Jeremy nie mehr wiedersehen würde.

Für Simone und Jean-François war Corvagh eine driftende Insel, ein Spielball des Meeres, den eine immense Eruption vom Festland abgerissen hatte. So schwebte sie durch die nebelverhangene Dämmerung.

Um Mary MacLaughlin besser kennenzulernen, wollten sie die Gegend in sich aufnehmen, aus der sie kam. Daher waren sie ins Hinterland gefahren und sahen sich auch Sligo an. Sie wanderten durch das Torfmoor, sahen die Häuser, die sich hinter dichten Rhododendronhecken versteckten, und angelten drei Forellen aus einem winzigen See, der wie ein Nabel in den weichen Moorbauch dieser Landschaft eingebettet war, die mit ihren kleinen, sich bis zum Horizont scheinbar unendlich multiplizierenden Hügeln, dem Wind und den Schafen mit den schwarzen Köpfen gehörte.

An diesem schönen Tag, als sie nach einem letzten Blick auf die grandiose, kalte, einsame Gegend zu ihrem Wagen zurückkehrten, begegnete ihnen ein alter Bauer mit seiner Schafherde. Er sah die drei Forellen, die die Fremden auf ihre Kühlerhaube gelegt hatten, und blieb stehen, um sie sich zu betrachten. Vergnügt sagte er dann:

»Three nice little fellows!«

Dann zog er mit seiner Herde weiter.

»Das hätte von Shakespeare sein können«, sagte Simone.

»Ja, wirklich.«

In Sligo schauten sie sich den Hafen an, wanderten durch die Straßen und gingen in einen kleinen Laden, weil sie Hunger hatten und ein bißchen Schokolade kaufen wollten. Innen sah es wie in einer sauberen Schiffskombüse aus. . . . Alles war aus gewachstem Holz: der Boden, die Wände, die Decke und die Verkaufstheken, hinter denen Verkäufer in weißen Kitteln geschäftig waren. Über jeder Theke hing ein kleiner kupferner Kassiber, in dem der Verkäufer die Rechnung zusammen mit dem Geld des Kunden deponierte. Dann beförderte er das Ding mit einer kräftig ausholenden Armbewegung ein Seil entlang, bis hinauf zu einer Art Hängeboden, wo ein Kassierer mit Ärmelschützern aus Glanzseide thronte. Ein Dutzend Schnüre liefen in seinem Büro zusammen. Er nahm die kleinen Kassiber in Empfang, kontrollierte die Rechnung und schickte auf dem gleichen Weg die quittierte Rechnung und das Wechselgeld für den Kunden zurück.

Simone und Jean-François betrachteten diese Riesen-insekten, die da über ihren Köpfen hin- und hergezogen wurden, mit Entzücken. Sie überlegten sich, ob wohl auch Mary in diesem Lädchen eingekauft haben mochte.

»Man kommt sich vor wie in einem Buch von Dickens«, sagte Jean-François.

»Da hast du recht.«

Shakespeare, Dickens. Sie befrachteten jetzt Marys Lebensgeschichte mit ihrem ganzen Schulwissen. Allerdings wurde ihnen sehr schnell klar, daß ihnen das nicht sehr viel weiterhalf, daß sie aber andererseits in so kurzer Zeit keine andere Möglichkeit finden würden, das Wesentliche dieser ländlichen Lebensart zu begreifen. Besonders schwierig war das in dieser Gegend Irlands, wo das Land wild und arm war, eingezwängt zwischen dem Meer und einem Himmel voll gälischer Märchen.

Sie fuhren nach Corvagh zurück und blieben dort, wieder sich selbst überlassen, und entdeckten bewegt, wie aus ihren Wurzeln, in »ihrer« Mary halb südliche Schwermut, halb flämische Leichtigkeit zu wachsen begann. Sie sprachen über alles, was sie lange Zeit nur zu flüstern gewagt oder oft genug absichtlich unterdrückt hatten. Manche Worte schlugen eine Bresche in die Mauern, die sie umgaben, andere waren wie Schlüssel zu verborgenen Mechanismen, von deren Existenz sie nie etwas geahnt hatten. Im Schweigen offenbarte sich ihnen ihre Fremdheit, ihre Phantasien zeigten ihre Verschiedenheit.

Für Simone war Mary in erster Linie eine Frau und damit in gewisser Weise identisch mit ihr selbst, was ihr Kraft gab; warum, wußte sie nicht.

Für Jean-François dagegen verkörperte Mary in erster Linie den Tod. Dieses Gefühl bemächtigte sich seiner so stark, daß er sich Simone gegenüber fast hilflos fühlte.

Gemeinsam versuchten sie, einander zu verstehen und über sich selbst klar zu werden. Wo Simone heftig reagierte, blieb Jean-François gelassen und demütig, aber beide wußten eigentlich nicht, was sie zu begreifen versuchten, ob es Mary war, sie beide oder dieses Dreiergespann, das sie nun bildeten.

»Simone, was wissen wir eigentlich von Mary?«

»Daß sie als junges Mädchen Irland verließ, weil sie schwanger war.«

»Mit dem Diplom als Krankenschwester in der Tasche.«

»Ja. Und wir wissen, daß sie vor zwei Jahren mit einem halbwüchsigen Sohn zurückkam.«

»Und mit achtunddreißig Jahren starb.«

»Das ist alles.«

Schweigen. Dann fragt Jean-François:

»Kann man sich im Englischen duzen?«

»Nein . . . nur Gott wird mit Du angesprochen . . . warum fragst du mich das?«

»Nur so.«

Die Geschichte der Mary MacLaughlin (Fortsetzung)

Mary MacLaughlin bestand zum Jahresende ihr Examen mit Auszeichnung. Während der Ferien arbeitete sie im Krankenhaus als Schwesternhelferin, um die Kranken und deren Welt besser verstehen zu können, die bald ja auch ihre Welt sein würde; aber auch, um immer dem Meer nahe zu sein, auf dem Jeremy dahinschwamm.

Dann fing die Schule wieder an, die Fangsaison ging zuende, aber Jeremy kehrte nicht zurück. Das Meer hatte sich ihn geholt.

Mary vergrub sich in die Arbeit, wie die Sträucher im brasilianischen Sertao, die wie dürres Gestrüpp aussehen, in Wirklichkeit jedoch nur Ableger riesiger Wurzelgewächse sind, die tief ins Erdreich eindringen, um das bißchen Wasser zu finden, das sie zum Leben brauchen. Äußerlich war Mary eine zierliche, fleißige und ruhige Person, die nie lachte oder aus sich herausging. Und doch steckte in ihr eine unglaubliche Lebenskraft, die sie jedoch tief in sich verschloß. Je intensiver sie arbeitete, desto mehr schürte sie das verborgene Feuer, das in ihr loderte. Begierig lernte sie alles, was die Funktionen des menschlichen Körpers betraf. Sie wußte alles über Fieber, Infektionen, Mikrobenübertragung, über schlummernde Viren und ausbrechende Epidemien. Tropfen für Tropfen studierte sie die Zusammensetzung des Blutes, untersuchte die Nervenstränge Faser für Faser, die Knochen, die Haut, die Muskeln Zelle für Zelle, sie lernte, was Lymphe ist und was Urin, sie kannte die Tränen, die Exkremente und den Schweiß des Leidens.

Durch die Küsse an der Stadtmauer war Marys Leben in Aufruhr geraten. Durch die, die Jeremy ihr gegeben hatte, und durch die, die sie ihm gegeben hatte – durch die womöglich noch ein wenig mehr. Die Küsse waren süß, aber die Reaktion ihres Körpers hatte sie überrascht. Wenn sie gelegentlich daran zurückdachte, hatte sie das Gefühl, das Opfer ihrer eigenen Leidenschaftlichkeit geworden zu sein. Woher kam diese lodernde Begierde, dieses Wissen um die Reaktionen des anderen, dieser Instinkt für die Wirkung von Zärtlichkeiten? Sie fühlte Jeremys hartes, rundes Ding noch immer warm an ihren Leisten und war noch immer überrascht, wie sehr sie seine Begierde durch ihre Küsse angestachelt hatte. Manchmal war sie wie besessen davon, wie kam es, daß sie diese Urmechanismen instinktiv beherrschte? Dieses Rohr, dieser Knüppel, diese Flöte, dieser Hot-dog – das war genau das, was sie brauchte, was sie haben wollte, um ausgefüllt, voll, vollendet zu sein. Dieser Mechanismus, dieses genau aufeinander abgestimmte Spiel beherrschte ihren Körper mit einer Intensität, von der ihr Kopf nichts wußte.

Mary begann, schwere und leichte Krankheiten zu erkennen, ob sie heilbar oder unheilbar waren. Aber all das hatte mit ihrem Beruf zu tun, und sie achtete darauf, daß ihr eigener Körper davon unberührt und gesund blieb. Als wolle sie ihn vor jedem Keimen und jedem Gären bewahren. Als wolle sie verhindern, daß ihr Geist ihren Körper infiziert, als habe sie Angst um ihn.

Die Ärzte rissen sich um sie. Schließlich holte sie ein Nervenspezialist in seine Abteilung. Im Dienst herrschte sie fast wie eine Königin, streng, ernst; ihre Hände brachten Frieden, ihre Anwesenheit beruhigte, ein paar Worte von ihr wiegen die Kranken in Schlummer.

Das Krankenhaus war ihr Königreich, ihre Welt, nur dort lebte sie wirklich. Sie liebte den Nachtdienst, der sie oft an den Rand ihrer physischen Kraft brachte; danach fiel sie in einen schweren Schlaf, der sie ihren Körper vergessen ließ.

Sie hatte in der Nähe des Krankenhauses eine Unterkunft gefunden, ein Zimmer mit Küche und Bad, das aber mehr einer Klosterzelle als der Behausung eines jungen Mädchens von zwanzig Jahren glich. Sie war nur zum Schlafen dort und zum Lernen, denn sie hatte sich vorgenommen, sich auf ein Medizinstudium vorzubereiten. Wenn sie ihren Kopf mit all dem Lehrstoff so voll gepfropft hatte, daß absolut nichts mehr hineingehen wollte, ging sie spazieren. Jedesmal überfiel sie ein Glücksgefühl, wenn sie durch den Nieselregen ging, das schlammige Pflaster und die nassen Rinnsteine sah. Sie konnte stundenlang so mit schnellen Schritten durch die Straßen gehen. Sie verbannte die Erinnerung an Jeremy aus ihrem Bewußtsein, sie wollte nicht, daß sein Bild wieder auftauchte. Es sollte irgendwo im Ungefähren ruhen und ihr nur so nahe kommen, daß eine Berührung schmerzlos war und gerade nur bewirkte, daß sie größere Schritte machte und schneller atmete, als ob sie verfolgt würde.

Sie ging nicht mehr zum Hafen, aber auch nicht mehr aufs Land, denn das hätte Empfindungen aus Fleisch und Blut bedeutet, die sie verwirrt hätten: Mutters weiches Gesicht, die kräftigen Arme ihrer Brüder, Vaters Mund unter dem tabakgelben Schnurrbart, der an seiner Pfeife saugte, die runden Leiber ihrer Schwestern. Sie war eine Fremde geworden. Sie wußte nicht mehr, wie gut ein Bier schmeckt, wie herrlich ein großes Essen duftet, auf das man seit dem frühen Morgen begierig und freßlustig wartet. Nur geistige Arbeit bedeutete ihr noch etwas, und dafür war auf dem Hof zuhause kein Platz. Dort lachte oder weinte man über einfache Dinge, man arbeitete mit seinen Händen, mit den Armen, dem Rücken und dem Bauch. Das ging immer so weiter, bis eines Tages, ohne Vorankündigung, der Tod vor der Tür stand. Davor hatte sie Angst, sie flüchtete vor diesem Leben, weil sie fürchtete, sich ihrer Körperlichkeit auszuliefern. Sie glaubte, daß man seinen Körper besiegen könne und daß der Tod käme, wenn man ihn herbeiwünschte, wenn man dem Leben durch die Auslöschung seiner körperlichen Existenz ein Ende setzte.

Dennoch war Mary kein Mensch, der Trübsal blies, denn sie kannte ihre starke Lebenskraft und war sich bewußt, daß etwas Ungewöhnliches in ihr schlummerte. Ihre bäuerliche Herkunft hatte ihren Sinn für Proportionen und einen gewissen Fatalismus erhalten. Sie wußte, daß sie ihre physischen Schwierigkeiten überwinden mußte, aber später, irgendwann einmal . . . Sie bildete sich nichts auf ihre Jungfräulichkeit ein und war zu den Nonnen, die wie Unglücksraben durch die Gänge des Krankenhauses flatterten, eher grob. Sie wollte nicht sein wie sie. Sie wartete und wappnete sich für das Kommende wie eine Minerva, eine Amazone.

Mary war stolz und setzte alles daran, nicht noch einmal zu unterliegen. Auch wenn damals die See ihre Rivalin gewesen war, so wollte sie doch nie wieder das demütigende Gefühl erleben, etwas unwiederbringlich verloren und versäumt zu haben – lieber wollte sie allein bleiben. Binnen kürzester Zeit war Mary beruflich so erfolgreich, daß sie sich in einem Kreis ernsthafter und engagierter Menschen bewegte, die alle wesentlich älter als sie und meist Mediziner waren. Aber auch die jungen Schwesternschülerinnen achteten sie, fürchteten sie fast. Sie wirkte mit ihrem straffen schwarzen Knoten, dem undurchdringlichen Blick, der keinerlei Vertraulichkeit aufkommen ließ, ihrer Strenge und ihrer stets untadeligen Tracht ziemlich einschüchternd.

So gesehen könnte man denken, Marys Leben sei trostlos gewesen, was aber nicht der Fall war. Mary war mit ihrem Beruf, den sie liebte, viel zu ausgefüllt, um unglücklich zu sein. Die Wunde in ihrem Herzen vernarbte nicht, aber sie schmerzte nur noch selten. Manchmal ein Stechen, ein brennendes Ziehen – wenn Mary dieser unerträgliche Schmerz überkam, schluchzte sie wie ein kleines Mädchen, lag flach auf ihrem Bett und weinte in ihr Kopfkissen. Das passierte meist an ihren freien Tagen, oder wenn sie abends müde nach Hause kam.

Eines Tages, nach der Arbeit – es hatte sich nichts besonderes ereignet, der Tag war so harmonisch verlaufen, daß Mary das Leben eigentlich schön erschien – befiel sie auf dem Nachhauseweg der alte, wohlbekannte Schmerz. Er war so stark, daß er sich nicht mehr eindämmen ließ, daß sie die Angst davor packte, in ihrem Zimmer von Weinkrämpfen geschüttelt zu werden, Gefangene ihrer Hoffnungslosigkeit. Sie haßte diese Krankheit, die sie nicht loswerden konnte, sie wollte sie nicht – nicht heute, nicht an einem so schönen Tag. Ich will leben.

Sie kehrte um und ging in Richtung Innenstadt. War sie sich bewußt, daß es Mai und sie erst dreiundzwanzig Jahre alt war, daß fünf Jahre vergangen waren, seit damals, als sie Seite an Seite mit Jeremy an der Prozession teilgenommen hatte? Mary ahnte, daß es von allem etwas war, daß alles zusammen den alten Schmerz wieder in ihr aufbrechen ließ. Mary hatte gelernt, daß das Unterbewußtsein den Menschen auf allen Wegen begleitet und ihn sowenig verläßt wie sein eigener Schatten. Sie sah es täglich bei ihrer Krankenpflege.

Als Bauernmädchen hatte Mary rechnen gelernt. Sie fand plötzlich, daß fünf Jahre eine lange Zeit im Leben einer Dreiundzwanzigjährigen sind.

Sie ging langsamer und schaute sich die Auslagen der Geschäfte an. Wie zufällig nahm sie die Richtung zum Hafen und zum Fischerdock.

Die wohlvertraute Szenerie, die sie absichtlich verdrängt hatte, wühlte sie auf. Sie fühlte sich plötzlich erschöpft und setzte sich auf einen Haufen armdicker alter Taue, die zum Ausbessern dalagen. Wie stark muß das Meer sein, um diese festen Taue zu zerfetzen! Durch den häufigen Gebrauch waren sie faserig und ausgebleicht. Mary berührte sie zärtlich und ließ sich von dem lang entbehrten Schauspiel gefangennehmen: die Möwen segelten im stillen Flug dicht nebeneinander, ein fliegendes Dach über den Fischkisten. Aus den Hafenlaternen quoll trübes Licht, das die Fischschuppen wie bei einem Meeresleuchten funkeln ließ, und über die dickbauchigen, grellbunt angemalten Kähne strich. Die schwankenden Maste der Fischerboote, die alle Namen von Heiligen trugen, glichen einem Zauberwald. Im sanften Schwappen des Brackwassers tauchten sie rhythmisch auf und nieder. Über die vertäuten, wackeligen Gangways gingen die Fischer hin und her. Sie gingen mit leeren Händen an Bord und kamen schwerbeladen und breitbeinig, um ihr Gleichgewicht zu halten, wieder hinunter zum Quai. Wenn sie sich begegneten, riefen sie sich etwas zu. Die kurzen, abgehackten Worte trug der Wind davon.

Für Mary waren diese Männer wie alte Freunde: alle hatten die gleichen starken, liebevollen Arme wie Jeremy. Sie war so glücklich, hier zu sein, daß sie sich zum erstenmal nicht der Tränen schämte, die ihr über die Wangen liefen.

Die Käufer begannen ihr Palaver. Mit dem Bestellblock in der Hand feilschten sie mit den Bootseignern. Die Schönheit der Fische, der Schweiß der Männer berührte sie nicht – sie redeten nur über Geld. Die breiten, windgegerbten Gesichter, die Haare, die der Regen an Stirn und Nacken klatschte, die Möwen, die Plattfische, die Heringe, die Hafenleuchten, die Schiffsheiligen, das sachte Schwingen der Masten, die Nacht, die Makrelen und die Schollen interessierten sie nicht. Wichtig war nur, ob die Ware ein paar Pfennige teurer oder billiger geworden war – und das hing allein von der Marktlage ab.

Mary empfand weder Abneigung noch Sympathie für diese Männer. Sie beobachtete sie nur und wußte genau, daß sie trotz ihrer städtischen Kleidung und der Ringe an ihren Fingern nicht reicher waren als die Fischer. Den Seeleuten gehört das Meer. Wenn sie an Bord sind, brauchen sie das Festland nicht mehr. Es machte Mary froh, daß sie gekommen war, denn jetzt verstand sie Jeremy. Wenn man sieht, wie die Männer sich auf den Booten bewegen, wie sie miteinander reden und miteinander umgehen, dann weiß man, daß man sich dem Meer nicht halbherzig verschreiben kann. Hatte sie sich nicht auch voll und ganz ihrer Arbeit im Krankenhaus hingegeben? Würde sie je diese Aufgabe vernachlässigen? Nein. Sie liebte ihren Beruf und plante ihre Zukunft auf diesen Fundamenten. Es wäre ihr unmöglich, ein Familienleben so wie ihre Mutter zu führen.

Drei Händler machten sich auf den Nachhauseweg und flachsten Mary im Vorbeigehen an. Dumme Sprüche, wie sie Männer immer machen, wenn sie einem Mädchen ohne Begleitung begegnen.

Mary konnte selbst kaum fassen, daß sie ihnen eine Antwort nicht schuldig blieb – aber sie war so fröhlich an diesem Abend! Lachend, mit dem beißenden Spott ihrer Heimat sagte sie ihnen, sie sähen aus wie Hunde, die eine Hündin witterten. Wie kam es, daß sie plötzlich so unverfroren und schlagfertig war? Sie fühlte sich ganz einfach sicher und wohl, wie sonst nur im Krankenhaus. Sie war sich selbst ein wenig fremd in diesem Augenblick, denn obgleich sie ihren Mann zu stehen und sich zu verteidigen wußte, benahm sie sich sonst so, daß niemand den Wunsch spürte, ihr näherzukommen.

Zwei der Männer waren in Eile und gingen hastig weiter. Sie hatten einfach so, auf Verdacht, ihre Angelrute ausgeworfen und weder Zeit noch Lust, die unerwartete, aufsässige Beute festzumachen. Der dritte dagegen baute sich vor Mary auf und begann eine dümmliche Unterhaltung, die lediglich bewies, daß er über die Lebensart eines Kohleschiffers verfügte. Die Situation war lächerlich. Mary verlor ihre gute Laune zwar nicht, aber sie machte ihm doch klar, daß sie nicht das war, was er von ihr dachte.

Sie stand auf, um der absurden Situation ein Ende zu machen. Er begleitete sie die Hafentreppe bis zum Gasthaus »Zum Lachs« hinauf. Nach ein paar Sätzen hatte er gemerkt, daß Mary kein Hafenmädchen war, sondern im

Gegenteil sehr wohlerzogen war; das schüchterte ihn ein und machte ihn neugierig zugleich.

»Möchten Sie ein Bier mit mir trinken?«

Sie waren vor der Kneipe angekommen, wo Mary sich oft mit Jeremy getroffen hatte. Sie wollte hineingehen, sehen, ob sich etwas verändert hatte. Es war so, wie wenn man ein altes, abgelegtes Kleid noch einmal anprobieren möchte.

»Wenn Sie möchten.«

Sie wollte eben die Straße überqueren, als er sie beim Arm griff und nach rechts zog.

»Wohin wollen Sie?«

»Ich habe meinen Wagen ein wenig weiter unten geparkt.«

Sie war völlig überrascht. Er hatte ein Auto! Mary kannte nur arme Leute – sie traf keine anderen. Ihr Vater besaß zwar eine alte Karre, die nach Schweinen stank, aber das konnte man schlecht Auto nennen. Auch der Arzt, dem sie assistierte, hatte einen Wagen, aber sie war noch nie mit ihm gefahren. Die Tatsache, daß der Händler ein Auto besaß, machte sie ebenso verlegen, wie er es durch ihre Art zu reden geworden war. Eine gebildete Frau und ein reicher Mann – für den Anfang eine vielversprechende Situation . . .

Er lud Mary in ein Pub in der Innenstadt ein, das außen grell beleuchtet und innen reichlich schummerig war. Überall Spiegel, falsches Gebälk und nachgemachte Stilmöbel, auf jedem Tisch standen unechte Leuchter. Es sollte aussehen wie ein Gasthaus aus der guten alten Zeit. Dazu sanfte Musik.

Mary fragte sich, was sie hier eigentlich zu suchen hatte. Wie schnell sich etwas in wenigen Augenblicken verändern kann! Ausgerechnet sie, die eben noch schweren

Herzens mit Heften und Büchern auf dem Weg in ein leeres Zimmer war, saß nun auf einem roten Samtsofa einem Mann gegenüber, den sie nicht kannte und der nicht recht wußte, wie er sie behandeln sollte.

Im Grunde war Mary sehr lebhaft. Ihre äußere Zurückhaltung war aufgesetzt, kaschierte ihr Temperament und ihre Entschlossenheit. An diesem Abend war sie nicht mehr bereit, ihre Jungfräulichkeit länger hinzunehmen. Sie betrachtete den Mann und kam zu dem Entschluß, mit ihm ins Bett zu gehen. Außerdem wollte sie sich nichts vormachen – schließlich war das auch für ihn der tiefere Sinn der Sache. Wenn ein Fischhändler eine Krankenschwester auf einem einsamen Hafenbummel anspricht, ist es nicht schwer sich vorzustellen, was das zu bedeuten hat.

Das Problem war nur, daß Mary nicht wußte, wie sie sich zu verhalten hatte. Sie hatte nie Lust gehabt, in die Geheimnisse ihrer Schulfreundinnen eingeweiht zu werden, und hatte sich auch nie an ihrem endlosen Getuschel und Gekicher beteiligt, sie war nie im Kino gewesen und hatte noch keinen Roman gelesen. Alles in allem war sie in amourösen Dingen völlig unerfahren.

Zuerst waren sie durch die Bedienung abgelenkt, die ihre Bestellung aufnehmen wollte. Die Frau stand vor ihrem Tisch und wartete, bis sie sich entschieden hatten. Trotz ihres koketten Äußeren war sie recht abgetakelt, das Gesicht unter der toupierten Dauerwelle faltig, der Bauch über dem Spitzenschürzchen aufgedunsen, die Beine unter dem kurzen Rock mit Krampfadern bedeckt. Ihr war es gleich, wen sie bediente – sie hatte Zeit.

Schließlich bestellten sie zwei verschiedene Biere, ein dunkles für Mary und ein helles für den Händler.

»Ich trinke auch gern dunkles Bier, aber heute abend

finde ich ein helles erfrischender. Ich bin durstig.«

Schweigen. Ein leiser Streichertango.

»Sind Sie Lehrerin?«

»Nein, Krankenschwester. Ich assistiere Professor X. Er ist Neurologe.«

Sie wußte sehr wohl, was sie damit ausrichtete. Das Wort »Neurologe« mußte den Mann blockieren, so wie Kataloge, Psychologe, Kardiologe . . .

»Mein Vater und meine Mutter haben beide ein Herzleiden. Sie sind bei einem Kardiologen in Behandlung, bei Doktor Y. Kennen Sie ihn?«

»Nein, er hat kein Bett in unserem Krankenhaus.«

Menschen, die sich um das körperliche Wohl anderer Menschen kümmern, strahlen immer so etwas wie eine magische Wirkung aus. Man glaubt, sie besäßen den Schlüssel zu langem und gesundem Leben, man meint, sie kennen das Geheimnis des Todes. Man stellt sich vor, sie könnten in das Innere eines Menschen sehen und fürchtet ihren Blick. Es gibt so viel zu verbergen in jedem von uns!

»Und was machen Sie? Sie handeln mit Fisch?«

»Ja. Die Küste zwischen Sligo und Mullaghmore entlang. Hauptsächlich Fisch und Hummer. Ich versende sie nach Dublin oder auf den Kontinent.«

»Ich esse nicht gern Fisch.«

Es tat ihr leid, daß sie das gesagt hatte; es war nicht besonders geeignet, die Atmosphäre zu entkrampfen. Glücklicherweise entgegnete er:

»Ich auch nicht.«

Beide mußten lachen.

»Aber es ist doch ein einträgliches Geschäft?«

Er erzählte ihr von seinen Lastwagen und Tiefkühltransportern, mit denen er die Ware nach Dublin oder zum Flughafen Shannon transportierte. Dafür braucht man Leute, Fahrer, Vertreter, Sekretärinnen ... Er fühlte sich überlegen und sonnte sich in seinem Glanz. Mag sein, daß er nicht gut reden konnte, aber dafür verdiente er gut.

Mary betrachtete ihn. Er mußte ungefähr dreißig sein. Er war sehr groß – viel größer und breiter als Jeremy. Aber vielleicht lag das nur daran, daß Jeremy so viel jünger gewesen war, als sie sich kennengelernt hatten! Jetzt wäre er sicher auch kräftiger. Das wird man eben, wenn man jahrelang Taue schleppt, Fischkästen wuchtet, Wind und Wetter auf hoher See ausgesetzt ist ...

Der Mann erzählte ihr von Dublin, wo er eine Woche im Monat verbrachte; was natürlich seine Überlegenheit stärkte. Schließlich reist nicht jeder so oft in die Großstadt und kennt sie wie seine Westentasche. Von Sligo sprach er ziemlich abfällig.

Er hatte braune Haare und sehr blaue Augen; sein Gesicht bekam daduch etwas Weiches. Seine Lippen waren voll und rot, sie zogen Mary gleichzeitig an und stießen sie ab.

Sie tranken ihr Bier und dann noch eins. Dann sagte der Mann:

»Es ist schon spät. Ich muß nach Hause. Ich wohne ja nicht in Sligo, und morgen früh um fünf habe ich meine erste Fuhre.«

Er zahlte, ohne auf die Rechnung zu schauen – ein Mann von Welt, der weiß, wie man sich in diesen Dingen benimmt. Für ihn waren Rechnungen das gleiche wie für Mary Krankheiten – er kannte sich damit aus.

Dann brachte er sie nach Hause. Im Auto griff er nach ihrer Hand, während er den Motor laufen ließ, und sagte zu ihr:

»Könnte ich Sie an einem der nächsten Tage besuchen?

Ich weiß ja jetzt, wo Sie wohnen.«

Plötzlich hatte seine Stimme einen merkwürdigen Klang, als wolle er in seine korrekte Formulierung ein vielversprechendes Lächeln einfließen lassen. Mary lief es frostig den Rücken herunter. Klebrig war das. Am liebsten hätte sie ihn zum Teufel geschickt, aber nein, sie ließ ihre Hand in seiner Hand, nur ihrem Entschluß wurde sie untreu.

»Wenn Sie wollen. Mein Dienst geht bis ungefähr fünf Uhr, und dienstags bin ich auf Abruf.«

»Gut. Danke für den schönen Abend.«

Er drückte Marys Hand ein wenig fester.

»Wie heißen Sie eigentlich?«

»Mary MacLaughlin. Also dann. Bis bald, vielleicht.«

Sie stieg schnell aus, ohne ihn nach seinem Namen zu fragen. Es war ihr egal, denn sie wußte genau, daß er wiederkommen würde.

Der gute Mann hatte es offensichtlich eilig, denn schon am nächsten Tag stand er um sieben vor ihrer Tür. Mary hatte ihn erwartet und auf dem Nachhauseweg vom Krankenhaus eine Flasche Whiskey gekauft. Sie freute sich sogar, daß er gekommen war. Prüfungen hatte sie schon immer gerne bestanden.

Diese war jedoch besonders schwierig, weil sich Marys sexuelle Erfahrungen bisher auf den endlos langen Kuß, den Jeremy ihr auf dem Spaziergang an der Stadtmauer entlang gegeben hatte, beschränkte. Sonst kannte sie nur die Zärtlichkeiten, die sie sich selbst schenkte, köstlich, sanft und ausdauernd.

Sie war sehr verlegen und forderte den Mann auf, sich auf den Stuhl zu setzen, während sie sich auf das Bett niederließ; andere Sitzgelegenheiten gab es in ihrem Zimmer nicht. Sie öffnete den Whiskey.

»Gestern habe ich ganz vergessen zu fragen, wie Sie heißen!«

»Billy Laghey.«

Kurz und knapp. Über was sollten sie jetzt reden? Ihr fiel nichts ein. Ihr Gesicht wurde verschlossen.

»Ist es Ihnen nicht recht, daß ich Sie besucht habe?«

»Doch.«

»Was ist denn los?«

»Was soll schon sein?«

»Sie machen ein Gesicht, als wären Sie ganz und gar nicht erfreut.«

»Ich habe nur einen anstrengenden Tag hinter mir.«

»Ich auch. Deshalb sind wir ja zusammen, damit wir uns ein bißchen entspannen können. Stimmt's nicht?«

Er stand auf, zog sein Jackett aus und stand in Hemdsärmeln da. Er war sehr muskulös. Seiner Unterwäsche entströmte eine Welle von Kölnisch Wasser. »Er pflegt sich. Das ist doch schon etwas wert«, dachte Mary.

Er setzte sich neben sie und legte einen Arm um ihre Schultern.

»Sie brauchen keine Angst zu haben, ich tu' Ihnen nichts.«

Dieser Affe!

Er umschloß Marys Kinn mit seiner großen Hand, drehte ihren Kopf zu sich herum und küßte sie.

Waren seine Küsse denen von Jeremy ähnlich? Nein. Sie fühlte nur Nässe und Zudringlichkeit, eine Zunge, die sich zwischen ihre Zähne drängte, warm, plump und ungeschickt, der Bote seiner ungezügelten Gier. Es war ihr, als risse er ihr den Kiefer auf. Mit beiden Händen stieß sie ihn zurück. Aber er gefiel ihr, wie er sich nun auf seine beiden Ellbogen stützte; er war so groß und stark, daß er das ganze Zimmer auszufüllen schien.

»Machen Sie das nicht oft?«

»Nein.«

Sie wußte nicht, ob es falsch oder richtig war, ihre Unerfahrenheit einzugestehen. Aber sie wollte ihm auch nicht mehr länger etwas vormachen. Er schien überrascht.

»Laß dich gehen. Ich tu' dir nicht weh.«

Wie lieb dieses »du« war, wie zärtlich, wie schön, daß er es gesagt hatte. Er flüsterte noch einmal:

»Laß dich gehen.«

Langsam begann er, sie auszuziehen. Er küßte jede Stelle ihres Körpers, küßte lange und zärtlich ihre Brüste. Zum erstenmal tat es ihr leid, daß sie so klein waren. Er küßte sie, leckte sie mit der Zungenspitze und knabberte ein bißchen an ihnen. Es war wunderschön. Endlich bekam ihr Körper all das, was sie sich schon in Jeremys Armen gewünscht und was ihr seither so sehr gefehlt hatte. Als er ihren Rock hochschieben wollte, nahm sie seinen Kopf in ihre Arme und drückte ihn gegen ihre Brüste. Sie wollte noch mehr, noch länger liebkost werden.

Seine immer neuen Zärtlichkeiten überraschten sie so, daß sie sich plötzlich ganz steif machte. Wieder sagte er weich:

»Laß dich gehen. Ich tu' dir nicht weh.«

Er schaute ihr nicht ins Gesicht, während er mit ihr sprach, sondern auf die Stelle ihres Körpers, die er liebkoste – als wolle er direkt mit ihrer Haut, ihrer Scham, ihrem Nabel, ihren Grübchen reden. Sie war jetzt nackt. Sie preßte die Schenkel fest zusammen, während er sie streichelte.

»Mach dich doch nicht so steif. Ich tu dir nicht weh.«

Er ließ seine Finger über Marys Schenkel, von den Knien bis zum Becken, streifen, er streichelte sie, bis sie die Beine lockerte und ein wenig öffnete. Dann senkte er seinen Kopf und suchte mit der Zunge ihre Klitoris. Sie wäre nicht auf die Idee gekommen, daß man so etwas machen könnte. Das war ja ein Verrückter, ein Wüstling, der sie wie eine Nutte behandelte! Sie stieß ihn zurück und setzte sich auf, zog die Knie unters Kinn und verschränkte die Arme um ihre angezogenen Beine. Er kniete keuchend auf dem Boden, den Kopf auf dem Bett, die Augen geschlossen. Er war völlig außer Atem.

»Laß mich doch. Laß mich doch.«

»Du bist ein Verrückter, ein Kranker, ein Wüstling!«

»Ach was, laß mich machen, das ist doch ganz normal.«

»Nein, hau ab, du kotzt mich an.«

Nun duzte sie ihn auch, eine außer Kontrolle geratene Intimität hatte sich zwischen ihnen beiden ergeben. Mary, sonst so zurückhaltend und verschlossen, war völlig durcheinander. Plötzlich erschien ihr der Geschlechtsakt mit diesem Mann völlig unmöglich, sie wollte nicht, daß er sie überall mit seinen Fingern und Lippen berührte; eben noch waren seine Finger und seine Lippen listenreiche, köstliche, zärtliche und perverse kleine Abenteuer gewesen, denen sie alles gab, was sie forderten. Aber jetzt sah sie nur noch Hände, die an dicken Armen baumelten, das Gesicht eines Mannes, den sie nicht mochte. Sie hatte geglaubt, ihren Körper immer und unter allen Umständen unter Kontrolle halten zu können, daß nur sie allein ihm Reaktionen entlocken könne, die stärker waren als die selbst auferlegten Zügel. Sie wußte aus täglicher Gewohnheit, daß das Pflegepersonal dem Patienten oft die intimsten, geheimsten Reaktionen abverlangte. Aber das war sozusagen eine technische Notwendigkeit, und da sich die Organe nur ihrem Mechanismus gemäß verhalten und das alles außerdem nur unter Leid, Schmerzen und Scham geschieht, bleibt dieses Sich-Ausliefern ohne Konsequenz, ist ganz einfach eine therapeutische oder pflegerische Notwendigkeit, der man sich unterzieht, um sie so schnell wie möglich zu vergessen. Aber was dieser Mann von ihr verlangte, war etwas ganz anderes. Er wollte, daß sie sich ihm auslieferte, daß sie ihm ihre Träume, ihre Phantasien, ihre gewagtesten Gedanken wissen ließe, daß sie sich ihm voll und ganz öffnete – einem Fremden, einem geilen Wüstling sollte sie sich hingeben!

Er war ein Bild des Jammers, da auf dem Bett, mit gesenktem Kopf, die Arme zwischen den Beinen, halb nackt, zerknautscht und zerknittert, mit einem Hemd, das ihm halb aus der Hose hing. Er hatte die Schuhe ausgezogen. Seine Socken schauten aus den Hosenbeinen hervor. Plötzlich hatte Mary keine Angst mehr vor ihm. In dem zerwühlten Bett fand sie ihre Bluse wieder und zog sie schnell über; sie griff nach dem Laken und bedeckte ihren nackten Bauch. Sie wußte nicht, was sie sagen sollte. Sie schaute ihn an und war sich sicher, daß sie ihn nicht liebte und auch niemals lieben würde. Also konnte irgendein beliebiger Mann sie befriedigen, wenn er nur wußte, wie er es zu machen hatte? Immerhin hatten ihr seine Zärtlichkeiten am Anfang gut gefallen. Also war es nicht nötig, daß man sich liebte, um miteinander zu schlafen?

Mary fühlte sich auf einmal viel älter. Wie eine Offenbarung erkannte sie, daß die Beziehungen zwischen Menschen oft völlig erloschen sind, obwohl sie miteinander leben, lieben, arbeiten, Kinder kriegen – alles ohne eine Spur von Liebe. Bälle ohne Liebe, Ferienfreuden ohne Liebe, Beerdigungen, Hochzeiten, Taufen – alles ohne Liebe. Ein Haus ohne Liebe, eine Fabrik, eine Straße, unzählig viele Dinge des täglichen Lebens – alles ohne Liebe. Das war ihr neu. Bis jetzt waren enttäuschte Leidenschaften, unbeglichene Rechnungen, ungeteilte Zuneigung, Unzufriedenheit und Frustration für sie Ergebnisse wie auch immer gearteter, aber doch amouröser Verwicklungen. Sie wußte bis dahin nicht, daß man Lust, die Notwendigkeit, einen anderen Menschen nahe zu haben, verrückt nacheinander zu sein, ausschließlich mechanisch spüren kann, ohne das geringste Gefühl von Liebe zu empfinden.

Eine traurige Erkenntnis. Mary war traurig, und selbst der Mann schien traurig zu sein. Er war noch immer ganz zerschlagen. Wenn Mary auf seinen breiten Rücken schaute, hatte sie das Gefühl, stärker zu sein als er. Sie sagte:

»Ich liebe dich nicht, und ich werde dich auch niemals lieben.«

Während sie das sagte, streckte sie ihren Arm aus und legte ihre Hand auf den Oberschenkel des Mannes, der sich durch den dünnen Wollstoff seiner Hose hindurch fest und kräftig anfühlte. Eine Weile sprach keiner von beiden ein Wort. Sie spürte, daß er mit ihr reden wollte, aber nicht konnte, als wäre da etwas, was er ihr gerne gesagt hätte und doch nicht ausdrücken, nicht in Worte fassen konnte. Dann richtete er den Oberkörper wieder auf, sie sah sein glattes Gesicht, die Wimpern, hinter denen sich sein Blick verbarg. Er griff Marys Hand und führte sie sacht an seinem Schenkel entlang, bis unter seinen Bauch. Durch die Hose hindurch fühlte sie seinen warmen Schwanz wie damals bei Jeremy. Er machte eine Bewegung wie ein Kind, das seiner Mutter ein aufgeschlagenes Knie zeigt, wie ein Kranker, der etwas zu trinken möchte, oder eine Kuh, die gemolken werden will. Als ob er beschützt, behütet, umsorgt werden möchte. Marys Hand hatte so etwas noch nie gefühlt. Sie hielt sie einen Moment lang offen, berührte nur mit der Handfläche den brennenden Stab. Der Mann stöhnte auf, als hätte er Schmerzen. Mary preßte die Hand fest auf seinen Hosenschlitz. Billy knöpfte sich schnell auf, und Mary hielt den lebhaften, flinken Fisch in ihrer Hand.

Im Krankenhaus sah sie Tag für Tag nackte Männer, aber es war anders als hier, anders als bei diesem Mann hier bei ihr zuhause. Er hatte sich zurückgelegt, den Kopf ins Kissen vergraben, als überlasse er ihr seinen steifen Penis, als liefere er sich ihr völlig aus. Was Mary jedoch am meisten überraschte, war die intensive Wärme und die unglaubliche Kraft, die ihn aufrecht hielt. Sie hatte gedacht, er wäre geschmeidiger, nicht so fest, so gefährlich und herausfordernd. Sie wagte nicht, ihn zu fest anzufassen.

Plötzlich packte sie ein merkwürdig professionelles Interesse an diesem Phallus. Sie legte die Hand auf die sperrigen, strubbeligen Haare, die den Unterleib des Mannes bedeckten, und betrachtete diesen Priap, der sich zwischen ihren Fingern und ihrer Handfläche wohlfühlte. Es kam Mary so vor, als hätte er eine leichte Phimose. Sie streifte mit den Fingerspitzen vorsichtig die Haut herab und sah, daß sie an einer Stelle an der Eichel festgewachsen war – also hatte sie sich nicht getäuscht. Aber sonst war das Glied gesund, kräftig und schön.

Der Mann ließ sie gewähren. Gelegentlich stieß er kleine, kurze Laute aus, als täte ihm etwas weh, und zog die Luft durch die Zähne, als wolle er einen Schmerz beruhigen. Mary hatte jetzt Spaß an diesem Spielzeug, das nur ihr allein gehörte. Sie fand es nett, daß der Mann sich ihr so überließ, und streichelte den Satin, die Seide, glitt an dem Körper dieses blinden Tieres hinauf und hinunter, fühlte, wie warm er war und wie er zuckte. Er war so weich wie der Bauch einer Katze, so rührend wie der Herzschlag eines gefangenen kleinen Vogels, so empfindlich wie ein neugeborenes Hündchen. Sie beugte sich über ihn und gab ihm zärtliche, kleine Küsse.

Der Mann richtete sich auf, zog sie in seine Arme und legte sie mit einer einzigen kräftigen Bewegung neben sich auf das Bett auf den Rücken. Dann kniete er sich zwischen Marys Beine, reckte sich auf und ließ seine samtige Rute sehen, die zur Rakete, zu einem Sprengstab, zu einem Revolver geworden war. Der Mann und die Frau kreuzten ihre Blicke – der Kampf begann. Sie fühlte sich gefangen, in eine Falle geraten, ohnmächtig. Sie wußte nicht, wie sie sich verteidigen sollte, und gab jeden Gedanken an Widerstand sofort auf, denn sie spürte, daß sie zu weit gegangen war, daß sie nicht mehr ausweichen konnte. Mary schloß die Augen.

Der Mann begann, mit kleinen kurzen Stößen in sie einzudringen. Etwas mußte erst nachgeben, ein Widerstand in Marys Körper und in ihrem Kopf. Sie wußte, daß sie nun keine Jungfrau mehr sein würde, und spreizte die Beine ein wenig mehr. Der Mann stieß tiefer hinein, seine Bewegungen wurden schneller und heftiger. Er schwitzte, schnaufte und schob sich in Marys zarten Körper, ihren flachen Bauch und ihre schmale Fotze, wühlte, stieß und wütete in ihr. Er knetete sie weich, heizte ihr ein, machte sie fertig. Sie legte einen Arm über ihre Augen, als wolle sie mit all dem nichts zu tun haben. Sie wollte den Mann nicht sehen, wollte sich in ihren blutenden, verletzten, geschändeten Körper flüchten, der doch mit einem verblüffenden Instinkt diese Bastonade über sich ergehen ließ, als brächte es Erleichterung, auch wenn der Fall irreparabel war.

Plötzlich bewegte sich der Mann mit wahnsinniger Schnelligkeit und stieß einen Schrei aus, der immer lauter wurde und schließlich in ein fast kindliches Schluchzen überging. Dann ließ er sich, über und über naß vor Schweiß, rücksichtlos und keuchend auf Mary fallen. Sie wußte, daß er befriedigt worden war, und schob ihn von sich weg. Er blieb lange auf dem Rücken liegen, atmete heftig, schien irgendwie blaß und schwach. Sein Glied schrumpfte mehr und mehr in sich zusammen und sah jetzt aus wie die Geschlechtsorgane, die Mary tagtäglich im Krankenhaus sah; bräunliches, runzeliges Fleisch, trocken und lasch. Die Sache war gelaufen ...

Das war's also, dachte Mary. Jetzt bin ich keine Jungfrau mehr. Sie stand auf, um sich zu waschen.

Während sie duschte, überlegte sie, daß sie von Jeremy nicht hätte entjungfert werden wollen. Sie konnte sich nicht vorstellen, daß er sie so durchstoßen hätte wie Billy Laghey, so brutal und ausgepicht. Als sie ins Zimmer zurückkam, zog der Mann sich gerade an und suchte im Bett nach seinen Socken.

»Ich muß gehen, weil ich morgen sehr früh an die Arbeit muß.«

Und, als wolle er sich entschuldigen:

»Bist du mir böse?«

»Weswegen?«

»Weil ich gehen muß.«

»Nein, überhaupt nicht.«

Nichts war ihr lieber als das. Er sollte so schnell wie möglich gehen, denn sie wollte mit ihrem veränderten Körper allein sein, alles aufräumen, das Bett frisch beziehen, das Zimmer lüften. Hier war nicht genug Platz für zwei Leute.

Mit einem kleinen Lächeln sagte er:

»Kann ich dich wiedersehen?«

»Ja, nächste Woche, wenn du willst. Ich habe eine Prüfung vor mir und muß mich darauf vorbereiten.«

Er faßte sie bei den Hüften und zog sie an sich. Er wollte, daß sie sich an das erinnerte, was geschehen war, und versuchte, sie zu küssen. Aber Mary wollte nicht. Sie machte sich aus seiner Umarmung frei und machte die Tür auf:

»Also dann, gute Nacht. Bis nächste Woche.«

»Du bist schon ein komisches Mädchen.«

So begann die Affaire zwischen Billy Laghey und Mary; sie dauerte einige Monate. Mary hatte inzwischen ihr Examen bestanden und reiste mit Billy in den Sommerferien nach Dublin. Sie lernte die Theater, die großen Cafés, das Gouverneurpalais und die mächtigen Überseedampfer mit Ziel Amerika kennen.

Als sie wieder arbeitete, kam es ihr so vor, als sei sie schwanger. Sie versuchte alles, was in ihrer Macht stand, um die Blutungen wieder in Gang zu bringen, aber der Körper verweigerte sich ihr. Zunächst dachte sie, daß ihr Körper möglicherweise durch eine Verschiebung der Regel auf ihre sexuellen Beziehungen reagierte, aber allmählich wurde sie doch unruhig. Sie hatte es, um die Wahrheit zu sagen, nicht erwartet. Natürlich wußte sie, wie jede Frau, daß sie eine Schwangerschaft riskierte, wenn sie mit einem Mann schlief, aber sie war der Meinung gewesen, sich genügend davor geschützt zu haben.

Eines Morgens beim Aufstehen wußte sie mit letzter Gewißheit, daß sie schwanger war. Eine Untersuchung im Krankenhaus bestätigte ihre Vermutung.

Ihr Körper hatte sich nicht verändert, und sie fühlte sich auch nicht anders – außer, daß anstelle der Menstruation eine Idee, ein Schemen, ein Mythos getreten war, ein KIND, die Inkarnation des Weiterlebens, die Verkörperung des Lebens. Sie mochte das Wort »schwanger« nicht. Es schien ihr nicht angemessen, damit den Zustand einer Frau zu beschreiben, die ein Kind im Leibe trägt. Mary fühlte sich nicht »schwanger«, ihr war, als trüge sie ein janusköpfiges Symbol in sich, das Symbol für etwas, was existent ist, aber noch nicht greifbar, Anwesenheit und Abwesenheit in einem. Sie hoffte, ihr Geist würde sich mit ihrem Körper verbinden, und wünschte sich gleichzeitig, ihr Geist möge ihren Körper so bekämpfen, daß sie eben dieses Vorhandensein eines anderen nicht auszuhalten brauchte. Das sollte nicht etwa heißen, daß sie sich von anderen Menschen zurückzog und verschloß, sondern nur in gewissen Momenten hoffte, das Andere wäre nicht da.

Dieses Andere war ihr Kind. Sie fragte sich immer wieder, ob sie überhaupt fähig wäre, dieses Andere auszutragen, es zu lieben, zu ersehnen, einen Weg zu ihm zu finden, es zu ernähren, zu versorgen, zu kleiden und zu schützen. Sie fragte sich, ob sie für dieses Andere denn so etwas wie Liebe empfinde, und ob sie stark genug sein würde, sich diesem anderen Menschen selbstlos zu geben.

Mary wurde von einer riesigen Welle getragen, die alles in Aufruhr brachte, das Mögliche und Unmögliche, Gegenwart, Vergangenheit und Zukunft, Einzahl und Vielzahl, das eine und das andere, das Ephemere und die Ewigkeit, Teilbares und Unteilbares, die Ordnung und das Chaos, Geben und Nehmen, Einsamkeit und Zweisamkeit. Pole waren mit ihren Gegenpolen zu einer untrennbaren Einheit verschmolzen. Mary setzte ihren Willen und ihre ganze Kraft ein, diese gegensätzlichen Kräftepaare wieder auseinanderzubringen.

Sie war vor eine schwindelerregende Wahl gestellt und hatte das Gefühl, alles sei unfaßbar vage.

Ein paar Tage war Mary allein mit ihren Gedanken, irrte durch den lauen Irrgarten der Fortpflanzung, das feuchte Labyrinth des Keimens, das klebrige Wirrwarr des Ursprungs.

Die Tage verstrichen langsam und schleppend. Mary

war bedrückt und gequält vom Gewicht der Verantwortung, die ihr durch dieses Etwas, das sich in ihrem Körper entwickelte, auferlegt worden war. Sie wußte, wie die Zellteilung vor sich geht, daß da in ihrem Innern eine Zelle sich erst in zwei, dann in vier, in hundert, in tausend Zellen spaltete ... Sie kannte diese unermüdliche Aktivität, mit der diese mikroskopische Fabrik menschliches Leben produzierte. Alles ging seinen Gang. Die Morula, der Ansatz eines Embryos, wuchs weiter in ihrem warmen Fruchtwasser, der Schädel begann, sich allmählich auszubilden, die zarten Gliedmaßen trennten sich von der Urmasse, Finger formten sich, die Öffnungen waren noch funktionslos und die Ohren taub. All dies geschah von allein, ohne Marys Zutun. Sie hatte keine Wahl mehr. Nichts durfte übereilt werden, denn es gibt keine schwerere Entscheidung als die über das Leben eines Menschen. Darin liegt die ganze Ohnmacht, aber auch die ganze Macht des Menschen. Auf der einen Seite die menschliche Natur, auf der anderen mein Ich, beide aufeinander abgerichtet, Bauch und Kopf in ständigem verstecktem, lautlosen, schrecklichen Konflikt. Der Bauch: die menschliche Natur, der Kopf: mein Ich.

Mary entschied sich, schwanger zu bleiben und das Kind zu bekommen. Sie freute sich darauf, weil sie sich im Grunde schon lange nach dieser innigen Erfahrung gesehnt hatte, und sie fühlte sich der Aufgabe gewachsen. Das einzige Problem war ihre weitere Ausbildung, denn sie konnte unmöglich als Krankenschwester arbeiten, um ihr Studium zu finanzieren, und gleichzeitig ein Kind großziehen. Das war nicht realisierbar. Was konnte sie tun? Die beste Lösung wäre, Billy zu heiraten, der schließlich nichts lieber als das wollte, die Arbeit im Krankenhaus zu kündigen und sich ausschließlich dem Kind und ihrem

Studium zu widmen.

Warum nicht? Sie liebte Billy zwar nicht, aber sie hatte ihn gern und war sicher, daß sie gut mit ihm auskommen würde. Was sollte daran schon schwierig sein? Er war den ganzen Tag beruflich unterwegs, und abends machte es Mary Spaß, mit ihm ins Bett zu gehen. Außerdem war es auch Billys Kind. Sie hatte das Gefühl, daß es groß und kräftig wie Billy sein und dessen blaue Augen und schwarzen Haare haben würde.

So begann Marys Kind zu leben, bekam Daseinsberechtigung durch die Entscheidung, die seine Mutter getroffen hatte. Von dem Augenblick an, in dem es akzeptiert war, wurde es zum menschlichen Geschöpf, zur geliebten, schweigenden, hartnäckigen Allgegenwart.

Mary war glücklich. Jetzt hatte sie ein Kind, einen Mann und würde bald Ärztin sein. Das Leben war schön. Sie wollte Billy am Donnerstag, wenn er sie besuchte, gleich die Neuigkeit mitteilen. Er würde sich gewiß freuen.

Sie machte sich besonders hübsch für seinen Besuch, trug die Haare offen, weil Billy sie so am liebsten mochte, und zog ein Sommerkleid an, obwohl es noch nicht warm genug dafür war. Aber es stand ihr so gut.

Sie küßte Billy zärtlich zur Begrüßung. Sie lachte und war ausgelassen. Er freute sich und war überrascht über ihre Ausgelassenheit. Sie bot ihm feierlich einen Stuhl an und machte gleichzeitig Witze über dieses Begrüßungszeremoniell.

»Ich muß dir etwas sagen, was dich freuen wird: wir heiraten. Deshalb kröne ich dich auf diesem Stuhl zum Ehemann!«

Weil er nicht antwortete und sie ihr Geheimnis auch nicht mehr länger für sich behalten konnte, sagte sie schnell:

»Wir bekommen ein Kind.«

Billys Augen wurden plötzlich hart, aber nur einen Blick lang. Er schaute nur auf seine Hände.

»Ich dachte, du wüßtest, wie man das vermeidet.«

»Natürlich. Aber nun erwarte ich eben trotzdem eins.«

»Hast du es darauf ankommen lassen?«

»Nein.«

»Du kannst es im Krankenhaus wegmachen lassen.«

»Aber ich sage dir doch, Billy, daß ich es behalten will. Ich will dich heiraten!«

Billy schaute noch immer auf seine Hände. Mary hatte das Gefühl, daß er blaß geworden war. Sie ahnte, daß sich in diesem Augenblick ihre Zukunft entschied. Sie hatte immer geglaubt, daß Billy sie liebte, daß er zuverlässig war und sie auf ihn vertrauen konnte. Er sagte:

»Ich dachte, du wolltest nicht heiraten. Wir haben niemals darüber gesprochen, und deshalb dachte ich, daß dich nur deine Medizin interessiert.«

Mary fühlte, daß Gefahr im Verzug war, obgleich nichts darauf schließen ließ. Sie raffte ihre ganze Kraft zusammen und nahm sich vor, ab jetzt auf der Hut zu sein, auch wenn nicht sie in Gefahr war, sondern ihr Kind. In Billy begegnete ihm sein erster Feind, und dadurch erwachte in ihr jener Kampfgeist, mit dem jedes weibliche Wesen sein Junges verteidigt.

»Wir müssen des Kindes wegen heiraten; ich kann es nicht allein großziehen.«

»Bist du absolut sicher, daß du es behalten willst?«

»Ja.«

»Warum?«

Einfach so. Sie konnte nicht sagen, warum. Sie hatte einfach ein Kind im Bauch, das sie liebte, das war alles. Vor zwei Tagen hätte sie vielleicht noch mit sich reden lassen, aber jetzt waren die Würfel gefallen. Sie hatte das Kind, dieses winzige, großartige Etwas akzeptiert, und damit war die Entscheidung endgültig gefallen.

»Ich behalte es, da gibt es gar nichts mehr darüber zu reden ... Wärst du denn nicht auch glücklich über ein Kind?«

»... Ich habe schon eine Frau und zwei Kinder. Und ich mag sie sehr gern.«

Endlich hatte er sich den Ruck gegeben. Man konnte ihm ansehen, wie ihn das erleichterte.

»Du hättest es mir sagen können.«

»Du hast mich nie danach gefragt, und deshalb dachte ich, es hätte keine Bedeutung für uns.«

»Woher willst du das denn wissen?«

»... Du schienst so sicher zu sein; schließlich bringt ja auch dein Beruf mit sich, daß dir das nicht passieren sollte.«

Sie verachtete und verabscheute ihn. Er kotzte sie so an, daß sie sich fragte, wie sie jemals mit ihm schlafen konnte, wie ihr das überhaupt je Spaß machen konnte. Sie wünschte ihn zum Teufel.

Da saß er auf seinem Stuhl wie ein Hund ohne Schwanz.

»Ich weiß nicht, was ich sagen soll.«

»Du hast schon genug gesagt.«

»Vielleicht ist es besser, wenn ich gehe.«

»Richtig.«

»Ich weiß, daß du mir böse bist, aber es ist nicht meine Schuld. Du hast gesagt, du wüßtest, was man da macht ... Wir haben eine schöne Zeit miteinander verbracht, und das hat uns verändert ... Das ist alles ... Ich habe dich sehr gerne, Mary, das weißt du genau ... Ich verstehe ja auch, daß es dir weh tut und für dich besonders wichtig ist, weil ich der erste Mann in deinem Leben bin ... Du bist ja auch ein anständiges Mädchen ...«

»Darum geht es gar nicht.«

»Du wirst einen anderen heiraten. Ich hätte nie gedacht, daß du wirklich heiraten willst. Du sprichst auch nie über solche Dinge.«

»Ich habe dir schon einmal gesagt, daß es nicht darum geht.«

»Dann versteh ich dich nicht ... Wenn du Geld für eine Abtreibung brauchst, dann gebe ich es dir natürlich.«

»Ich brauche kein Geld. Ich verdiene genug.«

»Dann verstehe ich erst recht nicht ... ich gehe jetzt lieber. Morgen muß ich wieder früh arbeiten. Und jetzt kann ich dir ja auch sagen, daß ich oft genug Schwierigkeiten mit meiner Frau bekam, weil es abends oft so spät wurde. Deshalb wollte ich heute abend früher zuhause sein.«

»Gute Nacht.«

»Nächste Woche komme ich wieder vorbei.«

»Gut.«

Als Mary die Tür hinter Billy schloß, war ihr klar, daß er sich für immer aus dem Staub gemacht hatte. Es erleichterte sie geradezu. Die Gegenwart dieses Mannes war ihr mit einemmal verhaßt, obwohl sie vor einer Stunde noch bereit gewesen wäre, ihn zu heiraten.

Wie hatte sie jemals auf den Gedanken kommen können, einen Mann zu heiraten, der eine solche Null war!

Unreif.

Unverantwortlich.

Unfähig.

Ohnmächtig.

All diese Os und Uns kleben an der Männlichkeit. Un-un-un-un – damit wird Fähigkeit, Möglichkeit, Verantwortlichkeit und Reife einfach verneint. Ha, ha, ha, ha, lachen Frauen, Kinder, Spaßmacher in Komödien. He! He! He! He! droht der Chef oder der Wachtmeister. Huhuhuhuh heult der arme Tropf oder die alte Nutte in einem Hintertreppenstück.

Jean-François delektierte sich an diesen Os und Uns, weil in Mary MacLaughlins Leben immer die Männer verschwanden. Alle ließen sie allein. Sie zogen sich zurück, verließen sie, machten sich aus dem Staub. Mit erschrekkender Heftigkeit macht Jean-François sein Recht auf Indolenz, Inkohärenz, Instabilität und Indifferenz geltend.

Unmöglich.

Unerträglich.

Unnütz.

Unwürdig.

Vokabeln, mit denen Simone ihre Einsamkeit beschrieb.

Simone projizierte ihr Leben in Marys Leben, zumindest das Wesentliche, das von ihrem Leben nach Abzug aller Geschichten übrig blieb. Sie sprach über die Schmerzen des Gebärens, die Müdigkeit, die Angst, das unerträgliche Gewicht, mit dem die Zukunft der Kinder und der gesamten Familie auf ihren Schultern lastete. Dieses Gewicht war so schwer, daß es Simones eigene Zukunft völlig erdrückte, so daß sie sich schließlich nur noch als »Hausfrau, Mutter von drei Kindern, mit Jean-François verheiratet« definieren konnte. Jahrelang hatte ihr diese Begriffsbestimmung genügt, weil sie nie genug Zeit zum Nachdenken gehabt hatte. Keine Zeit zum Denken. Außerdem war alle Welt der Meinung, daß diese Definition völlig ausreichend sei. Es gibt nichts Schöneres für eine Frau, als Mutter zu sein, das ist doch eine alte Sache. Je mehr sie sich opfert, sich ausschließlich ihrer Familie widmet, ihre eigenen Wünsche aufgibt, nur noch für

Mann und Kinder da ist, desto besser. Wenn eine Frau einen Mann und Kinder hat, kann sie nie mehr unglücklich sein. Aber Simone war unglücklich und hatte Angst davor, es immer zu bleiben.

Während der Tage, an denen Jean-François und Simone über Marys Schwangerschaft nachdachten, war es zu schrecklichen Auseinandersetzungen zwischen beiden gekommen.

In den Zeitungen stand, daß Mary schwanger war, als sie, allein, in die Vereinigten Staaten auswanderte. Das hatten sie also nicht erfunden. Vielleicht hatte sie dieses tatsächliche Ereignis im Leben der Ertrunkenen so neugierig gemacht.

Warum?

Wenn Simone von Feigheit sprach, redete Jean-François von Unreife. Diese Unreife war für Jean-François eine klare Sache, nicht etwa eine Entschuldigung. Sie sei unerläßlich, sagte er, denn durch sie erst werde Fortschritt, Evolution und Freiheit möglich. Damit vermied er natürlich auch jede Definition, jeden Gedanken an den Zwang, den die Gesellschaft und ihre Institutionen ausüben. Eines Tages sagte er unverhüllt zu Simone:

»Ich mußte zwischen dir und mir wählen. Und ich habe mich für mich entschlossen.«

»Hast du dich jemals gefragt, wer dieses »ich« ist? Weißt du, wer ich bin – außer deine Frau und Mutter deiner Kinder? Wenn ich mich so wie du verhalten hätte, was wäre dann aus unseren Kindern geworden?«

»...«

»Ich weiß nicht, wer ich bin. Ich fühle mich jetzt, da die Kinder groß sind und ich zwangsläufig mit dir allein sein muß, schrecklich verlassen. Aber was bleibt mir, wenn du gehst? Wie soll ich meine Jugend wiederfinden? Außerdem weiß ich gar nicht mehr, was ich eigentlich zu Beginn unseres gemeinsamen Lebens wollte. Ich wurde so systematisch, mit so starker Hand in die Rolle der Frau und Mutter gezwängt, daß ich wirklich nicht mehr weiß, ob es das war, was ich mir wünschte, oder ob mir dieser Wunsch eingeredet worden ist. Wahrscheinlich wollte ich es, wahrscheinlich war es für mich eine physische, physiologische, instinktive, animalische Notwendigkeit. Aber ich wußte nicht, daß mich dieser Wunsch so ganz und gar absorbieren würde, daß ich normale Beziehungen zu dir nicht würde aufrechterhalten können, mit dir, meinem Mann, meinem Geliebten, dem Vater meiner Kinder. Jetzt weiß ich nicht einmal mehr, was das alles zu bedeuten hat und ob ich überhaupt noch fähig bin, eine echte Beziehung zu dir zu haben. Gibt es denn eine wirklich dauerhafte Bindung zwischen Mann und Frau, die nicht auf einer gemeinsamen Interessenbasis, sondern einzig und allein auf Liebe beruht?«

»Ich weiß es nicht.«

»Was soll das heißen, du weißt es nicht?«

»Ich weiß es eben einfach nicht. Ich weiß nur, daß wir seit zwanzig Jahren zusammen sind, und das ist alles.«

»Ja. Aber der Preis dafür war mein Leben. Jeder beliebige Mensch konnte dich zu jeder Zeit von mir ablenken – wie etwa diese Ertrunkene – und du bist einfach gegangen, hast mich sitzenlassen, als wäre ich überhaupt nicht vorhanden.«

Jean-François war es leid, die Szenen, die Simone ihm machte, noch länger über sich ergehen zu lassen. Doch hier in Corvagh saß er fest und hatte nicht die Möglichkeit, sich einfach unter dem Vorwand, Zigaretten zu holen oder das Auto in die Garage zu fahren, davonzumachen. Hier mußte er sie ertragen.

»Was erwartest du eigentlich von mir? Soll ich mir mein Leben vermiesen, nur weil du dir deines vermiest hast?«

»Du bist ein Schwein!«

»Weil ich dir die Wahrheit sage?«

»Nein, sondern weil du den schwächsten, wundesten und verletzlichsten Punkt unserer Gesellschaftsordnung ausgenutzt hast, um vor ihren Institutionen zu fliehen. Du benutzt das Kind, die Beziehung zwischen Mutter und Kind, die Schönheit, das Glück und die Natürlichkeit des Mutterseins dazu, dich deiner Pflicht zu entziehen. Mir gehören die Kinder und dir das Leben. Man kann eben nicht alles haben, nicht wahr?«

»...«

»In meinen Augen bist du ein Schwein, weil du mich zwingst, so zu reden, als wolle ich mich meinen Kindern verweigern. Du tust so, als wäre ich das Aas, du verdrehst alles, und zwar immer nur zu meinen Ungunsten.«

»Was soll ich dir jetzt darauf antworten? Du hast dich bis jetzt nicht darüber beklagt, und deshalb dachte ich, daß du mit deinem Leben zufrieden bist, weil du immer ein Haus und Kinder wolltest.«

»Du ja auch. Ich habe sie nicht allein fabriziert, und das Haus haben wir auch zusammen gekauft, oder etwa nicht?«

»Doch. Aber später habe ich meine Meinung geändert. Ich habe dir immer wieder gesagt, daß ich so nicht leben möchte. Aber du hast darauf bestanden. Also behaupte bitte nicht, daß dir das neu sei.«

»Was sollte ich denn deiner Ansicht nach mit den Kindern machen? Ich hatte einfach Angst.«

»Gut, gut, du hattest Angst. Aber falle mir nicht in den Rücken. Wie hätte ich dir eine andere Art zu leben aufzwingen sollen? ... Das Schema wäre dasselbe geblieben.

Du lebst dein Leben.«

»Ich weiß nicht, wie.«

»Hattest du noch nie das Gefühl, daß du tatsächlich dein Leben für dich lebst?«

»Doch. Aber selten.«

»Wann?«

Simone schwieg. Mußte sie über ein Gefühl sprechen, das sie so tief in ihrem Innern verschlossen hatte, daß es im Laufe der Zeit namenlos, begriffslos geworden war und irgendwo verloren im Magma ihrer Emotionen schwamm? Sie war verlegen. Es kam ihr fast unanständig vor, darüber zu reden, und sie erinnerte sich daran, wie peinlich es Nicole gewesen war, von der Elchjagd zu erzählen. Aber sie wollte sich doch auch aussprechen, zumal sie wußte, daß sie in diesen Dingen auf Jean-François vertrauen konnte.

Seit einigen Tagen war das Wetter in Corvagh schlecht. Dicke Wolken zogen über Land und Meer, alles war grau in grau. Manchmal hüllte Regen die Landschaft wie in einen Schleier. Einsamer als je zuvor saßen Jean-François und Simone in ihrem warmen Häuschen, jeder mit sich allein.

Simone sprach zögernd, als suche sie nach Worten, hatte Schwierigkeiten, sich richtig auszudrücken. Jeder Satz begann mit einer Rechtfertigung oder Entschuldigung. Jean-François hörte ihr aufmerksam zu.

Es war in Paris bei einer Demonstration von Schülern und Studenten im Zusammenhang mit der Lex Debré. Sie versammelten sich am Platz Denfert-Rochereau und zogen zur Place d'Italie. Am Vormittag war ein gutes Dutzend junger Leute bei Simone und diskutierte miteinander. Fast alle waren Schülerlotsen aus dem Gymnasium, das ihre Kinder besuchten. Rote-Kreuz-Binden. Mundtücher gegen Tränengas. Spruchbänder. Rote und schwarze Fahnen. Es ging los. Alle schwirrten aufgeregt durch ihre Küche.

Kurz bevor sie zu ihrer Arbeit aufbrach, hörte Simone, wie ihre älteste Tochter zur jüngsten sagte:

»Wenn die Bullen auf dich losgehen, rennst du davon, läufst zur nächsten Métrostation und versteckst dich dort. Es macht nichts, wenn du uns aus den Augen verlierst. Hast du eine Métrokarte?«

»Ja.«

»Verlier sie bloß nicht, dann kommst du immer nach Hause. Vergiß deinen Personalausweis nicht und steck zehn Francs ein.«

»Hab' ich nicht.«

»Das organisieren wir schon. Aber du darfst sie nicht ausgeben, wir wollen sie wieder zurück. Das ist nur wegen der Bullen, falls sie dich doch kriegen.«

Die Kleinste war dreizehn Jahre alt. Es war das erste Mal, daß sie an einer Demo teilnahm. Weil sie eine sehr gute Schülerin war, hatte sie eine Klasse übersprungen. Alle ihre Schulfreunde waren älter als sie. Da ihre Klasse besonders stark von den neuen Verordnungen betroffen war, ging sie selbstverständlich mit zu der Demonstration, bei der – angeblich – sogar die »Kleinen« mitmachten. Hätte ich es ihr verboten, wäre sie sich wie ein Baby vorgekommen – und das haßte sie am meisten. Dadurch hätte sie sich vor aller Welt als die »Kleinste« diskriminiert gefühlt, und das konnte ich ihr nicht antun.

Wieder einmal sah Simone sich gezwungen, Jean-François Rechenschaft abzulegen:

»Weißt du, deine Tochter hat einen ungewöhnlichen Charakter. Sie ist stur, aber auch mutig. Und vor nichts hat sie Angst. Aber sie ist schwer zu behandeln, weil sie einen unglaublich ausgeprägten Sinn für Dialektik hat. Sie dreht und wendet alles, wie es ihr paßt, geht dabei aber so unanfechtbar logisch vor, daß man sprachlos ist.«

Nun gut. Simone mußte gehen, aber sie war fest entschlossen, sich zu beeilen, um ihrerseits an der Demonstration teilnehmen zu können. Sie wollte von weitem zuschauen, ohne sich zu zeigen, und höchstens im Notfall eingreifen. Auf jeden Fall wollte sie verhindern, daß ihre Tochter geprügelt würde oder womöglich noch schlimmere Dinge geschehen könnten.

Um drei Uhr hatte die Demonstration begonnen. Punkt drei war Simone auf dem Platz Denfert-Rochereau. Es dauerte eine Viertelstunde, bevor sie aus der Métrostation herauskam, weil die Treppe von Jugendlichen blockiert war. Sie waren aufgeregt, ohne sich jedoch in eine Hysterie zu steigern. Jeder neue Métrozug brachte eine Ladung junger Demonstranten, die sich jedoch sehr diszipliniert verhielten. Wie eine Parole wurde die Aufforderung weitergegeben, nicht zu drängeln, weil sich der Demonstrationszug noch nicht in Bewegung gesetzt hatte. Mitten auf der Treppe war Simone plötzlich von der Menge eingekeilt. Die Jungen und Mädchen um sie herum erinnerten sie an ihre eigenen Kinder; sie redeten wie sie, trugen die gleiche Kleidung und schlugen sich mit den gleichen Problemen herum. Simone hatte keinerlei Schwierigkeiten, sich in das, was vorging, zu integrieren. Die jungen Leute trugen ihre Spruchbänder noch zusammengerollt unter dem Arm. Ein wenig sahen sie aus wie Ritter, die mit erhobenen Lanzen ins Turnier ziehen.

Endlich stand sie oben auf dem Gehweg mitten unter diesen unglaublich vielen jungen Demonstranten, die sich auf den Boulevards vorwärts schoben. Jetzt wurden die Spruchbänder aufgerollt. Sie trugen die Namen von Schulen, Organisationskomitees, der Lehrergewerkschaft, den Elternverbänden. Manche hielten Schilder mit Kampfparolen hoch. Simone versuchte, die Schulfahne ihrer Kinder ausfindig zu machen, aber die Menge war unüberschaubar, sie drängte sich zwischen dem Friedhof Montparnasse, der Alésia, dem Boulevard Raspail und dem Observatorium bis zum Bahnhof. Ein Meer von Menschen und Fahnen. Niemand kümmerte sich um sie. Man hielt sie für eine Lehrerin oder für die Mutter von Schülern. Und das stimmte ja auch.

Nach einer Weile war ihr klar, daß in dieser scheinbaren Unordnung durchaus Methode steckte. Die einzelnen Gruppen warteten diszipliniert, bis sie sich auf dem Boulevard Saint-Jacques in den Demonstrationszug einreihen konnten. Über der Menschenmasse flatterten die Fahnen, die von den Anführern jeder Gruppe geschwungen wurden. Die Jungen und Mädchen, die für einen reibungslosen Ablauf zu sorgen hatten, diskutierten mit den Gruppenleitern, bevor sie die Erlaubnis bekamen, sich in den Zug einzureihen.

Simone erkannte, daß sie ihre kleine Tochter nur finden konnte, indem sie selbst an der Manifestation teilnahm und versuchte, bis zur Spitze des Demonstrationszuges durchzudringen und herauszufinden, ob die Gruppe mit ihrer Tochter schon losgezogen war. Wenn nicht, mußte sie auf dem Gehweg so lange warten, bis sie vorbeimarschierte. So stand sie schließlich mit anderen Zuschauern vor dem Parteilokal der P. L. M. am Straßenrand und ließ die Demonstranten an sich vorbeiziehen.

Sie suchte den Boulevard von oben bis unten mit den Augen ab. Die Straße fiel ein wenig ab und stieg dann in Richtung Place d'Italie wieder an. Auf der ganzen Länge drängten sich die Demonstranten. Sie kamen nur langsam vorwärts und mußten immer wieder stehenbleiben, je nachdem, wie die Spitze vorankam. Es schien ihr, als krieche ein riesiger Drache auf sie zu, schiebe sich an ihr vorbei und verschwinde in dem Park am anderen Ende des Boulevards. Ein gewaltiger, phantastischer Eindruck.

Simone war bewegt. Ihr Herz schlug wild. Fast war ihr zum Weinen zumute. Ihre Augen brannten und der Hals schmerzte, wie in ihrer Kinderzeit, wenn sie den Weihnachtsbaum und die Geschenke sah, oder wenn die Lichter auf ihrem Geburtstagskuchen brannten. Diese Tausende von Menschen, die sangen, lachten und schrien – das war wie ein riesiges Fest. Aber noch etwas war da, eine andere Dimension, die Simone erschreckte, ohne daß sie sich klar wurde, was eigentlich in ihrem Kopf vor sich ging. Es setzte sich in ihrem Gehirn fest wie eine harte, kleine Kugel und blockierte ihre Gedanken.

Von weitem sah sie die Schulflagge ihrer Kinder. Mit weit ausholenden Flügelschlägen, gespreizten Schuppen und zitternden, zuckenden, sich heftig bewegenden Flanken kam der Drache auf sie zu. Mittendrin entdeckte sie dann endlich ihre drei Töchter. Sie schienen ihr schöner, als sie je gedacht hätte, erwachsen und erstaunlich ernsthaft. Sie hatte immer nur ihre Kindergesichter gesehen, jetzt entdeckte sie in ihren Gesichtern die Züge von Mann und Frau. Sie hatte Achtung vor diesen Kindern und wünschte sich sehnlichst, daß dieser Ausdruck heiteren Ernstes nie aus ihren Gesichtern verschwinden möge. Hoffentlich nimmt ihnen das niemand! Merkwürdig – je selbständiger diese Jugend wurde, je mehr sie heranwuchs, je erwachsener die Gesichter, je länger die Gliedmaßen, je voller ihre Lippen und je größer die Brüste unter den T-Shirts wurden, desto stärker empfand Simone, daß diese Jungen und Mädchen selbstbewußt und voll verantwortlich die letzte Bastion einer verrückten Zeit bildeten, die ihren Eltern aus den Händen geglitten war. Sie hatte das Gefühl, als wären diese jungen Leute wesentlich fähiger als ihre Eltern. Das Ganze hatte etwas Ergreifendes.

Der Zug kam zum Stillstand. Die Demonstranten blieben stehen und riefen: »Lang lebe die Revolution!« Die Kleinste hatte ein entschlossenes, wütendes Gesicht und schrie aus Leibeskräften mit. Simone kannte sie so genau! Sie wußte, wann ihr die Zornesröte in die Wangen stieg, wann ihre braunen Augen wie Messer blitzten. Sie wußte, welch zarte Haut, welch weiche, schmale Lippen sie noch hatte. Mit hochgerecktem Kinn und weit geöffnetem Mund schrie sie: »Lang lebe die Revolution ...!«

Simone dachte: »Sie sind ja verrückt. Sie wollen die Revolution doch gar nicht. Ich kenne sie. Und ich weiß, daß sie die Revolution nicht wollen.« Aber sie wußte auch, daß sie etwas anderes, etwas ganz anderes wollten. Sie wußte nicht was, aber sie konnte ihre Kinder verstehen. Ja, sie, Simone, ausgerechnet sie, die immer so stark der Tradition verbunden war, sie verstand diese Kinder. Vielleicht war Revolution anders, als sie immer gedacht hatte. Aber wie anders? Der Demonstrationszug setzte sich wieder in Bewegung, und die einzelnen Gruppen von sechzig, achtzig Leuten zogen an Simone vorbei, schwenkten ihre Fahnen, sangen, skandierten Parolen und Slogans.

Die Demonstration hatte in Simone irgend etwas ausgelöst. Sie war völlig verwirrt. Sie folgte dem Zug, reihte sich an der Flanke ein, zog mit an den Geschäften vorbei und redete sich ein, daß sie ja nur bei ihren Kindern sein wolle. Aber in ihr war eine eigenartige, starke Sehnsucht, die nicht das geringste mit ihren Kindern zu tun hatte. Sehnsucht? Sehnsucht wonach? Sehnsucht, sich zu den anderen einzureihen.

Plötzlich wurde ihr bewußt, daß diese Kugel in ihrem Kopf, die sie nicht zum Nachdenken kommen ließ, die sie blockierte und ihr fast den Atem abschnürte, daß dieser Knauf in Wirklichkeit in ihrer Tasche steckte, daß es ihre eigene Faust war, die sie unbewußt tief in die Jacke vergraben, die sich im Stoff verkrampft hatte. Sie war es leid, auf einen Mann zu warten, sich in ihrem Beruf zu schinden und doch nie genügend Kohlen zu haben, den Haushalt zu versorgen und Wäsche zu waschen, nie den Mund aufzumachen und dauernd, dauernd den großen Frust ertragen zu müssen. All das kotzte sie an, das alles und noch ganz andere Sachen, die sie gar nicht artikulieren konnte. Das war einfach nicht gerecht!

Simone blieb stehen und schnappte nach Luft. Ihr Herz schlug heftig. Eine Gruppe von Lehrern und Eltern zog an ihr vorbei. Hier, in der Mitte der Demonstranten, fühlt sie sich wohl, erleichtert. Erleichtert von was?

Die Bäume trugen einen Hauch von jungem Grün, die Sonne ließ den Staub tanzen, den die Demonstranten aufgewirbelt hatten. Es war herrliches Wetter. Alles war wunderbar – und Simone war glücklich.

Um sie herum vorwiegend Frauen. Sie sprachen über die Ausbildung ihrer Kinder und ihre Lebensumstände. Simone hörte ihnen zu und fand, sie hätten recht, wenn sie den Schulstreß anprangerten und erklärten, die Generation ihrer Kinder habe es viel schwerer als ihre eigene.

»Ja, so ist es. Und wie heißt du?«

»Simone.«

»Diese Generation opfert sich für etwas, von dem wir nicht einmal wissen, wozu es gut sein soll.«

Eine junge Frau – sie war wohl noch keine Dreißig – im Folklorerock und mit Kräusellöckchen, die sich um ihr spitzes Gesicht kringelten, sagte:

»Und wir Frauen? Opfern wir uns nicht etwa auch?«

»Hoffentlich bin ich nicht in eine Gruppe von Feministinnen geraten«, dachte Simone, die sich vor jeder Art feministischer Manifestation fürchtete. Sie wußte nicht warum, aber es schien ihr für sie selbst nicht zutreffend, denn obwohl ihr Mann sie verlassen hatte, träumte sie von nichts anderem, als ihn wiederzusehen. Deshalb schwieg sie lieber.

An der Biegung des Boulevard Saint-Jacques kam die Demonstration zum Stillstand. Die Métro, die auf dieser Strecke über der Erde fuhr, hatte Vorfahrt. An allen Fenstern sah man neugierige Köpfe.

Die junge Frau heizte ihren Nachbarinnen ein, die über die niedrigen Löhne, die Kurzarbeit, den Mangel an Kinderkrippen, über die Doppelbelastung der Frauen klagten. Simone erkannte sich in all diesen Klagen wieder, sie hatte dieselben Sorgen, als Hausfrau, als Mutter, ihre Kinder litten unter denselben Schwierigkeiten. Unter all diesen Frauen, die sie nicht kannte, fühlte sie sich wohl. Die junge Frau war in Fahrt geraten; man merkte ihr an, daß sie Diskussionen dieser Art gewohnt war, und daß sie alle Argumente parat hatte. Ihre Sprache war derb, aber nicht ordinär. Manchmal mußte Simone direkt lachen, sie hatte sich schon lange nicht mehr so wohl gefühlt.

Dann setzte sich der Zug wieder in Bewegung und zog die Straße zur Place d'Italie hinauf. Plötzlich hörte sie von oben, wie die Internationale gesungen wurde. Zuerst an der Spitze der Demonstration, und dann wurde die Melodie von den Nachfolgenden aufgegriffen. Ein singender Drache.

Simone war verlegen, weil sie nicht mitsingen konnte. Sie hörte die Worte zwar, aber sie fühlte sich außerstande zu singen: »Wacht auf, Verdammte dieser Erde, die stets man noch zum Hungern zwingt ...« Sie hatte noch nie Hunger gelitten, außer bei einer Schlankheitskur ... und auch dann nie für lange. Und verdammt war sie auch nicht ... Man muß schließlich nicht übertreiben ... Die Frauen in ihrer Nähe sangen aus vollem Hals ... und reckten die Fäuste. Simone ging weiter und blickte zu Boden. Niemand achtete auf sie. Sie dachte: ich singe doch lieber »Ihr Bürger, auf zum Kampf! Versammelt euch zur Schlacht!« oder auch »Verdammtes Blut soll unsere Spuren tränken ...« Etwas Merkwürdiges ging in ihr vor. Eine fremde, unerklärliche Sehnsucht stieg in ihr auf und übermannte sie so, daß sie am liebsten geweint hätte. Aber die Tränen kamen nicht. Sie krampfte ihre Fäuste so fest in ihren Taschen zusammen, daß ihr die Finger schmerzten.

Und dann begann sie ganz leise, fast nur summend, den Refrain mitzusingen: »Auf zum letzten Gefecht ...« Sie mochte dieses Lied, es hatte etwas Mitreißendes, Kämpferisches.

Aber wogegen wollte sie kämpfen? Wofür? Für ihre Kinder? Sie brauchen mich nicht, sie marschieren da vorne, ohne mich zu sehen, und schreien, als wäre man taub. Wozu also?

Woher wußte sie plötzlich den Refrain auswendig? Sie hatte ihn nie gelernt. Wie war es möglich, daß sie den Text im Kopf hatte, die Melodie kannte? Sie brauchte nur den Mund zu öffnen, und die Worte kamen aus ihr heraus.

Zehntausend sangen miteinander. Eine Harmonie entstand, wie Simone es noch nie erlebt hatte. Das war schöner als jedes Denkmal, das sie je gesehen hatte. Wie ein mächtiges Schiff unter vollen Segeln schwebte das Lied über die roten und schwarzen Fahnen, über die hochgereckten Fäuste, die wie wuchtige Masten in den Himmel ragten.

Simone sang so laut sie konnte. Plötzlich …

»Ich weiß nicht, wie es passieren konnte, ich weiß es wirklich nicht«, sagte sie zu Jean-François.

Er schaute sie wortlos an. Als wäre sie eine Fremde. Aber eine Fremde, die er bewunderte.

… Plötzlich zog sie die Hand aus der Tasche, und wieder war sie zur Faust geballt. Sie, Simone! Sie schaute auf ihre Faust, die hoch in den Himmel stoßen wollte. Sie überlegte, ob sie den Daumen einziehen oder draußen lassen sollte. Sie versuchte beide Möglichkeiten. Es schien ihr besser, den Daumen nicht einzuziehen.

Und dann schrie sie das Lied aus sich heraus, schrie wie nie zuvor in ihrem Leben, mit unglaublicher Kraft. Und gleichzeitig liefen ihr die Tränen übers Gesicht, lebendiges, klares Wasser aus unbekannten Tiefen, Schmelzbach im Frühling.

Auf der Place d'Italie bot sich ihr ein völlig anderes Bild. Polizeikordons mit Helmen, transparenten Schutzschilden und Schlagstöcken bewaffnet, versuchten, den Demonstrationszug zusammenzuhalten, aber die Leute brachen in die Seitenstraßen aus, zogen in die äußeren Stadtteile, bis in die Vororte hinaus. Es war unmöglich, zur Seine zurückzukommen. Hunderte wurden in eine Sackgasse abgedrängt, wo niemand hinwollte. Ansätze von Panik. Fluchtversuche in alle Himmelsrichtungen. Simone war plötzlich isoliert, aber nichts in der Welt hätte sie wegbringen können. Sie verstand sich selbst nicht mehr. Da stand sie mitten im Gewühle und fühlte sich wohl. Sie sah, wie ein Junge einen Molotowcocktail unter ein Auto schleuderte. Sekunden später ging der Wagen in Flammen auf. Alles war wie verrückt. Simone suchte nicht mehr nach ihren Kindern, sie hatte sie völlig aus den Augen verloren. Sie kam sich anmaßend vor, wie sie so dastand und in ihrer Demonstrationseuphorie ein Rad schlug wie ein Pfau. Sie mußte laut lachen.

Die Anweisung, die Versammlung aufzulösen, kam gegen Abend. Im Nu war der Platz geräumt.

Simone ging nach Hause. Langsam versiegte die Überschwenglichkeit und machte einer tiefen Traurigkeit Platz. Warum hatte sie das getan? Der Augenblick, in dem sie ihre Faust in den Himmel gereckt hatte, stand wie ein kostbares Bild vor ihr.

Sie war zur gleichen Zeit daheim wie die Kinder; aber sie wagte nicht, ihnen zu sagen, daß sie an der Demonstration teilgenommen hatte.

»Warum hast du es ihnen nicht gesagt?«

»Ich hätte ihnen nicht erklären können, was mich in diesen Zustand geraten ließ, warum ich so aufgelöst war. Ich fand es nicht richtig, darüber zu sprechen, weil es eine Sache war, die allein mich anging.«

Dann erzählte Simone von Angèle, von dem Tag, als sie zugesehen hatte, wie jener Mann und Angèle sich liebten und wie sehr sie das erregt habe.

»Die Sache mit Angèle, war das vor oder nach der Demonstration?«

»Danach.«

»Und welche Schlüsse hast du aus all diesen Erlebnissen gezogen?«

»Gar keine. Bis heute war ich der Meinung, diese Dinge seien spurlos an mir vorübergegangen, weil sie rein zufällig waren. Aber allmählich überlege ich mir, ob nicht vielleicht das Gegenteil zutrifft ... ich muß zu oft darüber nachdenken.«

Mary war zornig und böse mit der ganzen Welt, sie haßte Billy und sich selbst.

Zuerst war es verletzter Stolz. Die Erinnerung an den Augenblick, an dem Billy ihr Heiratsangebot ausgeschlagen hatte, quälte sie entsetzlich. Sie schämte sich, weil sie sich dazu hergegeben hatte, das blödsinnige Zeremoniell zu veranstalten und wie ein schmeichelndes Kätzchen um Billy herumzuschnurren ...

Wie grotesk das alles war! Ausgerechnet sie hatte sich vor diesem Idioten erniedrigt!

Im Lauf der Zeit wurde ihr jedoch immer klarer, daß sie sich nicht wirklich schämte, sondern daß ihr verletzter Stolz nur Vorwand war, um sich vor dem größeren, ernsteren Problem zu drücken. Sie erwartete ein Kind – und sie war allein damit.

Von ihrer Familie konnte sie keine Hilfe erwarten. Eine ihrer Schwestern war schwanger gewesen und wurde von ihrer Mutter und ihrem Vater gezwungen, so schnell wie möglich einen Ehemann beizubringen oder für immer zu verschwinden. Sie wurde mit dem zurückgebliebenen Sohn eines Nachbarn verheiratet. Daher war es völlig nutzlos, von der Familie Unterstützung während ihrer Schwangerschaft zu erwarten.

Im Krankenhaus hätte man ihr die Möglichkeit gegeben, das Kind abzutreiben, aber man würde ihr nicht helfen, es durchzubringen. Man würde sie für verrückt erklären, sich von ihr abwenden. All die frommen Christen im Dorf würden ihr die Türe vor der Nase zuschlagen, man würde ihr keine anständige Wohnung vermieten, sie würde keine Kinderfrau bekommen und außerdem könnte ihre »Verfehlung« dem guten Ruf des Krankenhauses schaden.

Eine ledige Mutter – das war die Verkörperung der Unsittlichkeit. Eine, die zeigt, daß sie »angestochen« ist, die ihren »Bastard« großzieht, ist eine Person ohne Anstand und Schamgefühl.

Mary war in der Falle. Ein besserer Begriff für ihren Zustand fiel ihr selbst bei angestrengtem Nachdenken nicht ein. Sie hatte ihren Vater und ihre Brüder bei der Jagd beobachtet und wußte, wie man Fallen für Aale, Biber oder Niederwild stellt. Für sie bestand zwischen dem Wild und ihr, zwischen den Jägern und den Menschen um sie herum keinerlei Unterschied.

Verzweifelt lief sie in ihrem Zimmer auf und ab. Warum steckte sie in dieser Falle? Nur weil sie ein Kind erwartete, das sie liebte?

Mary weinte, aber die Tränen waren Balsam. Das war ihre Art, ihrem Kind ihre Liebe zu zeigen. Dieser Kummer hatte nichts zu tun mit dem Schmerz, den sie empfunden hatte, als Jeremy nicht mehr zurückkam. Klares Wasser, sanfte Wiege. »Hab keine Angst. Hab keine Angst. Ich werde dich beschützen, und niemand darf dir wehtun. Das verspreche ich dir.« Es war ein Gelöbnis. Das waren keine Phrasen, sondern Teile eines Schutzwalls, den sie bereits jetzt um das noch Ungeborene zu ziehen begann. Mary war nicht mehr nur sie selbst, sondern zugleich die Mutter eines Kindes. Sie wußte noch nicht, wie diese andere, die Mutter in ihr, reifen und volle Verantwortung tragen könne, aber selbst wenn sie es gewußt hätte, hätte sie ihr Gelöbnis nicht gebrochen, denn das Kind war in ihr, ein liebes, zerbrechliches, zärtliches kleines Geschöpf.

Niemand wußte über Mary Zustand Bescheid, weder

im Hospital noch zuhause.

Mary veränderte sich. Sie wurde weicher und zugleich abweisender. Sie begann, mit ihren Kräften und ihrer Zeit hauszuhalten. Sie setzte alles daran, daß das Kind gedieh, und vertiefte sich in ihre Arbeit, um noch ein Examen zu machen, bevor ihre Schwangerschaft sichtbar wurde. Und danach ... Sie hatte keine Ahnung, was sie danach machen würde. Sie lebte nur von einem Tag zum andern.

Nun war sie also unversehens in der Welt der Erwachsenen und hatte ein Kind, um das sie sich kümmern mußte. Eine Welt, die ihr verlogen, verschlagen und dumm erschien.

Sie wurde langsam dicker, ihre Brüste voller. Es war ihr recht, daß ihr Körper sich mehr und mehr ausdehnte, zu einem Haus für das Ungeborene wurde.

Sie bestand das Examen. Kurz darauf begannen die Ferien. Mary kündigte im Krankenhaus und erzählte, daß man ihr eine Stelle in den Vereinigten Staaten angeboten hätte. Zu ihren Eltern sagte sie das gleiche. Im großen und ganzen stimmte das auch, denn sie hatte einem Gynäkologen, den sie von ihrem Dienst kannte, geschrieben. Er hieß Dr. Stone und war in die Staaten ausgewandert. Sie hatte ihn gefragt, ob sie dort Arbeit finden könnte, und er antwortete umgehend, daß so gute Kräfte wie sie in New York mehr als gesucht seien.

Daraufhin buchte sie bei einer Schiffahrtslinie eine Passage von Southampton, packte ihre Koffer und ihre Ersparnisse und ging an Bord. Sie war im siebten Monat schwanger.

Mary war hartnäckig, in gewissem Sinne widerspenstig und stolz. Sie wußte, daß sie ihren Weg machen und eines Tages mit ihrem Kind zurückkommen würde. Alle würden sich freuen und ein Fest zu ihren Ehren geben. Als sie an Bord ging, fühlte sie sich wie befreit. Endlich konnte sie schwanger sein, ohne sich verstecken zu müssen. Es war während der letzten Zeit in Sligo schwer für sie gewesen. Ihre Schwangerschaft hatte sich zwar äußerlich kaum bemerkbar gemacht, aber sie mußte sich trotzdem ziemlich einschnüren, sich anders anziehen und anders bewegen. Sie schämte sich vor ihrem Kind, daß sie sich so verkleiden mußte, aber sie hatte auch nicht den Mut gehabt, es offen mit ihrer Umgebung aufzunehmen.

Kaum war sie in ihrer Kabine, die nicht größer als ein Schlafwagenabteil war, zog sie sich mit einem ungeheuren Gefühl der Erleichterung aus. Als wolle es an Marys Freude teilhaben, begann das Kind, sich zu bewegen, zu tanzen, zu stampfen und zu boxen, als begreife es, daß es nun von allen Zwängen befreit war. Sie zog ein Kleid an, das sie sich in Dublin eigens für diesen Anlaß gekauft hatte. Es war weit und hatte über der Brust eine Passe, aus der ein geblümter Stoff wie eine Sommerwiese quoll. Wie die meisten Briten hatte auch Mary eine Vorliebe für grelles Lila, Rosa und Türkis. Für sie war es das schönste Kleid, das sie je getragen, und der schönste Tag, den sie je erlebt hatte. Während des Verladens ging sie an Deck und schaute zu, wie die Schauermänner ihre schweren Lasten hin- und herwuchteten.

Vielleicht dachte sie an Jeremy, an den kleinen Hafen mit den Möwen und den Heringskisten. Vielleicht sah sie Billy Laghey, wie er mit den Ewerkapitänen um den Fischpreis feilschte. Wer weiß. Nichts davon spiegelte sich auf ihrem Gesicht. Southampton war schon so weit weg von Sligo!

Sie war glücklich und schaute interessiert den Ablegemanövern des großen Schiffes zu, das rückwärts aus dem Hafen auslaufen und dann wenden mußte, um in die Fahrrinne des Kanals zu kommen. Ein Lotsenboot dirigierte das Schiff sorgsam an den grünen Ufern vorbei, die hübsche weiße Häuser säumten, bis zur Isle of Wight. Dann drehte es bei. Jetzt waren sie auf dem offenen Meer. Es war herrlich.

Während der einwöchigen Reise wuchs Marys Bauch beträchtlich. Es war nicht zu übersehen, daß sie ein Kind erwartete. Die Leute traten zur Seite, um sie vorbeizulassen, oder ließen ihr den Vortritt in den Speisesaal. Sie freute sich über diese kleinen Aufmerksamkeiten, die sie ihrem Kind zu verdanken hatte, und beantwortete sie mit einem freundlichen Lächeln. Sie kam sich geehrt vor, weil man sie mit »gnädige Frau« anredete. Manchmal bekam ihr Lächeln einen spöttischen Zug, wenn sie daran dachte, daß nur wenige Kilometer Höflichkeit von Hohn trennten …

Mary war erst vierundzwanzig, aber sie kam sich wie hundert, tausend, zehntausend Jahre alt vor. Ein kleines Kind in ihrem Bauch ließ das Dunkel der Zeiten fühlen, lehrte sie jahrtausendealtes Wissen, aus dem eine Frau den Instinkt schöpft, durch den sie begreift, daß die Menschheit an sich eine Frucht ihres Leibes ist.

»Bitte sehr, gnädige Frau.«

»Vielen Dank, mein Herr.«

Sie hatte zwar eine Kabine in der billigsten Klasse, aber das Leben auf dem Schiff war für sie durch die Art, wie man sie behandelte, zum Inbegriff des Luxus und des Geachtetseins geworden.

Sligo – das war Flucht, Mühsal und Spott.

Frau oder Fräulein. Gesetzt oder sorglos. Ehrbar oder verkommen. Gesang oder Gassenhauer. Rose oder Gänseblümchen. Bär oder Schmetterling. Richter oder Verdächtigter. Gewaltige Unterschiede. Und dies alles nur, weil ein zerrissener Hymen zu Konformismus zwang. Mary konnte sich darüber nur lustig machen.

Über Billy zum Beispiel, wie er mit Frau und Kindern zur Messe ging. Natürlich würde er mit seinem schicken Anzug und dem Auto, das vor der Kirchentür geparkt war, in der ersten Reihe sitzen.

»Ecce agnus Dei qui tollit peccata mundi.«

Praktisch, so ein Lämmchen, das einem die Schuld abnimmt. Und Billy, mit der großen Geste des reuigen Sünders, schlägt sich gegen die Brust:

»Domine, non sum dignus ...« Dreimal muß er es wiederholen. Dreimal sich gegen die Brust schlagen, und dann ist alles erledigt. Keine Sünde, kein Kind mehr. Gott ist gnädig und wird es immer sein, solange Billy betet und der Gips von der Nase Unserer Lieben Frau von Lourdes bröckelt. Sie aber flehet und flehet in Ewigkeit, mögen die winzigen Sünden der schlafenden jungen Mädchen nicht Marmor und Gold der Heiligen Kirche beschmutzen. Entweder sie treiben ab, oder sie machen sich aus dem Staube. Gott ist gerecht.

Mary glaubte, allen Schmutz und alle Böswilligkeit in Sligo zurückgelassen zu haben. Woanders würde die Welt besser sein. Sie war heilfroh, daß sie sich zum Auswandern entschlossen hatte.

Ein älteres amerikanisches Ehepaar hatte sie ins Herz geschlossen. Jeden Tag erkundigten sie sich viermal, jeweils vor und nach den Hauptmahlzeiten, nach ihrem Wohlbefinden. Sie freuten sich mit auf das Baby, denn sie selbst hatten acht Kinder und erwarteten in Kürze das zwölfte Enkelkind. Sie kümmerten sich rührend um Mary und verpackten sie im Deckstuhl bis unters Kinn in Wolldecken.

»Luft und Meer tun der Gesundheit gut«, sagten sie jedesmal. Aber dann ließen sie Mary in Ruhe.

Wenn sie nachts in ihrer Kabine, die ganz unten im Schiff nahe am Bug lag, das Meer an den Schiffsbauch schlagen hörte, fühlte sie sich wie in einer tiefen, weichen Wiege. Sie hörte, wie die Motoren arbeiteten und die Schiffsschraube sich drehte. Ein Kind mit einem Kind im Leib. Sie schlief selig hinein in eine Welt, von der sie glaubte, sie sei gut.

Um acht Uhr morgens lief das Schiff im Hafen von New York ein. Mary war schon lange wach, weil sie nachts gehört hatte, daß die Motoren leiser wurden. Sie blieb zuerst noch ein wenig liegen und malte sich aus, was sie nach ihrer Ankunft machen würde: ein Hotel suchen, Dr. Stone anrufen, sich mit ihm verabreden – er wußte nicht, daß sie ein Kind erwartete ... und sich dann auf einer Entbindungsstation anmelden. Es waren nur noch ungefähr sechs Wochen bis zur Geburt. Sie rechnete noch einmal zurück, ohne aber ganz sicher zu sein, wann die letzte Regel war und wann der Eisprung gewesen sein könnte. Von da an neun Monate. Aber rechnete man das nun ab dem Tag der Ovulation, ab dem ersten Tag der letzten Regel oder ab dem Datum, wo die nächste Regel hätte einsetzen sollen? Obwohl sie Krankenschwester war, wußte sie über diese Dinge reichlich wenig Bescheid. Wie unsicher Frauen in ihren eigensten Belangen sind, dachte Mary. Woran das liegen mochte?

Die Gedanken an das Hotel, Dr. Stone, das Entbindungsheim, den Tag der Geburt ließen sie nicht mehr los. Die Bilder ihrer Phantasie hüpften vor ihren Augen auf und ab. Sie wollte nicht nachdenken, denn dann wäre sie diese Bilder nicht mehr losgeworden. So verhielt sie sich lieber wie eine Ameise, die ohne Unterlaß hin und her rennt, bis sie ein Stückchen Beute gefunden hat, das hundertmal größer ist als sie selbst.

Jedesmal, wenn Mary sich über etwas aufregte, hörte das Kind auf, sich zu bewegen. Es war reglos, als drücke es sich aus Angst in eine Ecke. Mary mochte das nicht. Einesteils, weil sie Angst hatte, das Kind sei unglücklich, zum anderen, weil es ihr das Gefühl gab, von dem Kleinen kontrolliert zu werden, als könne es ihre geheimsten Gedanken erraten, sogar die, denen sie verwehrte, an die Oberfläche des Bewußtseins aufzusteigen. Deshalb sagte sie laut, wie eine Mutter, die ihr Kind beruhigt:

»Du brauchst dich nicht zu fürchten. Es wird schon alles gut.«

Dann stand sie auf, zog sich langsam an, packte ihre Koffer und ging an Deck. Sie hatte wirklich zugenommen, das war nicht zu leugnen. Sie hielt sich am Treppengeländer fest und zog sich Stufe um Stufe hoch. So muß es im Alter sein ...

Es war fast Tag. Das Meer sah aus, als ob es dampfte. Es war warm. Und voraus, zum Greifen nah, lag New York.

An einer Stelle glich die Küste einem von Menschenhand errichteten Berg. Der Nebel, der über dem Festland lag, sammelte sich dort und stieg auf wie in den Chor eines enormen Domes. New York City rüstete sich für einen neuen Tag.

Einige Passagiere, manche mit Ferngläsern, standen an der Reling. Sie hörte jemanden sagen: »Ich kann schon Manhattan sehen.« Mary setzte sich auf eine Holzbank und schaute hinüber zu der Stadt, deren Konturen langsam immer deutlicher wurden. Die Neue Welt kam auf sie zu.

Zuerst glitten sie an kleinen Häusern vorbei, die einen weiten Strand einsäumten – aber sie waren nicht so schön wie in Corvagh. Je näher das Schiff der Stadt kam, desto deutlicher konnte man sehen, daß die Flußmündung zu einem Hafenbecken ausgebaut war, an dessen Kaimauern entlang sich unzählige Lager, Docks und Bretterzäune reihten. Die Reklameschriften waren schon von weitem zu entziffern: COCA COLA, SWAN, FIVE ROSES... Dann öffnete sich das Hafenbecken wieder zu einem Delta. Würfel, Zylinder, Parallelen, gestreckt und gepreßt. Die Sonne war schon aufgegangen, vermochte jedoch nicht die dicke Smoghaube zu durchdringen, die über der gesamten Stadt hing. Gelbes Morgenlicht. Vernachlässigte Docks und Häuser in der Ferne, in welche Richtung man auch blickte.

Endlich konnte Mary deutlich Manhattan erkennen, eine Garbe aus gebündelten Wolkenkratzern. Hohe, unfreundliche Gebäude, Glocken mit verrußten Schwengeln, mächtige Wächter.

Das Schiff bewegte sich mit äußerster Vorsicht weiter, manövrierte zwischen Frachtern, Kähnen, Tankern und Lotsenbooten hindurch. Keine Ruderboote. Kein Fischgeruch. Nur Elektrizität, Chemie, Industrie, Eisen, Beton.

Das Delta wurde wieder enger. Mary konnte Männer bei der Arbeit erkennen und sah, wie große Autos den Quai entlangfuhren, während riesige Kräne, aufgereiht wie Soldaten, ihr Ladegut durch die schwere Luft schwenkten.

Die Passagiere drängten sich mit ihren Fotoapparaten, Ferngläsern und Filmkameras immer dichter an die Reling. Alle wollten den ersten Eindruck der Märchenstadt, dem Tor zu Reichtum und Erfolg, nicht versäumen.

Sie schoben Mary zur Seite, die nun nichts mehr sehen konnte, aber auch nichts mehr sehen wollte. Was sie gesehen hatte, hatte sie betäubt: nichts, was nicht von Menschenhand geschaffen war. Die paar Möwen, die sich bis hierher gewagt hatten, glichen eher Spielflugzeugen als Vögeln. Nirgends Pflanzen. Nirgends natürliche Formationen. Berge aus Pfosten, Täler aus Straßen, Hügel aus Eisen, Ebenen aus Baustellen.

»So ist es eben«, sagte sie zu ihrem Kind. »Wir sind hier und werden uns schon einleben. Schließlich sind wir nicht die ersten Iren, die hier an Land gehen.«

Plötzlich hörte sie die Leute sagen: »Gleich fahren wir an der Freiheitsstatue vorbei.« Ihren Anblick wollte sich Mary nicht entgehen lassen. Aber wie bewerkstelligen? Sie konnte nur auf eine Bank steigen, die schon etliche Passagiere besetzt hielten. Dennoch half man ihr. Mit einem Fuß auf der Bank, mit dem Rücken gegen eine geschlossene Luke gelehnt, übersah sie die ganze Küste.

Da kam sie näher, die Freiheitsstatue. Matrone mit Stachelkrone und Fackel. Man sah, daß auf dem Sockel ein bißchen Grün wuchs. Sie kam ihr eigentlich nicht besonders groß vor, obwohl sie wirklich riesig sein mußte, denn in ihrem Innern ging ja eine Treppe bis nach oben, und der Arm, mit dem sie die Fackel hielt, war breit genug, um einen Aufzug und eine weitere Treppe zu beheimaten. Das war ihr klar, aber die Umgebung, diese Stadt, war so unermeßlich groß und weit und hochgebaut ... Außerdem war sie reichlich schmutzig, diese Freiheitsstatue, über ihr Gewand zogen sich schwarze Streifen, das Gesicht war überzogen vom Möwenkot eines Jahrhunderts. Nur mit ihrer Krone schien sie noch in Konkurrenz mit den immer höher in den Himmel ragenden Wolkenkratzern ihre letzte Bastion zu verteidigen.

Rost und Staub. Darin lag das Majestätische dieses Ortes. Die Menschen dieser Stadt trotzten der Abnutzung, wollten sie nicht wahrhaben, häuften noch mehr Eisen und Beton auf alles, was da vermoderte, oxydierte, rostete, verfiel, zerbrach, zerbarst, zerschmolz, zersprang. Hier baute der Mensch auf ausgelaugten Boden. Ihn kümmerte kein Regen, kein Wind, keine Sonne, kein Meer. Hier zählte nur das Werk von Menschenhand, Tand und Unbeständigkeit, immer wieder neu Erstelltes, neu Verstärktes. Tragische Absurdität. Unglaubliches Mißverständnis. Wiedererstandenes Babylon. Schwindelnde Anmaßung.

Mary umfaßte ihren Bauch mit beiden Händen. »Hab keine Angst. Hab keine Angst. Millionen Iren sind hierher ausgewandert und nicht untergegangen. Viele haben hier sogar ihr Glück gemacht.«

Mary war aufgewühlt, diese Stadt machte ihr Angst. Sie wollte noch ein wenig in ihrer Kabine bleiben. Sie gehörte zu den Letzten, die von Bord gingen.

»Erinnerst du dich, wie du mich damals in New York abgeholt hast?«

»Ja.«

»Du hattest den gleichen Gesichtsausdruck wie an dem Tag, an dem du Mary entdecktest.«

»Ach wo. Nur hatte ich damals in New York keine große Lust, dich zu sehen. Aber das hier, das war doch etwas völlig anderes.«

»Warum hast du mich dann überhaupt abgeholt?«

»Ich weiß es nicht.«

Immer wieder dasselbe Schlüsselwort, »Ich weiß es nicht«, das der eine dem anderen zuwarf, wenn es um wesentliche Dinge ging, um weiterleben zu können. Ständige Unterwerfung, Resignation, Schweigen, Unverständnis, um die Tür ihres Lebens in den Angeln zu halten.

In jenem Jahr war Jean-François mit einer Frau zusammengezogen. Er hatte es Simone brieflich mitgeteilt, aber gleichzeitig hinzugefügt, sie könne dennoch kommen, man werde sich schon arrangieren. Wer war »man«? Er und die Frau? Er und Simone? Wie kann man sich mit einer solchen Situation arrangieren? Der Abreisetermin stand fest, die Post hätte zu lange gedauert, um noch Klarheit in die ganze Angelegenheit zu bringen.

Simone hoffte, daß die Schiffsreise ihr guttun und auch Gelegenheit geben würde, sich auf die neue Situation vorzubereiten.

»Ich schwöre dir, daß du genau den gleichen Ausdruck hattest – wie immer, wenn du nicht willst, daß ich dir zu nahe komme.«

»Ich habe doch das Recht, zu leben wie ich will.«

»Darum geht es nicht.«

»Worum dann?«

»Um uns beide.«

Jean-François lachte, nahm Simone in die Arme und tanzte mit ihr wie ein Verrückter durchs Zimmer. Auch Simone mußte lachen.

»Und du, meine Süße, was hast du gemacht? Hast du mir etwa jemals von der Demonstration, von Angèle, von der Geburt erzählt? ...«

»Das ist etwas anderes.«

»Um so schlimmer.«

»Ich habe keine Lust, mit dir jetzt darüber zu debattieren. Heute ist so ein schöner Tag. Und außerdem erinnerst du dich vielleicht, daß wir Hans und Heidrun versprochen haben, ihnen heute früh zu helfen.«

Schweigend tanzten sie weiter. Goldenes Licht floß durch die Fenster.

»Hast du schon einmal eine Schafschur miterlebt?«

»Nein. Noch nie.«

»Na also. Dann auf in den Kampf!«

Während der letzten Tage hatte es geregnet. Jeder Grashalm glänzte in frischem Grün, die kleinen Kiesel blitzten, an den Zweigen hingen noch glitzernde Tropfen. Hell strahlte die Sonne über einer neu erstandenen Natur. Friedlich lag das Land vor ihnen. Hinter den dicken Bäumen, die den Weg säumten, sahen sie auf der einen Seite das weite Meer, auf der anderen die grünen Hügel, zerteilt von steinernen Einfriedungen.

Hans und Heidrun hatten den größten Teil der Herde bereits in den Hof getrieben, um den sich eine graue Steinmauer zog. Man hörte schon von weitem das sture, mißmutige Blöken der Schafe.

»Fünf oder sechs sind ausgerissen und zum Fluß hinuntergelaufen«, sagte Hans ihnen gleich am Tor. »Seht doch, daß ihr sie wieder hereintreibt. Wir fangen schon mal mit dem Scheren an.«

Nach einer Stunde hatten Simone und Jean-François die verlaufenen Schafe glücklich wieder beisammen. Sie waren reichlich erschöpft. Nicht nur, weil sie endlos weit hinter den Tieren hergelaufen waren, sondern weil auch das Einfangen wirklich nicht zum Lachen war. Die Schafe entwischten ihnen immer wieder. Jedesmal, wenn sie dachten, sie hätten alle beisammen, büchste ein Tier wieder aus und witschte zwischen Simone und Jean-François durch. Unter Aufbietung aller Kraft, mit Stockschwingen und lautem Geschrei versuchten sie, die Schafe zusammenzudrängen. Die Tiere sahen sie bockbeinig und aufgeregt an. Sowie ein Tier wieder ausgebrochen war, folgten ihm die anderen. Jean-François und Simone warfen sich völlig außer Atem ins Gras und lachten schallend.

»Das schaffen wir nie!«

»Jetzt versuchen wir's eben nochmal von der anderen Seite.«

Endlich hatten sie alle Schafe im Hof. Sie schlossen sofort das Tor und setzten sich auf einen dicken Stein, um Luft zu holen. Unten im Tal rieselte eilig das Flüßchen. An den Ufern wuchsen dichtes Schilfrohr und gelbe Lilien.

»Das war ein Spaß!«

»Ja. Aber das ist noch nicht alles. Wir müssen jetzt rein.«

Im Hof blökte die dicht gedrängte Herde in einem fort. Die Schur fand in einem kleinen Verschlag neben der Scheune statt. Heidrun schaffte Bier herbei.

»Ihr habt ja ganz schön lange gebraucht! Fabelhafte Bauern gäbt ihr ab!«

Das Bier schmeckte.

Sie machten sich mit dem Scherer bekannt. Er hieß Michael Thorton und war offensichtlich nicht erst beim ersten Bier. Hans hatte auch schon einen roten Kopf und sprach reichlich laut.

Man mußte ein Schaf einfangen, fesseln, damit es sich nicht bewegen konnte, und zu Hans und Michael schleifen. Das Tier wehrte sich, aber sobald es spürte, daß sein Widerstand zwecklos war, machte es sich steif und war nicht mehr vom Fleck zu bewegen; man mußte es stoßen, ziehen, schleifen oder gar tragen. Die beiden Männer ergriffen es und legten es auf den Rücken. Dann mähte es nur noch kläglich. Die schwarzen Augen flackerten ängstlich. Wie zwei dunkle Obsidiane schimmerten sie in dem schwarzen Kopf. Hans hielt die Läufe, so gut er konnte. Der Scherer ging geschickt ans Werk. Er ratschte mit der scharfen Schere, deren Schneide gefährlich blitzte, mitten ins Fell. Langsam arbeitete er sich weiter vor, schnitt Dreieck auf Dreieck in die dicke Wolle. Allmählich lichtete sich das verfilzte Fell zu schneeweißen Flecken. Unterfell mit der Farbe frischer Butter kam zum Vorschein, eine elfenbeinfarbene Wollandschaft, die an das kleine, zerbrechliche Lamm erinnerte.

Nach jedem Schluck Bier schor Michael schneller. Manchmal schnitt er an schwer zugänglichen Stellen, am Schwanzansatz oder wenn das Fell verkrustet oder von Erde verdreckt war, einfach ins Fleisch. Rosafarbene, abstoßende Wunden klafften.

»Sie tun ihm weh«, sagte Simone.

»Es spürt nichts«, sagte Hans im Brustton der Überzeugung.

Schließlich wurde das Schaf wieder auf die Beine gestellt. In seinem kurzgeschorenen, schlecht rasierten, armseligen Fell stand es da, kahl und struppig. Es brauchte ein paar Sekunden, bis es begriff, daß es wieder frei war, und rannte zu den anderen.

Dann kam das nächste dran. Oft war es ein Mutterschaf, dessen Junges vor dem Eingang zum Verschlag stehen blieb und ängstlich blökte.

Die Felle häuften sich wie abgelegte alte Mäntel auf dem Boden und rochen nach Wollfett.

Michael rollte sie zu dicken Ballen und stapelte sie in einer Ecke auf.

Die Geschichte der Mary MacLaughlin (Fortsetzung)

Marys Kind wurde im September geboren: ein Junge. Er war so still wie Mary und hatte die schwarzen Haare und blauen Augen von Billy. Sie nannte ihn nach ihrem Vater Sean.

Zwei Monate später brachte Mary ihren Sohn frühmorgens zu einer Kinderfrau und begann ihren Dienst in der Brooklyner Praxis von Dr. Stone.

Es war Ende November und schon sehr kalt.

Die Hauptstraße dampfte in der Kälte, in regelmäßigen Abständen stiegen weiße, dicke Schwaden auf. Undurchsichtige Voluten schraubten sich aus dem Boden, Emanationen der Eingeweide einer Stadt. Prozessionen bleicher Barden, uralte Schattenbilder aus Schaum. Mary ging schneller; sie wollte nicht zu spät kommen. Erst recht nicht am ersten Tag. Sie fühlte sich angenehm leicht – fast zu leicht. Sie wußte, daß Millionen und Abermillionen Frauen wie sie ihr Kind zu einer Kinderfrau bringen. Sie wußte, daß sie ihr Kind abends abholen würde, und sie wußte, daß sie ihren Beruf liebte. Sie wußte auch, daß ihr der Beruf einer Krankenschwester mehr lag als das Muttersein. Womöglich war das der Grund dafür, daß sie sich so ausgelaugt fühlte und angewidert von sich selbst.

Sie durchquerte eilig die kleinen Straßen, die zur Praxis führten. Schiefe Bürgersteige. Pfützen. Verrostete Feuerleitern. Korrodierte Eisenstangen und Verstrebungen, Geruch von Metall. Hastende Menschen. Ein grauer Tag beginnt. Die Ratten verziehen sich in die Gullis.

Sean ist kräftig und trinkt gut. Die Kinderfrau ist zuverlässig, und im Hinterhof wächst ein Baum.

In der Praxis brennt Licht. Sie befindet sich im Erdgeschoß und in der ersten Etage eines Betonhochhauses.

»Guten Tag, Mary.«

»Guten Tag, Herr Doktor.«

»Ich mache Sie mit meinen Kollegen bekannt. Die Sprechstunde beginnt pünktlich um acht.«

Sobald die Türen zur Praxis geöffnet werden, beginnt der Aufmarsch des Elends. Diabetiker, Ulkuspatienten, Phobieleidende, Lungenkranke, Alte, Skrofulöse, Grippekranke, Arbeitslose, Ekzematiker und Krampfadergeplagte aus dem ganzen Viertel. Fast alle sind Iren, sie haben sich hier angesiedelt, um vereint weniger zu frieren, sich zu fürchten, zu leiden. Ein paar kommen aber auch von weit her, sind kilometerweit durch die eisige Nacht gefahren, um ihre Landsleute zu konsultieren. Und es gibt auch Schwarze als Patienten.

Elf Uhr. Jetzt wird Sean ausgefahren. Hoffentlich vergißt die Kinderfrau sein weißes Jäckchen nicht. Ich habe es in die Tasche mit dem Fläschchen gesteckt.

Wunden, Furunkeln, Hautschorf, fiebrige Augen, Husten und Spucken. Ein Sammelsurium von Zivilisationskrankheiten. Einer nach dem anderen.

Mary hat wieder die Welt gefunden, in der sie sich wohlfühlt, in der sie erst richtig auflebt. Die Arbeit hier erscheint ihr interessanter als in Sligo. Die Allgemeinmedizin ist viel eindrucksvoller, findet sie. In Sligo bin ich vielen Krankheiten nie begegnet, weil alle Abteilungen spezialisiert waren, hier jedoch werde ich mit allem konfrontiert.

Vier Uhr. Jetzt fängt Sean an zu gähnen. Ich liebe es, wenn er so gähnt. Hoffentlich nimmt die Kinderfrau Notiz von ihm.

Mary betrachtet voll Staunen die Metallbehälter, die sie aus dem Sterilisator nimmt. Säuberlich eingeordnet enthalten sie alle Arten von Instrumenten: Pinzetten, Scheren, Skalpelle, Spritzen ... Werkzeuge aus irisierendem Metall, deren archaische Formen Schrecken hervorrufen. Im Laufe von Jahrtausenden ersann der Mensch Sägen, Haken, Spateln, Zangen, Stacheln, Bohrer und Nadeln, die er brauchte, um den menschlichen Körper zu zerschneiden, zu öffnen, auszuschaben, zu zersägen und um ihm Spritzen zu verpassen. Um dem Menschen zu helfen, wenn er von noch barbarischeren Waffen verwundet worden war. Diese Werkzeuge sind raffiniert, schmal, länglich, spitz, schlank, dick und so vielfältig wie der Forschergeist, der sie ersann.

Sechs Uhr. Die Praxis wird geschlossen. Mary räumt noch auf, sagt: »Bis Morgen!« und rennt davon, um Sean abzuholen.

Mein Sohn, mein Kind, mein Junge, mein Hübscher, meine Freude. Wie lieb ich dich habe! Wie sehr wir uns beide liebhaben! Wie ich mich freue, dich wiederzusehen!

Halb acht. Das Zimmer ist warm und gerade groß genug für beide. Mary plaudert ununterbrochen mit dem Kind, das ihr zuhört und ihr zuschaut, wie sie sein Bad einlaufen läßt. Er planscht im Wasser, das hat er gern. Dann hängt er sich wie ein Äffchen an seine Mutter und maunzt ein bißchen, als sie die Windeln einweicht. Fläschchen sterilisieren.

Neun Uhr. Sean trinkt gierig. Kleine Schweißperlen stehen ihm auf Stirn und Oberlippe. Er seufzt ein paarmal tief und will einschlafen, aber Mary hält ihn wach, bis er seine Flasche ausgetrunken hat, damit er nicht in der Nacht aufwacht und schreit. In der Stille, ihrem zufriedenen Schweigen hört man das langsame Glucksen, wenn das Kind trinkt.

Zehn Uhr. Mary hat sich mit einem medizinischen Fachbuch ins Bett gelegt. Sie hat sich die Pflichtliteratur für das dritte Semester besorgt, obwohl sie noch nicht weiß, wie der Studiengang hier verläuft. Sie will gut vorbereitet sein. Im Sommer gibt es keine Kurse. Der Schlaf übermannt sie. Sie wird studieren, es muß gelingen. Sie schläft ein. Im Traum sieht sie ein vergoldetes Schild an ihrer Tür: Dr. MacLaughlin. Und Sean besucht ein renommiertes College.

Sechs Uhr morgens. Der Wecker läutet! Sean hat Hunger! Aufstehen! Schnell!

Welch ein Glück! Mary ist glücklich. Sie liebt Sean. Sie liebt die Arbeit in der Praxis. Sie hat keine Zeit, ihre Fachbücher zu lesen. Sie hat auch kein Geld, denn wenn die Kinderfrau, die Miete und alles andere bezahlt sind, bleibt nichts mehr übrig. Aber das ist nicht wichtig. Was zählt, ist allein, daß ihr Leben zum Bersten erfüllt ist von Dingen, die ihr Freude machen.

Sie ist schöner geworden, hat weichere Züge bekommen, ihr Körper ist geschmeidiger, ihre Haltung lockerer geworden. Marys ernste Seite ist verschwunden. Sie lächelt immer. Patienten bringen ihr Blumen, Schokolade oder Spielzeug für Sean in die Praxis mit. Sie ist beliebt. Ärzte und Pfleger machen ihr den Hof. Ein blonder Assistenzarzt, der sie an Jeremy erinnert, gefällt ihr. Sie essen jeden Mittag zusammen und reden über medizinische Themen. Aber in ihrem Leben ist kein Platz mehr für einen Mann. Vielleicht später ... sie muß abwarten. Wie und wo soll sie einen Mann in ihrem Leben unterbringen?

Sean wächst ohne Schwierigkeiten auf. Er ist groß und kräftig für sein Alter und nie krank. Mit sechs Monaten hat er die ersten Zähne. Mit einem Jahr beginnt er zu laufen. Mit zwei Jahren spricht er. Seine Entwicklung verläuft ganz normal. Er ist der Mittelpunkt in Marys Leben, für sie ist er schön, klug, brav, niedlich, freundlich, zärtlich, drollig ...

So vergehen vier einfache, flüchtige, problemlose Jahre ohne eine einzige unausgefüllte Minute.

Bis zu dem Tag, an dem Mrs. Dunaher ihre Tochter wegen Schmerzen in den Beinen zur Untersuchung bringt.

Miss Dunaher heißt Melanie; sie ist achtzehn Jahre alt. Da es ihre erste Konsultation ist, legt Mary für sie eine Karteikarte an: Geburtsdatum, Anschrift, Gewicht, Größe ... Routinesachen. Marys Fragen erwecken das Vertrauen der Patientin und ebnen den Weg für Dr. Molson, der Melanie untersuchen soll. Melanie hat helle, traurige Augen. Sie ist freundlich. Es scheint, als schlummere ein tiefer Schmerz in ihr, ein heimlicher Kummer. Man sieht es ihren Augen an. Jeder Lidschlag ist ein stummer Hilferuf.

Dr. Molson hört Melanie ab, schaut auf die Karteikarte, die Mary ihm vorlegt, und diagnostiziert:

»Leichte Ermüdungserscheinungen. Vielleicht ein kleiner rheumatischer Affekt. Nichts Ernstes.«

Er verschreibt Vitamine und Antibiotika.

Mary ist nicht damit einverstanden. Ihrer Ansicht nach leidet Melanie unter einer ernsthaften Erkrankung; man müßte eine Gesamtuntersuchung, eine Blutspiegelung und eine Reflexkontrolle machen. Sie faßt sich ein Herz, Dr. Molson zu sagen, daß Melanie über Halsschmerzen klagt und in den vergangenen Tagen häufig erbrochen hat. Mary glaubt, das lasse auf ein bestimmtes Krankheitsbild schließen. Dr. Molson dagegen nicht.

»Ja, ja, sie ist müde. Sie soll sich eine Woche ausruhen, dann ist alles vorbei.«

Mary schaut Melanie und ihrer Mutter nach, wie sie die Praxis verlassen. Innerlich ist sie alarmiert. Aber dann muß sie sich mit so vielen Kranken beschäftigen, so viel vorbereiten, daß sie nicht mehr die Zeit hat, sich mit Melanies Fall zu befassen.

Nach drei Tagen kommt Melanie wieder. Die Schmerzen in den Beinen sind stärker geworden; Mary fällt auch auf, wie ungeschickt sie sich auf den kleinen Hocker setzt. Dr. Molson ist in Eile, weil er einen Hausbesuch machen muß. Nur auf Marys Drängen hin untersucht er Melanie noch einmal flüchtig. Er bleibt bei seiner Diagnose und sagt zu Mary, während er ein neues Rezept ausschreibt und Melanie sich wieder ankleidet:

»Wahrscheinlich ist sie verliebt. Meiner Meinung nach ist das ihre ganze Krankheit.«

Mary weiß genau, daß er sich irrt. Nach ihrer Ansicht handelt es sich um eine schwere Viruserkrankung, eine Art Kinderlähmung. Aber sie hat nicht den Mut, dem Arzt zu widersprechen.

Eine Woche später kommt Mrs. Dunaher gleich zu Praxisbeginn: Melanie hatte eine sehr schlechte Nacht, sie kann sich im Bett nicht einmal mehr aufrichten. Mary informiert Dr. Molson. Weil er keine Zeit für die Patientin hat, bittet Mary um die Erlaubnis, einen Hausbesuch machen zu dürfen. Dr. Molson kommt das gelegen. Er ist froh, wenn er diesen mühsamen Fall los wird.

Innerhalb weniger Tage hat Melanies Zustand sich in erschreckendem Maße verschlechtert. Sie ist schlaff wie eine Stoffpuppe, die Muskelfunktion setzt aus. Sie kann weder die Beine noch die Arme bewegen, noch die Blase kontrollieren, die Finger sind fast steif, und die eine Gesichtshälfte ist verzerrt. Als Mary das junge Mädchen sieht, ergreift sie so etwas wie Stolz, denn sie hatte recht behalten. Sie hört Melanie ab, stellt den Ausfall von Reflexen fest und eine besorgniserregende Reduzierung der Atemkapazität. Mary fühlt sich ganz plötzlich stark wie ein Fels. Sie hantiert wie im Schlaf, mit einer Geschicklichkeit und Fürsorge, die einem Urinstinkt in ihr entspringen und sich besonders in Ausnahmesituationen bewähren.

Sie telefoniert mit Dr. Molson:

»Melanie Dunaher muß sofort in ein Krankenhaus eingeliefert werden.«

»Was Sie nicht sagen! Hat sie wieder eine Depression?«

»Nein. Aber es muß sofort eine Lumbalpunktion ausgeführt werden.«

»Eine Rückenmarkspunktion? Wozu denn das?«

»Weil ich Polio diagnostiziere.«

»Was erlauben Sie sich eigentlich! Sie diagnostizieren! Polio! ... Sind sie denn verrückt geworden?«

»Entschuldigen Sie, Herr Doktor. Ich habe mich nur ungeschickt ausgedrückt. Es ist mir herausgerutscht, verzeihen sie bitte ... Ihr Zustand ist alarmierend. Wirklich, sie muß sofort in ein Krankenhaus!«

Sie informiert ihn über das Krankheitsbild.

»In Ordnung. Rufen Sie die Ambulanz und besorgen sie aus der Praxis einen Überweisungsschein. Ich unterschreibe. Sie muß auf Beobachtungsstation ... Sie sind eine ausgezeichnete Krankenschwester, Miss MacLaughlin, aber keine Ärztin ... Sie scheinen das gelegentlich zu vergessen ...«

Am Nachmittag werden die Resultate aufgrund der Punktion durchtelefoniert. Gespräch für Dr. Molson. Absolut vertraulich. Nur für ihn bestimmt. Mary ist wütend, denn Dr. Molson ist wegen eines Notfalls nicht abkömmlich. Eine halbe Stunde vergeht. Danach Anruf im Labor:

»Bitte bleiben Sie am Apparat. Ich verbinde mit Dr. Molson.«

Dr. Molson spielt das Spielchen mit: niemand darf das Telefonat mithören, Mary muß seinen Konsultationsraum verlassen. Zur Strafe. Sie macht sich Sorgen, bereitet aber den nächsten Patienten zur Untersuchung vor.

Molson ruft sie zu sich.

»Ein ausgewachsenes Guillain-und-Baret-Syndrom, wer hätte das gedacht!«

Eine Krankheit, die der Kinderlähmung nah verwandt ist ...

An diesem Tag, wegen dieser Sache mit Melanie Dunaher, erwachen in Mary Widerspruch und ein Gefühl der Öde zugleich. Doch die Wut auf Molson wird durch die Umstände (»so ist es eben«) und durch Abstumpfung (»das liegt in der Natur der Sache«) bald erstickt.

Natürlich. So war es nun mal. Sie war Krankenschwester und keine Ärztin. Mehr gab es dazu nicht zu sagen.

Dabei kannte sie sich, solange sie denken konnte, mit dem menschlichen Körper aus, sie wußte, was in ihm vorgeht und konnte seine Reaktionen voraussagen. Als kleines Mädchen hatte sie zugesehen, wenn die Schafe ihre Lämmer warfen. Sie interessierten die Vorgänge im Körper des Muttertieres und dem des Lämmchens. Das Wunder der Geburt war für Mary kein Abstraktum, das Mysterium war so greifbar wie die Materie, die sein Urgrund und Vehikel sind. Die Materie birgt die Vollendung in sich. Der Körper war die Materie, in der sich das Faßbare und das Unfaßbare zu einer unauflöslichen Einheit verbanden. Jeder Körper hat ein Eigenleben. Und Mary wußte darum. Ihre Ausbildung und die praktische Erfahrung, die sie in ihrem Beruf gemacht hatte, verschärften noch ihre intuitive Kraft, in der ihre größte Stärke lag. Wenn ein Patient in die Praxis kam, schaute sie ihn wortlos an. Irgend etwas ging immer von einem Kranken aus, aufgrund dessen sie sich bereits eine Vorstellung von seinem Leiden machen konnte.

Mary war eine ausgezeichnete Medizinerin, aber sie hatte kein Diplom. Ich muß wieder anfangen zu studieren und mich beruflich weiterbilden. Wie soll ich das machen? Wo soll ich die Zeit und das Geld dafür hernehmen?

Sean war ein gesundes Kind. Mit vier Jahren ging er in den Kindergarten. Jeden Abend, wenn Mary ihn abholte, erzählte er alles, was tagsüber passiert war. Mary hörte ihm immer aufmerksam zu, weil er anderen gegenüber nicht sehr gesprächig war. Was er dachte und redete, war nur für sie bestimmt, und deshalb wollte sie sich sein Vertrauen bewahren. Er legte seine kleine Hand in die seiner Mutter und plauderte mit ihr auf dem ganzen Weg nach Haus. Er verstummte nur, wenn sie unterwegs noch schnell in einem Laden ein paar Besorgungen machte, dann fing er wieder an zu reden.

Zuhause war es nicht anders. Er tanzte immer um sie herum und konnte ihr auch schon ziemlich viel im Haushalt helfen. Er wusch ab und räumte seine Sachen auf.

Samstags und sonntags gingen sie zusammen aus. Das waren jedesmal Festtage ... Bis die Sache mit Melanie Dunaher passierte. An dem darauffolgenden Wochenende dachte Mary zum ersten Mal, daß Sean eine Last für sie war. Sie schämte sich so dafür, daß sie sich während der ganzen nächsten Woche elend fühlte. Ihr war schlecht, und sie hatte Kopfschmerzen ... Dann kümmerte sie sich mehr als je zuvor um Sean. Der nutzte das gleich aus und erklärte ihr, er wolle nicht mehr zur Schule gehen!

Damit wurde alles schwierig.

Wenn Sean nicht mehr in seine Vorschule gehen wollte, bedeutete dies, daß sie die Kinderfrau für den vollen Tag bezahlen mußte, und das konnte sie sich nicht leisten. Damals bekam Sean seine erste Ohrfeige ...

Mary war gerade in eine Zweizimmerwohnung mit Küche und Bad umgezogen, die in ihren Augen ein Vermögen kostete. Das andere Zimmer war für sie und Sean zu klein geworden. Zuerst erschien ihr dieser Umzug nicht als Luxus, aber dann überlegte sie, daß sie bei einer niedrigeren Miete Sean auch samstags zu einer Tagesmutter geben könnte und dadurch den ganzen Tag für ihr Studium zur Verfügung hätte. Wenn sie überdies ihren Schlaf einschränkte, würde sie ihr Studium wahrscheinlich beenden können.

Das Dumme war nur, daß sie einen Jahresvertrag unterzeichnet hatte. Plötzlich war ihr das ganze Apartment lästig, sie strich die Wandschränke in der Küche nicht mehr, wie eigentlich geplant, und ließ sie so grau, wie sie waren. Wenn schon. Sie hatte genug Geld ausgegeben. Um ihren Umzug nicht Sean anzulasten, verdrängte sie, daß sie das Apartment genommen hatte, weil es an einer sonnigen Straße lag und ein Kinderspielplatz mit drei Bäumen vor dem Haus war – eine echte Rarität in New York. Lieber redete sie sich ein, eine Dummheit begangen zu haben.

Mary war oft sehr müde. Abends legte sie sich aufs Bett. Sie hatte keine Lust, das Abendessen vorzubereiten. Aber weil es nun einmal gemacht werden mußte, brachte sie es dann doch schlecht gelaunt auf den Tisch. Sean redete immer weniger, er blieb in seinem Zimmer und spielte für sich allein. Seit er auf die Hauptschule ging, hatte er Freunde, mit denen er an Sommerabenden auf der Straße spielte.

Mary war achtundzwanzig, neunundzwanzig, dreißig ... Sie fing an, sich zu langweilen. Die Flirts in der Praxis machten ihr keinen Spaß mehr. Die Arbeit erledigte sie routinemäßig. Wie sollte sie studieren? Sie hatte kein Geld. Alles war so teuer: das Essen, die Kleidung, die Miete, die Ferien für Sean, Strom, Gas, Heizung – alles!

Heiraten? Aber wozu? Wenn man einen Arzt heiratet, ist man noch lange keine Ärztin. Vielleicht wäre ein Pfleger besser oder der Buchhalter, der sie immer so verliebt anschaut – oder der Arbeiter, der ihr Blumen in die Praxis bringt. Die Schwierigkeiten wären dieselben wie jetzt, sicherlich würde die Hausarbeit zunehmen, und vielleicht käme auch noch ein zweites Kind dazu. Und außerdem – wer wäre schon damit einverstanden, sie zusammen mit ihrem Sean zu heiraten, nur damit sie ihr Studium beenden konnte? Was würde man dafür von ihr verlangen? Mary will leben. Sie ist nicht hinter einer gesicherten Existenz her.

Anderen Frauen gegenüber ist sie zurückhaltend und beneidet sie keineswegs. Sie hat ihre Entscheidung nie bereut – auch ihre Auswanderung nicht. Sie liebt Sean und Sean liebt sie, wozu also ihr Leben ändern? Sie beobachtet die Frauen, die in die Praxis kommen. Frauen aller Altersklassen. Mit dreißig, fünfunddreißig, vierzig Jahren ... sie sind verbraucht und schlaff. Sie sind versorgt. Sie sind verheiratet. Ehefrauen von X, Mutter von Y und Z. Aber wer sind sie denn in Wirklichkeit? Architektinnen, Ingenieure, Chemikerinnen, Holzarbeiterinnen, Schmiede, Elektriker, Musikerinnen? Wer weiß. Sie werden es selbst nie wissen.

Sie warten. Sie warten auf den Mann, die Kinder, die Enkel und den Tod. Sie wissen nicht einmal, was sie von sich selbst erwarten. Sie sitzen gemütlich in ihrem Schaukelstuhl, stricken und stopfen, um keine Minute ungenutzt verstreichen zu lassen. Die Zeit einer Hausfrau ist kostbar, man darf keine Sekunde versäumen. Alles ist gut, wenn nur die Zeit nicht verplempert wird. Wer immer brav dafür gesorgt hat, daß genug zu nagen und zu beißen da war und daß das Familienleben funktionierte, von dem wird man am Grabe sagen, es sei eine rechtschaffene Frau gewesen, eine Frau, deren Leben lebenswert war.

Mary denkt an ihre Mutter. Sie hat ein solches Mitleid mit dieser Frau, daß ihr die Tränen kommen. Was hätte sie nicht alles werden können! Malerin vielleicht – denn Mary erinnert sich gut, mit welchem Geschmack Mutter die Geburtstagstorten verzierte ... und wie sie die Türfüllungen jedes Jahr in einer anderen Farbe strich. Ein Jahr gelb, das nächste grün, dann wieder schwarz. Einmal entschied sie sich für rosa. Da tätschelte ihr Mann ihr den Hintern und sagte, jetzt wohnen wir in einem Puppenhaus ... Vielleicht hätte sie Ärztin werden können und wäre in ihrem Beruf geschickter gewesen als ihr Vater mit seinem Vieh.

Das Leben ihrer Mutter war ein einziger Niedergang. Jahrelang das Gleiche: an Festtagen, wenn man sie zwang, sich auszuruhen, legte sie ihre schweren Hände wie zwei Brotlaibe auf die Schenkel. Nutzlos, rot, rissig, zum Ausruhen nicht geschaffen. Und der Körper ihrer Mutter ... dieser Packesel! Schön? Daß ich nicht lache! Häßlich, ja, das war sie. Ausgelaugt, kreuzlahm, zerschunden und zerschlagen. Zu früh gealtert, kein schöner Anblick, aber zuverlässig, erfahren, aktiv, fähig ... und duldsam, blind, demütig. Dressiert ...

Alles nur, weil sie ein Kind hatte. Warum konnte man nicht ein Kind und gleichzeitig ein Eigenleben haben? Was sollte daran verwerflich sein? Warum war das nicht realisierbar? Wenn ich ein Kind liebe, warum soll ich mich dann nicht selbst lieben? Warum denn nicht? Ich liebe Sean. Ich liebe ihn mehr als alle anderen Menschen, und ich weiß, daß ich ihn mein Leben lang lieben werde – aber warum muß ich mich zwingen, ihn mehr zu lieben als mich selbst? Ist es denn ein Verbrechen, sich auch selbst zu lieben?

Im Grunde ihres Wesens ist Mary keine gute Christin, denn es reizt sie nicht, sich aufzuopfern, zu leiden und das auch noch als Erlösung zu empfinden. Im Gegenteil – sie verachtet diese Haltung zutiefst.

Wenn Mary sich solchen Gedanken überläßt, schämt sie sich, weil sie glaubt, sie würde Sean dadurch verraten, ihn im Stich lassen. Aber das ist nicht richtig. Sie liebt Sean und fühlt sich am wohlsten, wenn er bei ihr ist.

Schuld. Schuldhafte Gedanken. Schuldhafte Lüste. Mary ist schuldig. Sie kommt sich böse, unnormal, skandalös und ihres Kindes nicht würdig vor. Deshalb verwöhnt sie ihn nach Strich und Faden. Sean muß das bestangezogene, wohlerzogenste, klügste und gepflegteste Kind sein. Was ihr nicht möglich war, will sie ihrem Sohn ermöglichen. Sean wird ein großartiger Arzt werden, ein fähiger Chirurg, ein fabelhafter Diagnostiker.

Mary holte ihre Umstandskleider heraus und zieht sie wieder an. Weite Gewänder, die großzügig Bauch und Busen verhüllen. In diesem Haufen abgetragener Kleider, die mit den Tränen enttäuschter Liebe getränkt sind, entdeckt Mary sich selbst: Mary, die Heftige, die Ärztin, die Gymnastin, die Intellektuelle, Mary, die ihr Kind mit allen Fasern ihres Wesens liebt, die sich langweilt und die verkümmert.

Marys Leben ist von Langeweile geprägt. Langeweile dröhnt in ihrem Kopf wie Migräne, ihr arbeitsames Leben gleitet dahin wie ein Schlitten auf endloser Talfahrt. Die Tage haben ihren Geschmack, ihr Aroma, ihr Parfum verloren. Einer ist wie der andere, schwer zu ertragen. Die Stunden dehnen sich endlos. Das Leben macht sie müde. Mary kommt nicht weiter, sie geht rückwärts, tritt auf der Stelle, kämpft gegen das Unbezwingliche. Erdrückend. Sie wird gleichgültig und weint, wenn Sean in der Schule nicht gut vorankommt, wenn er seine neue Hose zerrissen hat, die so teuer war, oder wenn er sein Zimmer nicht ordentlich aufräumt. Die Tränen rinnen ihr warm übers Gesicht. Sie sind ein Trost, ein Silberstreif am grauen Himmel der Einförmigkeit. Sie sind aber auch die Totengräber ihrer Ambitionen, die Mörder ihrer Hoffnungen, Gräben, in denen ihre Jugend ertrinkt. Sie verstärken die Stäbe ihres Käfigs, den Kerker ihrer Resignation.

Hinter den Gittern ihres Gefängnisses, aus dem sie nun nicht mehr auszubrechen versucht, erlebt sie das größte Abenteuer, das ein Mensch erleben kann: sie ist stumm, taub und blind und hört dennoch alles, sieht alles, versteht alles. Ihre Isolation und ihre Nachdenklichkeit schärfen ihr Begriffsvermögen. Sie kennt die Lüge, die Verstellung, das Theater, die Komödie, den Kintopp. Sie hat Demütigungen, Pein und Qualen selbst erlitten. Aber sie schweigt. Bleibt unbewegt. Wenn sie sagen würde, daß man sie zum Schweigen gebracht hat, sie gelähmt hat, wäre sie allgemeinem Spott ausgesetzt. Also rührt sie sich nicht, aber beobachtet alles, was um sie herum vorgeht. Mary mit zwei Gesichtern! Voyeurin!

Früher kannte sie nur die Macht der Mikroben und die Abwehrkräfte der Lymphe. Sie wußte um deren vernichtenden, gnadenlosen Kampf, der unauslöschliche Narben hinterläßt. Aber jetzt, wo sie sich ganz in sich zurückzieht, Augen, Ohren, Nase und jede einzelne Pore ihres Körpers verschließt, jetzt kennt sie auch die anderen Wunden, weiß, wie die Menschen sich bekriegen, ist Zeugin ihrer ärmlichen Siege. Sie durchschaut ihre plumpen Strategien und ihre bösartigen Spielregeln. Sie hört ihre Prahlereien, kennt die menschliche Trägheit, die Tölpelhaftigkeit, die gestutzten Schwingen.

Die Menschen haben den Körper aufgegeben, um den Geist zu besiegen – als könne man beides trennen! Sie meinen, wer den Körper beherrscht, kann auch alles andere bezwingen! Man muß so sehr Gefangener der eigenen Körperlichkeit sein wie Mary, um die Idiotie eines solchen Vorhabens voll zu begreifen. Ein einziger Gedanke, ein Wort, ein Traum sollte sich unbemerkt des Körpers bemächtigen können – und das wäre gar nicht schwer, denn der menschliche Körper hat unendlich viele Eingänge – sollte sich dort festsetzen, installieren, und damit sollte der Körper völlig verändert sein? Sie ist sich bewußt, welche emotionalen Stürme das Wort »Mutter«, der Gedanke an ihr Muttersein, die Idealvorstellung einer Mutter in ihr auslösen. Sie weiß, wie diese Mutterschaft sie korrumpiert und ihre Beziehung zu Sean vergiftet hat. Sie weiß, daß sie ausgepumpt ist, aller Hoffnungen beraubt und daß Sean der menschlichen Dummheit ausgeliefert ist. Aber sie kann nur ihren eigenen Tod sterben.

Mary ist einsam und verlassen wie noch nie zuvor in ihrem Leben.

Einsamkeit macht die Menschen mürbe, und sie haben mehr Angst vor ihr als vor allem anderen auf der Welt. Aus Furcht vor Verlassenheit schließen sie sich zusammen, bilden Vereine, Gruppen, halten sich aneinander fest, verbinden sich, vermischen und vermählen sich. Sie halten Tiere und erfinden schnelle Motoren, um vor ihr fliehen zu können. Sie suchen das Gegenüber, um nicht allein, um zu zweit, zu mehreren, zu vielen zu sein. Aber die Einsamkeit dringt überall durch, sie überwindet die vielfältigen Mechanismen, die sich die Menschen zum Schutz vor ihr ausgedacht haben, sie ist geschmeidig und listig wie ein Traum. Auf festlichen Bällen und in überfüllten Zügen, in Wohnblocks und Fabriken ertränkt sie die Menschen mit ihrer unausweichlichen Gewalt. Sie kommt langsam, mit der Zeit, sie macht die Menschen nieder und vierteilt sie, zieht ihnen die Eingeweide heraus, schlürft ihr Gehirn, konditioniert sie und läßt sie fallen. Und nun gleichen sie sich wie ein Ei dem anderen, sind bereit, sich gegenseitig umzubringen, ohne zu wissen, warum: von einer Maschine kann man keine Philosophie erwarten.

Mary ist einsam, aber sie will sich dieser Verlassenheit nicht ausliefern, sie schwimmt gegen den Strom, denn sie hat noch nicht völlig resigniert. Sie weiß nicht, warum sie sich wehrt, aber sie will nicht so sein wie alle anderen. Sie liebt sich selbst noch immer ein wenig, weil sie ihre Arbeit liebt.

Sie wird zur Oberschwester ernannt. Sie ist vierunddreißig. Der neue Rang verleiht ihr eine größere Autorität. Sie ist nicht mehr an die Weisungen eines einzelnen Arztes gebunden, und außerdem unterstehen ihr Schwestern und Pfleger, die ihrerseits verschiedenen Ärzten assistieren.

Sie hat mehr Einfluß, kann manche Rezepte selbst ausstellen und Patienten zum Teil selbständig behandeln. Fast wie ein Arzt. Fast.

Und sie verdient besser, was für sie eine enorme Erleichterung bedeutet. Sie kann Sean in einem Jugendclub anmelden, wo er sich während seiner Freizeit aufhalten kann. Sie hat weniger Angst um ihn, weil er nicht mehr sich selbst überlassen ist. Und sie hat mehr Zeit für sich.

»Weißt du, Jean-François«, sagt Simone, »Geldsorgen wegen der Kinder, das Monatsende, die Mieten, die Gas- und Stromrechnungen – das ist ein Alptraum! Geld, Mäuse, Kohlen, Eier, Moos, Peseten, Emmen – das ist alles Scheiße! Dauernd rennt man hinter dem Zaster her, dauernd zieht man ihn dir aus der Tasche, entreißt ihn dir freundlich lächelnd. Alles kostet Geld, verdammt nochmal, aber auch alles!

Die Auslagen in den Schaufenstern, die Delikatessen, die Mode – das alles hat Preise, bei denen einem die Spucke wegbleibt. Davon kann man nur träumen. Aber das sind keine schönen Träume – man sinniert, ob man auf den Strich gehen oder klauen soll. Der Traum wird zum Alptraum: Man möchte um jeden Preis Geld haben. Damit man Blusen und Schuhe kaufen kann, zartes Fleisch oder eine Waschmaschine, damit man nicht immer von Hand waschen muß. Ich gehe in ein Geschäft und schaue mir all die emsigen, schleudernden, spülenden Maschinen an. Durch ein Fenster kann ich sehen, wie die Wäsche schäumt, gespült und geschleudert wird. Ich nehme die Prospekte mit nach Hause und lese sie x-mal gründlich durch. Ich stelle mir vor, wie mein Leben aussehen könnte, wenn ich so eine Maschine hätte. Aber das bleibt ein Traum. Ich habe nicht eine müde Maus, mit der ich sie bezahlen kann. Dabei bin ich ganz tapfer; ich bringe meine Kinder durch, arbeite fleißig, gehe sinnvoll mit meiner Zeit um, spare sogar etwas, warum muß ich mich trotzdem so abrackern? Was habe ich dir denn getan, lieber Gott, daß du mich so hart bestrafst?

Sie schlafen. Ich bin noch auf. Sie haben Nudeln mit Margarine zum Abendessen bekommen. Ich habe sie ein bißchen in der Pfanne anbrennen lassen, damit sie pikanter schmecken. Sie schlafen. Während des Essens lachten sie wie die Verrückten und stopften sich den Bauch mit Bergen von Nudeln voll. Eigentlich müßten sie mehr Fleisch essen. Es ist meine Pflicht, sie zu ernähren – vielleicht ist es sogar die einzig wirkliche Pflicht, die ich ihnen gegenüber habe. Aber Fleisch ist so teuer, daß ich es mir nur einmal in der Woche leisten kann. Einen Tag gibt es eine Eierspeise, am anderen Fisch, dann Fleisch, dann Geflügel, dann Pudding; einen Tag Aufschnitt und einen Tag gar nichts. Heute gab es nichts. Aber ich kann mir nicht mehr leisten. Die Pflicht, sie ernähren, kleiden und schützen zu müssen, quält mich und hält mich von allen anderen Gedanken ab. Das, was man so gerne den mütterlichen Instinkt nennt, plagt mich mein Leben lang. Dabei kann ich nicht sehen, was daran so instinktiv sein soll. Die innere Notwendigkeit, die mir zwar nicht bewußt war, die ich aber dennoch verspürte, drei Menschenleben in die Welt zu setzen? Meine Kinder – das bedeutet Leben, Todesgewalt, Kraft, Rhythmus, Lebenslinien, Lebensfreude, Einfälle, Glück, Kummer. Durch sie erkenne ich das Leben, denn sie sind von Leben erfüllt. Es ist da, in ihnen. Unübersehbar.

Die menschliche Gesellschaft, wie wir sie kennen, ist ein Dschungelkampf, dem ich sie nicht aussetzen kann, denn sie würden sofort darin umkommen. Ich will sie nicht verteidigen, weil ich ihre Mutter, sondern weil ich ein menschliches Wesen bin, weil ich weiß, wie man sich verteidigt und schützt, weil ich weiß, wo sie heranwachsen, Kraft sammeln und dann aus sich selbst heraus existieren können, damit auch ihr Schicksal sich in diesem Dschungel erfülle ... Ich würde das für jedes gefährdete Wesen tun.

Wer bestimmt, daß ein Mensch, der andere schützen möchte, selbst kein Recht auf Leben hat? Ist der Dschungel denn noch dichter und fürchterlicher, als ich dachte? Ist das Leben so schön, daß man ihm das eigene Bedürfnis nach Leben opfern muß? Pflanzt Leben sich fort, indem es sich selbst vernichtet? Heißt leben, sich selbst zerstören?

Noch schlimmer ist, daß ich mich wegen dieser Gedanken schäme. Frau und Mutter – was könnte stärker sein als diese Zwänge, schärfer als diese Messer, was könnte tiefere Wunden schlagen? Und all das sollte nicht Zierde einer Frau sein? Das kann ich nicht akzeptieren. Ich will nicht bewundert, geachtet und geliebt werden wegen der Wunden, die der Hammer der Liebe, die Feile der Küsse, der Meißel der Zuneigung, der Stichel der Freude, der Bohrer der Mutterschaft geschlagen haben! Wie absurd!

An manchen Tagen haßte ich dich, weil du zumindest den Versuch machen konntest, ein Eigenleben zu führen. Du hattest das Recht dazu, trotz dreier Kinder; um ihretwillen warst du sogar fast dazu verpflichtet. Auf deiner Lebensfreude basierte unsere Sicherheit. Und ich gab das Geld aus, das du verdientest, um damit meine eigene Existenzberechtigung nachzuweisen. Ich haßte diese Situation und verfluchte das Geld, das gar nicht vorhanden war.

Ich habe gestohlen. Im Supermarkt vertauschte ich die Preisschilder von Flaschen oder von Konserven. 2 Francs 70 statt 2,85 oder 7 Francs 20 statt 12.

Eines Tages, als ich gerade den Laden verlassen wollte, hielt mich ein Mann an und zog seinen Ausweis aus der Tasche. Hausdetektiv. Bitte folgen Sie mir. Sie zogen meine Sachen aus dem Einkaufskorb und rechneten nach. Sie bewiesen mir, daß ich 24 Francs 80 gestohlen hatte. Das wußte ich selbst.

›Wir haben Kameras aufgestellt, die unsere Kunden beobachten. Sie sind dabei ertappt worden, wie Sie die Preisschilder vertauschten.‹

›Sie müssen sich irren. Ich habe mir verschiedene Artikel angesehen und überlegt, was ich nehmen soll. Aber ich habe keine Preisschilder vertauscht.‹

›Bei Ihren Einkäufen sind sechs Artikel, die falsch ausgezeichnet sind.‹

›Das ist nicht meine Schuld.‹

›Werden Sie nicht unverschämt!‹

›Na hören Sie mal ...‹

›Sie sind unverschämt! Man weiß ja, daß Frauen verlogen sind, aber Sie ...‹

Ich hätte es niemals zugegeben. Ich würde mich auch nicht dafür bestrafen lassen, weil es kein Diebstahl war. Man kann es mopsen oder mausen nennen, aber nicht stehlen. Das ist nichts anderes, als wenn die Händler ein paar faule Kirschen aufs Kilo geben, Fett ins Hackfleisch mischen oder die Yoghurts, die schon seit drei Tagen überfällig sind, nicht aus der Truhe nehmen. So kommt eines zum anderen. Hier ein Pfennig, dort ein Groschen, feine kleine Betrügereien. Aber das Leben sieht dadurch nicht anders aus. Die 24 Francs 80 wurden in ein Gulasch zu 24,60 für den nächsten Tag verwandelt.

Spiegeltricks, Taschenspielereien, Spinnennetze, in denen sich winzige Fliegen fangen. Zwanzig Centimes hatte ich geklaut. Man muß doch wirklich nicht übertreiben! Und die verlangten von mir, daß ich unterschreibe und einen Diebstahl eingestehe! Sowas Verrücktes! Ich habe natürlich nicht unterschrieben!

›Wir werden Sie ab jetzt nicht mehr unbeobachtet lassen.‹

Die können mich mal. Mir war das völlig gleich. Ich ging einfach in einen anderen Supermarkt. In ärmlichen Vierteln gibt's genug davon!«

»War das nicht zu der Zeit, als du für den Mann gearbeitet hast?«

»Doch. Warum?«

»Er hätte dir doch helfen können.«

»Warum bist du so sarkastisch? Schämst du dich?«

»Ja, ein bißchen. Das war mir alles nicht klar. Vielleicht wollte ich es auch einfach nicht wahrhaben.«

Die Alltäglichkeiten zerstören unser Glück. Die täglichen Abrechnungen machen die Menschen mürbe. Mahlzeiten, für die man kein Geld hat. 365mal im Jahr sich dessen bewußt zu sein, das schlaucht. Plötzlich wird das fehlende Geld zu einem unüberwindlichen Sorgenberg, man kann nichts anderes mehr sehen, an nichts anderes mehr denken, es verstellt einem den Blick für alles andere ... Und der Mann ... er wußte nie etwas über mein Privatleben. Ich wollte mich lieber allein durchschlagen. Natürlich ist es wichtig, daß die Kinder anständiges Fleisch zu essen bekommen, aber alles andere ...

Die Geschichte der Mary MacLaughlin (Fortsetzung)

Mary war jetzt im ganzen Viertel bekannt und geachtet. Jeder kam irgendwann einmal aus irgendeinem Grund in die Praxis und wurde von der Oberschwester versorgt. Sie wurde zu allen Gemeindefesten und den Folklore-Abenden der Iren in Brooklyn eingeladen.

Sean hatte seine Erstkommunion gefeiert und wurde Mitglied in Pfarrer O'Claghans Chor. Er sang die rauhen Lieder, die an die alten Bardengesänge und die Steinmauern, die die Bauern zuhause auf ihren Wiesen errichteten, erinnerten. Marys Herz zog sich zusammen, wenn sie ihren Sohn so singen hörte.

Sie war immer von untadeligem Äußeren. Sie flocht ihre glänzenden schwarzen Haare zu einem dicken Knoten, auf dem sie ihre weiße Schwesternhaube feststeckte. Ihre weiße Uniform hatte kein Fältchen und keinen Fleck, sie saß wie angegossen. Ihre schlanken langen Beine wirkten auch durch die weißen Schwesternstrümpfe nicht dicker. Sie war die Inkarnation von Kraft und Hygiene. Sie hatte gelernt, ihre Reserviertheit durch Sanftmut aufzulockern. Sie war schön und immer ein wenig zu energisch.

Mary hatte kein schlechtes Leben. Sie war auch ganz zufrieden damit. Sie war eine ausgezeichnete Mutter, obgleich Sean sich anders entwickelte, als sie es sich erträumt hatte. Er war kein besonders guter Schüler. Sie respektierte seine Veranlagung und drängte ihn nicht weiter, verlangte aber, daß er sich stets richtig benähme. Sie haßte es, wenn man sich gehen ließ, und verbat sich, daß man aus ihren einfachen Lebensumständen das Recht zu Nachlässigkeiten herleitete. Sie hatte gelernt, sich mit dem zu bescheiden, was vorhanden war, schaute weder rechts noch links, träumte nicht mehr, aber in ihrem eigenen kleinen Reich erwartete sie, daß alles seinen geregelten Gang ging. Sie langweilte sich nicht mehr, aber sie war langweilig geworden. In der Praxis fürchtete und respektierte man sie.

Das wäre wohl bis zu ihrer Pensionierung so weiter gegangen, wenn nicht eines Tages Martin Dooley in einem jämmerlichen Zustand in die Sprechstunde gekommen wäre.

Der Junge war fünfundzwanzig Jahre alt, dürr und hatte den Kopf voll zotteliger Haare. Er trug ausgewaschene Bluejeans und ein Seidenhemd, das viel zu schön für seine Hosen und die verdreckten alten Boots war.

Er führte sich im Wartezimmer äußerst merkwürdig auf und redete lauter unzusammenhängende Sachen. Zwei Patienten waren schon gegangen, weil sie sich vor dem scheinbar Irren fürchteten. Jessica, die neue Empfangsschwester, die wie eine kleine Spitzmaus aussah, rief schließlich Mary zu Hilfe, weil sie nicht mehr wußte, wie sie mit diesem Wahnsinnigen fertig werden sollte. Mary ließ ihn kommen.

Der junge Mann war im Stadium äußerster physischer und psychischer Erschöpfung. Er bebte vor Erregung, glühte vor Fieber und Angst. Seine einzige Waffe gegen seine Krankheit war Agressivität. Er konnte nur noch fluchen und mit Armen und Beinen um sich schlagen. Er rannte im Sprechzimmer hin und her, trat nach jedem Möbelstück, war völlig außer Atem und schrie dauernd, die Praxis sei beschissen, der letzte Haufen Dreck, die Leute hier kotzten ihn an, und überhaupt sei die ganze Welt nichts als ein elender Scheißhaufen.

Mary ging das Geschimpfe allmählich auf die Nerven. Ihr irisches Blut geriet in Wallung, erst recht, als er den Geranientopf auf ihren Schreibtisch donnerte und dabei die säuberlich geordneten Krankenberichte auf den Boden fegte. Sie mußte ihre ganze Beherrschung aufbringen, um sich nicht auf den Kerl zu stürzen, der da in ihrem Reich herumwütete.

Der Mann war krank. Sie durfte keinesfalls ihre Selbstbeherrschung verlieren. Auch in Sligo hatte sie schon viele Neurotiker gesehen. Sie schickte Jessica nach einem Glas Wasser und einem Beruhigungsmittel. Der junge Mann fluchte weiter. Als Jessica zurückkam, rückte Mary ihre Haube zurecht und schrie mit Stentorstimme, daß Jessica fast die Augen aus dem Kopf fielen:

»Wie heißen Sie?«

Er verstummte, wie vom Blitz getroffen. Dann schaute er Mary an, als sähe er sie zum erstenmal, und ließ sich, am ganzen Körper zitternd, auf einen Sessel fallen. Sein Gesicht war kreidebleich. Schweißperlen standen ihm auf der Stirn. Sie reichte ihm das Glas und die Tablette. Widerspruchslos schluckte er sie.

»Ich heiße Martin Dooley.«

Mary wußte, daß zwei Dinge ihn quälten, aber die eine Ursache seines Leidens mußte tiefer stecken als die andere. »Kommen Sie bitte in den anderen Raum mit und ruhen Sie sich ein wenig aus.«

»Ich bin nicht krank.«

»Können Sie mir sagen, warum Sie dann hier sind? ... Sie sind krank, und ich werde Ihnen helfen.«

Er folgte ihr und legte sich auf das Untersuchungsbett. Er wehrte sich nicht, als Mary ihm die Schuhe auszog. Seine Füße waren knochig und eiskalt. Dann legte sie eine weiße Decke über ihn. Er fröstelte noch immer. Er war groß. Mit seinen intensiven blauen Augen beobachtete er die Oberschwester. Er war mißtrauisch und vertrauensvoll zugleich, wie ein Kind. Mary blieb wortlos neben ihm stehen, eine Hand auf seiner Schulter. Durch den Stoff hindurch spürte sie, wie Martin sich allmählich beruhigte. Sie fühlte seinen Puls. Er hatte hohes Fieber. Als sie seinen Arm unter die Decke stecken wollte, hielt er ihre Hand fest und preßte sie an seinen Körper. Dann sagte er:

»Sie sind schön.«

»Wo haben Sie Schmerzen?«

»Überall. Vor allem im Hals.«

Sie untersuchte ihn.

»Sie haben eine schwere Angina, Martin. Ich muß einen Abstrich machen, um zu sehen, ob sich etwas Bösartiges festgesetzt hat. Ich werde den Doktor bitten, daß er sich um Sie kümmert.«

»Nein. Das müssen Sie machen. Ich will den Doktor nicht sehen.«

»Ich darf das nicht. Dr. Stone muß mich erst dazu autorisieren. Wir müssen ihn konsultieren. Beruhigen Sie sich, es wird nicht weh tun.«

Stone machte den Abstrich und verschrieb Antibiotika. Viermal täglich.

»Es kommt dann jemand aus der Praxis wegen der Spritzen bei Ihnen vorbei. Wo wohnen Sie?«

»Ich habe keine Wohnung.«

»Dann müssen wir Sie in ein Krankenhaus einweisen.«

»Nein! Auf keinen Fall!«

»Wie wollen Sie denn gesund werden?«

»Ich komme in die Praxis, machen Sie sich keine Sorgen.«

Mary unterbrach:

»Ich werde mich um ihn kümmern, Herr Doktor.«

Sie fragte sich, warum sie das gesagt hatte. Was sollte sie mit dem jungen Mann machen? Sie würde schon eine Lösung finden.

Um sechs Uhr platzte Jessica in ihr Büro.

»Der Patient von heute morgen ist wieder da. Er will, daß Sie ihm die Spritze geben und niemand sonst.«

»Ist er sehr erregt?«

»Nein, ganz ruhig. fast ein bißchen niedergeschlagen, aber er läßt sich die Spritze nicht geben.«

»Gut. Er soll hereinkommen.«

Er lehnte sich an die Wand und schaute sie wie ein artiges Kind an. Er war groß, verlegen, mager wie ein streunender Hund. Bezaubernd und rührend. Sie fühlte sich zu ihm hingezogen. Warum? Weil er ihr gesagt hatte, daß sie schön sei? Vielleicht. Aber auch aus einem anderen Grund. Martin war krank, und zwar litt er an etwas Ernsthafterem als nur an Angina.

Abends nahm sie das große Kind mit nach Hause. Er schlief in ihrem Bett, als sei es seins. Mary schlief bei Sean.

Die Tage vergingen.

Die Angina heilte; die Angstzustände blieben.

Was Mary beruflich am meisten interessierte, waren psychische Leiden. Vielleicht, weil das ihr erstes Spezialgebiet gewesen war, aber der tiefere Grund war, daß sie schon immer eine geheime Verbindung zwischen psychisch kranken Menschen und sich selbst gespürt hatte. Sie war überzeugt, diesen Kranken helfen zu können. Immer, wenn sie an ihren Traumberuf dachte, den sie nicht hatte erlernen können, weil der Alltag sie auffraß, träumte sie von der Psychiatrie.

Deshalb erlaubte sie Martin, bei ihr zu wohnen. Sean freute sich über den großen Bruder, der wie vom Himmel gefallen war, und Mary, mit ihrer peniblen Ordnungsliebe, mußte beide Augen zudrücken angesichts des unglaublichen Durcheinanders, das Martin um sich herum verbreitete.

Martin fürchtete sich vor allem und jedem, aber am meisten vor dem Tod. Wenn die Angst ihn überfiel, das Gefühl der Geborgenheit in ihm auslöschte, dann sank er in sich zusammen, konnte nicht mehr atmen, zitterte oder hatte Anfälle von Gewalttätigkeit.

Mary kannte diese neurotischen Symptome gut und wußte, daß sie sehr viel Geduld erforderten. Sie wollte auch nicht, daß Sean unter diesen Dingen zu leiden hatte, aber da gab es keinen Grund zur Beunruhigung. Sean war mit seinem Schulkram und seinem Club beschäftigt, und wenn er nach Hause kam, kümmerte sich Martin um ihn und spielte mit ihm. Es sah fast so aus, als beschleunigte Martins Zuneigung zu Sean den Genesungsprozeß.

Mary erklärte Martin, daß er sich wie in einem Krankenhaus vorkommen solle und daß sie seine Medizin sei. Er akzeptierte das Spiel.

In der Praxis bekam sie anstandslos die Medikamente, die Martins Angstzustände in der ersten Zeit lindern konnten. Nach und nach mußte man sie reduzieren. Drei Stunden pro Woche widmete sie sich ganz ihm und hörte ihm zu. Er sollte begreifen, daß sie seine Krankheit nicht auf die leichte Schulter nahm. Er verstand.

Martin machte unglaubliche Fortschritte. Die Angstzustände wurden immer seltener. Immer häufiger gelang es ihm, auch ohne Medikamente damit fertig zu werden. Mary strahlte vor Zufriedenheit.

Martin begann von seiner Vergangenheit zu erzählen. Eines Tages hatte er nichts mehr zu erzählen; jetzt ging es um das, was hinter den Geschichten steckte, er mußte über sein Leben reden. Wieder kamen die Angstzustände und wechselten ab mit Phasen totaler Hoffnungslosigkeit. Mary hatte Angst, aber sie zeigte sie nicht.

Dann zeichnete sich ein neuerlicher Erfolg ab. Martin änderte sich, er wollte Verantwortung tragen, arbeiten; er traute sich jetzt sogar, allein auszugehen oder Besorgungen zu machen.

Der folgende Sommer war die glücklichste Zeit in Marys Leben. Sean verbrachte seine Ferien am Meer. New York kochte vor Hitze. Mary versuchte, Martin auch zu einer Reise zu überreden, aber er wußte nicht wohin und fühlte sich dem Alleinsein auch noch nicht gewachsen. Andererseits war es wichtig für seinen Genesungsprozeß, daß die Behandlung einmal unterbrochen wurde.

Martin dachte sich einen Rollentausch aus. Er beschloß, drei Wochen lang Marys Kunstprofessor zu spielen. Sie verbrachten ihre Tage in Museen. Mary lernte plötzlich eine Welt kennen und bewundern, von der sie bisher nicht die geringste Ahnung gehabt hatte.

Wenn Mary später an diese Zeit zurückdachte, fragte sie sich, was ihr am meisten bedeutet hatte. Die Farben, die Formen, der Genius der Kunst, den Martin ihr erschloß, oder die Intelligenz, mit der er ihr den Zugang zu dieser Welt eröffnete? Oder Martin selbst?

In Marys Augen war er glücklich und schön, immer in Weiß, die dichten Locken ringelten sich um sein Gesicht, seine hellen Augen suchten alles zu erkennen und zu durchdringen. Schnell und geschmeidig rannte er die Treppen hinunter, nahm vier Stufen auf einmal, kam ihr lachend entgegen. Heißhungrig verschlangen sie ein Sandwich, saßen zwischen den Touristen auf einer Bank. Martin war stark, gesund und unternehmungslustig. Martin war ihr Triumph, ihr Erfolg, ihr Existenzbeweis!

Dann begann das neue Schuljahr. Mit dem Herbst wurde Martin verdrießlicher. Mary wußte nicht, was los war. Sie studierte abends im Bett ihre Bücher. Sie war beunruhigt. Die Verantwortung, die sie auf sich genommen hatte, machte ihr Angst. Bei längerem Nachdenken kam es ihr so vor, als hänge Martins schlechte Laune mit Seans Rückkehr zusammen. Aber daran konnte sie nichts ändern. Sie hatte Martin ausführlich genug klargemacht, daß sie nur seine Medizin sei, daß sie aber nie mehr für ihn darstellen könne.

Er fand Arbeit in einer Buchhandlung und nahm sich ein Zimmer in der Nähe. Regelmäßig kam er zu ihren Sitzungen. Oft spielte er mit Sean, wenn sie nach Hause kam, oder half ihm bei den Schularbeiten. Sein Ausdruck hatte sich verdüstert, als hätte sich die Tür zum Glück verschlossen und würde sich nach und nach wieder der Angst öffnen.

Martin wich ihr aus, aber es war ihr nicht möglich zu sagen, wieso und weshalb. Sie sah sich mit ihrer eigenen Unfähigkeit konfrontiert. Panik ergriff sie. Was hatte sie getan! Während des Winters versäumte er mehr und mehr Sitzungen. Schließlich kam er überhaupt nicht mehr. Sie rief in der Buchhandlung an und erfuhr, daß Martin immer noch dort arbeitete. Das war immerhin eine Beruhigung. Sie hoffte und glaubte, er werde früher oder später schon wieder auftauchen. Manchmal belog sie sich selbst, indem sie sich einredete, er sei aus der ganzen Sache heraus und habe sie nicht mehr nötig.

Eines Morgens klingelte sehr früh das Telefon. Es war ein Polizeirevier, das Auskünfte über einen gewissen Martin Dooley haben wollte. Man habe ihren Namen und ihre Anschrift in seinem Zimmer gefunden. Was mit ihm sei? Was mit ihm sei? Er habe sich mit einer Überdosis Barbiturate umgebracht. Ob sie etwas über seine Angehörigen wisse? Ja, in Connecticut ... undsoweiter.

Sie wußte alles über Martin. Alles. Sie konnte sich vorstellen, wie er jetzt in der Leichenhalle lag, sein schöner Körper, das Gesicht blaß, die Nase noch spitzer, die Wangen noch eingefallener, seine glänzenden Locken, die Augen unter den geschlossenen Lidern bargen für immer das Geheimnis seiner Angst und seines mitreißenden Lachens. Mary war wie vom Blitz getroffen. Sie hatte Martin umgebracht. Sie, mit ihrer Angeberei und Kurpfuscherei hatte ihn umgebracht. Sie hatte ihn mit einer unverzeihlichen Sorglosigkeit behandelt.

Nichts hatte mehr Sinn. Sie hatte versagt. Sie hatte kein Vertrauen und kein Interesse mehr. Wer würde ihr je über Martins Tod hinweghelfen können? Niemand. Und sie wollte es auch gar nicht. Sie war unfähig. Einfach unfähig.

Sie bildete sich ein, alles über Martin zu wissen. Sie wußte überhaupt nichts von ihm. Das Wesentliche wußte sie nicht. Sie wußte nicht, warum er drei, vier Tabletten auf einmal geschluckt hatte, das ganze Röhrchen! Das wäre doch nicht nötig gewesen, Martin! Du solltest immer nur eine nehmen, wenn du Angst hattest vor der Angst!

Doch nicht das ganze Röhrchen! Warum hast du das getan?

Mary verliert die Nerven. New York flimmert und verschwimmt vor ihren Augen. Noch nie ist ihr so wie jetzt bewußt geworden, daß die Parkplätze Schlammpfützen, die Gehwege Schutthalden sind, nie hat sie die Bettler der Bronx wirklich wahrgenommen, die leeren Gesichter von Harlem, das verrostete Zickzack der Feuerleitern. Wo ist das New York des letzten Sommers, wo die schönen Museen, wo das Grün des Central Park? Wo ist Martin, der mit ihr über bildende Kunst und Architektur redet? Damals hatte die Stadt ein menschliches Antlitz. Jetzt hört Mary nur die aufgeregten Kinder von Brooklyn, die eingesperrt hinter dichten Maschenzäunen beim Baseballspiel toben und schreien. Ihr Schläger ist ein Stück Holz und der Ball aus alten Lumpen zusammengewickelt. Dicke Autos zischen wie fette, qualmende Asseln durch die Straßen und bespritzen die Menschen mit Dreck.

Sie geht in eine Kneipe, um ihren Verstand wiederzufinden und Frieden mit Martin zu machen. Der Raum ist langgestreckt und verliert sich nach hinten in ominöses Dunkel, aus dem es nach schalem Bier, Urin, Bohnerwachs und Desinfektionsmitteln riecht. Mattes Licht. Im Fenster stehen zwei halbverwelkte Pflanzen, sie ranken sich zu einem Himmel empor, den sie nie sehen werden. Ein Paar hat sich Mary gegenübergesetzt, an die andere Seite des Fensters. Der Mann ist alt und rot im Gesicht. Die kurz rasierten Haare geben einen Specknacken frei, seine Kopfhaut ist gelb wie Ohrenschmalz. Er erklärt, er sei praktizierender Katholik. Die Frau, wer weiß wie alt, trägt ein rotes Kleid und orangefarbene Schuhe. Sie ist sehr dick, hat ein Doppelkinn und spärliches blondes Haar, das sie mit Spray festgepappt hat. Sie sagt nichts. Mary sieht die Schenkel der Frau unter dem Tisch, Schinken, die sie nicht übereinanderschlagen kann. Der Mann versucht, seine Hand dazwischen zu schieben. Hartnäckig stößt ihn die Frau zurück, erst mit einer gleichgültigen Handbewegung, dann energischer. Sie reden nicht. Mary sieht es vor sich: Frauenbeine, die sich öffnen, ein klebriges Geschlecht freigeben, eine übelriechende Spalte, ein Tunnel, an seinem Ende die Hölle. Krankheit, abgestandener Wein, Blut eines welken Körpers. In einem Dreckloch, auf schmutzigen Laken. Elend, Krebs, ein Ende ohne Hoffnung! Und der Mann ist geil darauf, wird steif, wenn er nur daran denkt!

Mary läuft davon. Sie hat Martin verloren, Martin, der alles Häßliche verabscheute!

Sie haßt die Stadt, die Praxis, ihre Wohnung. Ihr Instinkt sagt ihr, daß sie sich und ihren Sohn retten muß.

Heimweh überkommt sie. Es ist Zeit zurückzukehren. Zuhause kann sie vielleicht wieder werden, was sie einmal war. Sean soll sein Schuljahr zuende machen, und dann nichts wie zurück. Sie kann nicht mehr. Hier erstickt sie. Sie hält sich an Kindheitserinnerungen fest. Sie denkt an das struppige Gras, das Moor, den Geruch des Meeres, an das alte Bauernhaus mit den Rhododendron, an den Hafen von Sligo, an die Möwen. An ihre Mutter und ihren Vater. Dort, zuhause, da kann sie sich ausruhen, wieder zu sich selbst finden. Martin wird sich mit den Geistern der alten Schlösser treffen, mit den Schafen mit den schwarzen Köpfen spielen, und wenn der Sturm bläst, wird er die Ahnen des jungen Amerika beschwören.

Der starke trockene Südwind bläst Staub vor sich her und läßt die Eukalyptusblätter sich leise aneinander reiben. Die langen Zweige schwingen wie wallendes, helles

Haar vor einem Himmel, der von der Sonne ausgebleicht scheint. Ein Rascheln wie Seidenpapier. Darunter steht ein kleines Mädchen, schaut durch ein Eisengitter auf ein rechteckiges Stück Land, dunkles Moos, auf dem ein paar Kröten hocken.

Warum ist dieses Stück Erde, sechs Meter lang und zwei Meter breit, von hohen Mauern mit Eisenspitzen darauf eingeschlossen? Sie weiß es nicht und hat auch nie versucht, hinter dieses Geheimnis zu kommen.

Immer wenn der Wind von Süden bläst und der Eukalyptus vor dem milchigen Himmel tanzt, überkommt sie die Lust, auf die Mauer zu klettern und auf den geheimnisvollen Platz zu starren. Aber sie hat doch auch Angst, daß sie da hineinfallen könnte, daß sie von den Brennesseln gestochen wird und daß die Kröten über sie hinweg, oder gar unter ihren Rock hüpfen, zwischen ihre Schenkel kriechen und in ihr kleines Latzhöschen hinein. Sie hat Angst, daß dann die Knöpfe an der Seite aufspringen und daß eine dicke, warzige Kröte sich auf ihren nackten Hintern setzt und mechanisch das rosa Maul auf- und zuklappt, als sei sie völlig baff.

Der Wind, der von Süden weht, ist warm und trocken, er kommt aus der Wüste. Man nennt ihn Schirokko. Er macht müde und nervös. Er pfeift durch Tür und Fenster, er summt, säuselt und klagt. Er zaust die Pflanzen auf dem Feld, als wolle er sie mit den Wurzeln ausreißen und sie vernichten. Die alte Rebe krallt sich tief im Erdreich fest, das Weinlaub zittert wie Zikadenflügel. Ein Sturm bei vollem Sonnenschein, der unbarmherzig die Erde peitscht, Laub und trockenes Gras zu Kugeln ballt, und sie vor sich her bläst.

Das kleine Mädchen mit den blonden Locken spürt die verrückt gewordene, grandiose, leuchtende Natur in ihrem Körper brennen. Sie rennt zu der kühlen, ruhigen Ecke im Norden des Grundstücks, wo die Kröten hocken. Sie klettert auf die Mauer und hält sich an den Eisenspitzen fest. Immer, wenn sie sich da anklammert, muß sie an die Brüste der Frauen aus ihrer Familie denken. Vielleicht, weil die Eisenspitzen genauso weit auseinander stehen wie die Brustspitzen ihres kindlichen Körpers. Sie reibt sich an den Eisenspitzen, die der Rost rauh und zärtlich gemacht hat. Durch den dünnen Stoff ihres Kleides spürt sie die Härte und die Form.

Sie weiß, daß das Haus vor langer, langer Zeit mit einer hohen Mauer eingezäunt war, als Schutz vor den kriegerischen Nomaden, die mit ihren kleinen Falben anpreschten, ihre Krummsäbel schwangen und Feuer legten. Da sie jedoch bei allen Kämpfen die Verlierer waren, wurden sie schließlich Hirten. Als sie ausblieben, riß man die Mauer ein, Stück für Stück, denn inzwischen war sie ja nutzlos geworden. Nur an einer Stelle ließ man sie stehen und baute die Ställe an, gegenüber dem Wohngebäude. Sechs Meter blieben noch übrig; mit einer niedrigen Mauer verband man das Bauernhaus im rechten Winkel mit der alten Mauer und grenzte so ein Stück Boden ein, für immer.

Vielleicht wollte man damit die Erinnerung an Zeiten wachhalten, in denen man Ar um Ar diese Erde unter Gefahr und heißer Sonne erobern mußte. Oder man wollte die Menschen, die jetzt friedlich im Schatten von Granatapfelbäumen zwischen Rosmarin wandeln, an den unschätzbaren Wert dieses Bodens erinnern. Vielleicht. Warum nicht?

Am Abend wird dem kleinen Mädchen bei Tisch oft die Familiengeschichte erzählt. Sie hört sich das an wie in der Schule französische Geschichte. Es interessiert sie nicht besonders. Erst dann, wenn Anekdoten erzählt oder alte

Fotos hervorgeholt werden. Dann kann sie sich vorstellen, wie die Damen der Familie sich in ihre Korsetts zwängten. Brüste, eingesperrt wie das Stück Krötenland. Flachgedrückt, gequetscht, versteckt. Was mochten die Fischbeinkorsetts, die Spitzentücher, die weiten Dekolletés verbergen?

Ganz sicher dachte sie darüber nach, weil sie in dem Alter war, in dem sich bei Mädchen der Busen bemerkbar macht. Sie sah zwar noch wie ein Junge aus und durfte auch noch nackt baden, weil ihr Körper noch ganz kindlich war und keinerlei Anzeichen von Weiblichkeit zeigte. Aber sie fühlte ihre Brüste schon. Die beiden Monde waren ganz hell und rosig, fast so wie ihre Haut. Im Zentrum waren sie leicht gerunzelt und bildeten ein winziges Hügelchen, sie richteten sich auf, wenn sie mit kaltem Wasser in Berührung kamen, harte Rosinenkerne, oder wenn sie sich, so wie jetzt, an festen, weichen Dingen rieb. Dann bekamen die Monde eine dunklere Farbe, und in ihrem Hof sprossen kleine Vulkane, während das Zentrum ein wenig anschwoll und fast wie der Balg der alten Kamera aussah, mit der ihr Vater Familienfeiern festzuhalten pflegte.

Ein wohlig-erregendes Erlebnis.

Hatte ihre Großmutter sich dieses Erlebnisses wegen in die Hände eines Kurpfuschers begeben? Manches Mal hatte sie, bei feierlichen Anlässen und hinter doppelt verriegelten Türen, gesehen, wie Großmutter ihr Korsett aufschnürte und den Damen der Familie die große Narbe an der Stelle zeigte, wo ihr die linke Brust amputiert worden war. Man sah ein Stück Fleisch, das dunkelrot vernarbt und mit Pickeln übersät war. Berge, Täler, rötlich, weißlich, schimmernd und glänzend, als ob Tränen tiefe Spuren hinterlassen hätten. Kaputtes Fleisch, gepflegt und parfümiert wie der übrige Körper. Die Haut, die Muskulatur und die kleinen Fettpolster, die sich gebildet hatten, wucherten an dieser Stelle, unbegreiflich und abstoßend. Wenn alle Frauen die amputierte Stelle gesehen hatten, legte sie die Leinentüchlein wieder auf die Narbe, die sie benutzte, um ihren Büstenhalter auszustopfen, und knöpfte ihre Bluse wieder zu. Das war's. Was ich nicht weiß, macht mich nicht heiß. Wer's nicht gesehen hatte, glaubte, sie hätte zwei Brüste wie alle anderen. Nur die Damen der Familie wußten, daß Großmutters Brust ein Schlachtfeld war. Und sie war nicht daran gestorben.

Im Badezimmer hatte ihre Mutter ihr auch einmal die kleine bläuliche Narbe gezeigt, die von einem Abszeß während ihrer Stillzeit stammte. Sie war kaum zu sehen. Was das kleine Mädchen erregte, war die Schönheit der Brüste ihrer Mutter. Sie ließen sie an Tauben denken, deren Herzschlag man durch den weißen Flaum sehen kann, etwas Wunderschönes, Zartes, Zerbrechliches und unendlich Kostbares.

Das kleine Mädchen schaut den Kröten zu, während die blauen Kronen der Eukalyptusbäume sich im Winde wiegen, und fragt sich, wann ihr Körper zum Körper einer Frau erblühen wird. Sie kann es kaum erwarten. Sie hat keine Angst.

Die Kindheit dauert lang, und die Gefühle haben viel Zeit, sich tief einzugraben.

Die Geschichte der Mary MacLaughlin (Fortsetzung)

Mary verbrachte zwölf Jahre in den Vereinigten Staaten. Sie war mit dem leichten Gepäck der Hoffnung abgereist und kehrte mit Leben beladen zurück.

Man braucht viel Kraft, um der Wiederbegegnung mit der Familie und der Heimat gewachsen zu sein. Man muß in sich gefestigt sein, um von der Woge von Anteilnahme, von all den alten Bräuchen und Sitten, die einen bei der Heimkehr überrollen, nicht umgeworfen zu werden. Mary unterwarf sich dem Ansturm.

Sie mußte sich als Tochter wie als Frau bußfertig geben, damit Sean akzeptiert wird. Sie spielte ihre Rolle so perfekt, daß sie sich nahezu darin verlor. Sean wurde von ihrer Familie in Gnaden aufgenommen.

Eines Tages ließ sie die Flügel sinken und gab auf. Sie wußte nicht einmal mehr, wofür sie so lange gekämpft hatte. Plötzlich schämte sie sich ihres Ehrgeizes und ihrer Ansprüche. Sie wurde noch stiller, noch verschlossener und einsamer als je zuvor.

Sean besuchte eine landwirtschaftliche Hochschule, die von Mönchen geleitet wurde. Er war zu seinen Wurzeln zurückgekehrt: er liebte die Tiere, das Land und die Schiffe. Er würde Landwirt oder Kapitän werden. Seine Großeltern, seine Tanten und Onkel, seine Vettern und Basen waren seine Familie. Er fühlte sich ungeheuer wohl. Er war stark und strotzte vor Gesundheit. Sein amerikanischer Akzent verlor sich innerhalb weniger Wochen. Eines war klar: er würde weder Arzt noch Veterinär werden.

Mary arbeitete wieder als einfache Krankenschwester, in dem neuen psychiatrischen Krankenhaus, das vor kurzem erst in Sligo erbaut worden war. Sie hatte nicht mehr den leisesten Wunsch, irgendwelche Verantwortung zu tragen.

»Glaubst du, daß sie Selbstmord begangen hat?«

»Ja.«

»Möglich ... Aber vielleicht ist sie auch von den Klippen abgestürzt. Sie sind bröselig wie Kuchen. Erinnerst du dich an die tote Kuh, die neulich unterhalb der Klippen von Ballyshannon lag?«

»Mary war leicht wie eine Feder ... Wir werden ja hören, was der Richter bei der Verhandlung sagt. Die Untersuchungen sind jetzt abgeschlossen.«

Während der Zeit, in der Simone und Jean-François sich das Leben von Mary MacLaughlin ausdachten, gab es Tage, an denen sie sich so heftig stritten, daß ihre Auseinandersetzungen mit Krach endeten. Dann verließ Jean-François das Haus, und Simone ging meist zu Heidrun. Sie half ihr, den Kräutergarten zu jäten, den Salat zu verziehen oder den Hühnerstall sauber zu machen. Sie plauderten über dies und jenes: über Kinder, Kochen, schmutzige Kleider, über Alter und Verschleiß, über Körperpflege, übers Kinderkriegen und das Wetter.

»Was macht Jean-François?«

»Er hat sich aus dem Staub gemacht. Er ist gern allein.«

»Mach dir nichts draus. Am Ende trifft er Hans in der Fischerkneipe, und dann kommen sie besoffen nach Hause, so wie neulich.«

So endete es tatsächlich jedesmal. Jean-François und Hans saßen mit den Leuten aus der Gegend in der Kneipe zusammen. Sie sprachen über den Orkan im letzten Jahr, über die sinkenden Preise für Schafwolle, über die steigenden Preise der landwirtschaftlichen Maschinen, über die beschissene Regierung, über die Kämpfe, die nur ein paar

Kilometer entfernt stattfanden, und über Frauen. Sie kamen völlig beduselt und geil zurück. Am Schluß lachten alle vier wie die Verrückten.

Doch deshalb hörten die Streitereien zwischen Simone und Jean-François nicht auf. Sie waren wie ein Platzregen bei starkem Gewitter. In den langen Jahren ihrer Ehe hatte sich seelischer Ballast angesammelt und machte ihre Beziehung gespannt. Es hätte immer so weiter gehen können, sie hätten nebeneinander hergelebt, ohne daß sich das geringste geändert hätte. Genauso gut hätten sie schlagartig Schluß machen und sich endgültig trennen können.

Das Leben der Mary MacLaughlin brachte sie einander näher, doch sie bekriegten sich auch heftig und taten einander weh, während sie sich Marys Leben ausdachten. Jean-François wollte jedoch um keinen Preis zulassen, daß Simone die Oberhand gewann – nur weil es sich um das Leben einer Frau handelte. Sie machte ihn mundtot mit den vielen kleinen Geschichten aus ihrem eigenen Leben, die ihn verwirrten und ihm das Gefühl aufzwangen, sie sei eine Fremde für ihn. Aber das gestand er ihr nicht zu. Er behauptete, sie übertreibe und dramatisiere, und selbst wenn alles stimmte, habe sie noch lange nicht das Recht, das zu verallgemeinern. Im Grund sei das Leben von Mary MacLaughlin sehr kurz gewesen. Sie spürten, daß die Ertrunkene für sie wieder lebendig geworden war. Wenn sie über sie nachdachten, sahen sie sie nicht mehr wie an jenem Tag am Strand liegen, von Möwen angefressen, zu drei Vierteln mit Sand bedeckt, sondern in ihrer weißen Schwesterntracht oder ihrem hübschen Umstandskleid.

»Wie kannst du über sie reden«, sagte Jean-François, »du hast sie doch nie gesehen. Ich hab' sie gesehen.«

»Wenn wir am Ende ihres Lebensweges angekommen sind, werde ich sie auch sehen. Aber bis wir dort angekommen sind, wo du sie gefunden hast, hat sich ihr Leben auf Bahnen bewegt, die du nicht kennen kannst.«

Jean-François akzeptierte nicht, daß Mary ihm entglitt. Er hatte sie gefunden, und deshalb gehörte sie ihm. Simone wiederum verlangte, daß er sie mit ihr teilen solle, nur weil Mary eine Frau war.

»Wenn es ein Mann gewesen wäre, hätten wir ihn schon längst vergessen«, sagte sie, »du zuallererst«.

Sie hatte recht. Jean-François stimmte ihr zu: ein Mann hätte ihn viel weniger beschäftigt als Mary. Warum? Darum ging es ja.

Was Jean-François an Mary störte, war die Tatsache, daß es keinen Mann in ihrem Leben gab, oder nur solche, die sie verletzten und dann sitzen ließen. Das war Wasser auf Simones Mühlen; was für Jean-François wiederum unannehmbar und provozierend war, da er sich einem fundamentalen Widerspruch gegenüber sah: schließlich war er es, der jedes Recht auf Selbstverwirklichung und Freiheit für sich in Anspruch nahm. Simone war wütend.

Sie wollte um keinen Preis die Rollenteilung: er der Schöpfer, sie die Schwangerschaft.

»Die Last eines Kindes, die Last der Mutterliebe, das ist die schwerste Last, die ein Mensch tragen kann. Wie kann man nur behaupten, eine Mutter lebe vor allem durch ihre Kinder! Eine Lüge, eine Verdrehung, es ist die grausamste Strafe!«, schrie Simone.

Dann weinte sie vor Scham. Jean-François konnte diese Ausbrüche nicht ertragen und ließ sie einfach am Strand oder in der Heidelandschaft schluchzend zurück. »Du bist verrückt!«

Nein, sie war nicht verrückt. Ihre Kinder waren groß, sie waren schon nicht mehr zuhause. Sie würde allein sein. Oder mit der Einsamkeit allein. Ich und Ich. Wer war sie denn? Sie wußte es nicht. Aber sie konnte nicht allein sein. Was tun? Alle Energie darauf verwenden, Tag für Tag ein leeres Haus instandzuhalten. Oder sollte sie sich Sorgen machen, wo die Kinder sind, wie es ihnen geht, sie mit ihrer übertriebenen Zuneigung lähmen? Oder soll sie Jean-François so lange nachspionieren, bis er sie eines Tages verläßt oder resigniert? Soll sie jetzt kassieren für ihre Liebe, verlangen, was ihr zusteht, Zinsen für ihre Zuneigung und Rendite für ihre Emotionen reklamieren, die Rente für ihre Selbstaufopferung einklagen, sich die einsamen Nächte ausbezahlen und ihre Erschöpfung versilbern lassen, die Dividenden ihrer Hingabe eintreiben?

Damit hätte sie ihr ganzes bisheriges Leben verleugnet und Leidenschaft, Glück, Freude, Hoffnung und Liebe auf das Niveau eines spießigen Arrangements herabgezogen!

Die Gezeiten kamen und gingen. Das Fell der weidenden Schafe begann nachzuwachsen. Die Ferien neigten sich ihrem Ende zu.

Simone wurde ruhiger. Sie gestand sich ein, daß sie sich mehr zum Opfer machte, als sie es in Wirklichkeit war. Die Geschichte mit Mary MacLaughlin ging weiter: sie hatten sich freiwillig auf den Köder eingelassen, und zwar beide. Beide waren von ihrem Geheimnis verzaubert, wenn ihr Interesse auch unterschiedliche Gründe hatte. Mehr und mehr wurde ihnen bewußt, daß sie sich in ihrer gemeinsamen Neugier fanden und daß sich dadurch auch eine gewisse Übereinstimmung herauskristallisierte.

Also ließ keiner von beiden davon ab.

Simone wollte Jean-François begreiflich machen, daß sie sich nicht mehr als Opferlamm sah, aber daß es vielleicht zu spät für diese Einsicht war. Die Erfolglosigkeit ihres Lebens, der Schiffbruch, den sie sich eingestehen mußte, wenn sie sich nicht mehr den Luxus der Opferhaltung gönnte, machte ihr Angst. Langsam begann sie einzusehen, daß sie Jean-François wie einen Rettungsanker benutzte und Liebe mit Sicherheit verwechselt hatte. Im Grunde wußte sie nicht, warum sie ihn liebte oder auf welche Weise sie ihn liebte.

Lieben. Ein Kind lieben. Eine Arbeit lieben. Einen Mann lieben. Die Musik lieben. Eine Frau lieben. Eine Idee lieben. Die Liebe lieben. Ein Buch lieben. Sich lieben. Den anderen lieben. Den Eintopf lieben. Die Technik lieben. Schwimmen lieben. Lieben ... Strohfeuer der Freude aus der Glut der Konflikte. Simone und Jean-François konnten einem leid tun, sie waren nur die Sklaven des Diktators Glück. Das gesittete, verordnete, geregelte, abgesegnete, begrenzte und genau umrissene Glück. Glückgefängnis, Glückgericht, Glückvollzug, Glück nur auf Befehl.

Vier oder fünf Tage regnete es pausenlos. Der Regen fiel so dicht und schwer, daß sie das Haus nicht verlassen konnten. Um die Feuchtigkeit zu bekämpfen, mußten sie ständig heizen. Die Fenster waren beschlagen, so daß sie sich noch mehr isoliert fühlten. Immer wieder wischten sie die Scheiben frei. Draußen war das Land grau, der Himmel hing tief, dicke Tropfen klatschten unaufhörlich auf Erde und Wasser. Es sah wie kurz vor der Sintflut aus. Sie hätten das Haus gern verlassen, aber sie hatten für einen so heftigen Regen nicht die entsprechende Kleidung mitgebracht.

Seit Beginn der Ferien, das heißt, seit Jean-François Marys Leiche gefunden hatte, schreibt Simone ihre Erlebnisse und Gedanken in ein dickes Heft, das sie in Sligo gekauft hatte. Wenn sie allein ist, verkriecht sie sich in ihr Bett und schreibt. Dabei hat sie immer ein wenig das Gefühl, etwas Verbotenes zu tun, Jean-François zu betrügen. Sie denkt oft an Angèle; sie wehrt sich nicht mehr dagegen.

Während dieser regnerischen Tage ist die Luft schwer. Sie langweilen sich. Wieder breitet sich Schweigen aus.

Marys Leben ist gescheitert. Jean-François war nicht damit einverstanden, aber Simone hatte alles getan, um es so weit zu bringen. Sie hatte ihn bezwungen.

»Mary hat sich ihr ungewöhnliches Leben nicht freiwillig ausgesucht. Die Umstände haben sie dazu gezwungen. Sie hat es weder gewollt, noch war sie dafür gerüstet. Weil sie tapfer war, nahm sie ihr Schicksal an, akzeptierte ihr Unglück (ein uneheliches Kind zu haben), nicht aber ihr Glück, dieses Glück, das sie in die bürgerliche Ordnung, in die Normalität des Alltagslebens zurückführte.«

»Aber wenn sie doch aus ihren Kreisen ausgebrochen ist, warum hat sie dann ihr Glück nicht da gesucht, wo sie war?«

»Weil Frauen das nicht können. Sie möchten wie alle anderen sein. Vielleicht zum Schutz ihrer Kinder. Es ist schwer, mit einem Kind das Leben eines Außenseiters zu führen.«

Solche Argumente brachten Jean-François zur Verzweiflung.

»Was weißt denn du davon?«

»Ich stelle nur fest, das ist alles. Ich sehe die Frauen um mich herum. Sie leben so. Sie respektieren, was sie am heftigsten unterdrückt. Ich auch. Aber ich habe auch Angst. Es ist nicht so, daß ich nicht auch etwas für ein Abenteuer übrig hätte, aber wer das Abenteuer wagt, wird sehr oft dafür bestraft – und mit ihm die Kinder.«

Jean-François wußte nichts darauf zu erwidern. Was Simone sagte, war nicht falsch. Also schwieg er. Er hätte gern gesehen, daß Marys Leben anders verlaufen, daß sie glücklich gewesen wäre und daß sich eines Tages, während sie traumverloren auf den Klippen spazierte, die Erde unter ihr aufgetan und sie in die Tiefe gezogen hätte. Ihr Körper wäre gegen die Felsen geprallt, im Sand aufgeschlagen und von den Wellen, wie in den Armen eines Geliebten, in unsichtbare Fernen davongetragen worden.

»Sie hat sich umgebracht. Ich sage dir, sie hat Selbstmord begangen, weil sie das Leben nicht mehr ertragen konnte«, sagte Simone.

Um mit Marys Geschichte weiterzukommen, wurde es unumgänglich, daß einer von beiden nachgab. Sie dachten über Marys erste Zeit in New York nach. Dort war sie glücklich gewesen mit ihrem kleinen Sohn und ihrer Arbeit. Ihr Sohn hätte ihr genügen sollen, sie hätte mit ihm glücklich sein können. Aber sie verlangte mehr von ihrem Leben, und zugleich wollte sie wie alle anderen Menschen sein.

»Das ist zu verzwickt«, sagte Jean-François, »wir können die Geschichte nicht mehr weiterspinnen.«

»Doch, vorausgesetzt, wir einigen uns darauf, daß Mary in ihrem Leben gescheitert ist. Oder wir müssen uns einen reichen alten Onkel ausdenken, der sie zu seiner Erbin macht, oder wir lassen sie in ihrem Keller eine Goldmine finden ... Aber ohne Geld und mit einem Kind – das kann nur schief gehen.«

Sie ließen es vorerst dabei bewenden. Simone hatte alles aufgeräumt und das Haus geputzt. Jetzt war nichts mehr zu tun. Ihre Aufzeichnungen machten ihr Freude, sie ließ sich gern darauf ein, sie spürte eine Beziehung zwischen sich und diesem Heft, die sie ganz absorbierte. Aber dann hätte Jean-François sie gefragt, was sie machte, wäre neugierig geworden. Außerdem hatte sie Angst – obwohl ihr nicht klar war, warum –, er könnte sich über sie lustig machen oder beleidigt sein oder, was noch schlimmer gewesen wäre, sich überhaupt nicht dafür interessieren. So blieb sie in ihrem Stuhl sitzen und schaute durch die Ofenklappe ins Feuer.

Sie mochte es nicht, wenn sie nichts zu tun hatte. Sie war es auch nicht gewöhnt. Sie hatte Angst, daß ihr Leben mit Jean-François in Zukunft so verlaufen würde. Schlimmer als Einsamkeit waren für sie Streit, Schweigen, Höflichkeitsfloskeln, das Aufrechterhalten der ehelichen Fassade.

Deshalb sagte sie schließlich:

»Übrigens, ich habe mir in Sligo ein Heft gekauft, in das ich schreibe, wenn ich allein bin.«

»Was schreibst du?«

»Nichts besonderes.«

»Warum erzählst du es mir dann?«

»Weil ich Angst habe, zu ersticken ... wir beide erstikken.«

»Ist es dir recht, wenn ich lese, was du geschrieben hast?«

»Vielleicht.«

»Zeig her.«

Simone zieht ihr Heft unter der Matratze hervor, wo sie es versteckt hat.

»Versteckst du dich, wenn du schreiben willst?«

»Nein, eigentlich nicht.«

Sie hatte Mary MacLaughlins Leben in diesem Heft so niedergeschrieben, wie sie es sah. Vor allem aber ihr eigenes Leben verwoben mit dem der anderen Frau. Nicht nur Tatsachen und Fakten, sondern auch Freude und Schmerzen, Impulse, Launen, Tränen und Träume.

Während Jean-François die Seiten umblätterte, wurde Simone klar, wie geschmacklos das Ganze eigentlich war.

Noch nie in ihrem Leben hatte sie sich so zur Schau gestellt, wie auf diesen Seiten. Sie schämte sich. Sie hatte das Gefühl, durch diese Entblößung alles zu zerstören.

Unendliche Leere, rasende Verzweiflung. Keine Tränen. Keine Furcht. Ein unendlicher Abgrund, der ihr Leben verschlang.

Sie war nichts, weniger als nichts. Sie existierte überhaupt nicht. Sie war nur ein Haufen undefinierbarer Zellen, die völlig beliebig in eine Form gepreßt worden waren, aus einer unbegreiflichen Laune heraus. Der Abgrund war steil und glatt, sie konnte nichts finden, woran sie sich hätte festhalten können. Nur die lächerlichen Seiten, die Jean-François wortlos umblätterte. ›Das ist alles, was ich aus meinem Leben gemacht habe‹, dachte sie. Wie lächerlich, grotesk und unnütz.

Simone dachte an das Kind, das sie mit zehn Jahren, an das junge Mädchen, das sie mit fünfzehn, an die Frau, die sie mit zwanzig, dreißig, vierzig Jahren gewesen war ... Wer war sie? Ein Niemand, eine Marionette. Alles war nur ein Beweis für die Nichtigkeit ihres Lebens: der Regen vor der Tür, die Kohle, die langsam im Herd verglühte, das leise Rascheln, wenn Jean-François die Seiten umblätterte.

Sie legte sich aufs Bett und versuchte, sich zu konzentrieren. Aber auch hier bewies ihr alles nur, was für ein Nichts sie war: das Licht zeigte die Stunde an, die Luft, die durch die Türspalte drang, das Wetter, und der leere Raum zwischen den einzelnen Gegenständen das Leben. Was für ein Leben? Was heißt das: leben? Ich bin nicht fähig zu leben! Ich lebe nicht! Simone lag steif auf ihrem Bett und starrte zur Decke. Sie wollte sich nicht mehr bewegen. Starr sein. Zur Statue werden. Minerva zwischen gestutzten Buchsbaumhecken, lidlose weiße Augen. Ein Standbild, das nichts berührt, das weder Regen noch Wind spürt, die Blicke der Spaziergänger nicht wahrnimmt. Vor allem die Blicke nicht. Glitzernde, leuchtende, erloschene, tödliche, listige Blicke. Degen. Säbel. Gabeln. Messer. Waffen der Gerechtigkeit. Munition der Vergeltung.

Simone befand sich im Zentrum eines Kataklysmus, der das gesamte Universum erfaßte, das Haus, das Land, alle Kontinente verwüstete. Und Jean-François las.

Den Mund zumachen, die Augen, die Ohren, die Nase. Keine Bewegung. Sich einigeln. Einmauern. Draußen ist das Nichts.

Unterseeboot. Ein Unterseeboot sein, ohne Luken, blind. Sich auf dem Grund des Meeres ausruhen, wo kein Leben mehr ist. Tot.

Tod ist die einzige Möglichkeit, Frieden zu finden. Welcher Tod? Rasierklinge, Revolver, Sturz aus dem Fenster, Tabletten, Gas, U-Bahn, Strick oder Ertrinken? Was wäre die angenehmste Art, fragt sich Simone, in das Reich des Todes hinüberzugleiten?

Simone bestraft sich selbst. Sie hat sich vorgestellt, wie ihr toter Körper, der Leichnam einer Selbstmörderin, den Blicken der Menschen ausgesetzt ist. Dem Blick von Jean-François: wie Marys Körper, wie die Seiten, die er umblättert. Nein. Nicht sterben!

Sie ist die Gefangene ihres Körpers, ihres Blutes, ihrer Exkremente, ihres Schweißes, ihres Urins, ihrer Tränen, ihres Speichels, ihres Kreislaufs. Ihre Zellen verbrauchen und erneuern sich, ihr Blut zirkuliert, alles ohne ihr Dazutun. Was sie ißt, verwandelt sich in Scheiße, was sie trinkt, wird zu Urin. Sie hat keinen Einfluß darauf. Fäulnis. Verwesung. Zersetzung. Selbst der Tod setzt dem kein Ende. Ihr schwarzes Fleisch stinkt. Ihr Blut fließt über die Kiesel, ihr Bauch ist aufgedunsen vom Wasser. Ihre graue Leiche wartet im Leichenschauhaus auf die Familie, auf den

Sohn. Nein! Nein!

Was will sie, wenn sie nicht sterben will, aber auch nicht so leben, wie sie lebt? Sie will wiederfinden, was sie in ihr Heft geschrieben hat. Jean-François' Blick hat ihr das klargemacht. Sie will den Ort mit den Kröten beschreiben, das kleine Mädchen ohne Busen, die Sorglosigkeit, die Unschuld und die wahnsinnige Lebenslust, den erregenden Schirokko und den wütenden Wind in den Zweigen des Eukalyptusbaums.

Simone ist erschöpft von den Gedanken, die ihr durch den Kopf gehen. Sie kann nicht beschreiben, was sie sich wünscht, mehr noch: was sie zum Leben braucht. Sie weiß nur: »Ich muß anders leben, um es herauszufinden.«

Anders, anders, anders, anders.

Aber sie kann doch nicht einfach ihre ganze Existenz umkrempeln, nur um ein Heft vollzukritzeln. Völlig absurd, seine Zeit damit zu verbringen, alte Geschichten aufzuschreiben, wieder auszuradieren, Randbemerkungen zu machen, Seiten zu füllen.

Anders – damit hätte sie sich von Jean-François entfernt, von ihrer Familie, ihrem Haus, von der Frau, die sie selbst war, damit hätte sie ihre eigene Realität verleugnet. Anders – das würde bedeuten, daß nichts mehr wichtig war, nichts mehr von Dauer, ihre Pflichten abgeschafft, ihre Zeit vertan. Anders – das war ein Monstrum ohne Maß und Ziel. Anders – das ist Unkraut. Heimtückisch wächst es aus der Tiefe der Erde, zart und fein, kriecht farblos aus dem Boden. Kein Stein, kein Kiesel, kein Sand kann sein perfides Wuchern aufhalten.

Wenn der Jasmin blüht und der Wind vom Atlasgebirge herabweht, duften die Straßen in Algier. Der Duft steigt aus den Gärten, der Wind treibt ihn die Straßen hinab, er mischt sich mit dem Geruch der Straßenbahnen und Autos, und die Leute sagen: »Jetzt wird es Sommer«, »der Wind kommt von Süden«, »die Fischer werden Schwierigkeiten beim Einlaufen haben«, »bald sind die Trauben reif«, »bald gibt es kein Wasser mehr«. Auf der Kreuzung verliert sich der Duft. Wenn man ihn wieder findet, überkommt einen Sehnsucht und man sagt zu sich selbst: »Heute abend will ich geliebt werden«, »meine Tochter wird bald zwanzig«, »wie lange ist mein Vater schon tot?« Wo blüht der Jasmin? Rankt er sich um ein Minarett oder wächst er zwischen den rostigen Gitterstäben eines alten Landes?

Simone denkt an Gärten, Fensterläden, sandfarbene Häuser. Staub. Geranien. Kapuzinerkresse. Teerosen. Ackerfurchen. Eine blaue Taube steigt flügelschlagend in den warmen Morgen. Mächtige Palmen mit dicker Rinde wiegen sich wie schwingende Glocken. Rufen Erinnerungen wach.

Die Gärten. Der Krieg! Blutige Bürgersteige. Bruderkrieg. Zerrissene Djellabahs. Zerstörte Häuser. Vergiftete Brunnen. Der Geliebte enthauptet ... Buchstaben wie Knöchelchen, die sich untereinander verbünden, um die Skelette der Phantasmen auszugraben und sie mit dem Fleisch der Worte zu füttern. Magie der Träume, die plötzlich auf den dünnen Linien Gestalt annimmt.

Was ist das für ein Spuk? Simone kennt die Spielregeln dieser Freiheit nicht.

Flüsse, Ströme, Wogen, Wellen pulsieren in den Sätzen. Gedanken, Begriffe, Ideen verweben die Buchstaben.

Mary MacLaughlin entsteht auf dem Papier, ihr besitzergreifender Geist taucht aus einem Meer von Tinte auf: sie lebt.

Noch nie hatte Simone soviel Macht. Noch nie. Und doch war ihr diese Macht nicht unbekannt. Wie tief sie auch in ihren Erinnerungen graben mag – da war immer ein Kokon, in dem sie sich eingesponnen hatte, sich Geschichten ausdachte, ganz allein, warm und sicher im Labyrinth ihres Innern; im Gefängnis ihres Körpers fühlte sie sich freier als wenn sie über die Felder lief.

Manchmal überkam es sie, wenn sie scheinbar mit anderen Dingen beschäftigt war, wenn sie stickte, nähte, kochte – meistens bei einer Routinebeschäftigung. Es mußte etwas sein, was sie äußerlich gefangen nahm und einen gewissen Rhythmus hatte: Stoff, Stickgarn, Wolle, Gemüse, Fleisch ... Dann ließ sie ihren Gedanken freien Lauf ...

Manchmal auch erstarrte sie vor einem Schauspiel der Natur, war fasziniert: ein Tümpel mit Kröten, Raupen, die sich einspinnen, der Eingang eines Ameisenhaufens. Stundenlang konnte sie zuschauen, ohne sich zu rühren. Es hatte etwas Einlullendes: das Rascheln der Eukalyptuszweige im Wind, das unaufhörliche Spinnen der Raupen, das emsige Hin und Her der Ameisen ... Dann dachte sie sich Geschichten aus, tauchte in eine andere Welt.

Die Leute sagten: was für eine fleißige junge Frau, was für ein braves Kind ...

Hier in Corvagh, wenn sie in ihr Heft schreibt, passiert etwas Ähnliches: sie ist völlig absorbiert, alles wird unwichtig außer dem, was sie schreibt oder denkt.

Für gewöhnlich entstand aus ihren Träumereien nichts – was man so »nichts« nennt: ein flüchtiger Blick, ein Gulasch, eine unpassende Bewegung, eine gestickte Blume, ein bitterer Gedanke, ein gestopfter Socken, eine Fehlleistung, der Halsausschnitt eines Pullis. Mit anderen Worten: NICHTS. Aber hier und auf diesen Seiten entsteht Mary.

Was Simone am meisten alarmierte, was ihr am meisten

Angst machte, war, daß Jean-François das Heft las. Noch nie hatte sie einen Menschen so nahe an sich herankommen lassen, so sehr sich preisgegeben. Was würde er aus diesen Seiten herauslesen? Was würde er dazu sagen?

In zweiter Linie ängstigte sie ihre merkwürdige Situation: sie war nicht daran gewöhnt, sich besonders hervorzutun, weil man ihr immer eingeredet und sie gelehrt hatte, gesellig, freundschaftlich, kollegial und was weiß ich zu sein, aber nur nicht »etwas Besonderes« oder gar »individualistisch«. Früher hatte die Leiterin ihres Pensionates gesagt: »Ich höre, Simone, daß Sie sehr exzentrisch sind. Seien Sie zurückhaltender!« Nie vergaß sie den strengen Gesichtsausdruck der alten Frau, deren drohendes Kopfschütteln noch durch die gestärkte Haube unterstrichen wurde.

Und erschreckend war auch, was in diesem Moment heraufbeschworen wurde: Baumstämme, die auf dem Saint-Maurice geflößt, bei Shawinigan gestockt, zersägt, pulverisiert und zu Papier gepreßt wurden – das war in Kanada. Tonnen von Tintenfischen, die bei Palikao mit dem Netz gefangen und auf den Wegen der Seidenkarawanen von Taschkent und Samarkand nach Konstantinopel gebracht wurden, wo man die schöne schwarze Tinte gewann. Die Schule. Das kleine Mädchen lernt zuerst Striche, dann Buchstaben zu machen, Aufstrich und Abstrich, sie müht sich redlich: das stolze F, die Gewichtigkeit des G! Buchstaben mit Schlaufen sind schwierig! Nicht krakeln bei den bauchigen! Das Z nicht verwackeln! Wie schwer das alles ist! Wie lange man braucht, bis man diese Formen beherrscht und begreift, wie das eine sich zum andern fügt, wie die Weisheit eines ganzen Universums, der Welten und Galaxen sich schließlich eröffnet, die Totalität der menschlichen Existenz! Und sie, Simone, sitzt hier in Corvagh, hat Feder und Papier vor sich liegen und schreibt Marys Geschichte!

Das wirft sie um. Das Schicksal dieser Frau ist zu groß für sie, zu schwer. Unerreichbar. Sie kann Kinder in die Welt setzen, aber nicht Mary MacLaughlin. Das hatte sie ja auch nicht vorgehabt, sie wollte nur, daß man erfuhr, was zwischen ihr und Jean-François vorgefallen war, worüber sie gesprochen hatten, sie wollte vermeiden, daß das alles verloren ging, wollte auch ihre eigenen Siege verzeichnen, die Tage festhalten, an denen sie ihren Standpunkt durchgesetzt hatte. Aber dann hatte sie doch plötzlich Dinge zu Papier gebracht, von denen sie nicht einmal wußte, wie sie sie bezeichnen sollte. Kadenzen? Parenthesen? Einen Sinn würde alles erst dann ergeben, wenn ein Fremder das Heft liest.

Jean-François, ein Fremder? JA.

Es schien, als breche alles zusammen. Simone hatte ein Haus gesucht, ein festes, gemütliches Haus. Doch dann war diese Ertrunkene eingedrungen und hatte das mühsam Gefestigte durch ihre bloße Gegenwart zerstört. Dieses Haus, das so sorgfältig aufgebaut worden war, wurde durch eine Tote völlig ad absurdum geführt. Sie entlarvte unweigerlich die Lügen und das Schweigen, erhellte mit grausamer Klarheit dumme Prinzipien, idiotische Vorurteile, stumpfsinnige Traditionen, all diese Fundamente. Klaffende Risse taten sich auf, Stein um Stein bröckelte ab, das ganze Haus fiel allmählich in sich zusammen.

Jean-François, ein Fremder?

Simones Haus war ein Fachwerkhaus, dessen tragende Balken Jean-François darstellte, sie selbst war nur das leichte Mauerwerk, das die Zwischenräume ausfüllte. Wenn die Balken morsch werden, stürzt alles ein: Jean-François und Simone, »seine« Frau, bildeten eine Konstruktion, die nur hielt, wenn sie nichts anderes sein wollten als Mann und Frau. Doch je mehr die Tage ins Land gingen, je mehr sie sich einander offenbarten und erkannten, wie verschieden sie waren, desto wackeliger wurde das Gebäude.

Es wollte nicht aufhören zu regnen. Das Haus roch modrig. Jean-François saß im Sessel und las. Simone lag auf dem Bett in Agonie. Was für ein Blödsinn, alles hatte sie mit diesem Heft kaputtgemacht. Warum hatte sie nicht die gewohnte Rolle der Ehefrau weitergespielt? Warum dieses plötzliche Aufbegehren? Sie hatte Jean-François hierher nach Corvagh gelotst, weil sie hier ihr gemeinsames Haus festigen wollte. Stattdessen zerstörte sie es. Sie hatte Marys Leben gemeinsam mit ihm erfinden wollen, und dabei hatte sich herausgestellt, wie fremd sie einander waren – zwei unabhängige Individuen, die der Zufall an diesem einsamen Ort zusammengeführt hatte, Gefangene des Regens, Unbekannte, ja Feinde.

Hätten sie sich doch mit etwas anderem beschäftigt. Wäre er doch spazierengegangen. Hätte sie doch bloß Wäsche zu erledigen gehabt! Es wäre nicht so weit gekommen ... Dann hätte sie auch nicht dieses unselige Heft hervorgezogen. Verdammter Regen, verdammtes Klima, verdammte Faulheit. Sie hätten sich die Zeit mit Kartenspielen oder Scrabble vertreiben können. Aber Jean-François mochte ja keine Gesellschaftsspiele.

Simone flüchtete sich vor der Zeit, der Langeweile, dem unaufhörlichen Regen, der sich über alles legte und alles erstickte. Sie war in einem Treibhaus eingeschlossen, in dem nur giftige Pflanzen mit gefährlichen Dornen und Stacheln wuchsen. Zur Unbeweglichkeit verurteilt, allein mit sich selbst. Unerträgliche Konfrontation.

Warum hatte sie sich so gegen das Feuer gewehrt?

Jean-François hatte sie während der letzten Tage so oft an ein Ereignis erinnert, das eng mit ihrer Ehe verbunden war, und darauf bestanden, daß es in Marys Leben integriert würde. Aber sie hatte es abgelehnt. Sie hatte das Feuer abgelehnt. Warum?

Es war doch ein Ereignis, das gar nicht so lange zurücklag und sie einander immerhin nähergebracht hatte.

Simone war in New York eingetroffen. Jean-François lebte in einem wunderschönen Haus mit einer anderen Frau zusammen. Wegen Simones Ankunft hatte sie das Feld geräumt, aber ihre Spuren sind überall sichtbar. Mehr als sichtbar: das ist nicht Jean-François' Wohnung, das ist die Wohnung dieser Frau, schlimmer noch, die Wohnung dieses Paares. Simone schnüffelt herum wie eine Hündin, wittert den Geruch dieses Paares. Überall die Überreste der Lust, der Nachgeschmack der Liebe, die Erinnerung an Harmonie; selbst in der Küche und im Bad. Über dem großen Doppelbett hängt ein Poster, auf dem zwei Wesen kopulieren.

Simone sagt nichts. Mit keinem Wort zeigt sie ihre Eifersucht, ihre Wut, ihren Neid, die Furcht, Jean-François zu verlieren, die panische Angst, diesem Unbekannten, der ihr Mann ist, zu begegnen. Sie will nicht sehen, was sie sieht, nicht fühlen, was sie fühlt.

Warum?

Es geniert sie, was sie mit diesem Mann in Paris gemacht hat. Sie kann von Jean-François nicht erwarten, daß er sich anders verhält als sie. Sie hat ihre Tugend verloren, das weiße Gewand der reinen Treue steht ihr nicht mehr zu. Aber das ist es nicht. Der Grund ist, daß ihr diese Wohnung gefällt. Sie hätte selbst gern so eine Wohnung gehabt oder gewußt, wie man das macht. Sie hätte sich gern der Sorglosigkeit und Freiheit überlassen. Aber wie?

In ihrem Heft steht, daß sie unfähig zu Leichtigkeit, Unabhängigkeit, Mut und Lässigkeit ist. Sie selbst hat in dem Heft niedergeschrieben, daß Gesetze, Regeln und Verordnungen für sie wichtig sind. In ihrem Haus beweist jedes Möbelstück und jeder Gegenstand, daß bei ihr alles seine Ordnung haben muß.

Diese Ordnung ist wichtig, damit das Leben so ablaufen kann, wie es einem aufgezwungen wird: mit Bürostunden, Schulstunden, Mußestunden, Schlummerstunden, Mahlzeiten. Erfolg verlangt Disziplin: die Pflichten wollen erfüllt sein, die Wäsche gewaschen, das Essen reichlich, die Gesundheit gut. Ein mittelmäßiges Leben verlangt Sparsamkeit: die Kleider schonen, kein Brot verschwenden, keinen Strom vergeuden, keine Zeit verlieren. Das ist das einzige, was sie kann: in eine gepflegte, geordnete, sichere Landschaft die Gleise für ihre Familie verlegen.

Sie sagt Jean-François nicht, daß ihr die Wohnung gefällt, daß sie sie sich wünscht und begehrt, so wie man ein Schmuckstück hinter Glas begehrt, wenn man keinen Pfennig hat. Diese Wohnung bedeutet für Simone das Unmögliche, alles, was sie sich in ihrem schönsten Traum ersehnt, der in ihr ist, aber den sie nicht aussprechen kann, nicht aussprechen darf. Diese Wohnung repräsentiert für sie all das, wogegen sie ankämpft, was sie zerstört, um die Gleise installieren zu können.

Sie spricht mit Jean-François über ganz andere Dinge: über die Zukunft ihrer Kinder, die Opfer, die die Eltern bringen müssen. Sie macht es nicht ungeschickt, ist freundlich, lieb, tolerant. Bis eines schönen Tages das Feuer ausbricht.

Es ist ein Zufall – obgleich es keine Zufälle gibt – daß Jean-François, während er den Grill anmacht, eine Benzinflasche umstößt, die sofort Feuer fängt. Alles brennt!

Das Feuer lodert auf, schnell, schön und stark wie ein Geysir, flackert, knistert und kracht. Jean-François rennt hin und her, versucht, das Feuer zu löschen. Sie, Simone tut gar nichts. Aufrecht wie ein Inquisitor betrachtet sie, wie das schöne, Potemkinsche Haus verbrennt, die Theaterkostüme, die Filmgewänder, die Ornamente in Flammen aufgehen. Alles schmilzt, birst, verbrennt und verglüht. Das Falsche ist weg, denkt sie, übriggeblieben ist nur die Armseligkeit, mit der sie umzugehen weiß. Ein großer Scheiterhaufen aus Fächern, aus Schuhen von Menschenfressern, aus Wespennestern, um die Liebenden zu ersticken, aus Haschisch, um sie zu betäuben, aus Hosen, um die Ärsche in Hexenkessel zu verwandeln, aus Handschuhen, um die Schmetterlinge aufzuspießen, aus Ketten, aus Spitzen, um das Alter zu verbergen. Darüber weht ein eisiger Wind. Das alles brennt wie verrückt, wird von einem tollen Feuer verzehrt! Jetzt ist die Luft wieder sauber. Sie kann weiterleben.

Später wird Jean-François merken, daß das Feuer alles gereinigt, daß es ihn mit Simone und seiner Familie wieder ausgesöhnt hat. Nie wieder wird er so eine schöne Wohnung und so eine schöne Freundin haben. Simone hat gewonnen. Durch Betrug.

Das, was Jean-François in die Geschichte von Mary einbringen wollte, war sein ernsthafter Versuch, sich mit Simone zu vereinen. Wenn er jetzt diese Zeilen liest, wird er entdecken, was für eine Perfidie sich hinter den schönen Reden seiner Frau versteckte, wieviel Eifersucht, wieviel Neid und wieviel Ohnmacht. Im Grund wollte sie damals, als das Feuer ausbrach, nur, daß er das harte Leben mit ihr teile – nicht etwa, weil an diesem Leben etwas Gutes war, sondern einfach, weil es hart war. Wo blieb da die Liebe?

Das war keine Liebe. Das war nur Heuchelei, eine letzte

Anstrengung, Jean-François in das überlieferte Klischee von Ehe und Ehepaar zu zwingen. Heute haßt sie diese Auffassung von Ehe. Sie haßt die beiden Zugtiere, die den Leichenwagen der Ehe ziehen. Sie haßt Trauerzüge, bei denen die Stuten im Geschirr stehen und der Hengst frei herumlaufen darf. Sie haßt diesen dreckigen, schwarzen, verschlossenen Sarg, vor den sie gespannt ist.

Als das Feuer ausbrach, hatte sie nur den Wunsch, daß auch Jean-François im Geschirr stehe, so wie sie, daß auch er zu leiden hätte!

Aber jetzt, nach der Geschichte mit Mary, will sie das nicht mehr. Und doch weiß sie nicht genau, was sie will. Sie träumt von Flucht und Freiheit, von Reisen und endlosen Gesprächen. Das wäre ihre Mitgift und auch die von Jean-François, Lachen und Weinen – sie würden alles teilen ...

All das steht in ihrem Heft.

Jean-François hat sich bewegt. Sie hört, wie er seinen Sessel zurückschiebt. Dann wieder Stille. Regen. Sie richtet sich auf, um zu sehen, was er macht. Er hat die beschlagene Fensterscheibe abgewischt und schaut hinaus. Sie legt sich wieder hin, aber ihr Herz rast. Als sie hört, daß er zu ihr kommt, rollt sie sich zusammen und stellt sich schlafend. Er setzt sich auf den Bettrand und rührt sich eine ganze Weile nicht. Dann legt er sich neben sie. Sie öffnet die Augen. Er schaut sie an. In seinen Augen liegt eine große Zärtlichkeit, neugierige Fragen und auch so etwas wie Respekt.

»Ich finde das sehr gut.«

»Was?«

»Was du in dein Heft geschrieben hast.«

Behutsam streicht er ihr mit dem Zeigefinger die Haare aus der Stirn, als wolle er sie genau betrachten. Er lächelt.

Sie lächelt zurück und flüstert:

»Und das Feuer?«

»Was ist mit dem Feuer?«

»Bist du nicht erschrocken?«

»Nein. Das war doch logisch ... ich muß blind gewesen sein, weil ich Mary zuerst ganz anders gesehen habe ... aber du hast recht, man kann ihr Leben nur so erfinden.«

»Wie?«

»Ohne Mann.«

Sie schmiegt sich an ihn, legt ihren Arm um seinen Hals, schiebt ein Bein zwischen seine Beine. Er sagt:

»Du schüchterst mich ein.«

»Du mich auch.«

Sie lachen. Er legt eine Hand auf ihre Hüfte, streichelt sie sacht:

»Das war eine mutige Frau.«

»Wer?«

»Mary.«

»Liebst du sie?«

»Ja.«

Sie küssen sich. Warme, feuchte Lippen öffnen sich, reiben sich zärtlich, fügen sich ineinander. Speichel. Saft. Saugen. Simone:

»Ich liebe sie auch.«

»Mary ist deine Schwester.«

»Sie ist ich.«

Sie lieben sich.

Jetzt trägt Mary MacLaughlin das schönste Gewand der Welt. Seide, so leicht wie der Schaum einer Sommerwelle. Goldenes Morgenrot. Bestickt mit Tränen von Kristall. Durchsichtig. Man ahnt den zarten Körper unter dem raschelnden Stoff, sieht die nackten Füße. Sie schwebt über den Sand, berührt kein einziges Korn. Leichtfüßig bewegt sie sich zum Ende des Gartens, in den Schatten duftender Zypressen, dorthin, wo die Veilchen wachsen. Sie rafft ihr Kleid, zeigt ihre schönen Beine und geht in die Knie. Sie beugt sich vor und pflückt mit ihren zarten weißen wunderschönen Händen die Veilchen. Kleine Gesichter mit goldenem Zenith, geschützt von samtig dunklen Blütenblättern. Sie bindet sie zu einem geheimnisvoll duftenden Strauß und reicht ihn Simone unter einer Palme, um die sich Jasmin rankt. Sie legen sich die Arme um die Hüften und schreiten lachend der Sonne entgegen.

Sie ziehen sich aus. Sind nackt. Simones kräftiger Körper. Marys schwereloser Körper. Sie lassen sich ins Wasser fallen, spielen darin. Mary ruft Angèle herbei:

»Angèle!«

Angèle schwebt vom Himmel herab, eingetaucht in flüssiges Rot, Meerstern.

Simone und Mary sehen ihre perlmuttfarbene Vulva, die sich der Sonne öffnet und ihre empfindsamen Lippen spreizt. Rücklings, Kopf voraus, mit einem Fosbury-Flop tauchte sie ein. Verblüffend. Zusammen schwimmen sie im tiefen Wasser, öffnen und schließen ihre Beine wie Scheren, bewegen die Arme wie Mühlenflügel, ruhig und gleichmäßig. Um sie nur blaues Grün und grünes Blau. Ihre drei Hintern glänzen wie Lack. Sie drehen sich um sich selbst und verschwinden: der dicke Stutenarsch von Simone, der hübsche Bürzel von Angèle und das niedliche Katzenpopöchen von Mary. Sie tauchen unter und hinterlassen einen Schweif von silbernen Perlen. Tief im Wasser begegnen sie bedächtigen Schildkröten und flinken Lachsen, die in ferne Tiefen davonschnellen. Lange schwarzbraune Algen liebkosen ihre Bäuche und Schenkel.

Simone taucht auf, um Luft zu holen. Sie legt sich flach aufs Wasser und schließt die Augen. Das Meer ist friedlich, küßt sanft den schwimmenden Körper. Wo sind Angèle und Mary? Simone hört die Geräusche vom Land bis hierher. Das Kreischen des Schöpfrades, das der blinde Esel dreht, klare, helle Töne.

Simone hört Jean-François rufen: »Simone! Simone!« Er steht am Strand, braungebrannt, in seinem unanständigen roten Badeslip. Er hat ein Feuer gemacht. Sie schwimmt auf ihn zu. Das Feuer verzehrt alles, was Jean-François hineinwirft: Koffer, Möbel, Schmuckstücke, Perücken, Packpapier, Margeritenkrönchen aus Plastik und Spitzen, einen Armvoll weißer Spitzen, ein Brautkleid, einen Hochzeitsschleier und ein blaues Satinband. Er hopst um das Feuer herum, das vergnügt knistert.

»Wohin ist Mary verschwunden?«

»Sie ist mit Angèle weggegangen. Sie wollen Höhlen unter Wasser suchen.«

Sein steifes Glied sprengt den roten Badeslip, starrt Simone an wie ein Auge. Jean-François nimmt ihre Hand und legt sie auf seinen Penis.

»Komm, wir wollen miteinander schlafen.«

»Nicht so nah beim Feuer. Es verbrennt mich.«

»Wo willst du?«

»Dort.«

Sie zeigt auf die Stelle, wo eben noch Marys Körper lag. Sie legen sich in den Sandabdruck, der unter ihrem Gewicht nachgibt, groß wird wie ein Schiff, das vom Stapel läuft. Es schwimmt, entlassen in die Freiheit, in das GLÜCK!

An diesem Tag, mit Hilfe eines Heftes, das gemeinsam entstand, auch wenn Simone es allein geschrieben hat, begannen Simone und Jean-François gemeinsam zu leben, ein Paar zu sein.

Das Gericht von Ballyshannon trat zum erstenmal seit fünf Jahren wieder zusammen. Der Versammlungsort war ein großer hoher Saal. In der Mitte stand ein Tisch, der flüchtig abgestaubt worden war, und zwar nur dort, wo der Richter und die Zeugen sitzen würden. Zwei Stühle. Darüber ein roter Baldachin. Das Licht, das seitwärts durch die schmalen, unterteilten Scheiben drang, die mit ihren Spitzbögen an Kirchenfenster erinnerten, hatte den Stoff ganz ausgeblichen. Der Tisch wirkte verloren im Raum, weil eine Balustrade ihn vom Publikum trennte, das sich auf die Bänke und Stühle entlang der nackten Wände setzen mußte.

Ich erinnere mich weder an das Gesicht, noch an die Kleidung des Richters. Nachträglich will mir scheinen, als hätte er etwas getragen, das seine Funktion unterstrich, eine Robe vielleicht, eine Schärpe oder eine Perücke. Aber ich bin mir nicht mehr sicher. Ich muß Jean-François fragen, ob er es noch weiß. Jedenfalls konnte das nur der Richter sein, der da unübersehbar und würdevoll mitten im Saal, allein beim Tisch stand, während alle anderen hinter der Balustrade Platz nahmen. Jean-François und ich setzten uns ganz in der Nähe der Eingangstür, die von einem Gerichtsdiener aufgehalten wurde, auf zwei Stühle. Unser Aussehen und unser Benehmen verrieten, daß wir Fremde waren. Wir spürten die auf uns gerichteten Blicke. Selbst der Richter drehte sich zu uns um und musterte uns kurz.

Nun hatten alle Zuschauer ihre Plätze gefunden, der Gerichtsdiener schloß die Tür und brachte einen Stapel mit Unterlagen, die er vor dem Richter auf den Tisch legte. Dieser sagt mit erhobener Stimme etwas und setzt sich. Wahrscheinlich hat er die Sitzung für eröffnet erklärt, aber für uns war der Akzent und die Juristensprache völlig unverständlich. Dann hielt er eine Art Vortrag, wovon wir allerdings nur Marys Namen verstanden, der immer wieder auftauchte, und bei jeder Erwähnung schien es mir, als wendete sich der Richter direkt an uns. Aber das war wohl nur Einbildung, denn er sprach ins Leere, leierte die feierlichen Formeln wie eine Lektion, die er auswendig gelernt hat, herunter, eilig, als könnte ihm etwas entfallen und sein Redeschwall dadurch ins Stocken geraten.

Mary schwebte im Raum, sie umkreiste den Baldachin. Sie trug nicht mehr das prächtige Kleid der Freude, sondern die düsteren Gewänder des Todes. Ihre Haare wehten im Wind, streiften die Fransen des Baldachins.

Ich habe noch nicht erwähnt, daß ein zierlicher roter Regenschirm auf dem Tisch lag. Er war winzig, wie ein Kleinmädchenschirm. Der Gerichtsdiener hatte ihn zusammen mit den Akten auf den Tisch gelegt. Mary betrachtete ihn immer wieder zärtlich.

Jean-François stößt mich mit dem Ellbogen an und flüstert mir ins Ohr:

»Hast du den Regenschirm gesehen?«

»Ja.«

»Der ist ja so klein.«

Ich nicke nur mit dem Kopf. Ich habe das Gefühl, daß unser Geflüster Mary irritieren könnte.

Der Richter ruft den ersten Zeugen auf. Es ist Marys Bruder, ein vierschrötiger Bauer. In der Hand hält er eine Tweedkappe. Er ist untersetzt und kurzbeinig. Mary sieht er überhaupt nicht ähnlich. Er nähert sich dem Richter ehrerbietig. Nach den üblichen Einleitungsfloskeln wird er aufgefordert, sich zu setzen und seine Aussage zu machen.

Er beschreibt seine Schwester: eine unruhige, verschlossene Person, der das Leben übel mitgespielt habe, weil ihr ein Schuft über den Weg gelaufen sei. Mehr könne er über den Mann nicht sagen. Außerdem habe dieser das Land schon vor langer Zeit verlassen. Seine Schwester habe immer fleißig gearbeitet und ihren Sohn ordentlich erzogen. Auch ihre Wohnung habe sie immer saubergehalten. Er sei im April bei ihr gewesen, über Ostern.

Ihm folgte Marys ältere Schwester, eine stille, brave Frau in den Fünfzigern. Für sie war Mary eine strebsame, fromme Person, die für ihre Verirrungen mit einem arbeitsreichen, enthaltsamen und einsamen Leben bezahlt hatte, eine Frau ohne Liebschaften und eine gute Mutter. Im Gedanken an ihren Neffen holt sie ein Taschentuch hervor und schluchzt leise hinein. Das arme Kind habe ein hartes Los getroffen, und es sei vom Leben nicht verwöhnt worden. Aber er brauche sich nicht zu sorgen, sie werde sich um ihn kümmern wie um ihr eigenes Kind. Danach will sie nichts mehr sagen. Alles andere wären nur Vermutungen. Es gelingt dem Richter nicht, aus ihr herauszulokken, was sie nun von all dem hält.

»Nichts weiter, Euer Ehren, ich habe nichts mehr zu sagen. Dieses Schicksal war ihr bestimmt. Wir alle sind in Gottes Hand.«

Danach kommt eine Cousine, die unsere Aufmerksamkeit für einen Augenblick fesselt, weil sie etwas von Mary zu haben scheint: die gewisse Eleganz, die Ursprünglichkeit und die schwarzen Haare, die sie zu einem Knoten zusammengesteckt trägt. Aber die Cousine ist weinerlich und langweilig. Sie lispelt ein bißchen. Sie sei von Sligo, sagt sie, und Mary habe bei ihr gewohnt, als sie auf die Schwesternschule ging. Nachdem sie die Stelle im Krankenhaus angetreten habe, hätten sie sich aus den Augen verloren. Zu der Zeit habe sie auch den Eisenbahner kennengelernt, von dem der Sohn sei. Dieser Mann habe ihr den Kopf verdreht, sie dachte nur noch ans Ausgehen und Tanzen ...

Jean-François schiebt seinen Arm durch meinen und beugt sich zu mir:

»Das ist doch die typische, versauerte alte Jungfer. Alles, was sie gerne getan hätte, aber nie getan hat, projiziert sie jetzt auf das Leben ihrer Cousine. Wenn die sich auszieht, riecht sie bestimmt nach Mottenpulver und nach faulem Fisch.«

Mir gefällt, was er da sagt. Das ist auch meine Meinung. Wir hören der Cousine überhaupt nicht mehr zu und diskutieren leise, was wir einkaufen müssen, wenn die Sitzung zuende ist.

Und Mary macht genau das, was ich gern gemacht hätte: sie balanciert über die Balustrade wie eine Mondsüchtige, auf nackten Füßen, wie immer. Sie ist durchsichtig. Sie kommt langsam näher, hält mit den Armen das Gleichgewicht. Sie ist vollständig damit beschäftigt, die Balance zu halten. Das ist eigentlich erstaunlich, denn sie kann nicht fallen und kann sich nicht wehtun, sie ist ja ein Geschöpf der Luft, körperlos. Ein Spiel.

Familienangehörige und Bekannte treten einer nach

dem anderen als Zeugen auf, um mehr oder weniger ausführlich ihre Aussagen zu machen. Es entsteht das Bild einer Frau von zarter Gesundheit und unruhigem Geist. Ein eigenwilliges Geschöpf und doch, in gewisser Weise, ein einfaches Gemüt. Nicht ein einziger Zeuge hat das Wort verrückt oder debil gebraucht, und doch steht es unausgesprochen hinter all diesen Aussagen.

Jean-François drückt zärtlich meine Hand. Er macht sein »Großer-Junge-Gesicht«, während er zu mir sagt:

»Weißt du, sie muß auf jeden Fall eine kirchliche Beerdigung bekommen. Wenn aber der Richter auf Selbstmord erkennt, werden sie dem Priester sagen, daß Mary geisteskrank war. Was ich nicht weiß, macht mich nicht heiß. Amen.«

Ich finde ihn schön und charmant. Ich fühle mich ihm ganz nahe. Was uns verbindet, ist stark, aber zerbrechlich, und das wissen wir erst seit so kurzer Zeit. Ich frage ihn:

»Kommt es dir nicht auch so vor, als ob sie da wäre?«

»Sie ist da.«

Unsere Hände sind ineinandergefaltet, als wären wir ein Liebespaar.

Wer ist dieser Mann, mit dem ich schon so lange zusammenlebe, von dem ich drei Kinder habe? Warum haben wir geheiratet? Wo sind die Wurzeln unserer Gemeinsamkeit? In welche Tiefen reichen sie hinab? Mir scheint, als sei diese Harmonie, die jetzt zwischen uns besteht, diese Fähigkeit, uns gegenseitig zu verführen, die Vorstellung, ich sei er und er sei ich, die wichtigste Sache im Leben eines Menschen, die man vor allem anderen behüten und beschützen müsse. Aber was ist das, wie kann ich etwas bewahren, von dem ich nicht weiß, was es ist?

Unsere Kinder haben uns nicht vereint, sondern uns in ein Geflecht aus Zärtlichkeit, aus Pflichten und Erinnerungen verwoben, uns in einem Netz gefangen, in dem wir nicht miteinander verschmelzen können. Sie haben uns, ohne es zu wissen, die Vater-und-Mutter-Rolle zugeteilt, die wir spielen müssen, so monoton sie auch sein mag; sie wollen nicht, daß wir uns ändern. Daß diese Figuren Tag für Tag unverändert agierten, half ihnen ihr Gleichgewicht zu finden. Wir mögen ungewöhnliche Eltern sein, aber wir sind Vater und Mutter, für sie die Hauptsache, nicht für uns, nicht für mich.

Mary ist eingeschlafen. Sie hat sich auf den Tisch gelegt, dort, wo der Staub ist, und ihren Kopf auf den kleinen roten Regenschirm gebettet. Sie liegt da wie tot. Die Möwen sind von der Decke heruntergekommen und schwirren durch den Saal. Mit einem einzigen Flügelschlag ziehen sie – lautlos – weite Kreise. Mary schläft nicht mehr. Mit matten Händen streicht sie ihr Kleid glatt und streckt die Arme nach den Möwen aus.

Wie schön es heute ist, mein Gott, wie schön! Der Schirokko verwirrt die Gemüter, weil er die Wüste mit sich bringt, eine andere Welt, eine Welt, in der nur überleben kann, der das Wesentliche in sich trägt, der weiß, wo Oasen sind. Dort gibt es Wasser. Die Sahara ist ödes Land, ist Hitze, eine flirrende Fata Morgana. Muß ich hier bleiben, wo die Milch der Frauen in den ausgemergelten Brüsten gerinnt? Muß ich weiterziehen? Wenn ich das wage, gibt es kein Zurück, denn der Weg ist wie verhext. Wie kann ich mich für diese Reise rüsten? Ich habe nur mein Heft. Aber das reicht nicht aus. Es müßte dicker sein. Es müßten mehr Hefte sein.

Der Tod ist ein Weg. Mary ist eine Wüste. Ich habe mich bereits hineingewagt. Kann ich noch umkehren? Ja, denn Jean-François ist bei mir. Oder muß ich doch allein gehen? Warum?

Die Familie ist entlassen. Nun werden die Zeugen aufgerufen, die in den letzten vierundzwanzig Stunden mit Mary zusammen waren. Zuerst erscheint ein Taxichauffeur, ein Allerweltstyp, weder groß noch klein, weder alt noch jung, weder dick noch dünn, ganz in Grau. Er versucht, eine ehrfurchtsvolle und bekümmerte Miene aufzusetzen, aber man merkt, daß er im Grunde genommen gern hier ist, daß er die Wichtigkeit seiner Person genießt.

Mary war am Sonntag, dem 29. Juni, am Bahnhof von Ballyshannon in seinen Wagen gestiegen. Sie war mit dem Zug um 14 Uhr angekommen. Sie trug einen Koffer, eine Handtasche und einen kleinen roten Regenschirm. Den, der da auf dem Tisch liegt. Er erkennt ihn wieder. Er erinnert sich deshalb so genau daran, weil er Mary MacLaughlin von einer Pension zur anderen fuhr, bis sie schließlich eine Unterkunft fand, die ihr zusagte – es war ja schon Ferienzeit und die besten Zimmer waren bereits vermietet ...

»Dann hatte sie also Ihrer Meinung nach nichts vorbestellt?« unterbricht der Richter.

»Ich bin ganz sicher. Schließlich habe ich sie fast zu jedem Schild gefahren, auf dem »Zimmer mit Frühstück« stand. Es schien ihr gar nichts auszumachen.«

»Berichten Sie weiter.«

»Als sie sich endlich für eine Pension entschieden hatte, bezahlte sie, und ich fuhr weiter. Erst als mein nächster Fahrgast einstieg, merkte ich, daß sie ihren Regenschirm vergessen hatte. Nach der Fahrt drehte ich um und brachte ihr den Schirm zurück. Inzwischen waren zwei oder drei Stunden vergangen, weil ich meinen Kunden nach Ballentra hatte bringen müssen. Aber sie war noch da. Sie schien sehr glücklich zu sein, daß sie ihren Schirm zurück hatte ... Das ist alles.«

»Ich danke Ihnen«, sagte der Richter höflich.

Mary hat sich aufgerichtet, hockt im Schneidersitz da. Ihr schwarzes weites Gewand hat sie zurückgeschlagen, ganz ungeniert. Man sieht den dunklen Pelz, der sich im Schatten am Ende ihrer langen knabenhaften Schenkel öffnet. Sie starrt unverwandt auf den roten Schirm.

Jean-François:

»Warum hat ihr dieser Schirm wohl so viel bedeutet?«

Ich zucke mit den Schultern, weil ich es auch nicht weiß. Aber ich denke an all die Gegenstände, an die ich mich im Laufe meines Lebens geklammert habe. Krimskrams, Püppchen, Fläschchen, alle möglichen Haushaltsdinge, Tücher, Kinderspielzeug, alte Briefe, vergilbte Fotos ... Was bedeuteten sie mir? Was symbolisierten sie?

Traumfetzen, in tiefen Schubladen, hohen Regalen, mächtigen Schränken versteckt. Lustschreie, Fluchtspuren, Souvenirs, Kampftrophäen.

Ich muß herausfinden, warum ich all diese Dinge aufbewahre. Ich müßte mit Hilfe dieser Splitter, die so viel Erlebtes beinhalten, in die Vergangenheit zurückwandern. Was würden diese Überbleibsel, von Generation zu Generation aufbewahrt, erzählen, wenn man sie ausgräbt? Sie würden erzählen von der beschränkten Freiheit, der verborgenen Frustration, die sich hinter hausfraulichem Fleiß versteckt, von der täglichen Mühsal. Sie würden die Geschichte erzählen vom Warten, das mit Seitensprüngen gewürzt ist, von der Starre, die mit Phantasmagorien gestopft, und der Tradition, die mit Schauermärchen gespickt ist. Sie würden von der obligaten Lüge erzählen, von der unumgänglichen Doppelzüngigkeit, von der notwendigen Verstellung, von erzwungenem Verrat. Sie würden die einzige Geschichte erzählen, die kein Ende hat, die Geschichte von dem Gefängnis der Seele.

Mary langweilt sich. Sie schwebt vor den Fenstern und

schaut nach draußen. Diese Gerichtsverhandlung schert sie einen Dreck. Die Leute haben keine Ahnung, wovon sie reden. Sie hat so etwas nie gemacht, nie gesagt und ist nie so gewesen.

Der Richter ruft die Zimmerwirtin auf. Eine hagere Irin, knorrig wie ein alter Rebstock. Ihre Dauerwelle ist ganz neu, wahrscheinlich eigens zu dieser Gelegenheit gemacht. Sie sagt, ihr Haus sei ausgezeichnet geführt, sie vermiete nur Zimmer in einwandfreiem Zustand, und außerdem würden ihre Feriengäste ihr sogar Weihnachtskarten schicken. Sie hat ihre Handtasche damit vollgestopft. »Wenn Sie sie sehen möchten ...«

»Nicht nötig, ich glaube Ihnen.«

Sie sagt, daß die Pflege ihres Hauses ihre Lebensaufgabe sei, und daß das bis zu ihrem Tod so bleiben werde.

»Was können Sie über das Verhalten der Mary MacLaughlin während der Zeit sagen, in der sie sich bei Ihnen aufgehalten hat?«

»Sie war kaum angekommen, da hat sie sich in ihr Zimmer eingeschlossen – den Schlüssel sogar zweimal umgedreht – und sich nicht mehr gerührt. Normalerweise öffnen die Mieter erst die Fenster, schauen in die Schränke, lassen Wasser laufen oder probieren aus, wie die Betten sind. Aber die nicht. Ich habe nicht das leiseste Geräusch gehört. Dann kam der Taxichauffeur zurück und brachte ihr den Schirm, den sie vergessen hatte. Sie ist ohne ein Wort zu sagen mit dem Regenschirm weggegangen. Normalerweise fragen meine Gäste nach einem Restaurant, oder wie man zum Strand kommt, oder zur Apotheke oder meinetwegen auch zur Post. Aber sie nicht. Nicht einmal Guten Abend hat sie gesagt oder ein Wort über den Garten, den ich mit so viel Liebe für meine Gäste pflege. Alle meine Mieter machen mir deswegen Komplimente.

Aber sie schien sich überhaupt nicht dafür zu interessieren. Ich kenne die Menschen – sie kommen aus der ganzen Welt – und deshalb kann ich Ihnen sagen, daß diese Person keine Frau mit Herz war ..., daß etwas mit ihr nicht stimmte.«

»Wirkte sie unruhig?«

»Unruhig? ... Nein, abwesend.«

»Fahren Sie fort.«

»Also gut. Ungefähr eine Stunde später kam sie zurück. Sie rief mich und sagte mir, daß sie nicht bleiben werde, aber daß sie mir die Übernachtung bezahlen wolle, weil ich ihretwegen vielleicht einen anderen Gast verloren hätte. Das stimmte sogar. Ich hatte das Schild hereingenommen, damit ich nicht unnötigerweise alle fünf Minuten gestört würde. Sie hat es mir von sich aus angeboten, ich hatte keinen Ärger mit ihr. Ein anderes Taxi holte sie dann direkt vor der Tür ab. Sie war in Eile, aber ich fragte sie trotzdem noch, ob ihr irgend etwas mißfallen habe. Sie antwortete: »Nein, nein«, und ging mit ihrem Koffer weg. In ihrem Zimmer war alles unverändert. Ich kann Ihnen versichern, daß sie nichts berührt hat ... Das ist alles. Ich habe mir gedacht, daß sie entweder das Geld zum Fenster hinauswirft oder nicht mehr ganz richtig im Kopf ist.«

»Ich danke Ihnen.«

Der andere Taxichauffeur erzählt, daß er Mary zu einer kleinen Familienpension gefahren hat. Weiter hätte er nichts zu sagen. Es sei ihm auch nichts besonderes aufgefallen. Er hätte sie für ganz normal gehalten. Schweigsam, aber normal.

Die Möwen haben sich auf der Balustrade niedergelassen und verharren bewegungslos. Mit ihren runden, lidlosen Augen schauen sie Mary zu, die hinter dem Richter Himmel und Hölle spielt. Sie hält ihren Rock mit beiden

Händen, hüpft auf einem Bein von Feld zu Feld und paßt auf, daß sie nicht mit dem großen Zeh oder der Ferse die Linie zwischen den Steinplatten berührt.

Draußen hat es vorübergehend aufgeklart. Die Sonnenstrahlen fallen schräg durch die Fenster und leuchten Mary an wie Scheinwerfer. Im goldenen Licht tanzen glitzernde Staubkörnchen.

Ich weiß nicht mehr, wie lange wir schon hier sind.

»Sie haben ihre Sache gut gemacht«, sagt Jean-François.

»Wer ›sie‹?«

»Das Gericht.«

»Findest du nicht, daß der Richter das Wesentliche gar nicht berührt hat?«

»Wie meinst du das?«

»Er hat sie alle nur von sich erzählen lassen. Sie haben gar nicht über Mary gesprochen.«

»So ist das eben. Was soll er denn sonst machen?«

So ist es eben! Wie mit Karls Schafen. Sie werden geschoren, bluten, nackt läßt man sie laufen, so ist das eben! Mary konnte nicht studieren, weil sie ihr Kind großziehen mußte, so ist das eben. Ich habe mich nicht getraut, mit Alain zu flirten, weil die Unschuld so wichtig ist. So ist das eben! Nicole hat den Elch erschossen, nachdem sie ihn drei Tage glauben ließ, er habe nichts zu befürchten und daß sie ihn liebte. So ist das eben!

Nein, so ist das eben nicht! Wer will denn schon wissen, was wichtig ist in unserem Leben! Wer? Wer macht denn die Gesetze? Wer setzt sie in Kraft? Wer wagt zu sagen, die Natur sei eben so, das Leben sei eben so? Wer lebt von unseren Toten?

Auf alten Weltkarten sind Ströme verzeichnet, die größer als der Mississippi und länger als der Jangtsekiang sind, auch viel breiter als der Saint-Lawrence-River, viel breiter. Es sind Ströme von Blut.

Woher kommt dieses Blut, dessen Quelle nie versiegt, das endlos fließt und mich auch jetzt durch seine wilde Flut in Angst und Schrecken versetzt? Aus dem Bauch der Frauen, jeden Monat, ganz heimlich. Alles Blut dieser Welt. Das Blut der Ehemänner, das Blut der Söhne, das Blut der Väter, das Blut der Liebenden. Und das Blut der Ehefrauen, der Mütter, der Töchter, der Verliebten, die weinen, die lachen, die sterben, tropfende Tränen, tropfendes Blut; süßer Schmerz, bittere Resignation. Aber das Glück, haben wir das alle vergessen? Ja. Warum? So ist das eben ...

Die Möwen, der Richter und die Beisitzer haben nur einen einzigen Gedanken im Kopf: essen.

Die Leiterin der Familienpension macht ihre Aussage. Sie berichtet, daß Mary sie nach einem Zimmer mit Blick zum Meer gefragt habe und daß sie es zu jedem Preis nehmen wollte. Es sei tatsächlich noch eines frei gewesen, aber nur für zwei Tage. Am übernächsten Tag hätte sie es räumen müssen. Mary hat im voraus bezahlt, ist dann hinausgegangen und kurz darauf mit einem Koffer zurückgekommen. Sie ist in ihr Zimmer gegangen und auch zum Abendessen nicht heruntergekommen. Die Wirtin hatte geglaubt, daß Mary vielleicht auf ihrem Zimmer esse, weil außer dem Frühstück keine Mahlzeit im Zimmerpreis enthalten war. Ihre Gäste machen das aus Sparsamkeitsgründen häufig so. Beim Aufräumen kommt es oft vor, daß man leere Konservendosen findet oder Brotkrümel, oder eine Wursthaut ... Manche haben sogar kleine Gaskocher, um sich etwas zu kochen. Aber das ist ja wegen der Feuergefahr verboten, und solche Leute setzt man vor die Tür. Im allgemeinen kommt man ihnen leicht auf die Schliche, weil es im ganzen Haus riecht.

Am darauffolgenden Tag ist das Zimmermädchen kurz vor Mittag gekommen und hat sich beklagt, daß die Dame nicht öffnet, und daß sie mit ihrer Arbeit nicht fertig wird. Sie hatte sich nicht hineingetraut. So ein junges Mädchen kennt sich noch nicht so aus. Sie kommt vom Land und hat Angst vor Touristen ... heutzutage ist es ja nicht leicht, anständiges Personal zu bekommen ...«

»Also bin ich mit ihr zusammen hinaufgegangen, weil ich micht selbst schon gewundert hatte, warum die Dame nicht einmal zum Frühstück gekommen war. Meist frühstücken die Leute ja, auch wenn sie nicht hungrig sind, weil sie dafür bezahlt haben. Ich habe gedacht, daß sie vielleicht krank ist. Gäste, die sich nicht so benehmen wie die anderen, habe ich nicht sehr gern. Damit bekommt man immer nur Ärger. Wir haben geklopft. Keine Antwort. Ich habe mit dem Nachschlüssel aufgemacht. Sie war nicht da, ihr Bett war unberührt und der Koffer stand ungeöffnet. Sie hatte nicht im Zimmer geschlafen – auf jeden Fall nicht im Bett. Ich habe mir überlegt, wann sie weggegangen sein könnte, weil ich ja immer in der Rezeption direkt am Eingang sitze, außer nachts ... Ich kann Ihnen nicht sagen, wann sie das Haus verlassen hat, Euer Ehren. Niemand von uns hat sie gesehen. Wahrscheinlich ist sie sehr früh gegangen ... Daraufhin haben wir ihren Koffer geöffnet. Da war nicht viel drin, sozusagen gar nichts ... Meiner Meinung nach hatte diese Frau große Sorgen – oder sie wartete auf irgend etwas.«

Danach rief der Richter einen jungen Mann auf, der sich merklich von den anderen Zeugen unterschied. Es war ein Fischer aus Kilibeg, einem kleinen Hafen, ungefähr dreißig Kilometer von Ballyshannon entfernt, der an der Küste gegenüber Corvagh liegt.

»Würden Sie mir bitte sagen, an welchem Tag und zu

welcher Stunde Sie Mary MacLaughlin gesehen haben?«

»Es war am dreißigsten Juni, um halb acht Uhr morgens.«

»Wo?«

»Im Hafen von Kilibeg.«

»Fahren Sie fort.«

»Ich war mit Reparaturarbeiten am Boot meines Vaters beschäftigt. Es mußte geteert werden. Ich war allein. Da sah ich jemanden zum Hafen herunterkommen, den ich auf den ersten Blick und aus der Entfernung für einen jungen Mann hielt. Wegen der Bluejeans und der Jacke. Dann sah ich, daß es ein Mädchen war, weil sie eine Handtasche trug. Als sie an mir vorbeikam, sah ich, daß sie nicht mehr so jung war, wie ich zuerst gedacht hatte.«

»Sah sie aus wie jemand, der dreißig Kilometer zu Fuß gelaufen ist?«

»Darüber habe ich nicht nachgedacht. Sie ging weiter. Sie kam mir vor wie ein Mensch mit einer fixen Idee. Am meisten hat mich überrascht, daß sie einen ganz kleinen roten Schirm trug. Eine Handtasche und einen kleinen roten Schirm.«

»Hatten Sie den Eindruck, daß sie jemand im Auto mitgenommen hat?«

»Nein, sie muß zu Fuß gekommen sein. Ich hätte das Auto gehört.«

»Fahren Sie fort.«

»Sie ging auf die Mole zu. Dann blieb sie einen Moment reglos stehen, und dann ging sie bis ans Ende der Mole. Ich habe so genau hingeschaut, weil sie nicht so war wie andere.«

»Erklären Sie das bitte genauer. Kam sie Ihnen vor wie ein Mensch, der nicht ganz normal ist?«

»Nein, das war es nicht ... es war nur so schwierig zu

erkennen, ob es sich um einen Mann oder eine Frau handelte – vor allem aus dieser Entfernung ... und außerdem ... ich meine, sie war da, ich habe sie ja gesehen, aber sie war auch woanders ... ich weiß nicht, wie ich mich ausdrücken soll.«

»Und weiter?«

»Sie ging bis zum letzten Boot.«

»Drücken Sie sich bitte deutlicher aus.«

»Nun, die Boote sind miteinander vertäut. Sie stieg von einem Boot zum anderen, bis sie auf dem war, das am weitesten draußen lag.«

»Wie tief ist das Wasser an dieser Stelle?«

»Zehn Meter ungefähr, vielleicht auch zwölf. Das ist schon ziemlich tief. Manchmal ankern hier sogar Fischdampfer, wenn Flut ist.«

»Weiter.«

»Ich habe sie beobachtet. Sie hat sich hingesetzt. Ich habe mit meiner Arbeit weitergemacht. Dann habe ich wieder zu ihr hingesehen. Sie war immer noch da, ohne sich zu rühren. Sie hatte sich so gesetzt, daß sie aufs offene Meer schauen konnte. Ich weiß nicht, wie lange sie so saß. Es muß ziemlich lange gewesen sein, denn es war fast Ebbe. Sicher länger als eine Stunde. Dann habe ich irgendwann aufgehört mit meiner Arbeit, weil ich eine Zigarette rauchen wollte. Sie stand auf der Ruderbank.«

»Schwankte sie?«

»Nein, sie stand ganz still. Sie stand da, aufrecht, und schaute unverwandt aufs Meer, als wartete sie, daß etwas von da draußen käme. Ich habe sogar gedacht, daß sie auf ein Schiff wartete. Dann ging ich wieder an meine Arbeit, und als ich das nächstemal aufschaute, war sie weg. Ich sagte mir, daß sie wahrscheinlich fortgegangen sei. Aber dann wollte ich es doch genau wissen. Es hätte ja sein können, daß sie in dem Boot eingeschlafen war. Aber kein Mensch war da. Ich habe nur den roten Regenschirm gefunden – diesen hier, ich erkenne ihn genau wieder – und dann habe ich ihn zur Polizei von Kilibeg gebracht.«

»Haben Sie gesehen, ob sie gestürzt ist? Oder haben Sie irgendein Geräusch gehört?«

»Nein, Euer Ehren. Alles, was ich weiß, habe ich bereits gesagt.«

»Ich danke Ihnen.«

Der Richter verlangt, daß Marys Bruder noch einmal vorgeführt wird.

»Konnte Ihre Schwester schwimmen?«

»Nein, Euer Ehren, nicht daß ich wüßte.«

»Ich danke Ihnen.«

Jean-François und ich rücken auf unserer Holzbank eng aneinander.

Mary ist mit den Füßen voraus in das schwarze Wasser gesprungen. So wird sie nun bis zum Morgen dahintreiben, bis die Flut sie an der Stelle niederlegt, wo Jean-François sie findet.

Ach Mary, dein Schweigen! Dein schreckliches Schweigen, das dich wie ein schwerer Stein auf den Grund zieht. Kein Wort wird aus deinem Mund dringen, keine Erklärung, keine Deutung, kein Zeichen. Nichts. Sie werden dich auf dem Friedhof begraben und beten. Sie werden sagen, dein Geist sei verwirrt gewesen. Aber was hat ihn verwirrt? Sie wollen es nicht wissen. Sie werden es auch niemals wissen. So ist das eben. Schluß.

Aber ich will verkünden, was du durchgemacht hast, bis zu diesem Ende. Ich bin dazu entschlossen ...

Jean-François springt plötzlich auf. Er reißt sich zusammen, macht sich von seinen lähmenden Träumen frei, in die er wie ich versunken war:

»Ich glaube, der Richter hat mich aufgerufen!«

Der Richter hat sich zu uns umgedreht. In der Hand hält er ein Stück Papier, das er mit großer Ernsthaftigkeit zu studieren scheint. Ich höre ihn sagen:

»Gin ... Frin ... Fraine ... koille. Frainekoilesse ... Gin ... Frainekoilesse ... Le ... neille ... drék ... Lénailledréque ... Gin Frinquoillss Lénayedrék!«

»Ja, er meint dich, er meint dich!«

Jean-François ist nach vorn gerannt. Alle starren ihn an. Er ist der absolute Star. Die Leute flüstern. Sogar die Beisitzer, die bislang ganz friedlich dasaßen, werden langsam unruhig. Der Franzose. Das ist der Franzose, der die Leiche von Mary MacLaughlin gefunden hat!

Er ist eingeschüchtert und fühlt sich plötzlich unbehaglich in seiner Kleidung. Er zupft an seinen Hemdsärmeln und versucht, eine ernsthaft-liebenswürdige Miene aufzusetzen. Als er bei meinen Eltern um meine Hand anhielt, hatte er sich widerspruchslos nach meinem Geschmack anziehen lassen. Wahrscheinlich war er sich verkleidet vorgekommen und hatte sich genauso unbehaglich gefühlt wie in diesem Moment. Es rührte mich. Er war so gar nicht für feierliche Anlässe und all das Drumherum geschaffen. Er schaut mich an, ich lächle, er lächelt zurück. Wir sind Komplicen.

Der Richter liest die heiligen Formeln. Dann hält der Jean-François die Bibel entgegen und fordert ihn auf, wie all die anderen Zeugen auch, ihm die Worte nachzusprechen:

»Ich schwöre, die Wahrheit zu sagen, nichts als die Wahrheit, die reine Wahrheit.«

»I swear to say the truth, only the truth, all the truth.«

Jean-François stürzt sich in diesen langen Satz und macht Wortsalat daraus. Der Richter schaut ihn an, als wäre er ein Wesen von einam anderen Stern. Ungläubiges Erstaunen breitet sich auf seinem Gesicht aus. Ich platze fast vor Lachen.

Der Richter schweigt. Durch die feierliche Stille hüpft Jean-François' Gegrunze. Was war das? Hat er französisch gesprochen? Spinnt er? Jean-François schaut mich noch einmal an. Auch ihm blitzt das Lachen in den Augen. Wie gut wir uns verstehen! Wir sind wie zwei Komparsen, die man dabei erwischt hat, daß sie sich über den heiligen Ernst des Regisseurs mokieren. Zwei Fremde, zwei Verbündete! Mißbilligung spiegelt sich auf allen Gesichtern.

Der Richter beginnt noch einmal mit der Vereidigung, fordert Jean-François mit der Bibel in der Hand abermals auf, den Schwur zu leisten. Die Antwort ist Schweigen. Die Zeit steht still. Mir kommen die Sekunden endlos vor. Ich weiß, daß er sich beherrschen kann, aber er könnte auch genauso gut losprusten. Innerlich schüttelt es mich. Er senkt die Augen, legt die Hand auf die Bibel und schweigt. Ich versuche mit solcher Kraft das Lachen zu unterdrücken, daß mir der Hals wehtut.

Endlich beginnt Jean-François langsam zu sprechen. Er gibt sich Mühe, die Eidesformel so gut wie möglich zu wiederholen: »Ich schwöre, die Wahrheit zu sagen, nichts als die Wahrheit, die volle Wahrheit.« Auf Englisch. Dann berichtet er von unserem ersten Tag. Wie die Leiche im Sand lag. Mit ausgestreckten Händen ... Wie er Mary gefunden hat.

Mary ist auf den Tisch gestiegen. Dort steht sie aufrecht wie eine Statue. Dann beginnt sie mit den langsamen, träumerischen Bewegungen – die ich für sie erfunden habe, um sie zum Leben zu erwecken – sich auszuziehen. Für einen Augenblick verschwindet sie in einer Wolke von Tüll und Musselin ihres Schattenkleids, ihres Gralsgewands. Langsam taucht sie aus diesem majestätischen Dunkel auf. Sie ist nackt. Eine nackte Frau. Ihr Blick rührt mich, man könnte meinen, daß sie nicht weiß, warum sie da ist.

Jean-François hat Mühe, sich auszudrücken. In letzter Zeit hat sich sein Englisch zwar verbessert, aber jetzt scheint sein Vokabular wie weggeflogen: vielleicht irritiert ihn die Würde des Richters. Er sucht nach Worten, und wenn er sie gefunden hat, kann er sie nicht richtig aussprechen. Er stottert, kann nichts mehr sagen und ist sichtbar unglücklich darüber, daß er sich nicht auszudrücken vermag. Der Richter versucht ihm zu helfen und stellt ihm Fragen, die er nicht versteht. Dabei hat er die Ausführungen des Richters sehr gut verstanden, bevor er selbst als Zeuge aussagen mußte. Ich möchte ihm so gern helfen.

Mary hat sich hingelegt. Ihre Haare breiten sich wie ein Fächer um ihren Kopf. Ihre Arme sind nach hinten gestreckt, die Hände leicht erhoben. Sie wirkt riesengroß und zerbrechlich. Die Möwen kreisen dicht über den Köpfen der Leute, über dem Tisch. Lautlos. Dann lassen sie sich nieder, eine nach der anderen, und hüpfen zu Marys Körper.

Jean-François versucht, von seinem Erlebnis zu berichten, von dem schönen Wetter an jenem Morgen. Aber der Richter will den genauen Tag wissen und die genaue Stunde.

»Es war Dienstag, der erste Juli, gegen elf Uhr.«

Und wie hoch der Wasserstand, die exakte Entfernung.

Jean-François hat Schwierigkeiten, sich mit den komplizierten Umrechnungen von Kilometern in Meilen, von Fuß in Yards und Zoll zurechtzufinden. Alles ist so schwierig und trotzdem spricht Jean-François jetzt klarer. Seine Aussprache ist auch viel besser. Die Rechnerei scheint ihm eine gewisse Sicherheit zu geben. Er nimmt sich zusammen. Er schaut mich an. In seinen Augen erkenne ich ein leises Bedauern, so, als wolle er zu mir sagen: hörst du? Ich rede, aber ich spreche eigentlich nicht über Mary. Ich verstehe ihn. Und lächle ihm zu.

Die Möwen haben sich um Mary versammelt. Ein paar hocken auf ihrem Bauch und ihrer Brust. Hin und wieder hacken sie mit ihren harten, flinken Schnäbeln in das Fleisch. Sie sind mißtrauisch und immer auf der Hut. Jedesmal, wenn sie zugebissen haben, hüpfen sie ein Stück weiter weg und inspizieren mit ihren Knopfaugen das übrige Fleisch.

Ich beobachte Jean-François. Er gefällt mir. Wenn ich ihn heute zum erstenmal träfe, würde er mich interessieren. Und doch bin ich in diesem Moment unfähig, ihm zu helfen. Er ist dem Richter ganz allein ausgeliefert. Es nützt ihm wenig, daß ich als seine Ehefrau hier mit dabei bin. Das einzige, was uns hilft, sind unsere Blicke. Sie sprechen von einer Mary, die nur wir kennen. Von einer Mary, die nicht vor diesen Gerichtshof gehört. Sie ist ein stärkeres Band als unser gemeinsamer Name, den man, zumindest mir, aufgezwungen hat.

Was für eine Riesendummheit habe ich gemacht! Ich dachte, man sei ein Paar, wenn man gemeinsam für etwas kämpft, oder wenn man etwas beschützt, was einem am Herzen liegt. Aber was, für wen? ... Ich hatte geglaubt, man könne die ewige Liebe erkämpfen ... Aber ich bin ja verrückt! Ich wollte nur eine Zweckverbindung gründen und keine Partnerschaft. Ich wollte uns hinter einer chinesischen Mauer verstecken ... und wo ist die Liebe?

Im Augenblick verbindet uns nur der Abstand zwischen uns, die Leere zwischen der Holzbank, auf der ich sitze, und dem Tisch, an dem er steht. Wir wissen beide, er und ich, daß wir eine Brücke über diesen Abgrund schlagen können, wenn wir es nur gemeinsam wollen. Eine Brücke, die nur für uns beide da ist. Was zählt, ist der Zusammenprall zweier Einsamkeiten, ist die gemeinsame Entfremdung und das Nebeneinanderherleben, die Nähe des Todes, des Alleinseins, der Ungerechtigkeit, des Erstickens, der Abhängigkeit, der Bestechlichkeit und der gemeinsamen Lüge. Es gibt Augenblicke, in denen wir eins sind und verstohlen auf geheimen Wegen wandern, die nur wir beide kennen.

Der Richter will wissen, wo die Leiche zu dem Zeitpunkt lag, als Jean-François sie entdeckte. Außerdem verlangt er eine exakte Beschreibung der Kleidung. In der Unterhaltung mit Jean-François ist er wesentlich gesprächiger als mit den anderen Zeugen und erklärt ihm, warum er ihm diese präzisen Fragen stellt. Ihn interessieren vor allem gewisse Einzelheiten, die den Wasserstand, die Strömung, aber auch die Meeresvegetation betreffen. Wenn nämlich die Lederjacke und die Bluejeans noch in Ordnung waren, wenn Jean-François gesehen hat, daß sie unbeschädigt und zugeknöpft waren, dann ist es denkbar, daß die Leiche während der Flut von Kilibeg an den Strand von Corvagh geschwemmt wurde. In Anbetracht der Gezeiten ... in Anbetracht des Mondlichts in jener Nacht ... in Anbetracht der Wetterlage über dem Atlantik und Island ... in Anbetracht der Formation des Meeresgrunds ... in Anbetracht der Bekleidung der Ertrunkenen ... ist es möglich, daß die Strömung sie wie einen Kahn von einer Seite zur anderen getragen hat. Andernfalls, und zwar in Anbetracht des kurzen Zeitraums, den die Leiche im Wasser lag, würde das bedeuten, daß sie unweit von Corvagh ins offene Meer gestoßen worden wäre. Jean-François solle also begreifen, wie wichtig eine detaillierte Beantwortung sei.

Die Möwen sind jetzt zufrieden. Sie wissen, daß sie lange Zeit niemand stören wird. Sie kennen die Gegend genau, in der sie sich befinden. Ihr Instinkt sagt ihnen, daß sie nicht in Gefahr sind. Sie streiten sich um den besten Platz an der Festtafel und stoßen schrille Schreie aus, wenn Neuankömmlinge sie verdrängen wollen. Immer hübsch der Reihe nach!

Am besten sind die dran, die an den Augen sitzen. Hartnäckig picken sie so lange in das zarte Fleisch, bis die Augen auslaufen. Der Geruch erregt sie. Dann fressen sie eifrig weiter, vergrößern die Löcher und suchen sich die besten Happen heraus. Andere wollen sie ihnen abluchsen. Aber sie bringen ihre Leckerbissen vor den Gierigen in Sicherheit, um sie in Ruhe zu verzehren. Sofort nehmen andere ihren Platz ein.

Die Löcher werden immer größer, sind wie Wunden mit offenen Lippen, in die sie ihre Schnäbel tauchen. Säuberlich ziehen sie die Muskeln und Nervenstränge ab, fressen sich langsam zum Schädel und zu den Zähnen vor, auf die sie mit hohlem Gehämmer picken. Tock. Tock. Sie reißen das Fleisch ab und versuchen, an die zarte Zunge und das köstliche Gehirn zu kommen.

Die anderen Möwen, die an ihrem Bauch herumhacken, haben jetzt die Eingeweide bloßgelegt. Sie schnabulieren aus diesem Korb voll grauer und violetter Früchte. Sie zanken sich um das glatte, feste Gedärm, das sich wie Blindschleichen ringelt. Sie ziehen es heraus, es quillt aus dem Becken, das Schlachtfeld wird größer.

Die auf den Schenkeln und den Brüsten sitzen, haben lange rosa Bahnen ins Fleisch gehauen und holen sich jetzt große Stücke, die nicht mehr bluten. Sie tragen sie weit fort mit ihren weißen weiten Flügeln.

Jägerrecht.

Jean-François beantwortet die Fragen, so gut er kann. Er ist so bemüht und so ungeschickt. Er tut mir leid, wie er da vor dem Richter steht und nach Worten sucht ... Jean-François ist so sensibel wie ich, so naiv, und so unschuldig wie ich ... Nur durch Glücklichsein könnten wir beide lernen, was Leben bedeutet. Aber das Glück ist nicht da, wo ich es suchte.

Marys Gesicht hat jetzt keine Lippen und keine Augen mehr. Der schwarze Haarfächer verschönt das Majestätische ihres Todes. Sie hat sich selbst zum Fraß vorgeworfen. Ihr Schicksal hat sich erfüllt, es ist vollbracht. Aber es ist ihr Schicksal, nicht meines.

Mich hat das Gesicht dieser Leiche fasziniert, dieser zerhackte Kopf erschüttert. Jean-François haben die Hände gefallen. Sie waren unversehrt.

Ich dachte, ich hätte das Leben von Mary MacLaughlin mit Jean-François GEMEINSAM rekonstruiert. Aber das war ein Irrtum. In Wirklichkeit sind es Ausschnitte aus meinem Leben mit Jean-François, welche ich ganz allein benutzt habe, um Marys Geschichte zusammenzusetzen. Ich wollte, ohne es mir einzugestehen, das Böse aus mir austreiben und meine Freiheit finden. Freiheit ist das Königreich der Liebe. Erst heute weiß ich, daß ich ohne Freiheit nicht lieben kann.

Ich schließe die Augen. Jean-François' Englisch ist unmöglich, aber ich liebe die dunklen Schwingungen seiner Stimme. Es hat mir immer gefallen, wenn Worte wie Wogen sich brechen, sich auflösen ... Ich liebe alles, was sich verändern kann. Ich liebe die Veränderung ...

Das kleine Mädchen stapft hinter ihrem Bruder und ihrem angebeteten Alain her. Es hört die Stimme dieses schon fast erwachsenen Jungen in unregelmäßigen Abständen an einem warmen Morgen in Algier durch all den Verkehrslärm hindurch. ... »Ich liebe dich, ich liebe dich. Aber ich will dir nicht gehören.« ... Ist es denn möglich, daß ich meine Gier nach Freiheit hinter der Maske der Tugendhaftigkeit versteckt habe? Ist es möglich, daß ich mich so weit, so lange verrennen konnte?

Die Möwen streiten sich um das, was von Mary übriggeblieben ist. Auf ihren Beinen staksen sie über die Reste, inspizieren alles genau. Sie sehen aus wie Wachposten. Nichts entgeht ihnen.

Jean-François kommt zurück.

»Uff!«

»Der hat dir aber auch Fragen gestellt!«

»Das hatte ich nicht erwartet. Meinst du, ich habe es gut gemacht?«

»Ausgezeichnet, bis auf den Anfang. Ich frage mich, wie du da ernst bleiben konntest.«

»Hör bloß auf! Ich hätte schreien können vor Lachen!«

»Und ich erst!«

»Das habe ich gemerkt. Ich dachte, wenn ich dich jetzt ansehe, dann bin ich verloren!«

Der Richter vernimmt als letzten Zeugen den Gerichtsmediziner. Einen kleinen, jungen Mann, der sich in seinem Jackett, seiner Hose und seiner Weste ganz wohl zu fühlen scheint. Er bringt einen fast schockierenden Ton von Wissenschaft in diese ländliche Versammlung. Seine Analyse ist medizinisch präzis und kompetenzbewußt. Organ für Organ, Stück für Stück, der Kopf, die Lungen, das Herz, jeder Körperteil ist Gegenstand einer eingehenden und unverständlichen Untersuchung, seine Sprache mit Fachausdrücken gespickt. Ich verstehe nicht viel, außer, daß die Lungen voll Wasser waren und der Tod daher durch Ertrinken eingetreten ist. Später sagt er dann noch aus: »Stomach: small fishes in it...«

Die Vögel haben ihre Mahlzeit auf dem Tisch beendet. Nur noch bleiche Knochen, sauber geputzt und abgenagt, sind übrig geblieben. Sie sehen wie Treibholz aus. Die blanken Reste eines Skeletts, das einmal ein Mensch war. Die Möwen haben sich auf der Balustrade, auf den Fenstersimsen und auf dem Baldachin niedergelassen. Satt und zufrieden stecken sie die Köpfe ins Gefieder und verdauen.

Der Richter schließt die Verhandlung mit dem Résumé, Mary MacLaughlin sei nicht das Opfer eines Mordes geworden, sondern habe vermutlich Selbstmord begangen. Allerdings sei dies nicht mit letzter Sicherheit nachzuweisen.

Unsere Ferien sind zuende.

Zum letztenmal sitzen wir beide vor dem Schauspiel von Corvagh. Meer. Erde. Himmel. Alles verschmilzt, feurige Sonne und schwarze Nacht.

Endlich allein, sind wir stark in unserer Gemeinsamkeit. Bewegungslos. Am ewigen Bankett von Corvagh haben wir uns auf unseren gewohnten Plätzen niedergelassen. In diesem unendlichen Reichtum sucht sich jeder mit seinen Blicken das aus, was seine Sehnsucht stillen, seine Fragen beantworten könnte.

In gegenseitigem Einverständnis haben wir akzeptiert, daß unsere Bedürfnisse verschieden sind, wir haben unser Anderssein entdeckt und angenommen. Wir respektieren, daß jeder von uns auf bestimmte Dinge unterschiedlich reagiert: auf Freude, auf Abreise, auf Bewegung, auf Liebe, auf Spiel, auf die Schöpfung, auf den Schlaf. Wir haben uns entschlossen, daß keiner sich dem anderen unterwirft. Wir sind vor der Resignation und ihrer Stagnation geflohen. All das schwingt in unserem Schweigen mit.

Ich schreibe »unser Schweigen« und »wir haben uns entschlossen«, weil wir hin und wieder ein paar Worte miteinander sprechen. Wir haben beide unsere Betrachtungen und Beobachtungen unterbrochen, um unsere Gedanken auszutauschen, den anderen daran teilnehmen zu lassen, ihn um seine Hilfe zu bitten, ihn zu fragen. Unser Denken kreist um unsere Verschiedenheiten und Gegensätzlichkeiten.

Erst seit ich gesagt habe: »Ich will eine Weile alleinbleiben, um mein Heft zuende zu schreiben«, sind wir ruhig und erleichtert.

Endlich sind wir mit unseren zerbrechlichen Leben allein. Weise. Wir beobachten das Spiel von Ebbe und Flut. Im Wechselspiel der Elemente, in dem kurzen Moment, da sie sich vereinen, Erde und Meer zugleich sind, meidet und flieht jeder von uns das, was ihn am meisten ängstigt, und das, was seine Unwissenheit am meisten verrät.

Allein mit meinem Heft. Wer ist diese einsame Frau? Wer ist ihr Begleiter? Wer ist dieses Paar?

Die untergehende Sonne verschmiert den Himmel mit roten Streifen. In Algerien wäre das ein Zeichen für aufkommenden Wind. Aber hier nicht.

Allein mit meinem Heft. Wie wird meine Einsamkeit aussehen? Welche Frau wird daraus entstehen? Ich möchte sie kennenlernen, weil ich sie liebe. Ich möchte wissen, wer diese Frau ist, die Jean-François in meinem Heft gefunden hat, auf die er zuging, mit einem für mich neuen Ausdruck, denn ich liebe Jean-François. Eine Fremde. Eine Neue. Eine andere. Eine außergewöhnliche Person. Eine Fee, die meinen und seinen Blick verändern kann.

Allein mit meinem Heft. Nicht mehr Mutter sein. Nicht mehr Ehefrau. Diese schönen Ungeheuer, athletischen Jungfrauen mit Schlangenhaar, diese treuen Freundinnen, mächtigen Verbündeten, erdrückenden Schwestern.

Das Meer läßt die Erde zurück wie eine träge Elefantenkuh, der das Wasser nach dem Bad von den Flanken rinnt.

Einsamkeit, in der ich diese verrückte Frau kennenlernen kann. Mich selbst. Sie wird befreit aus den weißen Seiten steigen, wie die flimmernde Hitze im algerischen Sommer aus dem fruchtbaren Boden steigt und Weinstöcke und Winzer zum Tanz verführt.